KB046102

소생에게
맡겨주십시오냥

무 형 술 사
초상의 플로네

퇴 마 술 사
영회의 발렌틴

자, 집결?!

선 술 사
장악의 메이린

소 환 술 사
군세의 덤블프(미라)

강마술사
기연의 라스트라다
성술사
상극의 아르테시아
마술사
천재의 루미나리아
아홉 현
음양술사
칠성의 카구
사령술사
거벽의 소울하울

현자의 제자를 자칭하는 현자

She professed herself pupil of the wise man.

20

〈1〉

쾌청한 하늘. 온화한 기후. 투기대회가 개최 중인 니르바나는 오늘도 축제를 즐기기에 딱 좋은 날씨다. 그로 인한 뜨거운 분위기는 밤낮을 가리지 않고 며칠이나 계속되어, 현재 니르바나는 전 대륙에서 가장 뜨거운 나라라 할 수 있었다.

잠깐만 밖으로 나가면 그 떠들썩하고도 활기찬 분위기에 휩쓸려 버릴 듯한, 축제 무드로 가득한 수도 라트나트라야.

하지만 니르바나성의 어느 방에 모인 미라 일행은 그런 축제 분위기와는 거리가 먼 상태였다.

미라 일행은 대륙 최대의 범죄조직 '이라 무에르테'의 본거지에서 흑악마 아스타로트를 타도하고 조직을 붕괴시키는 데 성공했다. 그 후, 어느 정도의 정보 수집을 마치고서 귀환하여 그대로 회의실에 집합한 것이다.

아르마와 에스메랄다, 그리고 미라 일행과 그림다트에서 온 사관들이 한 자리에 모였다. 상황 보고와 향후의 방침에 관한 회의를 하기 위해서다.

"우선은 다들 수고 많으셨습니다."

지금은 그림다트의 사관들도 있어서인지 여왕 모드로 전환한 아르마는 야무지게 행동하며 노고를 치하하는 말을 입밖에 냈다.

그러한 태도와 아름다운 모습 때문인지 사관들은 무의식적으로 한숨을 흘렸다.

그에 반해 아르마라는 인물을 너무도 잘 아는 미라 일행은 거의 반응이 없었다. 어째서인지 고트프리트만은 유일하게 의기양양한 표정을 짓고 있었지만.

"그럼, 보고서는 훑어보았지만 몇 가지 확인하도록 하죠——."

이번 작전의 결과는 노인과 사관들이 잽싸게 보고서를 작성해서 미라 일행이 귀국하기 전에 피스케를 통해 아르마에게 전달해 두었더랬다.

따라서 아르마는 '이라 무에르테' 본거지에서 있었던 일을 대부분 알고 있는 상태다.

다만 시점에 따른 차이점도 존재하기는 해서, 그것들의 아귀를 맞추기 위해 초반에는 본거지에 잠입한 순간부터 흑악마 아스타로트를 타도하기까지에 초점을 맞춰서 회의를 진행했다.

하지만 그렇게까지 복잡한 내용은 아니었다.

간단한 상황의 추이와 적 전력의 분석. 각자가 주관적으로 느낀 점 등을 언급하는 게 다였다.

"——과연. 신중을 기해서 전력을 모으길 잘한 것 같군요."

이번에는 상대가 대륙 최대의 범죄 조직이라는 점을 염두에 두고 여차할 때에 대비해 넉넉하게 준비한 전력을 투입한 것이었다.

아르마는 쓴웃음을 지은 채 설마 그것도 아슬아슬한 수준이었을 줄은 몰랐다고 말하고는, 문제없이 작전을 수행해 낸 면면들을 둘러보며 믿음직스럽기 그지없다는 듯이 미소를 지어 보였다.

"그럼 다음 의제로 넘어가죠."

적 본거지 공략에 관한 확인은 이로써 끝났다. 이제 앞으로의 행동 방침에 관해 의논할 때다.

가장 먼저 화두에 오른 것은 향후 일어날지도 모르는 문제였다. 이에 관해서는 에스메랄다가 말을 이었다.

"우선 다들 알고 있듯이 '이라 무에르테'는 대륙 전토에 막대한 영향을 미치고 있었습니다. 그런 조직이 괴멸되었으니, 지금까지 억제되고 있던 다른 범죄 조직 등이 활발하게 움직이기 시작하겠죠――."

그렇게 향후의 일에 관한 이야기가 시작되었다.

에스메랄다의 말에 따르면 그러한 움직임 자체는 피할 수 없는 일이라는 듯했다. 하지만 피해를 최소한으로 억제할 수는 있으며, 그 대책 등에 대한 인식을 공유해야 한다며 설명을 이어갔다.

첫째로 그러한 문제에 관해서는 이미 각국에 타진을 해둔 상태이며, 크고 작은 온갖 범죄 조직에 대한 대응은 후일 국가 회의를 통해 협의할 예정이라는 모양이다.

"그리고 한 가지 더 덧붙이자면――."

향후의 방침을 정하는 데 있어 아주 중요한 점이 있다고 한다.

그것은 본거지를 조사하여 알아낸 정보를 토대로 한 일제 수사였다.

요컨대 '이라 무에르테'에 관여했던 악당들을 검거하는 것. 다시 말해서 잔당 소탕이다.

(흠, 키메라 클로젠 때도 그러했더랬지.)

미라는 당시의 일을 돌이켜보고는 정말 힘든 일은 이제 시작이라 생각하며 쓴웃음을 지었다.

당연히 수뇌부를 없앤다고 끝이 아니다. 오히려 그 커다란 간판 뒤에 숨어 악행을 일삼던 자들이 훨씬 성가신 경우도 있다.

이번 상대의 영향력으로 미루어 볼 때, 분명 대상의 숫자는 엄청날 것이다. 아닌 게 아니라 안정이 되려면 몇 년에 걸쳐 대청소를 해야 할지도 모를 일이다.

하지만 그 일을 끝까지 해내는 그날에, 더없이 큰 영광이 기다리고 있으리라는 것은 분명했다.

그때, 아르마가 다음과 같은 말을 했다.

"이 건에 관해 말씀드리자면, 우리 나라는 현재 투기대회가 한창인 탓에 운영을 하느라 여력이 없습니다. 곧장 인원을 할애할 수도 없습니다. 따라서 이 작전의 총지휘를 그림다트측에 일임하고자 합니다만, 어떻게 생각하시나요."

아르마의 제안은 매우 힘든 미션인 동시에 백성들에게서 막대한 지지를 얻을 기회를 양보하겠다는 것이었다.

이번 '이라 무에르테' 괴멸 작전에서 니르바나는 크나큰 공헌을 했다. 그런 탓에 이대로 아르마가 진두지휘를 맡아 그 밖의 공을 싹쓸이한대도 불평을 할 사람은 없었을 것이다.

오히려 니르바나가 주도권을 쥐는 것이 당연하다고 할 수 있는 상황이었다.

그렇게 했다면 니르바나는 대륙에 만연한 거악(巨惡)을 처단한 중심 국가로서 막대한 지지와 명성을 얻을 수 있었을 거다. 그야말로 국가로서 삼신국에 버금갈 만큼 탄탄한 기반을 다질 수 있었으리라.

하지만 이번에 아르마는 그 권리를 그림다트에 양보하겠다고 말한 것이다.

미리 이야기를 해두기는 했지만 노인 일행은 그에 관해 전혀 이의를 제기하지 않았다.

"그래, 괜찮을 것 같아."

"맞아, 그림다트라면 맡겨도 될 거야."

이어서 고트프리트와 루미나리아가 답했고 미라 일행 역시 아무 문제도 없다고 말하는 듯한 태도로 아르마의 제안에 동의했다. 상황이 그렇게 흘러가자 그림다트 사관들의 얼굴에 희색이 번지기 시작했다.

"그래도 되겠습니까?!"

사관 중 한 명이 거의 무의식적으로 되물었다. 그 얼굴에는 놀라움과 크나큰 기대가 떠올라 있었다.

그럴 만도 한 것이 그들은 그림다트의 국왕에게 중대한 임무를 받고 왔기 때문이다.

그 내용은 '이라 무에르테' 괴멸 후에 있을 관계자 일제 체포 작전을 최소한 공동 작전으로 실행하겠다는 확약 정도는 받아오라는 것이었다.

이 작전을 완수하는 데 성공한다면 이 일에 관계했던 그림다트는 그에 상응하는 명성을 얻을 수 있을 거다.

다름이 아니라 자국의 공작이 '이라 무에르테'와 관계한 것에 따른 오명을, 작전을 완수함으로써 어느 정도 씻을 수 있는 것이다.

결전에서는 그다지 활약하지 못한 탓에 사관들은 하다못해 그에 대한 확약이라도 받아내지 않고는 당당하게 자국으로 돌아갈 수 없을 거라 생각했다.

그러한 사정이 있어서인지 회의가 시작될 때, 사관들은 임무의 중압감은 물론이고 영웅들에게 둘러싸인 환경 탓에 언제 기절해도 이상할 게 없을 만큼 긴장해 있었다.

이 사후 작전의 주도권이라는 것은 그토록 그림다트에게 중요한 것이었는데, 뜻밖에도 아르마가 그 전권을 위임하겠다는 것이 아닌가.

그림다트측으로서는 더없이 좋은 조건이라 할 수 있었다.

"네에, 물론이지요. 역사도 길고 대륙 전토에 영향을 미칠 힘을 지닌 그림다트 제국이라면 안심하고 맡길 수 있을 거라 믿겠습니다. ……게다가 지금은 특히 이게 필요할 것 같아서요."

아르마는 희망으로 가득 찬 사관들의 얼굴을 바라보며 빙긋 웃었다. 하지만 그 이면에는 숨길 생각조차 없는 말 한 마디가 떠올라 있었다. '하나 빚진 거야'.

이러니저러니 해도 아르마는 30년에 걸쳐 대국을 다스려온 여왕이다. 따라서 당연히 통 크게 공짜로 양보할 생각 따위를 했을 리가 없었다. 아르마는 나라의 명성을 높이는 것보다 우선 그림다트에게 빚을 지워두는 것을 택한 것이다.

오명을 쓴 그림다트에게 명예를 회복할 기회를 주는 것은, 경우에 따라서는 터무니없이 큰 빚이 될 수 있는 선택이었다.

"……폐하의 제안, 감사히 받아들이겠습니다."

사관은 그 주도권에 담긴 아르마의 의도를 헤아리며 그렇게 답했다.

빚 하나. 그것이 비싸게 먹힐지 싸게 먹힐지는 아직 알 수 없지만, 그럼에도 이번 권리는 그림다트에게 반드시 필요한 것이다.

따라서 그가 고를 수 있는 선택지는 그러한 조건을 모두 받아들인다는 것뿐이었다.

"그럼 다음 의제로 넘어가죠. 이건 아마도 가장 성가신 일이라 해도 과언이 아닐 겁니다——."

향후 방침에 관한 이야기도 정리되었겠다, 아르마는 지금부터가 본론이라는 듯이 그 문제를 언급했다.

내용은 '이라 무에르테' 공략에서 최대의 장해물이었던 공작 2위 흑악마, 아스타로트에 관한 것이었다.

현 시점에서 악마는 인류의 절대적 적대자로 알려졌다. 정확히 말하자면 변이한 흑악마만이 적대자지만, 이 사실을 아는 이는 극소수뿐이다.

어찌 되었건 그렇기에 흑악마가 암흑사회 최대의 범죄 조직이었던 '이라 무에르테'의 보스로서 군림하고 있었던 것도 딱히 이상한 일은 아니었다.

오히려 인류가 자기 손으로, 인류를 궁지로 몰고 가게 만들었다는 점에서 보면 흑악마다운 소행이었다고 할 수 있을 정도다.

"이 아스타로트의 목적이 무엇이었는지. '이라 무에르테'라는 조직을 만들어 무엇을 하려 했던 것인지. 아직 알 수 없는 것이 많습니다——."

상대는 흑악마 중에서도 최상위인 공작급이었다. 심지어 그런 아스타로트가 신경 쓰이는 발언을 했다는 사실이 메이린의 증언으로 판명된 상태다.

"씨앗은 다 뿌려 두었다는 것 말인가. 대체 무슨 의미로 한 말인지."

미라는 흑악마가 했다는 말에 관해 고찰해 봤지만 명확한 답에는 이르지 못했다.

앞으로 일어날 여러 범죄 조직의 활성화를 염두에 둔 말로도 보이지만, 그건 너무 예상하기 쉬운 미래다. 그 공작이 의미심장하게 말할 만한 일은 아닌 것 같다.

아스타로트는 흑악마로서 강대한 힘에, '이라 무에르테'라는 힘까지 가지고 있었다.

그는 대체 그 지위를 가지고 무슨 일을 꾸미고 있었던 걸까.

"성가신 일이 일어날 것 같은 예감밖에 안 들지만, 이 건은 조사를 통해 밝힐 수 있기를 기도하는 수밖에 없겠네."

에스메랄다는 그렇게 말하더니 본거지의 조사가 완료되기 전까지는 아무것도 알 수 없을 거라 단언했다.

실제로 현 시점에서 그러한 것들을 추측할 만한 정보는 모이지 않았다고 할 수 있었다.

현재, '이라 무에르테'의 본거지에 있던 수많은 자료에 각 간부들이 숨기고 있던 것까지 차례로 니르바나로 운반되고 있다. 또한 향후 전문 조사단을 현장으로 파견할 예정이다.

조사를 하다 보면 각 범죄의 증거뿐 아니라 아스타로트가 말했던 씨앗의 정체를 예상할 수 있는 무언가가 나올지도 모른다.
"그럼 이 일에 관해서는 추후에 다시 의논하도록 하지요."
결과가 나오려면 얼마간 시간이 필요하겠지만 총력을 기울여 조사하고 있으니 몇 개월 안에는 의견을 나눌 만한 정보가 모일 것이라고 아르마는 호언장담했다.
그리고 그대로 회의는 다음 의제로 넘어갔다.

이어서 의제로 오른 것은 그 본거지에 있던 의문의 장치에 관한 것이었다.
노인 팀에 따르면 그것은 마물의 시체에서 마속성을 추출하는 물건이었다고 한다.
"마시자마자 파워업했던 그것 말이로군. 참으로 성가신 물건이었지……."
그것은 아스타로트와의 전투 중에 있던 일이었다. 검은 액체를 마시더니 급격하게 강해졌던 때가 있었다.
응축된 마속성을 흡수한 결과다.
악마용 부스트 아이템 같은 것일지도 모른다.
또한 마속성인 탓에 마물과 마수 등에게도 효과가 있을 가능성이 높다.
만약 이것이 다른 흑악마의 손에 넘어간다면. 공작 1위가 이걸 사용한다면. 그야말로 손을 쓸 수 없을 정도의 위협이 될 것이다.
나아가 악인의 손에 넘어갈 경우, 얼마나 악용될는지.
"이 장치에 관해서는 알카이트 왕국과 논의해 결론을 냈으니,

은의 연탑으로 보내 두겠어요."

아무래도 아르마는 회의 전에 솔로몬과도 이야기를 나눈 모양이다.

의문의 장치에는 복잡한 술식이 무수히 새겨져 있었다. 그렇기에 아르마는 이에 관한 조사를 은의 연탑에 맡기는 것이 최선이라고 판단한 것이다.

은의 연탑에 속한 연구원들은 (괴짜지만) 우수하다. 따라서 시간만 주면 그 장치의 원리를 해명해 줄 것이다.

마물 등의 시체에서 추출하는 것은 물론이고, 본래는 물질화가 불가능한 마속성을 액체로 바꾸는 방법. 그것이 해명되면 이를 무력화할 방법도 알 수 있을지 모른다.

그렇게 되면 흑악마의 비장의 카드를 하나 없앨 수 있다. 악인의 흉계도 마찬가지다.

"……장난감 취급하지 않아야 할 텐데."

"그러게 말이야……."

"뭐, 무리겠지만."

루미나리아가 걱정스러운 투로 말하자 미라 역시 불안한 목소리로 대꾸했고, 카구라는 해탈한 듯한 투로 답했다.

은의 연탑에 속한 연구원들은 우수하지만 동시에 살짝 돌아 있기도 했다.

그런 자들의 손에 악마의 기술이 잔뜩 담긴 장치를 쥐어주면, 어떻게 될지는 불을 보듯 뻔했다.

다만, 아르마는 알아채고 말았다.

그러한 소리를 하는 미라 일행 역시 좋은 물건을 손에 넣었다는 듯이 눈을 빛내고 있다는 사실을.

(……실수한, 건가?)

니르바나나 아틀란티스에도 대규모 술법 연구 기관은 있다.

최고봉인 은의 연탑만큼은 아니지만 연구원들의 양식(良識)을 기준으로 하자면 지극히 정상적인 곳들이다.

하지만 이미 결론이 난 이야기다. 아르마는 일이 꼬이지 않기를 기도하며 "그럼 다음으로 넘어가죠"라는 말로 의제를 바꾸었다.

⟨2⟩

"그나저나 다들 정말 대단하군요. 이만한 수를 모두 처치하다니."

아르마가 감탄한 듯이 말했다.

이번 의제는 '이라 무에르테' 본거지에 남아있는 대량의 마물과 마수의 시체에 관한 것이었다.

숫자가 어지간했다면 신경 쓸 필요도 없는 안건이지만 이번에는 그 양이 정말이지 차원이 달랐다. 게다가 수천이라는 무시무시한 숫자의 시체가 지금도 본거지 섬에 남아있다.

이를 그대로 두면 성가신 일이 벌어질 가능성이 크다.

죽음의 냄새와 감돌고 있는 마(魔)가 뒤엉켜, 그곳을 사령이 만연하는 꺼림칙한 땅으로 변모시킬지도 모르는 것이다.

그렇게 되면 정화하는 데 더욱 막대한 노력이 소모되게 된다.

아스타로트를 쓰러뜨리고 '이라 무에르테'의 본거지를 괴멸시킨 현재, 바다를 떠돌고 있는 이 섬은 니르바나가 맡게 되었다.

사용 방법에 따라서는 상당히 편리하게 활용할 수 있는 섬이 된 것이다.

때문에 이런 곳을 사령의 낙원이 되게 내버려둘 수는 없는 일이었다.

"이 건에 관해서는 조사와는 별개로 보존 팀을 편성했습니다. 내일이면 출발할 수 있을 겁니다——."

에스메랄다의 말에 따르면 그러한 시체들을 모두 처리하기 위해 이미 팀 편성을 해둔 모양이다.

섬을 죽음의 땅으로 만들지 않기 위해서. 그리고 무엇보다도 그곳에 있는 자원을 활용하기 위해서.

시체의 숫자는 무려 수천에 이른다. 그것들이 지닌 가치는 국가 규모에서 보아도 무시할 수 없을 정도였다.

그렇기에 가장 먼저 파견하기로 한 것은 품질 저하를 방지하는 보존 기술을 지닌 기술 팀이었다.

아르마의 말에 따르면 편성 작업이 완료되는 대로 해체반도 추가로 파견할 예정이라고 한다.

"작업 완료까지 두 달 정도 소요될 예정입니다──."

숫자가 숫자인 데다 특수한 해체 기술도 필요한 탓에 예측 처리 기간을 2개월 정도로 잡았다.

그 기간 동안 보존과 해체, 그리고 여러 성술사들에 의한 정화 작업이 동시에 진행될 것이라고 한다.

또한 그곳에서 난 소재 등은 모두 니르바나측에서 매입한다.

거기에서 필요 경비 등을 제외한 것을 공로자인 미라 일행에게 분배한다.

이야기가 그렇게 정리된 참에 고트프리트가 터무니없는 소리를 입밖에 냈다.

"아~ 분배 같은 건 생각만 해도 골치 아프니까 난 필요 없어."

그렇게 말하며 분배 권리를 포기한 것이다.

액수가 상당할 텐데도 고트프리트는 전혀 상관없다는 듯한 태도였다.

심지어 그뿐만이 아니라 사이조까지 "소생도 이미 충분한 보수를 받았으니 사양하겠소"라고 말을 이었다.

그 보수란 것은 니르바나제 닌자 도구를 말하는 것이리라. 니르바나가 지닌 특별한 기술과 술식이 사용된 그것들은 사이조에게 더없이 큰 보수가 된 모양이다.

"나도 필요 없어. 아무데나 기부해 줘."

그러한 흐름을 이어가듯 엘리미제까지 분배 권리를 포기했다. 포기라기보다는 자신의 몫을 자원봉사 활동 등에 사용해 달라고 한 것이었지만.

세 사람 모두 겸허하기도 하다고 말할 수도 있겠지만, 그건 대국 아틀란티스의 장군이기에 가능한 일이었다.

자산이 넘쳐나기에 여유를 부릴 수 있는 것이다.

간단하게 계산해도 한 사람당 수십억 리프는 될 텐데도 전혀 개의치 않는 것만 보아도 그들이 얼마나 대인배인지 알 수 있었다.

그에 반해 아홉 현자들은 아주 신이 나 있었다.

"비싸게 팔아먹을 수 있도록 깔끔하게 처치했으니까 평균가보다 20퍼센트 정도는 더 받을 수 있을 거야."

루미나리아는 그렇게 자신의 공적을 강조했다.

연구비로 쓸 현금은 아무리 많아도 부족하다며 임시 수입이 들어온다는 사실에 크게 기뻐했다. 시험해 보고 싶었던 이런저런 것들이 떠오르는지 벌써부터 미소가 가시질 않았다.

"아, 나도 꽤 깔끔하게 쓰러뜨렸어. 나름 주의를 기울였다고."

카구라가 그렇게 말을 이었다. 그녀 역시 가치 있는 소재가 나오도록 노력했노라고 자신만만하게 주장했다.

그런 카구라는 숲을 보전하는 일에 더욱 힘쓸 수 있겠다며 기뻐했다.

키메라 클로젠의 잔당 처리 등이 끝나면 그녀가 총수를 맡고 있는 이스즈 연맹은 정령이 살 수 있는 삼림을 보전하기 위한 단체로서의 활동을 주로 하게 될 것이다.

키메라 클로젠의 영향으로 인해 아직도 대부분의 숲은 정령의 관리를 받지 못하고 있는 상태다.

그러한 상황 탓에 기부금만으로는 꾸려나가기가 어려웠던 모양이다. 카구라 역시 이번에 임시 수입이 들어온다는 사실이 반가울 수밖에 없었다.

"이사한 지 얼마 안 돼서, 큰 도움이 될 것 같아."

"그러게, 낡아서 망가진 것도 꽤 되니까. 이번 기회에 새로 장만하는 것도 괜찮겠어!"

아르테시아와 라스트라다는 기쁨에 찬 목소리로 말했다.

두 사람과 고아원 아이들은 요즘 들어 깊은 숲에서 루나틱 레이크에 위치한 새로운 고아원으로 이사를 했다.

하지만 갓 이사를 한 탓에 여러모로 돈이 필요했다.

그런 상황에 하늘에서 뚝 떨어진 것이나 다름없는 임시 수입으로 아이들을 위한 이런저런 물건들을 사들일 수 있겠다는 생각에 신이 난 듯했다.

"그토록 많았으니 분명 상당한 액수가 될 테지. 앞으로는 본격적으로 앤티크 가구를 보러 다닐 수 있겠구나!"

당연하다는 듯이 미라도 신이 나서 임시 수입은 얼마든지 환영이라는 듯 말했다.

새로운 소환술인 저택 정령(마이 홈)에 의한 생활공간을 더욱 쾌적하게 장식하기 위해 필요한 것은 다양한 가구의 인공 정령.

그것들은 주로 오랜 세월 동안 소중하게 사용되어 온 가구들에 깃들어 있고, 그러한 물건들은 대부분 앤티크 가구로 취급되었다.

예스러우면서도 운치 있는 물건들은 대개 비싸기 마련이다.

그렇기에 가구의 인공 정령을 모으려면 많은 자금이 필요했다.

이번 수입 덕분에 그를 위한 자금은 윤택해질 것이다. 미라는 가구 정령 수집이 한결 수월해지겠다며 씨익 웃었다.

"내 몫은 소재로 줘. 이게 리스트야. 남는 건 알아서 하고."

마지막으로 소울하울은 잽싸게 메모를 해서 아르마에게 제출했다.

그 메모에 적혀 있는 것은 일리나의 장비를 강화하는 데 필요한 소재들이었다.

쓰러뜨린 마수 중에는 희소한 타입도 많았고, 메모에는 주로 그들의 소재가 적혀 있었다.

희소품이 많은 데다 비싼 소재이기는 하지만, 굳이 말하자면 시장에 내놓아도 팔리지 않을 부류의 물건들이다.

분배될 보수를 기준으로 하자면 10퍼센트 정도의 값어치가 될 것이다.

하지만 아내인 일리나를 더없이 사랑하는 소울하울에게는 소재가 더 중요한 듯했다.

소울하울은 이로써 일리나는 더욱 더 아름다워질 것이라며 미소 지었다.

하지만 메이린은 유일하게 금전에는 관심이 없다는 듯이 "다 같이 나눠라이거"라고 했다.

그렇게 미라 일행은 저마다 멋대로 들떠서 떠들어 댔다.

"옛날하고 달라진 게 하나도 없네……."

"그러게 말이야."

노인이 중얼거리자 에스메랄다가 답했다. 아르마 역시 쓴웃음을 지은 채 "뭐, 이건 이것대로 마음이 놓이는 광경이네"라고 말을 이었다.

또한 고트프리트 일행도 아직 건재한 아홉 현자 일행의 모습을 보며 미소를 지었더랬다.

회의가 일단락되어 오늘은 해산하게 되었다.

그림다트의 사관들은 그대로 조사부를 도우러 갔다. 그들은 잔당 소탕의 주도권을 얻으며 나라에서 받은 임무를 달성하기는 했지만, 악마 관련 안건에 관해서도 상세히 보고하는 게 좋겠다고 판단을 내린 듯했다.

또한 나라를 위해, 가족을 위해 조금이라도 도움이 되었다는 내용의 실적을 올려 두고 싶은 모양이다. 그렇게 솔직하게 털어놓자 아르마가 흔쾌히 승낙을 해준 것이다.

그렇게 이번 조사가 완료될 때까지는 니르바나에 체류하게 되었다는 듯했다.

오랜 친구들이 한 자리에 모이면 이야기꽃이 피기 마련. 그렇게 회의실에서 담소를 나누던 도중, 아르마가 향후의 예정에 관해 한 마디를 했다.

"그래서 고트프리트 군네 말인데, 아직 상대를 고르는 중이거든. 역량차가 있다 보니 고생이 이만저만 아니야."

듣자하니 고트프리트 일행은 투기대회에서 모의전을 할 예정이라는 듯했다.

전력을 대대적으로 움직이기 어려운 한정부전조약 기간 중에 아틀란티스의 장군을 움직이기 위해서는 그런 명분이 필요했던 것이다.

표면적으로 그들, '이름 없는 사십팔장군(네임리스 라인)'은 투기대회의 특별 게스트 자격으로 니르바나에 왔다.

아무튼 그러한 명분을 위해 모의전을 기획한 것인데, 당사자인 장군들── 특히 고트프리트는 그것을 무척이나 기대하고 있는 눈치였다.

"그래. 딱히 누구든 상관은 없지만, 되도록 근성 있는 놈으로 부탁해!"

고트프리트는 그렇게 답하더니 여러 명과 붙어도 상관없다고 말을 이어 넘쳐나는 의욕을 내비쳤다. 투기대회라는 특별한 무대가 그의 열의를 더욱 들끓게 하고 있는 모양이다.

그러자 그런 대화에 슬그머니 끼어드는 이가 있었다.

"아직 정식으로 정해진 바가 없다면, 이 몸은 어떠하냐? 원한다면 한껏 분위기를 북돋워 주마!"

미라였다. 때는 지금이라는 듯이 모의전의 상대가 되어 주겠다고 나선 것이다.

투기대회에 출전하려던 계획은 십이사도의 간절한 부탁으로 인해 무산되었다.

하지만 미라는 상대가 십이사도가 아니라 '이름 없는 사십팔장군'이라면 아무 문제도 없을 거라 생각한 것이다.

고트프리트 정도의 실력자가 상대라면 시험해 보고 싶은 것들이 그야말로 한가득 있다. 시험 단계에 있는 것부터 실전 데이터를 얻고 싶은 것까지, 리스트는 넘쳐나는 것이다.

나아가 이 모의전이 실현되면 온 대륙이 주목하고 있는 큰 무대에서 소환술을 크게 선전할 수 있을 거란 생각에 미라는 의욕적으로 자신을 추천했다.

실험과 선전을 할 수 있고, 나아가 대회의 분위기를 뜨겁게 달굴 수도 있다. 미라는 의기양양해져서 더없이 좋은 생각이라고 말했다.

그에 반해 고트프리트 일행은 얼굴을 찌푸리고 명백한 거부감을 드러내고 있었다.

아무래도 '군세'의 악명을 아는 것은 십이사도뿐이 아니었던 모양이다.

그때, 미라가 그렇게 주장한다면 자신도 할 말이 있다는 듯이 나선 이가 있었다.

"치사하다해. 나도 싸우고 싶다이거!"

메이린이었다.

고트프리트 일행은 현재, 본인들의 지위 탓에 시합이라는 모양새로도 쉽게는 싸울 수 없게 되었다.

하지만 이번 모의전은 특별하다. 심지어 최고의 무대까지 준비된 상황이라 메이린도 가만히 있을 수가 없었던 모양이다.

이쪽 역시 타입이 다르기는 하나 미라와 같은 아홉 현자의 일원이다. 하지만 메이린이 후보로 나서자 조금 전과 전혀 다른 반응이 터져 나왔다.

"오오, 괜찮은데? 그거 재미있겠어!"

메이린이 상대라면 분명 최고로 뜨거운 시합을 할 수 있을 거다. 고트프리트가 이글거리는 눈빛으로 그렇게 답한 것이다.

또한 사이조와 엘리미제도 그녀라면 괜찮을지도 모르겠다고 말하는 듯한 표정을 짓고 있었다.

같은 아홉 현자인데도 반응 차이가 엄청나다.

"아니아니, 이 일에는 이 몸이 제격이 아니냐."

하지만 미라는 그러한 차이에도 개의치 않고 모의전 상대는 자신이 맡는 게 좋을 거라고 주장했다.

누가 뭐래도 미라는 소문이 자자한 신진기예 모험가인 정령여왕이다.

미라는 그 사실을 앞세워 자신을 홍보했다.

살아있는 전설인 '이름 없는 사십팔장군'과 요즘 잘 나가고 있는 모험가가 시합을 벌인다고 하면 분명 관객들은 열광할 거다.

그런 식으로 투기대회를 위한 일이라는 투로 말했다.

"나다해, 내가 싸우고 싶다이거……."

메이린은 그렇게 주장했지만 그녀는 모험가도 아닌 데다, 이명이 붙을 만한 활동도 한 적이 없었다.

수행을 위해 강자를 찾아 이리저리, 동에 번쩍 서에 번쩍하며 방랑하고 다녔을 뿐이다.

따라서 정령여왕에게 대항할 만한 간판이 없었다.

그렇게 메이린이 고민하던 그때, 문득 라스트라다가 그 말을 입밖에 냈다.

"그러고 보니 사랑의 전사 프리퓨어는 메이린 군이었지?! 터무니없는 게 예선에 있다는 소릴 관객뿐 아니라 참가자들도 엄청 많이들 하던데! 이야, 나도 프리퓨어가 화려하게 싸우는 모습을 보고 싶은걸."

역시 괴도였던 남자, 라스트라다라고 해야 할지. 이미 상당한 정보를 모은 모양이다.

개중에서도 프리퓨어는 당연히 히어로를 좋아하는 라스트라다의 수비 범위 안에 있었고, 그렇기에 그에 관한 이야기가 특히나 신경이 쓰였던 것이리라.

그리고 무엇보다도 예선 시합 때 메이린이 입고 있는 프리퓨어스러운 복장은 그가 아이디어를 낸 것이었다.

그러한 이유도 있어서인지 아주 기대로 가득한 얼굴을 하고 있었다.

"그랬냐? 내가 인기 있는 거냐해? 나도 싸울 수 있다이거!"

현재, 사랑의 전사 프리퓨어는 예선에서 화제를 일으키고 있다. 그렇듯 정령여왕과 대항할 수 있는 요소를 손에 넣은 메이린은 다시금 기운을 되찾았다.

"아니, 그러한 일시적인 것보다 모험가라는 확실한 토대를 갖춘 이 몸이 더 큰 화제를 일으킬 수 있을 터. 심지어 대회에는 출전하지 않고 그 특별 모의전에만 등장하니 더더욱 그러할 게야!"

미라 본인도 사랑의 전사 프리퓨어, 메이린이 대항마가 될 만한 요소를 갖추는 데 기여한 바가 있었다.

하지만 그런 건 알 바 아니라는 듯이 자신을 홍보했다. 이토록 실험하기에 좋은 기회가 그리 흔한 것은 아니기 때문이다.

하지만 메이린도 가만히 있지 않았다.

"내가 싸운다해! 분명 실망하는 일은 없을 거다이거!"

그렇게 물고 늘어지며 고트프리트에게 달려가 도전적인 미소를 띤 채 "나 안다이거. 당신, 나랑 같다해"라고 말했다.

싸우는 게 좋다, 강해지는 게 좋다. 두 사람에게는 분명 그러한 공통점이 있었다.

그리고 고트프리트 역시 그 마음을 이해했다. 그렇기에 메이린이 상대라면 아무 문제도 없을 거라 생각했다.

"그렇기에 더더욱 이 몸이 적임자일 게다!"

미라 역시 그렇게 말하며 일어나 고트프리트에게 다가갔다.

아주 자신만만하게 싸우는 게 좋다면 얼마든지 상대해 줄 수 있다고 말하면서.

소환술을 사용하면 전투 상대를 무한으로 준비할 수 있다. 따라서 훈련 상대로도 최고일 거라고 미라는 호언장담을 했다.

실제로 훈련 상대로 신세를 진 이들은 많았다.

메이린은 물론이고 루미나리아와 라스트라다, 카구라 등도 실전 형식의 훈련으로 몇 번이나 이용했던 것이다.

하지만 시합이라면 이야기가 달라진다는 사실을 이곳에 있는 모두가 알고 있었다.

일찍이 훈련 상대를 맡았던 미라는 대부분 어디까지나 방어를 하는 역할을 맡았더랬다.

그 때문에 반격 등의 움직임도 최소한으로 줄였다. 주로 술식을 받아내고 어떠한 영향이 일어나는지를 파악하기 위한 훈련이었다.

"아니, 훈련으로 끝낼 생각도 없잖아……."

두 눈을 번쩍번쩍 빛내는 미라를 쳐다보며 고트프리트는 한숨을 내쉬었다. 미라가 명백하게 무슨 짓을 저지를 생각임을 확신하는 얼굴로.

"끄응……!"

미라는 완전히 속내를 들켰다고 생각했지만 그렇다고 포기할 수는 없다는 듯이 물고 늘어졌다.

투기대회라는 커다란 무대. 그곳이라면 분명 소환술이 건재하다는 사실을 널리 알릴 수 있다는 확신이 있었기 때문이다.

"이 몸을 고를 것이지?"

"나다해!"

미라와 메이린은 옥신각신하며 누굴 택할 것이냐고 고트프리트를 재촉했다.

그런 가운데, 고트프리트는 난감하게 됐다는 표정을 지은 채 속으로 생각했다. '우와, 나, 인기 죽이는데?'라고.

실제로 옆에서 보면 두 소녀가 한 남자를 두고 싸우고 있는 모습으로 보이기도 했다.

그리고 그 모습을 험악한 눈빛으로 쳐다보는 남자가 있었다.

(뭐야, 저렇게 열을 올리면서 매달리다니——.)

노인이었다. 그는 기대로 가득 찬 눈으로 고트프리트에게 매달리는 미라를 바라보며 눈살을 찌푸린 채 험악한 분위기를 풍기고 있었다.

미라가 다른 남자에게 매달리는 모습을 보고 질투심에 사로잡혔다……가 직후에 '아니, 왜 그렇게 되는 건데!'라고 속으로 소리쳤다.

(속은 소환 영감이라고. 정신 좀 차려라, 노인!)

노인도 머리로는 알았다. 하지만 그의 눈에 미라의 외모는 너무도 완벽해 보였다.

그 때문에 노인은 아직도 괴로워하고 있는 것이다. 겉모습과 본모습의 터무니없이 큰 차이 때문에.

그리고 에스메랄다는 그런 노인의 모습을 걱정스러운 눈으로 지켜보았다. 너무도 뻔한 함정에 걸려들려 하는 그를 동정하듯이.

하지만 그 옆에 있는 아르마는 갈등에 빠진 노인을 보며 살짝 즐기고 있는 듯했다.

"——그럼 역시 이 몸이 두 판을 겨루는 게 좋지 않겠느냐."

"내가 두 판이다해."

노인이 갈등에 빠져 있는 동안에도 미라와 메이린은 어느 쪽이 대전 상대가 될 것인가 하던 것의 다음 단계로 이야기를 진행시키고 있었다.

새삼스럽지만 굳이 설명하자면, 지금은 고트프리트와 사이조, 그리고 엘리미제의 상대를 누가 어떻게 맡을 것인가를 두고 다투는 중이다.

그렇다, 두 사람은 처음에 혼자서 세 사람과 모의전을 치를 생각이었던 것이다.

그러다 보니 이제 좀 현실적인 논의가 시작되려나 싶었지만, 그런 일은 벌어지지 않았다. 고트프리트 일행은 세 명이다. 그래서 또 누가 두 판을 겨룰 것이냐를 두고 다투기 시작한 것이다.

"자자, 둘 다 그렇게 억지 부리면 못 써——."

미라는 신진기예 모험가. 메이린은 예선에서 명성을 떨치고 있는 사랑의 전사.

그런 두 사람의 정체는 아홉 현자다. 무조건 대륙 최고 수준이라 할 수 있는 전투가 펼쳐질 것이다.

그럼 투기대회의 분위기는 최고로 달아오를 것이 분명하다.

아르마는 속으로 그렇게 생각했지만, 계속해서 생각을 한 끝에 손해가 더 클 것이라고 판단한 듯했다.

"——일단 이 건에 관한 몇 가지 아이디어가 나오기는 했어. 우리 군의 장교를 출전시키거나, 아니면 신병들을 훈련시키기 위한 기회로 삼거나 하자고. 어느 쪽으로 결정이 되든 아틀란티스 최강이 어떤 것인지 체감해 주었으면 해서."

아르마는 두 사람의 말다툼을 제지하더니 현 시점에서의 선택지로 고려 중인 아이디어를 밝혔다.

대범죄조직 '이라 무에르테'의 본거지를 제압하기 위해 고트프리트 일행과 공동전선을 펼쳤다.

그 때문에 표면적인 명목이 필요해 투기대회의 특별 게스트로 초빙한 것이었는데, 아르마 역시 이를 평범한 이벤트로 끝낼 생각은 없었다.

예를 들어 십이사도 중 누군가나 게스트로 초빙한 루미나리아, 신진기예 모험가 등과의 모의전도 나쁘지 않겠다고 생각을 하기는 했다고 한다.

또한 다른 선택지 중 하나로 군사력 강화를 위해 이용하는 방법도 있다고 말을 이었다.

하지만 그러한 이유를 댄다고 물러설 두 사람이 아니었다.

미라와 메이린은 듣던 중 반가운 일이다, 한 사람씩 맡아도 상관없다며 계속 물고 늘어졌다.

어떻게든 모의전에 나가고 싶다는 것이다.

"하지만 그렇네, 애초에 메이린은 출전자 중 한 명으로 투기대회에 출전 중이잖아? 일단은 다른 사람과 같은 선수 자격인데 고트프리트 군네랑 모의전을 치르게 하는 식으로 특별 취급하기는 어려울 것 같아. 정 하고 싶다면 투기대회에서 기권할 필요가 있는데, 그렇게 할래?"

아르마는 메이린에게 딱 잘라 말했다.

투기대회에서 화제를 일으키고는 있어도 지금은 어디까지나 일반 출전자다. 그러니 특별대우는 할 수 없다고.

정말 고트프리트 일행과 모의전에서 싸우고 싶다면 투기대회를 그만두라는 조건을 내세운 것이다.

"우으……."

그것은 메이린에게 지극히 어려운 양자택일 문제였다.

하지만 얼마간 침묵한 후, 메이린은 풀이 죽어서 "그럼 다음으로 미루겠다이거"라면서 물러났다.

앞으로 어떤 강자가 나타날지 알 수 없는 투기대회와 강하고 싸우는 맛은 있겠지만 과거에 몇 번이나 시합을 한 적이 있는 고트프리트 일행.

그 둘을 저울질한 결과, 메이린은 미지의 상대를 만나는 가슴 설레는 느낌 쪽을 택한 것이다.

그리고 미라에게는――.

"그러면 할배는 특별히, 고트프리트 군네가 원한다면 모의전에 나가도 좋아."

그렇게 아르마가 관대한 조건을 제시했다. 특별 게스트인 세 사람 중 누군가가 싸우기를 바란다면 무대에 올라도 좋다고.

"허어, 정말 그래도 되겠느냐?!"

전투를 좋아하는 고트프리트는 물론이고 사이조 역시 특훈을 좋아한다. 새로운 니르바나제 닌자 도구를 여러모로 시험해보고 싶다고 생각할 것이다.

그리고 엘리미제는 어딘가 아홉 현자를 존경하고 있는 듯한 눈치다. 소울하울을 대하는 반응만 봐도 그건 명백한 사실이다.

그런 세 사람이라면 모두 다 승낙해 주지 않을까, 하고 미라는 의기양양하게 답을 기다렸다.

하지만 그 결과 돌아온 것은 침묵뿐이었다.

"뭣……이라고……?"

대결을 원한다는 말은커녕 고트프리트 일행의 얼굴에는 거부감마저 떠올라 있었다. 침묵함으로써 승낙이 아니라 사양하겠다는 뜻을 밝힌 것이다.

"뭐어, 그 밖에도 볼거리는 많으니 장교분들에게 기회를 주는 게 좋지 않을까?"

쏘는 듯한 미라의 눈빛을 피해 고트프리트 일행은 시선을 돌렸다. 그리고 카구라가 끼어들어 무난한 의견을 내놓았다.

"그래. 우리만 즐기기보다는 젊은이들이 활약할 수 있는 무대를 더 만들어 주자고."

루미나리아가 그 의견에 찬성했다.

그러자 순식간에 그 선택지를 지지하는 사람들이 늘어났다.

"그렇게 됐으니, 우리 군의 특별 강화 훈련으로 하자. 잘 부탁해, 고트프리트 군, 사이조 군, 엘리미제. 많이 가르쳐 줘. 나중에 상대할 사관들을 소개해 줄게."

"그래, 우리만 믿어!"

"음, 맡은 역할은 확실하게 완수하겠소."

"맡겨 줘~."

조금 전과 달리 아르마의 말에 세 사람은 경쾌하게 답했다.

그렇게 '이름 없는 사십팔장군'의 모의전 상대는 니르바나군의 장래 유망한 장교와 신병들로 결정되었다.

그렇게 계속해서 모의전에 관한 상세 내용을 정해 나가는 내내, 미라는 계속 토라져 부루퉁한 얼굴을 하고 있었다.

〈3〉

대범죄조직 '이라 무에르테'의 본거지를 제압하고서 며칠이 지나자, 그 소식은 눈 깜짝할 새에 각국으로 퍼져 나갔다.

대륙 최대 규모의 이벤트 중이기도 하여 현재 니르바나에는 각국의 외교관들이 많이 모여 있었다. 그렇기에 정보는 신속하게, 그리고 모두에게 정확하게 전해졌다.

"해낸 건가, 니르바나. 정말이지, 엄청난 여걸이었군."

"그래, 드디어 해냈구나. 고맙다, 아르마 여왕. 덕분에 딸도 마음 편히 눈을 감을 수 있겠어……."

"정말 좋은 소식이군요. 자아, 앞으로 바빠지겠어요."

그 소식을 들은 수뇌들은 골칫거리가 하나 사라졌다는 사실에 기뻐함과 동시에 일어날지도 모르는 사태에 대비하고자 움직이기 시작했다.

그렇다, '이라 무에르테'의 존재로 인해 억제되고 있던 자들의 활동이 활발해지는 사태에 대한 대처다.

"호오오, 뒤처리는 그림다트가 맡나요. 이것 참 과감한 판단……이기는 하지만, 이 빚은 비싸게 먹힐 것 같군요."

"공을 버리는가. 니르바나 정도의 대국쯤 되면 그림다트의 안색은 살피지 않아도 될 터인데. 무슨 사정이라도 있나?"

"영단(英斷)이군. 지금의 니르바나는 투기대회로 정신이 없을 테니. 신속하게 '이라 무에르테' 잔당을 잡아들이기는 어렵지. 그렇기에 그림다트에 빚을 지우는 모양새로 지휘권을 양도한 것이고."

아르마는 약속한 대로 '이라 무에르테'의 본거지에서 발견한 자료와 간부들에게서 얻은 정보를 그림다트로 보내고 잔당 소탕의 지휘권을 양도했다.

이로 인해 그림다트는 자국의 공작이 사건에 관여했다는 오명을 씻을 기회를 얻었다.

그 때문에 현재 그림다트 국왕이 직접 지휘를 맡아 이 일을 해결하기 위해 애쓰는 중이다.

"일단은 이걸로 조금은 긴장을 풀어도 되려나……."

이번 '이라 무에르테' 사건과 관련된 일들을 어느 정도 마무리한 아르마는 다른 서류 더미로부터 도망치듯이 안쪽에 자리한 자신의 방으로 향했다.

그리고 자신에게 주는 상이라며 마음에 드는 글라스를 집어 들고 멋대로 "오늘 업무는 끝이야!"라며 한 잔을 들이켰다.

"아~르~마~……."

"히익!"

이어서 한 잔 더 마시려던 참에 에스메랄다에게 발각된 아르마는 탁월한 성술에 의한 알코올 정화 조치를 받으며 집무용 책상으로 다시 끌려갔다.

그렇게 '이라 무에르테'와 관련된 사태는 일단 진화되었다.

그리고 그를 위해 집결했던 드림팀도 해산됐다. 그와 동시에 미라가 맡았던 이리스 호위 임무도 종료. 미라는 자유의 몸이 되었다.

미라가 니르바나에 온 목적이었던 메이린에게는 이미 귀국하겠다는 약속을 받아냈다. 이제 대회가 끝난 후, 메이린이 귀국하는지를 확실하게 확인하는 일만 남았다.

"내가 이겼다해!"

그런 메이린은 당연하다고 해야 할지, 이미 투기대회의 본선 진출이 확정된 상태다.

하지만 메이린은 그렇다고 방심하지 않았다. 때때로 숙박처인 장남 헨리 아담스가 출근할 때 따라 나서서는 성의 훈련장에서 병사들과 함께 기초 훈련 등을 하는 듯했다.

하지만 그녀의 진짜 목적은 그 기초 훈련 후에 이루어지는 전투 훈련이었으리라. 병사들을 상대로 신나게 날뛰고 있다고 한다.

메이린이 와 있는 날은 훈련장에서 누군가의 비명소리가 평소보다 크게 들려와서 금방 알 수 있었다.

또한 메이린뿐 아니라 다른 동료들도 저마다 자유롭게 지내고 있다.

아홉 현자인 루미나리아는 이번에 우호국의 게스트 자격으로 초대되어 체류하고 있었다. 그 때문에 본선 개시 전에 잠깐 인사를 할 예정이라는 모양이다.

"좋아좋아. 이런 이벤트에는 대개 미인들이 많이 나오니까. 언제든 재미를 볼 수 있다 이거야."

당사자인 루미나리아는 그 전까지 흔치 않은 기회라는 이유로 매일같이 변장을 하고 대회 회장을 들락거렸다.

메인 투기대회 말고도 투기장 주변에서는 그야말로 백에 가까운 이벤트가 연일 개최 중이었다.

그 중에는 복식 브랜드의 패션쇼와 같은 것까지 있었다.

루미나리아는 매지컬 나이츠가 개최하는 쇼를 비롯해 몇몇 이벤트를 견학하며 먹잇감으로 삼을 미인 모델을 물색했다.

또한 반드시 보러 가겠다고 단단히 마음을 먹고 미스 콘테스트 회장으로 향했다가 느닷없이 참가하게 되어, 우승해 버리기도 했다.

그리고 미인 콘테스트의 우승자로서 다음 순서인 미스터 콘테스트의 심사원을 맡아, 모두에게 0점을 매기는 폭거를 저지르는 등, 그녀 나름대로 충실한 하루하루를 보내고 있는 듯했다.

"앞으로 한 달이나 두 달 정도면 끝날 거야——."

카구라는 이스즈 연맹의 일로 바쁜 모양인지 회의가 끝난 다음 날에 돌아갔다.

단, 에스메랄다에게 가우타를 맡겨두고 이삼 일에 한 번은 얼굴을 비추고 동료들과 함께 저녁을 함께 먹었다.

또한 차례로 붙잡힌 '이라 무에르테' 관계자들을 심문할 때에도 대활약을 했다.

카구라가 확실하게 자백을 받아낸 덕에 니르바나 황국 내의 잔당은 순식간에 제거되기 시작했다.

소울하울은 니르바나성의 연구실을 빌려서 밤낮을 가리지 않고 사령술 연구에 힘쓰고 있었다.

'이라 무에르테'에서 있었던 일들과 그곳에서 발견한 악마의 술식에 관해 더욱 깊이 연구하고 있는 듯했다.

지금까지는 지배할 수 없었던 마수조차도 사령술의 대상으로 삼을 수 있을지도 모른다는 가능성이 보였기 때문이다.

"마속성을 제어함으로써 마수까지 침식하는 건가……. 정말 무시무시하고도 재미있는 걸 생각해냈군, 흑악마란 것들은."

조종당하고 있던 마물과 마수. 나아가 섬 전체에 퍼져 있던 거대 마법진과 마속성을 추출하는 장치에 새겨져 있던 술식 등.

그 섬에 있던 모든 술식을 베껴둔 소울하울은 새로운 목표가 생겼다며 분석에 착수했다.

천성이 그런 것인지. 몇 년에 걸쳐 신명광휘의 성배를 완성시킨지 얼마 되지도 않았건만, 그는 다시 커다란 목표를 내세워 전진하고 있었다.

"이거 큰일인걸. 다들, 준비됐지? 도와줘요~ 제스퍼 나이트~!"

라스트라다는 어린 아이들을 데리고 이벤트 중 하나인 히어로쇼에 와 있었다.

그리고 아이들과 함께 히어로의 이름을 외쳤는데, 주변에 있던 아이의 부모들은 누구보다도 기합이 들어간 그 목소리를 듣고 한껏 당황했다. '설마 우리도 저렇게 해야 하는 건가?' 싶은 표정이다.

하지만 라스트라다는 전혀 개의치 않고 아이들과 함께 히어로쇼를 즐기고 있었다.

"자자, 시작한다. 다들 조용히 해야 한다?"

아르테시아는 소녀들의 재촉에 못 이겨 대회 회장 안에 있는 연극장을 찾았다.

그곳에서 지금부터 시작될 공연은 요즘 젊은이들에게 큰 인기가 있는 로맨스물이었다.

평범한 마을 처녀인 히로인과 대국의 왕자가 온갖 장해를 뛰어넘어 결국 맺어지는 것이 전반부의 이야기.

누군가가 건 저주로 인해 히로인이 죽음의 잠에 들고, 왕자가 이를 구하기 위해 여행을 떠난다는 것이 후반부의 이야기다.

수많은 난관에도 굴하지 않는, 한결 같은 왕자의 사랑. 여성들과 소녀들은 그 굳은 절개를 보고 잔뜩 흥분했다.

그렇게 라스트라다와 아르테시아는 몹시도 바빴다.

니르바나는 현재, 한창 축제 중이다.

때문에 그런 환경에서 아이들이 얌전히 있을 수 있을 리가 없었고. 다음은 이거, 그 다음은 이거, 라고 보채는 아이들을 따라 회장 안의 이벤트를 돌아다니느라 정신이 없었다.

하지만 고아원 교사진은 물론이고 니르바나성에서 일하는 병사와 메이드 등도 솔선해서 도움을 주었다.

지금은 희망자별로 조를 나누어서 여러 가지 이벤트를 구경하고 다니고 있는 상태다.

니르바나성에는 아르테시아뿐 아니라 아이를 좋아하는 자들이 많은 듯했다.

노인은 결전 후에도 이전과 그다지 변함이 없었다. 통상 업무로 돌아간 것뿐이다.

하지만 장군급인 만큼 여러모로 바쁜 듯했다.

"아아, 요즘 들어 만나기가 힘들── 아니, 그게 뭐 어쨌다고! 하아…… 이거 일을 너무 많이 했나."

병사들이 훈련하는 모습을 시찰하던 도중의 일이다. 문득 뇌리에 떠오른 미라의 모습에, 노인은 허둥지둥 고개를 가로저어 망상을 쫓아냈다.

머리로는 알지만 그 이성을 뛰어넘는 감정에 몸부림치며 그는 차분히 명상을 하기 시작했다.

(그건 소환 영감. 그건 소환 영감이다, 그건 소환 영감이다.)

그렇게 염불을 외듯 되뇌어 자기 자신을 설득했지만, 귀엽고도 매혹적인 미라의 모습이 눈앞에 어른거렸다.

"젠장…… 대체 어쩌면 좋지……."

정신을 차려 보니 노인은 루미나리아에게 받은 미라의 사진을 들여다보고 있었고, 이내 하늘을 올려다본 채 더욱 가열하게 일하고자 달려 나갔다.

아틀란티스의 장군들도 모의전을 치를 때까지 왕성에 체류하며 마음껏 즐기고 있었다.

"오~ 오~ 꽤 싹수가 있어 보이는 녀석이 있네! 아~ 나도 나가고 싶었는데."

고트프리트는 매일같이 투기대회의 예선 회장으로 발길을 옮겼다.

자신이 싸우는 것은 물론이고 누군가의 싸움을 보는 것도 좋아하는 듯했다.

하지만 크게 두각을 나타내는 전사들을 발견했을 때의 눈빛은 그냥 전투 중독자의 그것 같았다. 관전을 한다기보다는 재미있어 보이는 대전 상대를 찾고 있다고 표현하는 게 옳을지도 모른다.

“헤에, 소환술사라. 별일이네. 하지만 저 정도 실력은…… 재미있겠어!”

예선이라도 특출한 실력을 보이는 선수는 눈에 띄기 마련이다.

고트프리트는 압도적인 힘과 탁월한 기술로 승리를 거두고 있는 한 소환술사에 주목했다.

“오, 저 검사, 빠른걸. 게다가 탐색전 같은 건 안중에도 없는 듯한 전투 방식…… 아주 흥미로워.”

다음으로 시선을 돌린 곳에는 배틀 로열이라는 예선 형식에서 전방위로 싸움을 걸고 있는 검사가 있었다.

서로 충돌해 숫자가 줄어드는 가운데, 얼마나 체력을 온존할 수 있을 것인가 하는 것도 배틀 로열 형식으로 싸울 때 중요한 요소다.

그러나 그 검사는 숫자가 줄어들기도 전에 막무가내로 치고 나갔다.

그야말로 모두 다 자신이 쓰러뜨리겠다는 기백이 느껴질 정도의 전투 방식이었다.

저런 녀석은, 싫지 않다니까. 오히려 좋아. 고트프리트는 흥미롭다는 듯이 눈을 가늘게 뜨며 그런 생각을 했다.

사이조는 니르바나제 닌자 도구 세트의 사용감을 마음껏 시험해 보고 있었다.

나라에 따라 장비의 사양은 바뀌기 마련. 니르바나의 독자적 기술이 사용된 몇 가지 닌자 도구가 마음에 든 모양이다.

"오오, 이것 참 훌륭한 무기로구려!"

또한 닌자 도구 말고도 도검류에도 사족을 못 쓰는지, 매일같이 거리로 나가 대장간을 구경하고 돌아다녔다.

검, 도, 창 등, 그는 무기 전반에 관심을 보였고, 조금이라도 마음에 들면 점주에게 시험 사용 허가를 구할 정도였다.

그리고 그러한 무기들을 사이조가 탁월한 실력으로 휘두른 덕에 시험 사용을 할 때마다 다른 손님들의 이목이 집중되었다.

그 결과, 사이조가 인정한 대장간은 이전보다 더욱 장사가 잘되게 되어, 니르바나에 있는 대장간의 수준이 조금 높아지는 부차적인 효과까지 일어났다.

"좋아, 그 부분을 계측하고 있어."

"응, 알겠어."

엘리미제는 소울하울의 조수 포지션으로 같은 연구실에 틀어박혀 있었다.

같은 사령술사로서 소울하울을 존경하고 있던 그녀는 그가 시작한 악마 술식 연구도 마음에 든 듯했다.

소울하울이 연구를 시작한 그날, 연구실로 쳐들어와서 그대로 조수라는 직책을 거머쥔 것이다.

지금은 중간중간 조수다운 작업을 맡길 수 있게 된 모양이다.

하지만 소울하울은 다른 사람을 별로 챙기지 않는 성격이라 기본적으로 엘리미제는 방치 상태였지만, 그럼에도 그녀는 만족스러워 보였다.

그렇게 나날을 보내고 있는 '이름 없는 사십팔장군'들이 등장하기로 한 모의전은 투기대회 본선의 열기가 뜨겁게 달아올랐을 즈음에 이루어질 예정이다.

지금은 아직 예선을 치르는 단계라 어느 정도 시간이 있다.

그렇게 세 사람은 이대로 얼마간 느긋하게 시간을 보낼 셈인 듯했다. 휴양하기에는 제격이라며 기뻐하는 듯 보이기까지 했다.

미라는 아르마에게 통신실을 빌려서 솔로몬에게 현재 상황을 보고했다.

그렇다 해도 솔로몬은 '이라 무에르테' 관련으로는 아르마하고도 연락을 주고받은 뒤라, 어지간한 일은 파악한 상태였다.

그러나 자료를 토대로 한 정보만으로는 부족한 부분이 있기 마련이다.

미라는 솔로몬이 궁금했다는 몇 가지 질문에 당사자의 시선에서 답해 나갔다.

그렇게 흑악마 아스타로트의 흉계는 아직 끝나지 않은 것 같다는 결론에 도달한 참에 통신 장치 너머에서 슬레이만의 목소리가 들려왔다.

아무래도 솔로몬에게 볼일이 있는 모양이다.

"보아하니 또 꽤나 바빠진 것 같구나."

잠시 후에 가겠다고 답하는 솔로몬의 목소리가 들려오는 가운데, 미라는 여유롭게 쉬며 그렇게 말했다. 메이린을 찾아낸 데다 악의 조직의 수괴까지 처단한 미라는 아닌 게 아니라 당분간 할 일을 모두 마친 셈이라 휴가 모드에 돌입했던 것이다.

『그래, 건국제 준비도 해야 해서 정신이 없어. 누가 뭐래도 아홉 현자의 귀환을 발표하는 자리가 될 테니 최대한 호화스럽게, 성대하게 하고자 하는데 지금은 초대장을 누구한테 보낼지를 두고 고민 중이거든.』

그렇게 답한 직후 솔로몬이 한숨을 내쉬는 소리가 통신 장치를 통해 들려왔다.

"흐음~ 그렇구나. 그거 확실히 어려운 문제로군……."

굳이 말하자면 나라의 생일 파티인 셈이지만 이번에는 아홉 현자의 귀환이라는 알카이트 왕국 사상 최대급의 발표가 기다리고 있다.

그렇게 되면 축하는 물론이고 참관인으로 세우려면 이전보다 많은 유력자들을 부르는 편이 좋을 거다. 그러면 아홉 현자의 억지력으로서의 효과가 더욱 크게 발휘될 테니 말이다.

솔로몬의 말에 따르면 현 시점에서는 아르마가 출석하겠다고 약속을 해주었고, 아틀란티스측도 장군급 몇 명을 출석시켜 주겠다고 한다.

아크 대륙에서 1위와 2위라 할 수 있는 양대 국가가 건국제에 출석하기로 했으니 아크 대륙에 대한 견제는 충분하다 해도 과언이 아니리라.

하지만 바다 너머에 있다 보니 상당히 멀었다.

『가능하다면 강력한 게 하나쯤 더 있었으면 좋겠는데……. 아리스파리우스하고는 그럭저럭 가깝게 지내고 있지만, 아직 거물을 초대하게 해달라는 소리를 할 정도는 아니고…….』

따라서 주변 제국에 대한 견제라는 면을 고려하면, 가능하면 알카이트 왕국과 같은 어스 대륙에 있는 강국, 특히 삼신국 같은 곳과의 우호 관계를 시사해 두고 싶다는 것이 솔로몬의 생각인 듯했다.

하지만 억지력이 될 만한, 그러면서 주목도가 높아 화제를 끌 만한 인물은 아직 출석시켜 주지 않을 것이라고 한다.

아리스파리우스측도 자국의 영향력을 알기에 그러한 기준이 매우 엄격한 모양이었다.

『뭐어, 그런고로 회의하러 다녀올게. 오늘도 결정이 안 날 것 같기는 하지만…….』

"음, 그러냐. ……고생이 많구나."

솔로몬은 나라의 향후에 대한 고민 때문인지 무거운 한숨을 내쉬었고, 미라는 마음고생을 하는 그를 걱정하면서도 그다지 휘말려들고 싶지 않다는 생각에 한 걸음 물러섰다.

그렇게 미라는 간결하게 현재 상황에 관한 보고를 마쳤다.

하지만 거기서 끝이 아니었다. 직후에 왕성 안뜰로 장소를 옮겨 왜건을 꺼내더니, 이번에는 소환술의 탑에 연락을 한 것이다.

그 목적은 당연히 마리아나에게 연락하는 것이었다.

『네, 여기는 소환술의 탑, 보좌관인 마리아나입니다.』

참으로 오랜만에 듣는 것만 같은 목소리가 통신장치에서 들려왔다.

미라는 그 사랑스러운 목소리를 들으며 만면에 미소를 띤 채 "이 몸이다. 잘 지냈느냐?"라고 답했다.

〈4〉

대륙 전토에 영향을 미쳤던 '이라 무에르테' 본거지 공략 작전 완수로부터 일주일이 지난 후.

동료들이 각각 자유로운 시간을 보내는 가운데, 미라는 어떻게 지내고 있는가 하면——.

"흠, 직접 물들일 때와 대체 뭐가 다른 겐지……."

미라는 아직도 이리스의 방에 있었다.

위협이 사라졌으니 이제 이리스가 표적이 될 일은 없다. 때문에 호위 임무를 내려놓은 미라가 왜 아직 이곳에 있는가 하면.

그것은 쾌적한 환경이 갖춰진 이리스의 방에 눌러 앉은…… 것은 아니고.

단순히 이리스가 그러기를 바랐기 때문이다. 투기대회가 끝나 돌아갈 때까지는 친구로서 함께 지내고 싶다고 한 것이다.

하지만 마음은 남자인 미라가 이리스와 함께 사는 것이 허락됐던 것은 무엇보다도 호위라는 구실이 있었기 때문이다.

그렇게 생각했던 미라는 그렇기에 그런 관계를 유지하기는 어려울 것이라고 예상했다. 그러나 아르마는 놀랍게도 선뜻 허가를 해주었다.

(뭐, 이해가 안 가는 바는 아니다만. 허나 당연히 뭔가 꿍꿍이가 있을 게야.)

허가를 내린 아르마의 꿍꿍이. 그 내용이 대체 무엇일지는 알 수 없지만 한 가지 명확한 것이 있었다.

그것의 일환으로 미라는 지금 이리스의 도움을 받아 머리를 물들이고 있는 중이었다.

"이제 완벽해요~!"

이리스는 상하좌우에서 확인하고는 그 완성도를 보고 만족스러운 미소를 지었다.

실제로 미라가 직접 물들였을 때처럼 색이 들쭉날쭉하지도 않고 매우 아름답게 염색이 됐다.

또한 지금까지와 다른 인상을 풍기게끔 긴 머리카락을 땋아, 어딘가 어른스러운 소녀로 탈바꿈하기까지 했다.

"흠, 제법 괜찮구나. 이 정도면 이 몸이란 걸 못 알아챌 게야!"

미라는 변장을 하는 중이었다.

그럼 왜 변장을 하고 있는 것인가 하면…… 그렇다, 지금부터 둘이서 외출을 하기 위해서다.

누군가가 목숨을 노릴 이유가 없어진 덕에 이리스는 몇 년 만에 바깥으로 나갈 수 있게 되었다.

그렇다고 위험 요소가 없는가 하면, 그건 또 아니다.

암살자 같은 게 올 걱정은 없어졌지만 대륙 최대급의 이벤트가 개최 중인 탓에 사람이 많다 보니 그만큼 위험 요소도 늘어난 것이다.

몇 년이나 외출을 하지 않은 이리스를 그런 거리에 느닷없이 풀어놓을 수는 없는 일이다. 게다가 그녀는 남성 공포증까지 있다.

그렇듯 모두가 걱정할 만한 상황이라 당연히 아르마 역시 걱정이 매우 컸다.

그렇기에 미라에게 그를 떨쳐내기 위한 역할을 맡긴 것이다. 호위가 아니라 친구 겸 인솔자라는 역할을.

미라는 이를 계기로 이리스의 남성 공포증을 완화시키기 위해 움직이고 있었다.

그 방법이 뭔가 하면, 소환체 동료들에게 도움을 받아 조금씩 적응을 시키는 것이다.

거리감을 바꾸어 가며 생활하게 하되, 아주 힘들어하면 워즈랑 베르의 은폐 능력으로 보이지 않게 했다.

그렇게 조금 적응을 시킨 뒤에는 인간 형태의 아이젠파르드를 동원했다.

아이젠파르트는 겉모습만 보면 마치 옛날이야기에 등장할 법한 왕자님 같은 미남이다.

하지만 미라의 앞에서는 어린애처럼 어리광쟁이가 되기도 하니, 평범한 남자보다는 남성스러운 느낌 같은 것이 덜하다고 할 수 있었다.

그게 효과가 있었는지, 이리스는 미라에게 어리광을 부리는 아이젠파르드를 보는 것까지는 문제 없을 정도로는 회복되었다.

"어떠냐, 마을 처녀처럼 보이느냐?"

이날은 지금까지의 훈련 성과를 확인하고자 외출을 하기로 한 날이다.

미라는 변장한 자신의 모습을 거울로 확인하고는 새로 발견한 매력에 만족하며 자신만만하게 뒤를 돌아보았다.

"완벽합니다냥!"

"네, 근사하게 변장이 됐어요!"

그곳에는 단원 1호와 샤르위나가 있었다. 두 사람 역시 미라와 함께 이리스의 친구로서 지내고 있다.

단원 1호는 카드 게임의 대전 상대로서 확고한 입지를 다졌고, 샤르위나 역시 독서가라는 면에서 최고의 친구가 되었다.

그 둘은 이 정도면 쉽게 간파하지 못할 것이라고 보장을 했다.

하지만 그 직후. 문득 샤르위나가 퍼뜩 놀란 듯이 눈을 크게 뜨더니 그대로 미라의 온몸을 샅샅이 살피기 시작했다.

그러고는 무슨 일인가 싶어 당황한 미라는 아랑곳하지 않고 이리스에게 이렇게 말했다.

"이 헤어스타일…… '미드나이트 서처'의 브리지트가 사티슨 시장에 잠입할 때의 그것이군요?!"

"네, 정답이에요~! 상황이 비슷한 것 같다는 생각이 번쩍 떠올라서 해봤어요!"

흥분한 듯한 샤르위나의 말에 이리스 역시 다소 들뜬 얼굴로 답했다.

들뜬 두 사람의 모습으로 미루어, 아무래도 미라의 헤어스타일은 어느 소설의 캐릭터를 토대로 한 것인 듯했다.

상당히 충실하게 재현해 낸 것인지 이리스는 의기양양해 했고, 샤르위나는 그 완성도를 보고 절찬했다.

그때. 그렇게 한참을 들떠서 떠들어 댄 끝에 두 사람은 이왕 하는 김에 복장도 완벽하게 갖추자고 입을 모아 이야기했다.

"아니, 변장용으로 입을 수수한 옷이라면 이미 있으니——."

명백하게 열에 달뜬 듯한…… 병적이면서도 사냥꾼과도 같은 눈빛으로 이리스와 샤르위나가 미라를 돌아보았다. 그런 두 사람의 반응에 미라는 테레사에게 받은 소박한 마을 처녀풍 의상을 꺼내 보였다.

"브리지트 같지 않아요~."

"브리지트는 이런 옷을 입지 않죠."

두 사람은 이미 미라를 '미드나이트 서처'라는 소설의 브리지트스럽게 꾸밀 생각으로 가득해 보였다.

어떻게 하면 좀 더 브리지트스럽게 꾸밀 수 있을까에 관해 열띤 논의를 하는 두 사람의 열의는 그리 쉽게 식을 것 같지 않았다.

하지만 그러고 있는 이리스는 매우 즐거워 보였다.

따라서 미라는 꺼냈던 옷을 집어넣고 마음대로 하라며 모든 것을 두 사람에게 맡겼다.

"완벽해요~!"

"설마 이렇게까지 재현하다니…… 우린 천재일지도 몰라요."

"무슨 일인가 했더니 주인님을 변장…… 코스프레? 시키려 하다니. 뭐, 나도 즐거웠으니 상관없지만."

한 시간 정도에 걸쳐 완성한 미라의 변장, 브리지트 버전은 이리스와 샤르위나도 크게 만족할 정도의 완성도가 되었다.

게다가 중간부터 두 사람의 요청으로 재봉질을 잘하는 엘리비나까지 소환하게 해 힘을 빌리는 등, 노력을 아끼지 않았다.

하지만 그렇게 세 사람이 노력한 덕분에, 한눈에 정령여왕이라는 사실을 알아챌 사람은 없을 거라 확신할 수 있을 정도의 완성도가 되었다.

그런 한편으로 변장이라는 이름의 코스프레를 당한 당사자로 말하자면——.

(브리지트란…… 대체 뭐 하는 작자인 게야.)

미라는 볼륨감 있게 땋은 머리로 미루어, 조용한 성격의 아가씨 같은 캐릭터가 아닐까 생각했더랬다.

하지만 이리스가 완벽하다고 말한 의상은 흔히 말하는 고스로리로 분류될 법한 물건이었다.

검정과 빨강을 기조로 한 색조는 그야말로 고스로리의 왕도라 할 수 있는 배색이다.

거기서 그치지 않고, 옷자락에 커다란 리본이 달린 무릎길이 원피스에 금색 자수가 눈에 띄는 케이프를 걸치자 브리지트풍 미라가 완성됐다.

"그나저나 결국 마법소녀풍으로 할 거면, 굳이 갈아입을 필요가 없었을 터인데."

사소한 건 신경 쓰지 않으려 했지만, 미라는 이내 떠오른 생각을 그대로 입밖에 내어 말하고 말았다.

억지로 입게 된 옷은 고스로리 계열 마법소녀풍과 다를 게 없어 보인다. 그렇게 느낀 미라는 조금 전까지 같은 마법소녀풍 옷을 입고 있었으니 그대로 나가도 괜찮지 않았을까 생각한 것이다.

그 순간. 이리스와 샤르위나의 얼굴이 좀 전과 딴판으로 바뀌었다.

“전혀 달라요~! 이쪽은 시크 로열의 흐름을 이은 클래식 비비안조의 유서 깊은 계보라고요~!”

“맞아요, 주인님! 마법소녀풍이라는 것은 지류(支流) 중 하나에 불과해요. 이거야말로 그 원류에 가장 가까운 스타일이라고요!”

대체 무엇이 그렇게 만든 것인지. 두 사람은 그런 식으로 현재의 고스로리풍 패션과 마법소녀풍은 전혀 다른 것이라고 힘차게 주장하기 시작했다.

“으, 음. 그렇, 구나…….”

두 사람의 기세에 쩔쩔매면서 미라는 반사적으로 고개를 끄덕였다.

하지만 지금의 옷과 마법소녀풍은 어디가 어떻게 다른 걸까.

여러모로 해설을 하는 두 사람의 말을 들어보았지만 그 구분선이 어디인지는 알 수가 없어서 미라는 그저 고개를 갸웃할 따름이었다.

(그건 그렇다 치고. 브리지트라는 것이 어떤 캐릭터인지는 모르겠지만…… 뭐, 이 정도면 아무도 이 몸이라는 걸 모를 테지.)

고스로리와 마법소녀풍. 그 둘의 차이점은 둘째 치고 다시금 전신거울로 자신의 모습을 확인한 미라는 분명 이 정도면 정령여왕이라는 걸 간파당할 일은 없을 거라고 납득했다.

하지만 동시에 걱정이 되기도 했다. 정령여왕이라는 것은 들킬 것 같지 않지만, 그 이상으로 눈에 띄지는 않을까.

가능하다면 눈에 띄지 않게 다니고 싶건만.
하지만 문득 보니 이리스가 매우 즐거운 듯 웃고 있었다.
따라서 미라는 그 이상 아무 말도 하지 않고 지금의 상태를 기꺼이 받아들이기로 했다.
"——저도 드디어 이걸 입을 날이 왔어요~!"
미라의 변장이 완료되자 이리스도 이어서 갈아입기 시작했다.
실내복에서 외출복——이 아니라 그건 놀랍게도 미라와 같은 고스로리 계열의 옷이었다.
원래부터 그 의상 자체는 준비해 두었던 것인지. 이리스는 아주 들뜬 얼굴로 옷장에서 꺼낸 옷을 입기 시작했다.
대체 이번에는 어떤 옷일까. 눈치를 살피듯이 샤르위나를 흘끔 쳐다보자 그녀는 곧장 낌새를 채고 해설해 주었다.
샤르위나의 말에 따르면 이리스가 입고 있는 옷은 브리지트의 파트너인 고스로리 소녀 에밀리의 것이라는 듯했다.
('미드나이트 서처'…… 대체 어떤 작품인 겐지.)
미라는 전혀 예상이 되지 않아 신경이 쓰이기 시작했지만, 두 사람의 열의가 무서워 그 이상은 자세히 물어볼 수가 없었다.

"아주 잘 어울려요, 이리스 씨!"
"고마워요~!"
그렇게 드디어 이리스도 옷을 다 갈아입었다.
어지간히도 완성도가 좋은지, 샤르위나도 흥분해서 에밀리가 책에서 나온 것 같다고 말했다.

그러자 이리스는 그런 샤르위나를 보며 "사실은 이런 것도 있어요~" 라면서 옷장에서 무언가를 꺼내기 시작했다.

그렇게 꺼내든 그것을 펼쳐 보이자 샤르위나의 얼굴에 떠오른 희색이 더욱 짙어졌다.

"어쩜 이럴 수가. 그건 다름이 아니라 이나툴레 신관 복장이잖아요!"

그 반응으로 미루어 이리스가 들고 있는 의상도 어떤 캐릭터의 것인 모양이다.

미라가 그러한 생각을 하고 있던 중, 이리스가 뜬금없이 이런 소리를 했다.

"샤르위나 씨랑 엘리비나 씨도 입어 보지 않으실래요?!"

놀랍게도 미라와 이리스뿐 아니라 다 같이 코스프레…… 변장을 하자는 것이다.

애초에 본래는 정령여왕이라는 걸 들키지 않기 위해 미라만 변장을 하면 될 일이었다.

그런데 어떻게 된 일인지. 정신을 차려보니 이리스가 옷을 갈아입었고 샤르위나 일행도 싫지만은 않은 눈치다.

"으음, 어떻게 할까요, 주인님."

"나는 뭐어…… 주인님이 괜찮다고 하시면."

두 사람은 그렇게 미라의 의견을 물었다.

입으로는 미라가 허락한다면 입겠다고 하고 있지만, 표정은 허락이 떨어지길 기다리는 충견의 그것 같았다.

샤르위나는 완벽하게 이나툴레라는 캐릭터가 되어보고 싶다는 얼굴이고. 엘리비나는 이어서 이리스가 보여준 의상이 끌리는 눈치다.

"……음, 상관없다. 좋을 대로 하거라."

이미 신이 난 여성들의 분위기를 망치는 짓을 할 수는 생각에 미라는 흔쾌히 승낙을 해주었다.

니르바나성, 여왕의 방. 그곳에는 여왕 아르마 말고도 고스로리 패션의 미라와 이리스, 성녀 같은 샤르위나, 그리고 일본풍 검사처럼 차려입은 엘리비나가 있었다.

"뭔가 이벤트를 구경하러 가는데, 이벤트 초대 손님 같은 짓을 하고 있네……."

출발하기 전에 인사를 하러 들렀더니 아르마는 미라 일행을 흘끔 쳐다보자마자 쓴웃음을 지은 채 그렇게 말했다.

실제로 이벤트를 즐기러 가는 사람이라기보다는 이벤트의 출연자가 아닐까 싶은 차림새다.

"이거 전에 다 같이 만들었던 옷이지? 너무 귀엽다, 이리스."

지금까지는 방 안에서만 입었더랬다. 하지만 오늘, 그걸 입고 마음껏 밖을 돌아다니고 싶다는 이리스의 바람이 드디어 이루어지려는 것이다.

아르마는 그런 순간을 자신의 일처럼 기뻐하며 이리스를 한참 동안 칭찬하고서 미라에게 시선을 던졌다.

"……미라도 전에 없이 귀여운 차림새를 하고 있고……."

얼굴을 마주하자마자 아르마는 순간적으로 웃음을 터뜨릴 뻔했다.

겉모습만 보면 미라에게 더없이 잘 어울리는 차림새다. 하지만 그렇기에 이전의 모습을 아는 이들에게는 그 둘의 차이가 크게 느껴져 다른 감상이 떠오를 수밖에 없었다.

"나 원…… 뭐어, 그렇게 되었다. 밤이 되기 전에는 돌아오마!"

"아~ 미안하다니깐. 너무 잘 어울려서 나도 모르게. 화 풀어."

미라가 부루퉁한 얼굴로 예정을 말하자, 아르마는 싹싹 빌더니 "고마워"라는 말을 덧붙였다.

그것은 이리스의 호위를 계속 맡아 준 것은 물론이고 이렇게 이리스에게 어울려주고 있는 것에 대한 감사 인사이리라.

"그럼 이리스를 잘 부탁해. 이만큼 듬직한 포진이라면 안심해도 되겠어."

아르마는 다시금 미라 일행을 둘러보더니 아무 걱정 안 해도 되겠다는 듯이 미소 지었다.

미라와 샤르위나에 엘리비나, 거기에 숙녀들을 에스코트하는 신사처럼 차려입은 단원 1호까지 동행하는 것이다.

누구든 손이라도 대려 하는 날에는 순식간에 역공을 당하고 말 거다.

"음, 맡겨만 두거라."

미라는 자신만만한 투로 그렇게 답했다.

"오, 저건……."

곧장 이벤트 회장으로 향하고자 성내의 복도를 걷던 중, 전방에 낯익은 인물이 보였다.

바로 노인이다. 메이드나 여성 술사와 사근사근하게 말을 주고받는가 싶더니, 그녀들이 새된 탄성을 터뜨리고 있었다.

상세한 사정은 둘째 치고 강하고 잘 생긴 데다 다정한 노인은 숱한 여성들의 동경의 대상이었던 것이다.

"꺄악~ 노인 님 멋져요~ 여기 좀 봐줘요~."

미라는 씨익, 대담한 미소를 짓더니 웃는 얼굴로 메이드들을 배웅하는 노인에게 그렇게 말을 걸었다.

그러자 노인은 거의 조건반사적으로 돌아보며 "고마워, 아가씨"라고 말했다.

"어이쿠, 정말 귀여운 아가씨들인걸? 가만, 음? 처음 보는 것 같은 아가씨…… 하지만 그쪽은……."

상쾌한 미소를 띤 채 돌아본 노인은 사랑스러운 외모의 네 사람을 보고 흐뭇한 표정을 지었다. 하지만 다음 순간, 네 사람을 품평이라도 하는 듯한 눈빛으로 몇 번이나 다시 확인하기 시작했다.

노인은 고스로리 패션의 한 사람을 주목했다. 저 얼굴, 그리고 머리색은 낯이 익다고 생각하며.

그래, 이리스다. 노인은 상대가 약간 거리를 두고는 있지만, 가장 먼저 이리스의 순수한 미소를 알아보았다.

그리고 다음은 샤르위나와 엘리비나 차례다. 평소 갑옷 차림인 탓에 인상이 완전히 달라지기는 했지만 잘못 볼 리가 없는 미인 발키리 자매 중 두 사람이다.

"가만, 그러면…… 너는?!"

거기까지 알아챘으니 나머지는 간단한 추리의 영역이다.

이리스의 친구로서 곁에 있는 이들 중 샤르위나와 엘리비나가 따를 자는 한 사람밖에 없다.

머리카락을 은발에서 흑발로 물들인 미라는 분위기가 완전히 달라져 있었다. 하지만 미소녀라 할 만한 외모는 여전한 데다, 또 다른 매력까지 이끌어 낸 듯 보였다.

노인은 다시금 미라를 바라보고는 뺨을 붉혔고, 그 직후에 '이제 그만 좀 속아라!'라고 속으로 소리치며 괴로워했다.

"아…… 아주 몰라보게 변신을 했군."

고스로리 미라의 모습에 마음이 끌리기는 했지만 노인은 아무렇지도 않은 척 겉웃음을 지어보였다.

나아가 그는 실수를 저지르기 전에 "드디어 이리스도 밖에 나갈 수 있게 된 거야?" 하고 말을 쏟아내어 화제를 돌리며 이리스를 흘끔 쳐다보았다.

그러자 이리스는 약간 움찔하기는 했지만 뒤에 숨지 않고 노인과 마주보았다.

"일단 손이 닿을 범위 밖에 있으면 괜찮은 정도가 되었지."

"그렇군…… 애 많이 썼구나, 이리스."

얼마 전만 해도 눈을 마주치는 것조차도 무서워했다. 하지만 지금은 괜찮다.

노인은 그 사실을 자신의 일처럼 기뻐하며 옅은 미소를 지어 보였다. 분명 그에게 마음이 있는 여성이 봤다면 졸도해 버릴 만큼 다정한 미소였다.

"고마워, 노인 오빠."

이리스는 수줍은 듯이 웃었다.

그 두 사람이 대화하는 모습은 여동생을 걱정하는 오빠와 소극적인 여동생의 그것 같아서 순수하고도 다정한 분위기가 주변을 가득 메웠다.

"그나저나 처음에 봤을 때보다 더욱 성대해졌군그래."

드디어 대회 회장에 도착한 순간, 미라는 성황을 이룬 회장을 보고 감탄하여 중얼거렸다.

메인이벤트인 투기대회의 본선이 코앞으로 다가온 탓인지, 이전에 둘러봤을 때에 비해 더욱 시끌벅적해져 있었다.

그야말로 축제 특유의 분위기로 가득했다.

"방심하면 금방 미아 될 것 같습니다냥."

직감적으로 자칫 잘못하면 마구 짓밟힐 것 같다고 느낀 단원 1호는 곧장 미라의 몸을 타고 올라 정위치인 어깨에 자리를 잡았다.

광대한 부지에서 수많은 이벤트가 개최되고 있는 이곳은 그야말로 테마파크처럼 붐비고 있었다.

남녀노소를 불문하고 다양한 사람이 모인 가운데, 곳곳에 미소가 넘쳐나고 때때로 떠들썩한 소리도 들려왔다. 무심결에 현실이라는 사실을 잊어버릴 것만 같을 정도로 이곳은 일상과 동떨어진 장소가 되어 있었다.

"굉장해요~!"

그런 회장 앞에서 이리스가 흥분한 투로 소리쳤다.

이벤트만을 비추고 있던 마도 TV로는 이 회장의 분위기를 느낄 수가 없었던 것이리라. 직접 오는 건 처음인 이리스는 그렇기에 그 떠들썩한 분위기에 놀라 한껏 들뜬 듯했다.

"이게 축제인가요……."

"굉장해. 사람들이 아주 많아."

이어서 이러한 이벤트에는 어두운 것인지, 샤르위나와 엘리비나 역시 놀랍고 신기하다는 듯이 말했다.

"자아, 예정된 이벤트까지는 아직 시간이 있으니, 그때까지 이것저것 구경하고 돌아다니도록 할까."

"출발이에요~!"

"네, 주인님."

"기대되네."

"그럼, 출발입니다냥!"

그렇게 당당하게 출발한 미라 일행은 여러 가지 이벤트를 구경하고 다녔다.

미라는 디누아르 상회의 부스에서 신상품 소개를 보며 일희일우했다.

이리스는 마차 전시회에서 본 캠핑 마차가 무척이나 마음에 들었는지, 이 마차를 타고 여러 나라들을 다녀보고 싶다며 망상을 펼치기 시작했다.

사격에 금붕어 건지기와 같은, 그야말로 여름 축제 같은 이벤트 등도 있어서 미라 일행도 한껏 들떠서 돌아다니며 마음껏 즐졌다.

그리고 만장일치로 점심 식사는 일류 파티셰들이 실력 발휘를 하고 있는 디저트 앙상블이라는 노점에서 먹기로 했다.

그 이름에 걸맞는, 훌륭하게 조화를 이룬 디저트들을 먹으며 미라 일행도 아낌없이 칭찬을 퍼부었다.

그리고 오후에는 카드 게임 대회를 비롯한 여러 가지 이벤트들을 견학하고 다녔다.

"여긴 천국일까요?!"

"분명 천국일 거예요~!"

이어서 샤르위나가 가고 싶다던 고서(古書) 시장에 도착하자, 이리스와 샤르위나는 그곳에 늘어선 책들을 보고 잔뜩 흥분했다.

이리스의 방에 자리한 도서관에는 막대한 양의 장서가 있지만, 한 권만 존재하는 희귀 서적은 많지 않다.

그에 반해 이 고서 시장은 그런 한 권뿐인 책이 여기저기 파묻혀 있었다.

따라서 책을 좋아하는 두 사람은 이 기회를 놓칠 수 없다는 듯이 나란히 고서를 찾으러 뛰어들었다.

"……흠, 책에 정신이 팔린 상태면 남성공포증이 더욱 가벼워지는 것 같구먼."

고서 시장으로 돌입하는 이리스를 쫓아가며 미라는 그 뒷모습에서 남성공포증을 극복하기 위한 실마리를 하나 더 찾아냈다.

아직 망설임이 남아있기는 하지만 샤르위나에게 딱 달라붙어 남자의 바로 옆으로 빠져나가기도 했다.

좋아하는 것에 대한 열의는 생각지 못한 힘을 발휘하기도 하나보다.

그렇게 감탄하며 미라는 두 사람을 잃어버리지 않기 위해 이리스에게 붙어 있으라고 단원 1호에게 부탁을 했다.

5

아르마에게 용돈을 받았다는 이리스는 때는 지금이라는 듯이 책을 사들였다.

그 용돈에는 무녀로서 일한 급여도 포함되어 있었는지, 금액이 상당해서 희귀 서적이 끝도 없이 늘어나기 시작했다.

결과적으로 이리스는 그 무게와 양에 의해 꼼짝도 못 하게 되었다.

"나 원, 못 말리겠구나."

아직 즐길 것이 많이 남았건만 뭘 하는 건가 싶어 쓴웃음을 지으며 미라는 그러한 책들을 모두 아이템 박스에 수납해 주었다.

"고맙습니다~!"

이리스는 책을 모두 담고는 감사인사를 하고서 부럽다는 듯한 눈빛으로 미라의 팔찌를 쳐다보면서 "이게 있으면 어디에서든지 책을……" 하고 중얼거렸다.

이어서 이리스는 진지한 눈빛으로 "모험가가……" 따위의 말까지 중얼거렸다.

아무래도 반쯤 진지하게 책을 많이 가지고 다니기 위해 모험가가 될까 고민하는 듯한 눈치였다.

"그나저나 샤르위나여. 그대는 아무것도 안 사도 되겠느냐?"

샤르위나도 이리스와 함께 들떠서 달려 나갔지만 아무 책도 가지고 있지 않았다.

이만한 장소니 분명 마음에 드는 책이 한둘이 아니었을 텐데도.

"아, 네. 오늘은 본 것만으로 만족스러워요."

샤르위나는 미소를 띤 채 그렇게 답했다. 하지만 미라는 그게 본심이 아니라는 것을 꿰뚫어보았다.

그리고 말했다.

"그대가 그 정도로 만족할 리가 없지 않으냐. 모처럼의 기회인데다, 그대와 자매들에게는 매번 도움을 받고 있으니. 사양할 것 없다. 얼마든지 마음에 드는 책을 고르거라."

미라는 통 크게도 돈은 자신이 다 내겠다고 말했다.

그러자 샤르위나는 환한 미소를 짓더니 감격의 눈물을 흘리는가 싶더니 "주…… 주인님! 감사합니다!"라고 하며 곧장 책을 집어 들었다. 한 권, 두 권, 세 권…….

합계 열 권에 25만 리프. 값이 꽤 나가기는 했지만 미라는 마치 손주에게 장난감을 사주는 할아버지처럼 기꺼이 돈을 지불했다.

고서 시장 순회를 마친 미라 일행은 이어서 매지컬 나이츠의 패션쇼 회장을 찾았다.

이곳에 오고 싶다고 한 것은 엘리비나다. 디자인 등을 참고하고 싶다는 모양이다.

(흠, 과연 이 업계의 일인자. 참으로 근사한 광경이로군!)

마법소녀풍. 그것은 얼핏 보면 코스프레처럼 보이지만 분명 원본이 된 문화에 관해 이래저래 알고 있기에 그렇게 보이는 것뿐이리라.

원래 있던 세계였다면 커다란 오빠들이 카메라를 들고 모여들었을 것 같은 패션쇼다.

하지만 현재, 미라의 주변에 있는 것은 대부분 여성이었다.

그렇다, 이곳에서는 마법소녀풍이라는 장르가 패션 브랜드로서 확고하게 확립된 것이다.

미라는 신기한 광경이라고 생각하며 그 쇼를 마음껏 즐겼다.

그렇게 쇼는 무사히 끝났다. 엘리비나는 좋은 영감을 얻었다며 기뻐했다.

하지만 떨어진 장소에서 견학만 하고 세세한 부분을 제대로 확인하지 못한 게 아쉽다고도 했다.

"그렇다면 가까이서 보아도 될지, 잠시 물어보도록 할까."

그렇게 말하며 일어선 미라는 그대로 매지컬 나이츠의 부스 뒤편으로 향했다.

매지컬 나이츠의 홍보 담당인 테레사와 아는 사이니, 바쁠 때라면 어렵겠지만 가능성이 아주 없지는 않았다.

"여기서 일하는 테레사라는 자를 불러주겠느냐. 미라가 왔다고 말하면 알 것이야."

미라는 부스 뒤편에 있던 여성 직원에게 그렇게 말했다.

그러자 어째서인지 미라를 물끄러미 쳐다보던 여성 직원의 얼굴에 놀란 기색이 역력해졌다.

"호, 혹시…… 그 정령여왕인 미라 님이신가요?! 테레사 씨에게 말씀은 전해 들었습니다. 어서 들어가시죠. 테레사 씨는 홍보부라 제2텐트에 있을 거예요."

아무래도 또 찾아왔을 때를 위해 주변 사람들에게 말을 해둔 모양이다. 여성 직원은 다소 상기된 얼굴로 어서 가보라며 안쪽에 있는 텐트를 가리켰다.

"오오, 그러하냐. 제2텐트에 있단 말이지? 고맙구나."

그렇게 답하고서 여성 직원의 옆을 지나치려던 참에 그녀가 "저기" 하고 미라를 불러 세웠다.

미라가 "무어냐?" 하고 돌아보자 그녀는 "악수해주세요!"라면서 오른손을 내밀었다.

미라는 흔쾌히 악수에 응해 주고서 다시 제2텐트를 향해 걸어갔다.

"멋있어요~!"

이명을 지닌 모험가. 그 인기를 실감한 탓인지 미라를 바라보는 이리스의 눈빛이 더욱 더 반짝거리고 있었다.

"아, 미라. 왔었구나!"

제2텐트에 얼굴을 비추자 말을 걸기도 전에 테레사가 알아채고 달려 나왔다.

미라는 고스로리 패션으로 변장하고 있었지만 테레사에게 그 정도 변장은 통하지 않는 듯했다.

변장에 속기는커녕 그것이 어떠한 옷인지까지 파악하고는 "그거 '미드나이트 서처' 의상이지? 엄청 귀엽다!"라는 소리까지 했다.

나아가 테레사는 미라와 함께 있는 세 사람에게도 시선을 옮기더니 눈을 빛내며 "그쪽은 미라 친구? 모두 같은 시리즈로 맞춰 입다니, 기합이 대단하네!"라고 했다.

그녀 역시 코스프레를 좋아하는 일면이 있어서인지 이리스 일행에게도 상당히 관심을 보였다.

그리고 미라가 소개하기도 전에 반응한 이가 두 명 있었다.

“만나서 반가워요, 테레사 씨. 이리스예요~!”

“샤르위나라고 합니다. 그나저나 테레사 님은 ‘미드나이트 서처’를 아시나 보군요?!”

그렇다, 이리스와 샤르위나였다.

두 사람과 테레사는 마치 서로 끌어당기는 자석처럼 순식간에 친해졌다.

그 이야기의 그 부분이 대단하다느니, 그 장면이 최고였다느니 하는 이야기를 신이 나서 하기 시작했다.

이리스, 그리고 샤르위나에게 새로운 친구가 생긴 순간이었다.

하지만 그걸 마냥 지켜보고 있을 수는 없을 듯했다.

“그나저나 테레사여. ……어째 상당히 바빠 보이는구나.”

제2텐트 안은 관계자들이 이리저리 뛰어다니고 있을 만큼 소란스러웠다. 아닌 게 아니라 들떠서 취미에 관한 수다를 떠는 테레사에게 따끔한 시선이 여기저기서 날아들 정도로.

미라의 그 말을 듣고서야 테레사도 자신들의 현재 상황이 떠오른 모양이었다.

“맞아!”

그렇게 소리치고서 어쩌지, 하고 발을 동동 구르더니── 그대로 미라에게 스윽 시선을 옮긴 직후에 “미라야, 도와줘──!” 하고 쏜살같이 달려와 울며 매달렸다.

테레사의 말에 따르면 다음 무대에 서기로 한 모델 한 명이 직전에 못 오게 되었다고 한다.

"——요컨대 이 몸에게 그 대역을…… 맡기고 싶은 것은 아닐 테지?"

이야기의 내용과 상황을 통해 미라는 테레사가 하려는 말이 무엇인지를 그 자리에서 예상해 냈다.

그리고 그것은 정답이었다.

다시 말해서 매지컬 나이트의 패션쇼에 나가 달라는 것이다.

그 사실을 이해한 순간, 미라의 얼굴이 떨떠름한 기색으로 가득해졌다.

매지컬 나이트라 하면 마법소녀풍이다. 다시 말해서 지금부터 요란한 마법소녀풍 의상을 입고 사람들 앞에 서라는 소리다.

익숙해지기 시작했다고는 하나 많은 사람들의 주목을 받는 건 견디기 어려울 거란 생각에 미라는 입을 다물었다. 심지어 모델로서는 초짜가 아닌가.

"어떤 부탁이든 다 들어줄 테니까 제발!"

미라만큼 어울리는 모델을 구하는 건 그리 쉬운 일이 아니라며 테레사는 애원을 했다.

심지어는 이리스와 샤르위나도 새로 사귄 친구를 위해 간절한 눈빛을 보내오기까지 했다.

"음, 알겠다……. 허나 문제가 생겨도 이 몸은 모른다."

내키지는 않지만 이렇게까지 부탁을 하니 거절할 수가 없었다.

미라는 어쩔 수 없이 승낙하고는 기뻐서 "고마워, 미라야!"라고 소리치는 테레사에 의해 탈의실로 끌려갔다.

10분 남짓한 시간 후. 프로의 손에 의해 순식간에 옷 갈아입기와 헤어 메이크가 완료되었다.

그런 다음 런웨이를 걷는 방법 등을 벼락치기로 주입당하고 나자, 눈 깜짝할 새에 본 공연 시간이 되었다.

(예상보다 많다고는 싶었다만, 여기서 보니 더 많아 보이는군그래…….)

마법소녀풍 신작 의상으로 쫙 빼입은 미라는 관객들의 규모에 압도된 채로 음악과 함께 런웨이를 걸었다.

패션으로서의 마법소녀풍 의상의 인기는 이미 대륙 규모라 할 수 있었서, 모든 관객이 반짝반짝 빛나는 순진한 눈으로 런웨이를 바라보고 있었다.

그렇게 겨우 런웨이 끄트머리까지 간 미라는, 지금이 최대로 주목을 받고 있는 상황임을 느끼고── 생각해 냈다.

이건, 혹시 기회가 아닐까.

그 사실을 알아챈 순간. 미라는 거침없이 떠올린 것을 실행에 옮겼다.

"소생에게 맡겨 주십시오냥~!"

이리스 일행과 함께 있던 단원 1호를 송환하여 곧장 재소환한 것이다.

고양이 발바닥 모양의 마법진에서 폴짝 뛰어 나타난 단원 1호는 자신의 귀여움을 관객들에게 최대한 어필하며 미라의 어깨에 오도카니 앉았다.

그러자 놀랍게도. 순식간에 회장의 분위기가 끓어오르더니 그 귀여운 모습을 절찬하는 목소리로 가득해졌다.

(살짝 지나쳤나…….)

마지막으로 미라는 제대로 의상이 보이도록 그 자리에서 돌아 보인 후, 왔던 길로 돌아갔다.

"최고였어, 미라야! 심지어 거기서 마스코트 캐릭터를 등장시키다니, 진짜 완벽했어!"

"흠…… 그, 그러냐. 그렇다니 다행이로구나."

흔치 않은 기회라 소환술을 어필한 것이었는데 신작 의상보다 튀고 말았다.

미라는 그런 걱정을 하고 있었는데, 마법소녀 하면 마스코트라는 도식이 이미 상식으로 침투해 있었던 모양이다. 오히려 완벽한 런웨이였다며 매지컬 나이츠 일동은 크게 기뻐했다.

대역 모델 일을 무사히 마친 미라는 그대로 프로의 손을 빌려 원래의 고스로리——'미드나이트 서처'의 브리지트로 돌아갔다.

그리고 이리스 일행은 특별 전시실이라는 장소에서 신작 의상의 디자인을 차분히, 가까이서 견학하고 있었다.

그것은 모델이 되어준 미라가 요구한 대가였다. 엘리비나를 위해 무슨 부탁이든 들어주겠다던 테레사에게 부탁한 것이다.

이리스와 샤르위나도 마법소녀풍 의상에 관심이 생겼는지 겸사겸사 그대로 따라갔다.

"있잖아, 미라야. 미라의 지인이라는 애가 찾아왔는데."

미라가 옷을 다 갈아입은 참에 테레사가 고개를 내밀더니 그런 소리를 했다.

"흠? 이 몸의 지인이라……?"

대체 누굴 말하는 걸까. 그 이전에, 애초에 어떻게 이곳에 자신이 있다는 걸 알아낸 걸까.

그런 의문이 떠올랐지만, 테레사가 말해준 이름을 듣고서 알아챘다.

"그게, 미레이 씨랑 마리에타 씨, 그리고 네네라는 애였어."

"오오, 설마……!"

귀에 익은 이름을 듣고 일어선 미라는 그대로 테레사의 안내를 받아 텐트 뒤편으로 향했다.

그곳에는 역시나 낯익은 소녀 셋이 있었다. 퍼지다이스를 잡으러 갔던 학스트하우젠에서 이너 팬츠를 고르는 걸 도와줬던 소녀들이었다.

"역시 그대들이었군. 오랜만이로구나!"

미라는 놀라면서도 세 사람을 환영했고 재회의 기쁨을 나눴다.

"아아, 역시 미라였어! 또 만나서 기뻐~!"

"설마 모델로 출연할 줄은 몰랐어요!"

"이 만남은 운명."

세 사람 역시 몹시 기뻤는지 달려오며 환한 미소를 지었다.

"그나저나 용케 이 몸이라는 걸 알아챘구나."

오랜만의 재회에 기뻐하던 미라는 문득 그러한 의문을 입밖에 내었다.

마리에타가 한 말로 미루어 세 사람은 런웨이를 걷는 미라를 보고 알아챈 듯했다.

하지만 미라는 머리카락을 검게 물들인 상태인 데다 복장도 이전과 전혀 달랐다.

그러자 세 사람은 어쩐지 의기양양하게 답했다. 머리카락 색을 바꾸는 건 마법소녀풍 마니아들에게는 당연한 일이라 그리 큰 문제가 안 된다고.

결정타가 된 것은 단원 1호였다고 한다. 그 털빛과 문양과 분위기를 통해 그 날 봤던 캐트 시라는 걸 직감했단다.

실로 무시무시한 관찰안이다.

오늘 예정된 패션쇼는 끝났다는 모양이다. 덕분에 세 소녀들 역시 미라의 지인 자격으로 대기실에 들어가도 좋다는 허락을 받을 수 있었다.

미라 일행은 처음 만났을 때의 추억담과 그 후에 있었던 일에 관해 이야기를 나누기도 했지만, 마법소녀풍 마니아이기도 한 세 소녀의 관심은 대기실에 늘어선 신작들에 쏠려 있었다.

마음껏 봐도 좋다는 테레사의 말에 재회의 기쁨이 그쪽으로 옮겨간 듯했다.

"멋대로 손대면 안 된다~."

"말 안 해도 안다니깐~."

"괜찮아요. 아직 이성이 살아 있으니까요."

"멋져……."

여전한 세 소녀의 모습에 어이없어 하던 중.
매지컬 나이츠 직원들의 움직임이 분주해지더니 신작 의상이 차례로 밖으로 운반되었다.
"아아~……."
벌써 견학 시간은 끝인가. 세 소녀는 어깨를 축 늘어뜨렸다.
하지만 그로부터 잠시 후, 그런 세 사람이 환희할 만한 일이 일어났다.
"좋아~ 검정 1번부터 10번까지는 제1라인에 진열해. 빨강 1번부터 8번은 제2라인에 부탁해."
그러한 지시가 들려오더니 직원들이 영차영차, 하고 의상을 들여오기 시작한 것이다.
"오…… 오오~!"
"이건, 설마……."
"새 브랜드 의상!"
여러 의상들이 차례로 진열되었다.
그러한 광경 앞에서 세 소녀들은 전에 없이 흥분한 얼굴로 그 의상들을 뚫어져라 쳐다보기 시작했다.
그런 가운데, 마리에타가 뭔가 떠오른 듯이 돌아보더니 "미라 씨, 이거 정말 굉장해요!"라면서 달려왔다.
"호, 호오? 그러하냐?"
그녀들만큼 보는 눈이 있지도 않고 그다지 애호가도 아닌 미라는 뭐가 어떻게 굉장한 건지 알 수가 없어서 고개를 갸웃했다.
그러자 마리에타는 더없이 친절하고도 자세하게 무엇이 굉장한지를 설명해주었다.

듣자하니 지금 진열되고 있는 것은 내일 발표하기로 예정된 새 브랜드라는 모양이다.

그리고 소문에 따르면 그 새 브랜드는 '마녀'라는 것을 테마로 한 것이란다.

"흠, 마녀라……."

마녀. 미라는 마리에타의 설명을 듣던 중, 그 단어에 반응했다.

아닌 게 아니라 마녀 복장은 아홉 현자의 일원인 플로네가 즐겨 입던 패션 스타일이기 때문이다.

과연 그녀는 대체 어디서 무얼 하고 있을까.

미라는 열변을 토하는 마리에타의 이야기를 흘려들으며 그런 생각을 했다.

⟨6⟩

만족스럽게 견학을 한 엘리비나 일행과 합류한 미라는 마법소녀풍 마니아인 세 소녀와 헤어진 후에도 여러 가지 이벤트를 구경하고 다녔다.

개중에서 이리스가 흥분한 것은 각국의 영웅이 모여 마수왕 그랑카엑스와의 결전에 임했던 당시의 일을 재현한 연극이었다.

고난과 맞서 싸우는 용기와 단결력에 푹 빠진 듯 보였다.

그에 반해 미라 일행은 다소 겸연쩍다는 듯이 쓴웃음을 짓고 있었다.

그럴 만도 한 것이, 이 각국의 영웅에는 아홉 현자도 포함되어 있었기 때문이다.

"그나저나 연극이란 건 참으로 무섭군그래……. 그 일을 저렇게까지 미담으로 만들어 내다니……."

"그때 그 일, 이죠? 지금도 생생히 기억납니다……."

"그러게, 뭘 어떻게 해석하면 이런 이야기가 되는 걸까."

"86번입니다냥. 소생이 휘말려든 건 86번이었습니다냥. 지금도 아주 똑똑히 기억합니다냥."

미라뿐 아니라 발키리 일곱 자매와 단원 1호도 그 전투를 경험했었다.

마수왕 그랑카엑스. 그것은 플레이어들이 처음으로 조우한 대규모 레이드 보스였다.

과거의 미라—— 덤블프를 비롯한 아홉 현자 역시 솔로몬과 함께 총력을 기울여 이 싸움에 임했다.

하지만 그뿐만이 아니었다. 아틀란티스와 니르바나를 비롯한 많은 나라의 강자들이 그 토벌에 참전했던 것이다.

이때 FF(프렌들리 파이어)가 문제가 됐었다. 게임에서는 보기 드물게 동료에게도 공격이 맞는 시스템이었던 탓에 마수왕의 공격뿐 아니라 다른 플레이어들의 공격에도 주의해야만 했다.

하지만 백 명 이상의 플레이어가 뒤섞인 상태로 전투를 벌인 것은 다들 처음이었던 탓에 전장은 그야말로 아비규환이었다.

맞은 만큼 돌려준다. 첫 대규모 레이드 보스전은 마수왕과 다른 플레이어들을 모두 상대하는 배틀 로얄 같은 싸움으로 바뀌어 갔다.

최종적으로는 '군세'와 '거벽'으로 다른 플레이어들을 억제하는 동안 솔로몬 일행이 마수왕을 처치해 그 싸움은 아홉 현자의 승리라는 모양새로 막을 내렸다.

하지만 눈앞에서 펼쳐지고 있는 연극에서는 각 나라가 손에 손을 잡고 협력하여 보기 좋게 마수왕을 토벌했다는 내용으로 바뀌어 있었다.

국경을 초월한 공동 전선. 국가란 본래 이러해야 한다. 전쟁은 아무것도 낳지 않는다. 국가는 달라도 사람은 서로 이어질 수 있다. 연극에는 그러한 메시지가 듬뿍 담겨 있었고, 이리스는 그에 일일이 감동했다.

진실을 아는 일동은 그런 순수한 이리스를 보며 당시의 일은 아무에게도 말하지 않겠다고 굳게 다짐했다.

그렇게 해 질 녘을 지나, 하늘이 밤의 장막으로 뒤덮이기 시작했을 즈음.

밤이 깊어지고 있는데도 조명이 밝혀진 주변은 밝아서, 회장 안은 아직도 많은 이들로 붐비고 있었다.

미라 일행은 그런 회장의 한구석, 한층 더 떠들썩한 음색으로 가득한 장소에 있었다.

그곳은 콘서트 무대였다. 온 대륙에서 모인 음악을 생업으로 하는 자들이 이 대무대의 주역이다.

민요와 발라드, 합창에 성가, 심지어는 록과 팝 같은 현대 풍 음악까지. 이 무대에는 콘셉트 같은 것이 없어 온갖 음악들이 연주되고 있었다.

심지어 곡의 순서 같은 것도 일체 고려되지 않은 듯했다. 격렬한 록 다음에 클래식한 음악을 연주하는 식으로 격차가 심한 콘서트이기도 했다.

하지만 그러한 요소도 다음에 어떤 곡이 시작될까 하는 기대감을 낳았다.

또한 연주에 사용되는 악기도 다양해서, 관객들은 익숙한 곡에 마음의 안식을 얻기도, 낯선 곡에 자극을 받기도 하며 콘서트를 즐기고 있는 듯했다.

더불어 연주 사이사이에 사회자가 소소한 토크를 끼워 넣었는데, 그게 또 음악가들의 사람됨을 잘 이끌어 내서 재미있었다.

"흠, 커버 밴드인가……. 하지만 누구의 커버를 하고 있는 건지, 대부분이 모를 테지…….”

미라는 한 곡 한 곡에 귀를 기울여 개성 넘치는 음악가들의 이야기를 즐겼다.

지금 연주하고 있는 것은 분명 플레이어 출신자일 것이다. 그 밴드의 노래는 모두 미라에게도 익숙한 것들이었다.

요컨대 현실에서 유행했던 곡인 것이다.

그 때문에 밴드는 커버 밴드를 자칭하고 있었는데, 무엇을 커버하고 있는지는 플레이어 출신자들만 알 수 있으리라.

“뭔가 멋져요~!”

“나쁘지 않네요.”

“음악도 종류가 여러 가지네.”

“소생도 지금, 기타를 연습 중입니다냥!”

굳이 말하자면 그리움을 느끼고 있는 미라와 달리 이리스 일행의 귀에는 신선한 음악으로 들릴 것이다.

미라는 그런 감상의 차이에 살며시 미소를 지은 채 가사를 읊조리기도 하며 즐거운 한때를 만끽했다.

그렇게 콘서트 최종반에 접어들었을 즈음. 마지막을 장식할 음악가가 무대에 오른 순간, 미라는 놀라서 “오오?!” 하고 탄성을 흘렸다.

“자아, 오늘 콘서트도 마무리를 할 때가 됐습니다. 오늘밤의 막을 내려 주실 분들은 이 분들들. 감미로운 목소리와 포근한 목소리의 하모니가 매력적인 신진기예 듀오, 에밀리아나입니다!”

콘서트 진행자가 그렇게 소개하자 두 음악가가 “잘 부탁드립니다"라고 하며 고개 숙여 인사했다.

기타를 든 남성, 에밀리오와 라이어 하프를 든 여성, 리아나. 살며시 붙어 선 두 사람의 모습은 무척이나 다정해 보였고, 그런 만큼 마음이 저절로 온화해지는 포근한 분위기를 풍기고 있었다.

두 사람이 연주를 시작하자 그 선율은 눈 깜짝할 새 회장에 퍼져 나갔고, 노랫소리는 높은 하늘로 녹아들었다.

지금까지 보아온 세계, 그리고 앞으로 볼 세계를 몽상한다. 두 사람의 노래에는 그런 여정(旅情)이 듬뿍 담겨 있었고, 동시에 밝은 미래를 향해 나가고자 하는 희망으로 가득했다.

노래를 할수록 관객들도 흥이 올랐고, 여행 중에 본 풍경들이 눈앞에 떠오르는 듯하여 공감했으며 또 언젠가 보고 싶다고 간절히 바라게 되었다.

"그래그래…… 그 길을 택한 게로군."

에밀리오와 리아나의 노래가 끝났다. 그러자 어떠한 감상이 미라의 가슴에 퍼져 나갔다.

두 사람이 노래하고, 두 사람이 바란 미래.

에밀리오와 리아나. 두 사람은 과거 대륙 철도에서 만났던 동료다.

눈이 멀어 절망에 잠겨 있던 리아나. 그런 그녀를 데리고 장대한 여행에 나선 음유시인 에밀리오.

그날 만났던 두 사람은 이렇게 함께 노래하는 미래를 택한 것이다.

울려 퍼지는 노래에는 함께 걸어온 여행의 추억이 담겨 있다.

그리고 아직 보지 못한 여행길에 대한 기대가 담겨 있다.

하지만 미라에게, 두 사람을 아는 이에게 그것은 더없이 강렬한 러브송처럼 들렸다.

미라가 두 사람과의 만남을 추억하고 있던 그때.

"근사한 노래를 들려주셔서 감사합니다!"

그렇게 사회자가 차례를 마무리하더니 "자 그럼——" 하고 프리 토크를 개시했다.

"여러분, 정령여왕이라 불리는 신진기예 모험가를 아십니까? 아시죠? 놀랍게도 제가 들은 소문에 의하면, 에밀리오 씨와 리아나 씨는 지금처럼 유명해지기 전의 정령여왕 님과 만난 적이 있다던데요. 저도 그 소문이 진짜일지 궁금한데…… 실제로는 어떤가요?"

사회자는 두 사람과 잽싸게 거리를 좁히더니 '자아, 대답해 주시죠'라면서 마이크를 건넸다. 객석에서도 기대로 가득한 함성이 일었다.

그러자 에밀리오와 리아나는 쓴웃음을 지은 채로 손을 잡더니 "네, 만났습니다"라고 긍정했다.

"저희에게 그 만남은, 평생 잊을 수 없는 추억입니다. 무엇보다도 그 분을 만났기에 지금의 저희가 있다고 해도 과언이 아닐 겁니다."

에밀리오는 그때의 만남이 얼마나 근사한 것이었는지를 늘어놓았다.

즐거운 모험 이야기를 들었던 일. 두 사람이 본심을 털어놓을 계기를 마련해 준 일. 그리고 소리의 정령과 만나게 해주어 음악의 가능성을 진심으로 믿게 해주었던 일.

에밀리오, 그리고 리아나도 그것은 신께서 내려 주신 만남이었고, 더없이 소중한 추억이라고 말했다.

"정령여왕 님은 정말 멋진 분이시군요. 그 분 덕분에 저희도 이렇게 두 분의 노래를 들을 수 있는 셈이니까요."

사회자는 감동해서 고개를 끄덕이더니 이어서 "만약 다시 만날 수 있다면요? 역시 만나고 싶으신가요?"라고 물었다.

"당연하죠."

"네, 만나서 감사인사를 하고, 지금의 저희를 보여드리고 싶습니다."

에밀리오와 리아나는 당연하다는 투로 답했다. 그리고 두 사람은 미소 지은 채 언제 어디선가 자신들의 노래를 들어준다면 그것만으로 행복할 것이라고 말을 이었다.

"그렇게 되면 분명 또 근사한 노래가 생겨나겠죠."

사회자가 마무리 멘트를 입밖에 낸 순간. 콘서트 회장에 생각지 못한 목소리가 울려 퍼졌다.

"보고 있어요! 두 분을, 미라 씨는 보고 있었다고요~!"

화들짝 놀라 돌아보니 이리스가 자리에서 일어나 그렇게 소리치고 있었다. 심지어 두 사람의 이야기를 듣고 잔뜩 감동을 받은 듯한 표정이었다.

"이 녀석, 이리스. 무슨 짓을 하는 게야?!"

현재 미라는 변장 중이다. 왜 변장을 한 것인가 하면 정령여왕이라는 걸 들켜서 소란이 일어나는 사태를 피하기 위해서였다.

그렇기에 콘서트가 끝난 후에 슬그머니 두 사람을 만나러 다녀올까 생각하던 참이었다.

그런데 설마 이런 곳에서, 이런 타이밍에 이리스가 폭로할 줄은 꿈에도 몰랐던 탓에 미라는 허둥지둥 이리스를 다시 앉혔다.

하지만 때는 이미 늦었다. 무대 위에 있던 두 사람뿐 아니라 모든 관객의 시선이 미라 일행이 있는 곳으로 집중되었다.

"어, 정말?" "뭐야, 장난치는 건가?" "아니 뭐, 그런 연출이겠지." "어디? 어디에 있는데?"

그런 목소리가 여기저기서 들려왔다.

하지만 멀리 떨어져 있는 쪽의 애매한 반응은 둘째 치고, 가까운 곳에서의 반응은 달랐다.

"검은 머리지만, 듣고 보니……." "아, 변장한 건가?! 변장했던 거구나!" "캐트 시야. 분명 소환할 수 있다고 했지?" "자세히 보니 확실히……."

그럴지도 모른다고 생각하고 보면 정말 그런 것 같다 싶은 요소가 하나둘씩 떠오르기 마련이다.

정말 진짜가 아닐까, 라는 목소리가 점차 커져서 어느샌가 콘서트 회장에는 정령여왕의 이름을 외치는 목소리로 넘쳐나고 있었다.

"미라 씨, 굉장해요~! 엄청난 인기예요~!"

변장이 들통 났지만 이리스는 그런 게 전혀 신경 쓰이지 않는 모양이다. 그보다는 정령여왕 미라의 인기를 실감하고는 진심으로 기뻐하고 있는 듯 보였다.

"어떻게 할까요, 주인님."

"탈출하실 거면 맡겨만 주십시오."

언제 관객들이 쇄도해도 이상할 게 없는 상태다. 샤르위나와 엘리비나는 주변을 훑어보며 경계했다.

그리고 단원 1호로 말하자면 기타를 들고 미라의 어깨에 올라서서 쿨한 미소를 짓고 있었다.

"자아, 단장님. 소생들의 록이 정점에 오를 날이 왔습니다냥!"

시선을 받자 기분이 좋아졌는지 단원 1호는 잔뜩 들떠 있었다. 쥐어지고 있는 팻말에는 [셰이크 잇 업 베이비]라고 적혀 있었다.

어쨌든 이미 소란은 얼버무릴 수 없을 만큼 커져 버렸다. 그렇다면 선택지는 하나뿐이다.

"나 원, 어쩔 수 없지."

들통 난 이상 어쩔 수 없다. 이러니저러니 해도 아주 싫지만은 않은 듯이 일어선 미라는 날렵하게 뛰어올라 허공을 내달렸다.

그대로 관객들의 머리 위를 뛰어넘어 무대에 내려선 미라는 에밀리오와 리아나를 보고 쓴웃음을 지은 채 "오랜만이구나"라고 말을 걸었다.

"감쪽같은 변장이네요. 하지만 그 목소리와 그 눈은, 미라 씨의 것이 분명해요."

"맞아. 미라 씨의 목소리야."

미라와 마주하게 된 두 사람은 기쁜 듯이 웃으며 그렇게 말했다.

그러자 그 모습을 본 사회자가 "정말 우연스러운 재회로군요!" 라면서 분위기를 돋우기 시작했다.

저건 정말 우연의 산물일까, 아니면 운영측이 준비한 서프라이즈 이벤트일까, 하고 의아해하는 목소리도 들려왔다.

그런 가운데 미라는 에밀리오 일행과 몇 마디를 나누더니 대담한 미소를 지어 보였다.

"두 사람이 콘서트의 마무리를 장식한 후이긴 하지만, 이 몸도 한 곡 선보이게 해주겠느냐?"

본래 콘서트는 이대로 끝나야 한다. 하지만 흔치 않은 기회라고 판단한 미라는 우선 에밀리오와 리아나에게 눈짓을 하고서 사회자를 돌아보며 말했다.

"그것 참 근사한 제안이네요!"

"네에, 저도 꼭 다시 듣고 싶어요."

미라가 무엇을 할 생각인지 곧장 알아챈 것인지. 에밀리오와 리아나는 힘을 실어주듯이 동의했다.

그런 두 사람의 반응을 통해 사회자도 감을 잡은 것인지. "확인해 보겠습니다!"라면서 무대 뒤로 달려갔다.

그로부터 수십 초 후, 다시 돌아온 사회자는 "그렇게 해주시면 정말 감사하겠습니다!"라고 답했다.

허가는 떨어졌다.

미라는 지금이야말로 소환술의 진면목을 보일 때라 생각하며 로자리오 소환진을 전개했다.

『이 목소리가 들리면, 이 마음이 닿으면, 너는 눈을 떠줄까. 그 목소리를 들려다오. 그 목소리로 노래해다오. 방울처럼 울리는 음색을 지금 이 자리에서 한 번 더 듣기를 바라노라.』

미라가 영창하는 소리가 조용히 울려 퍼졌다. 그러자 점차 소환진이 밝게 빛나기 시작했고, 눈부신 빛을 내뿜더니 그것이 강림했다.

"후와아…… 콘서트 회장이에요오!"

소리의 정령 레티샤는 이곳이 어떤 장소인지를 금세 파악한 듯했다.

무대 뒤에 늘어선 악기와 음향설비, 그리고 기대로 가득한 표정을 짓고 있는 관객들 앞에서 정말이지 이상적인 장소라며 뛸 듯이 기뻐했다.

"그러면 노래할게요오. 주주(奏主)님의――."

"――아니, 그건 다음에 해다오. 그보다 《영원한 그대에게 보내는 러브송》을 부탁하마."

여기서 '주주님의 노래' 같은 듣는 사람이 다 부끄러워질 지경인 노래를 하게 둘 수는 없다. 재빨리 그렇게 판단한 미라는 곧장 노래를 시작하려는 레티샤를 제지하고 지금의 두 사람에게 딱 맞는 곡을 선택했다.

그것은 에밀리오와 리아나, 두 사람의 미래를 축복하기 위한 곡이다.

"요청곡, 접수했어요오."

레티샤는 다소 아쉬운 눈치였지만 요청받은 곡도 아주 좋아해서 마음껏 연주하기 시작했다.

건강할 때도, 아플 때도, 함께 걷고, 함께 살고, 함께 극복하는.
두 사람의 행복, 두 사람이기에 느낄 수 있는 행복. 그저 평범한, 행복.
살아가기만 하는 데에는 필요 없지만, 그렇기에 서로를 필요하다고 생각하는 것 자체가 중요하다는 메시지.
레티샤의 노래는 그런 순수하고 한결 같은 사랑으로 가득했다.
그리고 무엇보다도 소리의 정령이 지닌 힘 때문인지, 이 타이밍에 노래를 들으러 오는 관객들이 점차 늘어났다.
러브송이 끝나도 관객들의 열기는 식지 않았고, 이런 무대에 서는 게 오랜만인 탓인지 레티샤도 꽤나 신이 나 있었다.
"아, 에밀리오 씨랑 리아나 씨예요오. 같이 노래해요오."
또한 레티샤는 에밀리오와 리아나를 기억하는지, 두 사람을 알아보자마자 그리로 달려갔다.
"네, 기꺼이."
"저기, 저도…… 그게, 레티샤 씨를 동경해서 음악을 시작한 거예요."
에밀리오는 진심으로 기뻐했고, 리아나는 감사의 마음을 전했다.
그러자 레티샤는 환하게 웃으며 "그렇게 말해 주니 너무 기쁜 거예요오!" 하고 리아나에게 달려들었다.
그렇게 이번에는 레티샤와 에밀리오, 리아나의 합주와 합창이 시작되었다.
정령과 사람이 연주하는 그것은 두 종족의 미래의 모습을 상징

하는 듯 보였다. 근사한 음악 앞에서 종족의 차이는 상관없다는 것을 모두가 깨달았고, 모두가 빠져들었다.

게다가 콘서트는 거기서 끝나지 않았다. 이어서 다른 음악가들도 도저히 가만히 있을 수가 없었는지 뛰쳐나와서 그대로 앙상블이 시작된 것이다.

그 결과, 콘서트 무대는 지금 막 본 공연이 시작된 게 아닐까 싶을 정도로 뜨겁게 달아올랐고, 눈 깜짝할 새에 레티샤를 중심으로 한 악단이 만들어졌다.

〈7〉

상쾌한 아침 공기. 창밖으로 보이는 하늘은 반쯤 구름으로 뒤덮여 있었지만, 그렇기에 그 사이로 비치는 햇살은 더욱 눈부셔 보였다.

어느 덧 계절은 가을 중턱에 접어들어서 정말이지 기분 좋고 생활하기 좋은 나날이 이어지고 있었다.

미라는 그런 하늘 아래를 걸었다. 서서히 붐비기 시작한 대회 회장 입구 앞을 그대로 통과하며 어제 성황을 이루었던 콘서트를 떠올렸다.

(설마 그 둘과 또 만나게 될 줄이야. 심지어 리아나까지 악기를 들고 노래를 하고 있을 줄은 몰랐는데 말이지.)

미라는 처음 두 사람을 만났을 때를 떠올리고는 당시와 참 많이도 달라졌다는 생각에 미소 지었다.

그후로 꽤 열심히 연습을 했나 보다. 그리고 무엇보다도 두 사람의 궁합이 최고로 좋았던 덕이리라. 리아나의 노랫소리와 연주는 에밀리오의 그것과 훌륭한 조화를 이루고 있었다.

레티샤가 합격점을 줬을 정도다.

(언제고 또 어딘가에서 우연히 만날 것 같군그래.)

콘서트 후, 두 사람과는 언젠가 또 만나자며 헤어졌다. 신기하게도 그 말처럼 또 어딘가에서 만날 것 같은 예감이 들었다.

(게다가 그때의 분위기로 미루어, 소환술이 근사하다는 것도 꽤나 효과적으로 퍼졌을 게야!)

에밀리오와 리아나는 물론이고 관객과 많은 음악가들도 레티샤와의 앙상블을 즐겨 주었다.

소리의 정령은 음악을 생업으로 삼고 있는 자들에게 숭배할 가치가 있는 존재다.

그런 존재와의 만남을 가능케 한 것이 소환술이니, 분명 특별하다고 느꼈을 것이다.

음악가들 중에는 전국을 떠돌아다니는 이가 많다. 그렇다면 그런 소환술의 위대함을 각지에 퍼뜨려 주어도 이상할 게 없다.

(이로써 소환술 부흥을 위한 길이 또 하나 열린 것일지도 몰라!)

미라는 소환술의 미래가 기대된다는 생각에 의기양양한 미소를 띤 채 성 아랫마을의 대로를 따라 걸었다.

아침부터 달콤한 냄새가 풍겨오는 과자 가게, 가게 앞에서 도시락을 판매하고 있는 레스토랑. 흥미로운 물품이 진열된 술구점에 보물이 묻혀 있을 것 같은 만물상.

걷기만 해도, 보기만 해도 즐거운 그것들의 유혹에 거스르지 않고 만끽하며 미라는 이곳저곳을 둘러보았다.

오늘, 미라는 오랜만에 혼자였다.

일전의 작전으로 인해 '이라 무에르테'를 괴멸시킨 영향으로 니르바나 황국 내에 숨어있던 관계자들도 줄줄이 체포되었다.

개중에는 이리스의 목숨을 노리고 있던 자들도 있었는데, 며칠 전에 그들 모두가 구속되었다는 사실이 확인되었다. 그렇게 안전이 확보된 덕에 이리스의 통학이 가능해진 것이다.

하지만 학업이 뒤처지기도 했거니와 다른 이유도 있어서 지금

당장 통학할 수는 없었다.

시간이 날 때 아르마와 에스메랄다가 공부를 봐주고 자습 등도 했다지만 한계가 있었던 것이다.

때문에 현재 이리스는 실력 좋은 가정교사에게 일반교양을 배우는 중이다.

(무슨 일이 있으면 샤르위나가 연락을 할 테니, 오늘은 마음껏 혼자만의 시간을 즐기도록 해볼까.)

이렇게 온전히 혼자 시간을 보내게 된 게 얼마만일까.

미라는 바람이 부는 대로 마음이 향하는 대로 관광을 즐겼다. 당연히 어제 입었던 고스로리 복장과는 다른 평범한 옷으로 완벽하게 변장한 상태다.

그렇게 이리 어슬렁, 저리 어슬렁거리다가 모험가 종합 조합 앞에 접어들었다.

대국의 수도라 그런지 라트나트라아의 조합 건물은 한참을 올려다봐야 할 만큼 커다랬다.

무슨 영사관이라도 되나 싶을 정도로 번듯한 건물 한 채를 전사 조합과 술사 조합이 좌우로 나누어 사용하고 있는 듯했다.

그런 조합 앞을 지나치려던 참에 "정령여왕——"이라는 말이 미라의 귀로 날아들었다.

"흐음?!"

온갖 소리가 뒤섞여 있는 상황에도 특정한 목소리, 자신과 관련된 단어는 이상하리만치 잘 들리기 마련이다.

미라 역시 잽싸게 그 단어를 포착하고 멈춰 섰다.

"——에서—— 어제, 정령여왕이……——."

어째 모험가 종합 조합에서 정령여왕에 관한 이야기를 신나게 떠들어 대고 있는 이들이 있는 모양이다.

(흠…… 벌써 어제 했던 선전의 효과가 나타나기 시작한 모양이로군!)

이거 좋은 조짐이 아닐까 생각한 미라는 문득 마음을 굳히고 그대로 조합 안으로 걸음을 옮겼다.

지금까지도 어느 정도 소문의 불씨를 뿌리고 다니기는 했지만 그것들이 어떻게 퍼져 나가는지, 그 과정에 관심이 생긴 것이다.

"——그런데 갑자기 본인이 등장해서 엄청 놀랐다고."

"뭐야, 그거. 엄청난 우연도 다 있네."

"아니아니, 그쯤 되면 그냥 짜고 한 거 아냐?"

"글쎄에, 그런 분위기는 아니었는데."

"근데 아주 감쪽같이 변장해서 숨어 있었다며?"

"그거야 뭐. 유명인이라 그랬던 거 아냐?"

"그랬다면 그렇게 눈에 띄게 등장할 필요는 없지 않아? 뒤에서 몰래 재회하면 되는 거였잖아."

그들은 소환술에 관해서는 언급하지 않고 사회자가 정령여왕의 이야기를 꺼낸 후 본인이 등장한 일에 관해 뜨거운 논쟁을 벌이고 있었다. 우연일지 연출일지를 두고.

미라는 그 일은 정말로 우연이었다고 말해 주고 싶었지만, 그래서는 변장한 의미가 없어진다.

그렇게 답답해하며 의뢰 게시판 앞에서 귀를 곤두세우고 있던 중, 그들의 이야기가 전파된 것인지 "정령여왕 이야기가 나와서 말인데──"라는 말소리가 다른 장소에서도 들려왔다.

"어디서 들은 이야기인데, 소환술사가 있으면 물 걱정을 안 해도 된다더라──."

미라는 그런 화제가 나오기를 기다렸다며 기뻐했다.

이야기는 거기서 그치지 않고 집과 가구 등도 있더라는 소문이 서서히 퍼져 나갔다.

하지만 그곳에 있던 모험가들의 반응으로 미루어 반신반의하는 자들이 태반인 듯했다. 소환술에 관해 자세히 아는 이가 거의 없어서 소문이 부풀려진 건 아니겠냐는 말까지 튀어나오기 시작했다.

(저 녀석…… 쓸데없는 짓을…….)

소환술은 사실 대단한 게 아닐까…… 라는 분위기가 형성되던 상황에서 반전되어 그랬으면 하는 소환술사의 망상이 만들어 낸 헛소문이 아닐까, 라고 생각하는 듯한 분위기가 조합 안에 감돌기 시작했다.

하지만 지금의 미라는 변장 중이다. 큰소리로 반론하는 날에는 정체가 탄로 날 우려가 있다.

"아니, 거짓말이 아니다! 정 그렇다면 이 몸이 직접 그 증거를 보여 주마!"

하지만 미라는 당당하게 정체를 밝히고 그 자리에 있던 모든 이들에게 모든 소문은 사실이라는 것을 보란 듯이 증명해 보였다.

"또 다른 모습으로 변장해야겠군……."

소환술의 장점을 모험가들에게 뼈에 사무치도록 가르쳐 주고 난 후, 미라는 "물의 정령과 친구가 되자!"라고 외쳐 대는 자들을 배웅하며 한숨을 내쉬었다.

그러던 중, 어떤 남자가 그런 미라에게 살며시 말을 걸어왔다.

"미라 님, 마침 잘 오셨습니다. 며칠 전에 미라 님에게 온 화물을 맡아 두고 있습니다——."

그것은 조합의 직원이었다. 그의 말에 따르면 팬이 보낸 선물이 도착했다는 모양이다.

"뭣이라?!"

팬이 보낸 선물. 그 듣기 좋은 말에 어떻게 변장을 해야 하나, 따위의 고민일랑 잊고 미라는 한껏 들떴다.

어디서 수령하겠느냐는 질문에 미라는 잠시 생각한 후, 이 지점에서 받겠다고 답했다.

지난번에는 루나틱 레이크의 조합으로 보내 달라고 했지만 이번에는 아직 얼마간 이곳에 체류할 예정이다. 그렇기에 그런 선택을 한 것이다.

"알겠습니다. 내일은 정기 항공 수송편이 있으니 저녁때까지는 도착할 겁니다."

"음, 알겠다. 그럼 내일 다시 받으러 오도록 하지."

고개를 끄덕이며 그렇게 말한 후, 미라는 '팬이 선물도 보내다니, 역시 정령여왕이야'라는 말을 등진 채 의기양양하게 가슴을 펴고 술사 조합을 뒤로 했다.

술사 조합에서 변장했다는 사실을 들키고 말았지만 아직 그 정보는 퍼지지 않은 모양이다.

미라는 눈에 띌 만한 짓은 하지 않고 느긋하게 관광을 계속 즐기고 있었다.

그렇게 얼마간 시간을 보내, 정오가 지났을 즈음.

“어디 보자, 슬슬 시간이 되었군.”

시간을 확인한 미라는 시간이 되었다며 방향을 바꾸어 걸어 나갔다.

행선지는 투기장이다. 오늘은 제28그룹의 예선 결승이 있었다. 그리고 그 제28그룹에는 브루스가 있었다.

(이제 얼마 안 남았다, 브루스!)

브루스가 결승 토너먼트에 진출할 수 있도록 응원하기 위해, 또한 그가 소환술사로서 훌륭하게 싸우고 있는지를 지켜보기 위해 관전을 하러 가려는 것이다.

투기장에는 아르마에게 귀빈 입장권을 받아둔 덕에 언제든 자유롭게 출입할 수 있었다.

또한 귀빈용 특별 관전석까지 사용할 수 있었는데, 거리와 높이가 적절해서 무대 전체를 내다볼 수 있는 전망 좋은 자리다.

게다가 이곳은 실내석이라 주변을 신경 쓰지 않고 관전할 수 있었다. 정체가 탄로 나지 않을까 신경 쓸 필요도 없을 듯했다.

“어디 보자, 브루스는 얼마나 더 있어야 등장하려나.”

도중에 구입한 닭꼬치, 감자튀김에 레몬 사워라는 기본 세트를 들고 미라는 관전을 시작했다.

완전히 돔 경기장에서 경기를 관전하는 야구팬 같은 모습이다.

현재, 투기장에서는 각 그룹의 예선 준결승이 진행 중이었다.

예선 결승 진출자들이 한 사람씩 차례로 정해지고 있었다.

"과연 가혹한 배틀 로얄에서 승리하고 올라온 자들답군. 이 시점에서 보아도 상급 모험가 정도의 실력자들만 모였군그래."

출전자는 일만을 넘었다. 게다가 준결승 이전까지의 예선전은 배틀 로얄 형식으로 진행되어, 그것을 돌파하는 것은 보통 어려운 일이 아니었다.

배틀 로얄 홍삭애소눈 몇 명이 뭉쳐서 강한 상대를 쓰러뜨리는 전법도 사용할 수 있기 때문이다.

다시 말해서 준결승까지 진출한 출전자들은 대부분 그러한 방해도 이겨낸 강자들인 것이다.

"……흠, 하지만 이 시합은 실력 차이가 너무 나는 것 같구먼."

그러나 개중에는 운 좋게 어부지리를 거둔 자나 동료를 만들어 결탁해서 올라온 자들도 있었다.

하지만 이 투기대회에서 실력에 맞지 않는 순위에 오르는 것은 위험한 일이다.

일대일 대결인 준결승전에서 선별될 수밖에 없기 때문이다.

오늘도 약아빠진 방식으로 승리해온 남자 한 명이 구호실로 실려 갔다.

그렇게 시합이 진행되어 드디어 제20그룹대의 예선 결승전이 시작되었다.

“결승 토너먼트…… 분명 근사한 무대가 되겠지…….”

예선전인 지금도 이만한 실력자들이 모였다. 결승 토너먼트쯤 되면 그야말로 A랭크 중에서도 상위 모험가, 혹은 아홉 현자급의 강자까지 나올지도 모른다.

그렇다면 분명 이런저런 것들을 시험해 볼 수 있는 최고의 실험장이 되었을 거다. 그리고 소환술의 가능성을 널리 알릴 최고의 선전도 됐을 것이다.

새삼 그런 생각이 들어서 미라는 왜 자신이 출장 금지냐고 툴툴대며 브루스의 차례가 되기를 기다렸다.

예선 결승전 제20, 21, 22그룹의 시합이 진행되었다.

예선이지만 결승전이 되자 다들 실력이 출중해서 보는 맛이 있는 시합이 이어졌다.

전사 클래스와 술사 클래스가 뒤섞인 무차별급. 그곳에서는 다들 저마다 다른 전술을 펼쳐서 미라도 “호오, 그렇게 나오는 건가”라는 소리를 할 만큼 배울 만한 부분이 있었다.

그렇게 시합은 계속 진행되어 드디어 제28그룹의 예선 결승전. 브루스의 차례가 되었다. 사회자의 멘트에 맞춰 등장한 브루스는 예선 결승전이라는 무대에 올라서도 차분해 보였다.

그동안 단련한 소환술과 믿음직한 동료들에 대한 신뢰, 그리고 무엇보다도 미라에게── 아홉 현자 덤블프에게 직접 지도를 받은 것에 따른 자신감이 그의 얼굴에 나타나 있었다.

“여기까지 잘 올라왔다. 자아, 이제 1승 남았다!”

미라는 그렇게 브루스를 응원했다.

그때, 이어서 사회자가 브루스의 대전 상대의 이름을 외쳐 그 모습을 드러낸 순간, 미라는 놀라서 "오오?!" 하고 탄성을 질렀다.

대전 상대의 이름은 알페이르.

그건 언젠가 소울하울의 단서를 찾아 신자의 숲으로 향했을 때의 일이다.

숲 앞에 있던 마을에서 강한 자와 싸우는 걸 좋아한다는 남자에게 대결 신청을 받은 적이 있었는데, 그때 그 남자의 이름이 알페이르였다.

"흠…… 역시 그 남자가 분명한 듯하구먼. 확실히 낯이 익어."

브루스와 알페이르의 시합이 시작되자 미라는 그 움직임을 상세히 관찰했다. 그리고 대담하고도 기발한 움직임과 극도로 공격적인 전투 방식을 보고 동일인물이라고 확신했다.

그러면서도 그 무렵보다 훨씬 기술이 숙련되어 있었다. 브루스의 다크나이트 2기를 상대로 밀리기는커녕 과감하게 돌격해서 그들을 베어 쓰러뜨린 것이다.

"이것 참 성가신 상대를 만났군그래. 하지만 승산은 있다, 브루스. 그대라면 할 수 있다!"

소환술이 쇠퇴하고서 많은 시간이 흘렀다. 브루스 정도의 소환술사를 상대해 본 적이 있는 자는 그리 많지 않을 것이다.

지금까지 치렀던 예선전에서도 그러한 요소가 브루스에게 커다란 이점으로 작용했을 거다.

하지만 알페이르가 상대라면 이야기가 약간 달라진다. 그는 미라의 다크로드와도 한 번 싸워본 적이 있기 때문이다.

그리고 진정한 소환술사에게 패배하여 그 위력을 뼈저리게 깨달았기에 알페이르는 소환술사와의 싸우는 법도 어느 정도 깨우친 듯했다. 그 움직임은 그야말로 소환술사를 상대로 싸우는 데 최적화되어 있었다.

"자아, 여기가 승부처다!"

브루스에게는 이미 소환술사 대응 전법에 맞서 싸우는 방법도 전수해 두었다. 그것을 잘 활용하기만 하면 알페이르가 상대라 해도 이길 수 있을 터다.

기대를 가슴에 품은 채 미라가 관전하는 가운데, 두 사람의 격렬한 공방은 계속되었다.

알페이르는 품안으로 파고들려 했고, 브루스는 그렇게 두지 않고자 움직였다.

어느 쪽이 이겨도 이상할 게 없는, 그런 일진일퇴의 싸움에 관객들도 한껏 흥분한 참에 시합에 변화가 생겼다.

"음, 좋은 타이밍이로구먼."

작은 틈을 놓치지 않고 알페이르가 돌진한 순간, 그 앞에 타워실드가 출현한 것이다.

심지어 거기서 끝이 아니었다. 다크나이트의 팔까지 연달아 나타나더니 손에 든 흑검(黑劍)을 내려쳤다.

그렇다, 부분 소환이다.

아직 동작 등에 부족한 부분은 있지만, 브루스는 실전에 투입할 수 있을 정도로 기술을 완성시킨 모양이다.

그리고 이 새로운 소환술 앞에서 알페이르가 처음으로 거리를 벌렸다.

적절한 타이밍에 그것을 행사함으로써 브루스는 알페이르로 하여금 경계라는 행동을 취하게 만든 것이다.

신출귀몰하는 타워실드와 흑검. 어디에서 나타날지 알 수 없는 이상, 상대는 전방위를 경계할 수밖에 없다.

게다가 부분 소환은 통상적인 무구 정령 소환에 비해 마나 소비가 매우 적다.

그럼에도 상대에게 압박감을 주고 정신력을 소모시킬 수 있다. 그것이 바로 부분 소환의 숨은 강점이다.

"좋아. 알페이르가 불쌍하기는 하지만 소환술의 부흥을 위한 일이다. 가라, 브루스!"

부분 소환이라는 새로운 소환술. 그것의 등장으로 형세는 단숨에 브루스 쪽으로 기울어졌다.

공격하는 다크나이트와 방어하는 홀리나이트. 거기에 샐러맨더가 여러 방향에서 화염을 쏟아낸다.

잠시라도 멈춰 서면 흑검이 나타나고 타워실드가 움직임을 제한한다.

과연 은의 연탑에 속한 술사라 해야 할지. 소환술의 습득 수준과 활용력은 그야말로 천재적이었다.

하지만 알페이르도 그대로 밀리고만 있지 않았다.

부분 소환을 할 타이밍을 잡지 못하도록 움직임의 완급을 조절하기 시작한 것이다.

지금의 브루스는 미라처럼 직감적으로 부분 소환을 발동시킬 수 없다. 따라서 그 대책은 정답이었다.

"전투 도중에 진화하다니, 무슨 주인공도 아니고. 허나――."

전황을 파악하고 대응하며, 그 자리에서 그 움직임을 완벽하게 익힌다.

그런 알페이르의 천재적인 센스도 감탄스러웠지만, 미라는 브루스의 승리를 확신했다.

그리고 그로부터 몇 분 후. 미라의 예상대로 두 사람의 시합은 브루스의 승리로 끝났다.

승패를 가른 것은, 스태미나였다.

움직이지 않고 주변을 포위하면서도, 부분 소환으로 마나 소비를 억제할 수 있었던 브루스와.

주변을 경계하며 쉼 없이 움직여야 했던 알페이르.

어느 쪽이 먼저 한계를 맞게 될 지는 자명한 일이었다.

"잘했다, 정말 잘했어!"

두 사람의 분전을 칭찬하듯 관객들이 박수갈채를 보내는 가운데, 미라 역시 벌떡 일어나 칭찬의 말을 퍼부었다.

8

브루스의 결승 토너먼트 출전이 결정된 것을 확인한 미라는 라이벌이 결정될 그 후의 예선 결승전까지 관전하고서 투기장을 뒤로 했다.

어느 덧 하늘에는 노을이 지고 있었고, 브루스에 관해 이야기하는 관객들의 목소리를 들으며 미라는 한껏 신이 나서 회장 내의 이벤트들을 구경하고 다니고 있었다.

(흠, 이 단맛과 씁쓸한 맛의 절묘한 조화. 나쁘지 않구나.)

중간에 발견한 캐러멜리제 오레를 탐닉하며 또 맛있는 게 없을까, 하고 미라는 회장 안을 산책했다.

이런저런 레스토랑 부스와 노점 등을 둘러보고, 다음은 뭘로 할까 느긋하게 생각했다.

그렇게 매지컬 나이츠의 부스 앞을 지나치려던 참에 유달리 열광적인 환호성을 들은 미라는 무슨 일인가 하고 돌아보았다.

(이건 분명…… 어제 그 아이들이 말했던 그것이로군.)

자세히 보니 부스의 무대 위에서 새 브랜드 공개가 시작되고 있었다.

미레이와 마리에타, 네네의 말에 따르면 그 새 브랜드는 마녀를 테마로 한 것이라는 듯했다.

(마녀라…….)

미라는 어제 매지컬 나이츠의 부스 안에서 그것들을 언뜻 보았던 일을 떠올려 보았다.

미레이 일행은 말했다. 그 새 브랜드는 마법소녀풍보다 다소 어른스러운 디자인이라 귀엽다기보다는 멋진 쪽에 가깝다고.

순간, 한 가지 생각이 미라의 머리를 스쳤다. 어차피 억지로 입어야 한다면 멋진 쪽이 낫지 않을까.

그런 쪽으로 릴리 일행을 설득하는 것도 방법이 아닐까? 그렇게 생각한 미라는 다소 관심이 생겨 패션쇼를 관람해 보았다.

(흠…… 과연. 나쁘지 않군.)

마녀 시리즈의 의상들이 차례로 소개되고 있다.

어른스러운 색 사용과 시크한 디자인. 그러면서도 곳곳에 중2병을 자극하는 요소도 채용해, 미라는 이 정도면 그나마 입어도 문제가 없겠다는 생각이 들기 시작했다.

이제는 여성복을 입는 데 익숙해지기는 했지만, 이러한 계통 말고도 옷은 많다는 생각이 머리에서 누락된 듯한 미라였다.

그것도 다 릴리 일행의 영향이라고 해야 할지, 거의 세뇌를 당한 듯한 상태가 되어 있었다.

(흐음흠, 저것도 나쁘지 않군그래──. 저것도──. 아아, 이건 플로네가 좋아할 것 같구먼.)

무심하게 보기 시작했지만 이게 또 의외로 나쁘지 않았다. 미라는 의외라 생각하며 몸을 앞으로 내민 채 품평을 하기 시작했다.

그렇게 품평에 열을 올리기 시작한 것은 좋았지만 장소가 장소이다 보니, 주변에는 매지컬 나이츠의 팬이 가득해서 새 의상이 등장할 때마다 난리법석이었다.

차분하게 볼 방법이 없을까 싶어 어찌어찌 사람들의 틈을 누비며 이동했다.

하지만 그러던 도중, 파악한 것이 하나 있었다.

그것은 바로 마녀 시리즈에 각별한 기대를 보이고 있는 관객들의 연령층이다.

마법소녀풍은 좋아하지만 조금 더 연령에 맞는 차분한 것이 있었으면── 그렇게 생각하는 어른스러운 여성들이 특히 흥분한 듯 보였다.

(확실히 그렇게 생각하는 자도 있었겠지.)

마법소녀풍이라는 것이 유행을 탄 뒤로 어느 도시를 가도 그러한 복장을 한 여성은 있었다.

하지만 마법'소녀'라는 명칭이 말해주듯 기본적인 디자인의 콘셉트는 소녀 취향이었다. 어른스러운 여성── 특히 철이 들 무렵에 입기에는 다소 지나친 부분도 없지 않아 있었다.

그런 상황에 등장한 것이 바로 이번 새 브랜드다.

덕분에 누님층도 크게 만족해 성황을 이루고 있었다.

(호오, 저 아이는 벌써 관심을 보이는 걸 보니 센스가 제법인 모양이야.)

어른스러운 여성이 메인 타깃이라는 건 느껴졌지만, 그렇다고 소녀가 타깃층이 아닌 것은 결코 아니다.

미라는 특수한 부류지만 언뜻 눈에 들어온 소녀도 이번 시리즈가 꽤나 마음에 든 모양이다. 아주 멋지다는 듯이 박수를 치는 모습이 보였다.

게다가 그 소녀는 상당한 매지컬 나이츠 마니아인 듯했다.

기본적으로 마법소녀풍이지만 조합과 색조 등을 궁리해서 시크하고도 쿨하게, 꼭 마녀스럽게 개조한 복장이었다.

(그러고 보니 플로네도 저런 느낌이었더랬지. 저기에 마녀스러운 모자를, 쓰……——면?!)

문득 눈에 들어온 소녀는 그 복장의 센스는 물론이고 몸집마저도 플로네와 비슷했다.

저기에 그녀의 트레이드마크인 뾰족 모자를 씌우면 더 비슷해 보이지 않을까, 생각하며 자연스럽게 그 소녀를 바라보던 중에 미라는 불현 듯 떠오른 직감에 눈을 부릅떴다.

슬쩍 보인 그 소녀의 옆얼굴. 그것을 본 순간 미라는 생각했다. 아니, 플로네랑 닮아도 너무 닮은 것 아닌가?

(아니아니, 아무리 그래도 그런 우연이 있을 리가——.)

설마 본인일까. 그런 예감이 뇌리를 스치기는 했지만 에이, 설마 싶어서 미라는 멈칫했다.

이 넓은 세계에서, 아직 행방도 알 수 없고 목격 정보조차 전혀 없어서 분명 제일 찾기 어려울 거라고 예상했던 게 바로 플로네다. 이런 데서 우연히 찾다니, 그런 편의주의적인 전개가 현실에서 벌어질 리가 없다.

미라는 희망적 관측이 지나치게 반영된 듯한 상황에 잠시 생각을 멈추고 냉정해지라고 자기 자신을 설득했다.

소울하울에 카구라, 라스트라다와 아르테시아, 그리고 메이린. 찾아내느라 죽어라 고생을 했더랬다.

그러니 플로네를 찾으려면 던전 한둘쯤은 공략하고 미지의 땅까지 개척해야 할 만큼 힘들 거라고 미라는 마음 한구석으로 각오하고 있었다.

하지만 이게 뭐란 말인가. 이런 아무것도 아닌 이벤트 부스에서 해후하다니, 지금까지 있었던 일을 생각하면 오히려 함정이 아닐까 의심하지 않을 수 없는 상황이다.

그 정도로 당황한 미라는 그렇기에 다시 한 번 침착하라고 자기 자신을 타이르며 심호흡을 했다.

아직 옆얼굴이 슬쩍 보인 것뿐이다. 어쩌면 옆얼굴만 닮은 다른 사람일지도 모른다.

(좋아, 우선 확인을 하자.)

어찌어찌 냉정함을 되찾은 미라는 우선 플로네로 추정되는 소녀의 얼굴을 제대로 확인하고자 움직이기 시작했다.

목표 장소는 정면에서 얼굴이 보일 곳이다.

(이쪽을 알아챈 낌새는 없는 것 같군.)

플로네로 추정되는 소녀를 놓치지 않도록 주의하며 서서히, 천천히 나아간다.

그렇게 시간을 들여 정면까지 이동한 미라는 역시나 티가 나지 않게끔 고개를 돌려 플로네로 추정되는 소녀를 보았다.

그 소녀는 패션쇼에 정신이 팔려 있었다.

그리고 미라는 그런 소녀의 얼굴을 제대로 보고 확신했다. 어지간히 잘못 본 것이 아니라면, 그녀는 플로네 본인이 분명하다고.

(역시 본인이 아니냐~! 저 얼굴…… 기억에 있는 것과 똑같아. 옷의 취향도 그렇지만 저 귀걸이는 하나밖에 없는 물건이라 플로

네가 아끼던 것이었으니 말이야…….)

몸집에 얼굴, 옷의 취향과 아끼던 귀걸이 등, 보면 볼수록 여러 가지 요소가 일치했고 그 모든 것이 그녀가 바로 플로네 본인이라고 말해주고 있었다.

모종의 함정이 아니라면 기적적인 우연으로 인해 아홉 현자의 일원을 발견해 버린 셈이다.

(어찌 되었건 이 기회를 놓칠 수는 없지!)

지금 놓치면 이보다 좋은 기회는 오지 않을 거다. 그렇게 확신한 미라는 곧장 플로네를 붙잡기 위해 움――직이려 했다.

하지만 그 순간 일단 멈춰서 주변을 살폈다.

미라는 생각했다. 이 상황에서 플로네와 어떻게 접촉을 하면 좋을까.

(흐~음…… 이렇게 사람이 많은 곳에서 '그대, 아홉 현자인 플로네가 맞지?'라고 물을 수는 없는 노릇이고…….)

아홉 현자 탐색은 극비 임무다. 따라서 다른 사람에게 정보가 새어 나갈지도 모르는 이런 환경에서 대놓고 실행할 수는 없는 일이다.

또한 다른 방법으로 접촉한다 해도 상대는 예측이 불가능한 플로네다. 그녀에게도 돌아오지 않는 나름의 이유가 있으리라.

그 결과, 어떻게 반응할지 모른다는 것도 문제였다. 주변에 민폐를 끼치게 될지도 모른다.

따라서 만전을 기하고자 하면 그녀가 혼자 있을 때 말을 거는 것이 무난할 것이다.

(그렇다면 우선 놓치지 않도록 감시할 수 있는 위치로 이동해야겠군.)

패션쇼에 푹 빠져 있는 모습으로 미루어 이게 끝날 때까지는 기다릴 필요가 있을 것 같다.

그렇게 판단한 미라는 좀 더 자연스럽게 감시할 수 있도록 이동하기 시작했다.

목표는 플로네의 사각인 후방. 그리고 뒤를 돌아보는 등의 부자연스러운 행동을 하지 않아도 감시할 수 있는 위치다.

관객들 사이를 누비며 이상적인 위치에 도착한 미라는 그곳에서 패션쇼가 끝나기를 기다렸다.

매지컬 나이츠의 새 브랜드인 마녀 시리즈 발표는 성황리에 막을 내렸다.

게다가 다음 주부터 각 점포에 입고된다는 소식에 관객들의 흥분도는 최고조에 달했다.

그렇게 열기가 채 식지 않은 가운데, 매지컬 나이츠 마니아들은 관객석에서 빠져나가기 시작했다.

그와 동시에 플로네 역시 드디어 행동을 개시했다. 다른 관객들에 섞여 만족스러운 얼굴로 매지컬 나이츠의 부스를 뒤로하려 하고 있다.

(자아, 이왕 하는 거 보금자리까지 밝혀내는 것도 괜찮을 것 같지만――.)

미라는 멀지도 가깝지도 않은 거리를 유지하며 플로네를 미행하기 시작했다.

물론 믿음직한 동료들과 함께.

『구구, 잘 보고 있어~.』

『소생의 눈으로부터는 그 누구도 달아날 수 없습니다냥!』

하늘에서는 구구와이즈가. 그리고 지상의 다른 지점에서는 단원 1호가 확실하게 플로네를 감시하고 있었다.

그녀가 어떠한 움직임을 취해도, 인파에 숨어 버린다 해도 관측점이 이만큼 많으면 결코 놓칠 일은 없을 것이다.

(그나저나 나라에도 얼굴을 비추지 않고 여태 뭘 하고 지냈던 게야.)

플로네는 동료들 중에서도 메이린에 버금가는 자유로운 영혼으로 알려졌다. 그녀는 지금까지 어떤 식으로 살아왔을까.

묻고 싶은 것은 산더미처럼 많지만 그녀는 여러모로 비밀주의인 경향이 있었다.

따라서 무슨 일을 꾸미고 있을 경우, 이번처럼 동료와 마주친다 해도 도주한다는 수단을 취할 가능성도 충분히 있는 것이다.

그렇기에 미행에서 접촉으로 전환할 때는 보다 신중하게 움직일 필요가 있다.

들키지 않으려면 워즈랑베르의 힘을 빌리는 게 최선이겠지만 숨어서 미행을 하면 당연히 경계를 할 테니 이번에는 동원하지 않기로 했다.

오히려 그녀는 호기심이 강하니 약간 눈치를 채게끔 하는 편이 낫다.

왜 미행을 하는 걸까, 하는 호기심이 생기면 저쪽에서 말을 걸어올 가능성이 있기 때문이다.

하지만 미라 역시 지는 건 싫어했다. 간단히 들키지는 않겠다 생각하며 세심하게 주의를 기울여 플로네를 추적한다.

(흠, 회장을 나서는 건가. 이거 어디까지 가려는 겐지.)

플로네는 도시 중심부로 나아갔다. 오늘 저녁과 내일 아침 식사용인지. 가게 몇 곳에 들러 완성된 요리를 구입하며 돌아다니고 있었다.

(여전히 요리는 잘 못하는 모양이로군.)

미라는 신선 식품을 취급하는 가게에는 눈길도 주지 않는 그 단호한 태도에서 그리움을 느끼며 본인도 출출해져 꼬치구이를 하나 구입했다.

플로네는 계속해서 가게 몇 군데를 더 들러 이런저런 물건들을 사고서야 상점가를 떠났다.

다음으로 찾은 곳은 숙소 거리였다.

이대로 숙소로 돌아가려는 걸까. 그렇다면 플로네가 체류 중인 방을 특정해 그곳에서 접촉하는 편이 느긋하게 조용히 대화를 나눌 수 있을지도 모른다.

(그나저나…… 죄다 고급스러운 숙소들이구먼.)

중심부에 가까운 숙소 거리라 그런지 어딜 봐도 한눈에 고급이라는 걸 알 수 있을 만큼 번듯한 업소들이 늘어서 있었다.

미라는 약간 주눅이 들었지만 그럭저럭 괜찮은 숙소에 묵은 적도 있다는 사실에 자부심을 가진 채 당당하게 대로를 따라 걸었다.

숙소 거리에는 인파가 많았고, 시간도 시간이라 미라는 때때로 플로네를 놓칠 뻔할 정도의 인파에 휘말려 들기도 했다. 하지만 그럴 때마다 구구와이즈와 단원 1호의 활약으로 재빨리 다시 대상을 포착할 수 있었다.

(끙…… 안으로 들어갔군그래.)

그렇게 숙소 거리에 들어서고서 10분 남짓이 지났을 즈음. 애초에 잡아 둔 숙소가 없었던 것인지 이곳저곳을 둘러보던 플로네가 갑자기 대로에서 샛길로 들어갔다.

(이건 분명 그것이로군. 대로에 있는 숙소는 죄다 너무 고급이라 급을 좀 낮추려는 게야. 그대의 생각은 손에 잡힐 듯이 훤히 보인다!)

같은 경험이 있는 미라는 동정심을 담아 동의하고는 어떻게 움직일지 뻔히 보인다며 의기양양한 미소를 지었다.

어찌 되었건 비싸다고 다 좋은 숙소인 것은 아니다. 싸고 좋은 숙소도 많은 것이다.

(어디어디, 플로네의 안목은 어떨지 보자꾸나!)

수많은 숙소 중에서 그녀는 근사한 숙소를 찾아낼 수 있을까.

몇 번이나 성공 경험이 있는 미라는 도전자를 맞이하는 절대 왕자와 같은 기세로, 샛길에 발을 들였다.

"뭣——?!"

그것은 순식간에 일어난 일이었다. 미라가 느닷없이 빛에 휩싸이더니 그 샛길에서 사라져 버린 것이다.

〈9〉

“무어냐…… 이건…….”

그것은 마치 잘못 이어붙인 비디오 필름 같았다.

화려한 숙소 거리에서 살짝 샛길로 발을 들인 순간, 돌벽에 둘러싸이고 만 것이다.

잠깐 눈을 깜박거림과 동시에 세계가 통째로 뒤바뀐 듯한 상황에 미라는 당황했다.

“이건 혹시…… 감옥 안인가?”

정면 좌우는 돌로 된 벽으로 되어 있다. 그리고 뒤를 돌아보니 그곳에는 쇠창살이 끼워져 있었다.

미라는 주변의 환경을 통해 이곳이 감옥 안이라는 사실을 알아챘다. 그리고 대체 뭐가 어떻게 되어서 이렇게 된 것인지를 생각했다.

그러자 그런 미라의 머릿속에 정령왕의 목소리가 울렸다.

『순간 시공에 대한 간섭이 느껴졌다만, 무슨 일이 있었나?』

듣자하니 다른 정령들과 세상 돌아가는 이야기를 하던 중, 문득 그런 기척이 느껴졌다는 모양이다.

시공에 대한 간섭. 그것은 본래 신이나 시조 정령급의 힘이 있어야만 근접할 수 있는 영역이다.

그리고 정령왕이 그것을 감지했다는 사실을 통해 미라는 현재 상황을 이해하기 위한 하나의 답을 도출해 냈다.

그렇다, 공간전이다. 샛길로 들어선 그 순간, 이 공간으로 강제

전이된 거다.

하지만 대체 누가 어떻게 인간의 능력을 초월한 영역인 공간 전이를 실행한 것일까.

"——뭐어, 생각하고 말 것도 없이 그 녀석일 테지……."

아홉 현자 중 가장 파격적인 존재. 무형술의 극에 달한 자인 플로네라면 공간전이에 도달했어도 이상할 게 없다.

그리고 보기 좋게 전이당한 것을 통해 도중에 미행을 알아챘다는 사실도 알 수 있었다.

"그럼, 어찌 할까."

자유롭게 풀어둔 끝에, 감옥에 갇히고 말았다.

게다가 이 장소는 그녀가 특별하게 마련한 곳인 모양이다. 술식을 봉하는 효과가 있는지 소환술을 잘 구축할 수가 없는 데다, 어지간히도 먼 곳으로 전이된 것인지 단원 1호 일행과도 연락을 취할 수가 없었다.

상당히 위험한 상황이기는 하다. 그러나 미라의 얼굴에서는 초조한 기색을 전혀 찾을 수가 없었다.

이러한 상황에서 탈출할 방법을 여럿 준비해 두기도 한 데다, 애초에 이러한 조치를 한 것이 플로네라는 사실을 알기 때문이다.

"뭐어, 일단은 대기해야겠구먼. 되도록 빨리 와줬으면 좋겠지만 말이야."

미행범을 굳이 이런 감옥에 가두었으니, 당연히 그대로 방치해 두지는 않을 거다. 기다리고 있으면 상태를 살피러 올 것이다.

그때 사정을 설명하면 아무 문제도 없으리라. 오히려 저쪽에서

와주는 셈이 아닌가. 미라는 그렇게 마음을 굳히고 시즌 오레 어텀을 마시며 느긋하게 기다리기로 했다.

변화는 몇 분 후에 일어났다. 어딘가 멀리서 문이 열리는 소리가 들리더니 발소리가 가까워지는 게 느껴졌다.

그리고 드디어 그 발소리의 주인이 미라가 있는 감옥 앞에 도착했다.

발소리의 주인. 그것은 예상한 대로 플로네였지만 그녀는 미라의 모습을 보자마자 놀란 표정을 지어 보였다.

"어라? 어떤 변태가 걸렸나 했더니 귀여운 여자애? 어째서?"

아무래도 플로네는 미행을 한 것이 누구인지까지는 파악하지 못한 모양이다. 그냥 누군가가 스토킹하고 있다는 사실을 알아채고 그 전이 함정을 설치한 것이리라.

따라서 플로네는 오히려 변태들에게 쫓겨 다닐 처지로만 보이는 미라 앞에서 물음표를 띄웠다. 그러고는 관찰이라도 하듯 미라를 뚫어져라 쳐다보았다.

"……당신, 플레이어 출신자구나. 아무튼, 나를 쫓아다닌 건 당신이지? 그래서 누구야? 나한테 볼 일 있어?"

플레이어 출신자들은 서로를 알아볼 수 있다. 플로네는 미라가 플레이어 출신자라는 것을 알아채자마자 더욱 경계도를 높인 듯했다. 그 눈빛에는 의구심이 가득했다.

(……이런 면도 여전하군그래.)

플로네는 약간 인간 불신에 빠져 있어서 다른 이들과의 교류를 최대한 피하는 경향이 있었다. 특히 플레이어 출신자들 중엔 이 세계에서 특수한 입장에 있는 자가 많다. 경계할 만도 했다.

그렇듯 그녀는 여러모로 섬세했다. 따라서 미라는 빙빙 돌리지 않고 단도직입적으로 이유를 말했다.

"플로네여, 그대를 찾아다녔기 때문이다. 그리고 조용한 곳에서 말을 붙이려고 상황을 살피던 중이었지."

미라는 그렇게 말하더니 미소를 지은 채 "그러기 전에 들켜서 이렇게 된 게지만"이라고 덧붙여 말했다.

그러자 어째서인지. 미라의 말을 듣자마자 플로네는 놀라다 못해 초조한 듯한 반응을 보이기 시작했다.

"뭐, 뭐야, 누굴 말하는 거야? 진짜 하나도 못 알아듣겠거든~?"

잠시 눈이 휘둥그레졌지만 플로네는 곧장 그런 말을 내뱉어 얼버무리려 했다.

그러나 그 모습을 통해 알 수 있듯 플로네라는 인물은 거짓말을 잘 못했고, 때문에 본인이라는 것은 기정사실이 되었다.

"봐라, 거짓말을 할 때 그렇게 오른쪽 아래를 쳐다보고서 뺨에 손을 대는 버릇, 그것도 아직 그대로가 아니냐."

미라는 다 안다는 듯이 대담한 미소를 띤 채 단호하게 지적했다. 변하지 않은 그녀의 버릇을.

"뭐……?!"

자신이 미라가 입에 담은 행동을 취하고 있었다는 사실을 깨달은 플로네는 당황해서 왼쪽 위로 시선을 옮기며 부자연스럽게 손으로 머리를 빗었다.

계속해서 얼버무리려 하고 있지만 이미 한참 늦었다. 그리고 본인도 내심 그렇다는 생각이 들었는지, 다음 순간에는 오히려 분노가 담긴 눈으로 미라를 노려보았다.

"당신, 누구야? 어째서 나에 대해 아는 거야?"

더는 속이지 않기로 한 모양이다. 플로네는 지적을 긍정하더니 지팡이를 꺼내 날카로운 눈빛으로 그것을 겨누었다.

지금까지와는 달리 여차하면 날려 버리겠다는 의지가 담긴 눈이라 갑자기 팽팽한 긴장감이 돌기 시작했다.

하지만 그런 플로네 앞에서도 미라는 조금 전과 다름없는 태도로 대응했다.

"무얼, 단순한 이유지. 그 지팡이는 흑장검(黑杖劍) 나기키리지? 지금도 애용하고 있나 보구먼. 나 원, 소재를 모으려고 여기저기 뛰어다니고 대장장이인 와비사비까지 소개해 준 보람이 있었어."

플로네가 애용하고 있는 소드스틱, 흑장검 나기키리. 그것을 제작할 때 미라── 덤블프는 소재 수집부터 장인을 찾는 일까지 광범위하게 도움을 주었다.

따라서 미라가 그 사실을 입에 담은 순간, 플로네의 반응에 다시 변화가 나타날 수밖에 없었다.

동료들만 아는 일인 데다, 미라는 그걸 자신의 일인 양 말하기까지 했다.

플로네는 당당하게 자신과 마주하고 있는 미라를 바라본 채 생각에 잠겼다. 이내 그 표정에 깃든 감정은 경계심에서 의혹으로 바뀌었고, 나아가 확신과 놀라움으로 변하였다.

"이 칼에 관해서…… 게다가 와비사비 군까지……."

미라의 말을 들은 플로네는 덤블프에게 도움을 받았던 일을 떠올리고 있는 듯했다.

그녀는 쇠창살 앞까지 달려가 미라의 얼굴을 뚫어져라 들여다보더니 "어……? 할바이?"라고 말했다.

하지만 덤블프와 미라는 너무도 이미지가 다른 탓인지. 마치 여우에 홀리기라도 한 걸까 의심하는 듯한 얼굴이었다.

"알아챈 모양이로구나. 바로 맞혔다. 사정이 있어서 지금은 이런 모습이지만 말이야!"

미라는 그런 플로네에게 본의 아니게 이렇게 되어버렸다고 강조하듯이 말했다.

"헤에~ 그렇구나."

플로네는 그 말을 믿는 건지 의심하는 건지 알 수 없는 얼굴로 그렇게 답했다.

하지만 경계는 푼 모양이다. 지팡이를 내린 그녀에게서는 경계심이 느껴지지 않았다. 하지만 그 대신 다른 것이 떠올라 있었다.

바로 비밀주의적인 일면이다.

"그럼 나중에 봐. 할바이!"

플로네는 몇 걸음 물러나더니 모종의 술식을 구사하며 웃는 얼굴로 손을 흔들었다.

그러자 놀랍게도. 미라가 있던 감옥의 곳곳에 마법진이 설치되어 있었는지 그것이 빛나기 시작했다.

"이것은……?!"

미라는 수많은 술식을 알았다. 하지만 놀랍게도 거기에 새겨진 마법진의 술식 중에는 아는 것이 하나도 없었다.

그렇지만, 그렇기에 플로네가 무엇을 하려고 하는지는 예상할 수 있었다.

"그렇게는 안 되지!"

플로네는 이 장소로 전이시켰을 때와 마찬가지로 또 어딘가로 전이시킬 속셈이다. 새겨진 것이 전이술식이라면 본 적이 없는 게 당연했다.

그리고 무엇보다도 '나중에 봐'라는 플로네의 말만 보아도 그 의도는 명백하다.

그렇게 직감한 미라는 여기서 놓칠 수는 없다며 저항했다.

"이봐라, 플로네. 잘 막아야 한다!"

미라는 그렇게 주의를 주고는 파괴력을 중시해 만든 마봉폭석을 사방에 뿌렸다.

"엑?! 잠깐 기다려, 할바이!"

그 행동에 플로네가 당황했다. 당연히 마봉폭석이 어떠한 물건인지 아는 그녀는 허둥지둥 실드를 전개했다.

그리고 잠시 후, 미라가 갇혀 있던 감옥 안에서 십여 개의 마봉폭석이 일제히 작렬하여 그곳에 설치되어 있던 마법진을 벽과 함께 파괴했다.

"할바이?! 괜찮은 거야, 응?!"

바위벽 여기저기에 금이 가고 무너져 내린 감옥에서는 모래먼지가 뭉게뭉게 피어나고 있었다.

심지어 술식을 봉하는 장치도 되어 있던 감옥이다. 술식을 못 쓰는 상태에서 그만한 파괴력을 막아낼 수단이 있을 리 없다.

그런 현장 한복판에 있었으니 무사하지 못할 거다. 하지만 덤블프라면 다를지 모른다는 생각에 플로네는 미라의 모습을 찾기 시작했다.

"이야, 나 원. 내가 생각해도 위력 한번 좋구나."

미라는 모래먼지 속에 아무렇지도 않게 서 있었다.

휘말려들었다면 무사하지 못했을 파괴력이었지만 미라는 그것을 이전에도 사용했던 방법으로 무마했다.

그렇다, '이라 무에르테'와의 결전지에서 사용했던 공절의 반지를 사용한 것이다.

하지만 거기에는 한 가지 결점이 있었다.

"……──, ──……!"

외부의 소리를 들을 수가 없다는 점이다. 따라서 플로네가 무슨 소리를 하고 있는지 미라에게는 들리지 않았다.

어쨌든 감옥에 설치되어 있던 전이와 술식 봉인 술식은 모두 박살난 듯했다.

"보았느냐, 플로네! 아주 완벽한 탈출이지?!"

반지의 효과를 끊고 사지 멀쩡한 상태로 유유히 걸어 나온 미라는 네 뜻대로는 안 될 거라는 듯이 웃어 보였다.

"뭐야그거치사해!"

미라가 무슨 짓을 한 건지 이해한 플로네는 곧장 불평을 토해냈다.

“전이 같은 걸 사용하는 그대에게 듣고 싶지는 않구나.”

자폭 기술인 척해 놓고 피해는 한쪽에만 입혔으니 그런 반응이 나올 만도 했다. 심지어 미라는 플로네를 속여먹었다는 생각에 의기양양한 표정을 짓고 있었다.

그래서라고 해야 할지. 플로네는 온 힘을 다해 미라를 전이시키려 들었다.

“이번에야말로, 돌아가!”

그것은 그야말로 순식간에 일어난 일이었다. 놀랍게도 미라가 부순 바위벽을 염동력의 무형술로 재구성하더니 다시 전이술식을 기동시킨 것이다.

전이가 눈 깜짝할 새 발동한다. 제대로 마음을 먹은 플로네의 전개 속도는 보통이 아니라, 마봉폭석으로 날려 버리기는커녕 말을 할 틈조차 없을 정도였다.

억지스럽게, 하지만 정밀하게 재구축된 마법진이 빛나더니 그 안에 있던 것을 전이시킨다.

“……어째서?!”

전이 기동 완료 후, 플로네는 참지 못하고 그렇게 소리쳤다.

왜냐하면 확실하게 날려 버렸다고 생각한 미라가 아직 그곳에 남아 있었기 때문이다.

“유감이구나! 이 방벽은 평범한 실드와는 차원이 다르거든. 시공의 시조정령의 힘으로 모든 간섭을 단절하는 물건이다!”

방벽을 해제한 미라는 바로 마봉폭석 하나를 던져 벽의 일부를 파괴했다. 그러자 순식간에 술식을 봉하는 효과가 사라지기 시작했다.

미라는 벽이 수복되는 순간에 술식 봉인 술식이 어디에 설치되어 있는지를 꿰뚫어 본 것이다.

그리고 추가로 잿빛기사를 소환. 주변의 벽을 산산이 부수고서 의기양양하게 말했다.

플로네의 마법진은 둘러싼 것을 강제적으로 전이시키는 것이었겠지만 절대 방어를 자랑하는 공절의 반지의 힘은 그러한 간섭조차도 막아 버리는 성능을 지녔다고.

"치사해, 치사해!"

정말 너무하다며 플로네는 발을 동동 굴렀다. 모든 공격, 모든 효과를 막을 수 있는 그 힘은 말 그대로 치사하다고 할 수 있으리라.

하지만 마나를 상당히 소비해서 여러 번 사용할 수 있는 것은 아니다.

"자, 어찌된 게냐. 전이는 이제 끝이냐?"

하지만 미라는 몇 번을 해도 똑같을 거라 말하는 듯한 얼굴로 플로네에게 다가갔다.

미라의 비장의 카드 앞에서 플로네는 어떻게 움직일까. 그렇게 생각하며 미라가 경계 태세를 강화한 채 기다리던 중――.

"할바이 나빠! 바보!"

놀랍게도 그녀는 그런 패자의 뒷말을 남기더니 발걸음을 돌려 쏜살같이 도주하기 시작했다.

"뭣?! 이 녀석, 기다리지 못할까!"

도주했다고 표현했지만, 플로네의 그것은 평범하지 않았다. 무형술을 구사해 허공을 달린다……기보다는 완전히 날아다니기 때문이다.

그 속도는 그야말로 익룡에 버금갈 정도라 플로네의 실력이 어느 정도인지 엿볼 수 있는 대목이기도 했다.

하지만 미라 역시 지지 않았다. 사용 가능한 선술을 총동원해 복도를 내달려 지하에서 탈출해서는 비행 속도를 중시하고자 잽싸게 히포그리프를 소환. 경쾌하게 올라타고 즉시 플로네를 추적했다.

"여전히 빠르기도 하구나!"

미라는 하늘을 날아 도망치는 플로네를 쫓으며 낯선 경치를 내려다보았다.

지하 감옥이 있던 장소에는 그 밖에도 여러가지 건조물이 늘어서 있다.

또한 주변은 숲으로 뒤덮여 있지만 어째 평범한 숲과는 달라 보였다. 보이는 범위에 사과와 포도, 감, 밤 등, 여러 종류의 나무들이 자라나 있었기 때문이다.

얼핏 보면 과수원이나 농가 같은 인상을 풍기는 장소였다.

게다가 숲은 시야 가득 펼쳐져 있었다. 이게 전부 과실수라면 상당한 규모다.

그러나 그런 숲보다 더 신경 쓰이는 존재가 미라의 눈에 들어왔다.

그것은, 성이다. 숲에 둘러싸여 있는 그곳에 커다란 성이 당당하게 자리해 있었던 것이다.

"그나저나, 여긴 또 어디인 게야?"

실로 특징적인 장소다. 하지만 본 적도, 들어본 적도 없다.

다시금 주변을 둘러보던 미라는 구름 한 점 없는 하늘과 숲의 경계선을 본 순간 위화감을 느꼈다.

"흐음, 기분 탓인지 지평선이 가까워 보이는데……."

평소 하늘에서 보던 풍경과 조금 다르다. 미라는 그런 차이를 느꼈지만 다음 순간, 그런 생각도 할 수 없게 되었다.

미라 일행이 거리를 좁히고 있다는 사실을 알아챈 플로네가 지상에 있던 돌과 바위 같은 것들을 날리기 시작했기 때문이다.

"어이쿠, 이 정도는 이 몸의 히포그리프의 기동력이라면 아무 문제도 되지 않지!"

비행을 방해하려는 듯이 돌과 바위가 날아들었지만 하늘 위는 히포그리프의 앞마당이나 다름없어서, 좌로 우로 능숙하게 회피해 나갔다.

하지만 역시 플로네라고 해야 할지. 투척물을 일직선으로만 날리지 않았다. 따라서 미라 역시 부분 소환 등을 통한 요격을 하느라 분주해졌다.

이대로 가면 끝도 없이 이 짓을 반복해야 할 거다. 때문에 미라는 추가로 페가수스와 가루다를 소환해 플로네를 여러 방면에서 몰아붙였다.

"이 녀석…… 이것도 피하는 게냐."

가루다는 바람을 조작하고 페가수스는 잽싸게 앞으로 돌아들었다. 그럼에도 플로네의 비행 기술은 예전보다 더욱 발전했는지 그것들을 보기 좋게 돌파했다.

몇 번째인지 모를 콤비네이션 어택도 보란 듯이 흘려 넘겼다. 그 결과, 미라는 이래서는 결판이 안 나겠다는 생각에 마지막 수단을 사용하기로 결심했다.

"가주겠느냐, 멍슨 군."

이제 이 방법밖에 없다고 생각한 미라는 멍슨을 소환해 그렇게 말했다.

그러자 멍슨은 지상을 보고 숨을 꿀꺽 삼키기는 했지만 "맡겨만 주십시오멍!" 하고 힘차게 대답했다. 용감하기 그지없는 눈빛으로.

미라는 멍슨의 각오에 감사인사를 하고서 다크나이트 프레임을 몸에 둘렀다.

그리고 차분하게 조준해서── 강화된 완력을 실어 있는 힘껏 투척했다.

힘차게 발사된 멍슨은 날카로운 눈빛으로 플로네를 바라보았다. 하지만 날지 못하는 멍슨은 공중에서 방향을 제어할 방법이 없어 조금씩 궤도가 어긋나기 시작했다.

하지만 그때──.

"플로네여~ 멍슨 군이 그리로 갔다~!"

미라가 큰소리로 외쳤다.

그러자 놀랍게도. 아무리 불러도 반응하지 않던 플로네가, 페가수스와 가루다를 공중전에서 압도하고 있던 플로네가 빈틈이 생기건 말건 신경 쓰지 않고 홱, 하고 뒤를 돌아보았다.

"머…… 멍슨 군~!"

그야말로 극적인 반응이었다. 그녀의 눈에 그 모습이 비친 직후, 플로네는 궤도를 틀어 멍슨에게 일직선으로 날아가 확 끌어안았다.

그리고 곧바로, 멍슨의 온몸을 남김없이 유린하기 시작했다.

"멍슨 군 오랜만…… 복슬복슬귀여워."

플로네가 멍슨에게 얼굴을 파묻고 마구 비벼댔다.

그렇다, 그녀는 고양이 애호가인 카구라와 쌍벽을 이룬다고 할 수 있는 존재인 동시에 그녀와는 같은 길을 걸을 수 없는 애견가였다.

때문에 멈출 줄 모르는 애정 공세에 눈 깜박할 새 트레이드마크인 탐정복까지 벗겨진 멍슨은 그대로 온몸의 털을 유린당했다.

고양이 카페에 농성하는 등의 문제는 일으키지 않았지만, 플로네의 개에 대한 사랑은 카구라에게 뒤지지 않을 정도였다.

그런 그녀에게 멍슨을 들이밀면 어떻게 될지 알았기에 그것은 최종 수단이었고, 미라는 숭고한 희생을 한 멍슨에게 경의를 표하며 슬그머니 접근해 플로네를 붙잡았다.

〈10〉

플로네를 붙잡았다……기보다는 멍슨 효과로 아무 데도 못 가게 만들었다고 해야 할까. 플로네는 도망치는 것도 잊고 멍슨에 푹 빠져 버렸다.

"어디……."

얌전해진…… 도주하는 걸 잊은 그녀의 모습을 확인한 미라는 다시금 주변을 둘러보았다.

지상 10미터 정도에서 둘러보니 주변에 펼쳐진 숲과 숲에 둘러싸인 커다란 성, 그리고 곳곳에 있는 밭 같은 장소가 보였다.

얼핏 보면 매우 풍요로운 땅이다. 하지만 미라는 그 광경에서 위화감을 느끼고 있었다.

그것은 보이는 범위에 커다란 성을 제외하면 거주 가능한 건조물이 없다는 데서 비롯된 것이다. 그렇다, 주변에는 도시는커녕 마을조차 없고 성만 오도카니 자리해 있었다.

니르바나의 주변에 이러한 입지의 나라는 없었을 터다.

"해서, 여기는 어디쯤이냐?"

대체 그때의 전이로 얼마나 멀리 이동한 걸까. 그리고 어디로 이동한 걸까. 그런 의문을 담아 미라는 물었다.

"……."

플로네는 답하지 않았다. 보기 좋게 멍슨에게 낚인 것이 분한지, 고개를 홱 돌릴 따름이다.

하지만 이렇게 대화가 가능한 상태로 몰아넣었으니 이 다음부

터는 그리 어렵지 않다.

"……좀 진정되면 가룸도 소환해 볼까나."

미라가 그런 소리를 하자 플로네가 몸을 움찔했다.

대형견을 능가하는 크기를 지닌 가룸은 너무나도 쓰다듬는 맛이 좋다. 그 감촉을 상상하자 마음이 크게 흔들렸는지, 얼굴에 동요한 기색이 보이기 시작했다.

"게다가 최근 새로운 비장의 카드와도 계약을 해서 말이다. 커다란 강아지 같은 상태라 아주 복슬복슬할 터인데."

나아가 미라는 슬그머니 펜리르도 라인업에 추가시켰다.

"여긴…… 여기는……. 비밀이야――!"

처절한 갈등 끝에 플로네는 그 유혹을 끊어 냈다. 하지만 어지간히도 큰 결심이 필요한 일이었는지. 몸이 파르르 떨리고 있었다. 게다가 살짝 눈에 눈물이 맺히기도 했다.

그렇게까지 해서 유혹에 저항할 만큼 이 장소를 비밀로 하고 싶은 모양이다.

하지만 미라는 거기서 멈출 자비심 같은 것을 가지고 있지 않았다. 그리고 조금만 더 하면 넘어오겠다 싶어서 마지막 일격을 가하기 위해 실행하게 했다.

"플로네 공. 니르바나에서 보았을 때 어디쯤인지라도 상관없습니다멍. 가르쳐 주셨으면 합니다멍."

멍슨이 애교를 부리며 그렇게 미라의 말을 대변한 것이다.

그것은 플로네에게 극약이라 할 수 있는 부탁이었다.

궁극적으로 귀여운 멍슨이 정확한 위치까지 알려 주지는 않아도 된다고 양보한 거다. 그 효과는 흔들리고 있는 플로네의 마음을 단숨에 기울어지게 하기에 충분했다.

"북쪽……이려나."

플로네는 미라에게는 들리지 않을 정도의 목소리로 답했다.

하지만 멍슨에게는 들릴 정도였던 탓에 당연히 미라에게도 똑똑히 전해졌다.

(흠, 북쪽이라…….)

플로네는 대답한 대신 추가로 쓰다듬게 해달라고 요구했고, 멍슨은 자신의 몸을 희생해 정보를 얻어 냈다.

미라는 멍슨의 헌신에 감사하며 니르바나의 북쪽이라면 어디쯤이 후보일까, 하고 지도를 띄웠다.

순간, 그 얼굴에 의아하다는 표정이 떠올랐다.

니르바나의 위치는 〈 부호의 모양을 하고 있는 아크 대륙의 최남단. 따라서 북쪽에는 바다가 펼쳐져 있다.

게다가 바다를 건너면 어스 대륙의 서쪽 끝. 과거 키메라 클로젠 소동 당시에 들렀던 세인트 폴리 등이 있는 곳이다.

어스 대륙의 서쪽에는 광대한 황야가 펼쳐져 있다. 그러한 장소에 지금 눈앞에 있는 것과 같은 녹음이 울창한 땅은 손으로 꼽을 정도밖에 없다.

그리고 미라가 아는 한, 커다란 성을 둘러싼 풍요로운 숲이 있는 장소는 그곳에 존재하지 않았다.

(대체 어찌 된 일이야…….)

단순히 플로네가 거짓말을 했을 가능성도 있다.

하지만 그 가능성을 없애기 위해 질문자를 멍슨으로 지정하는 수법을 사용한 것이었다. 플로네가 사랑하는 멍슨에게 거짓말을 하는 건 있을 수 없는 일이다.

그럼 어떻게 된 일일까.

(일단은 저쪽을 살펴보는 게 빠를 것 같구먼.)

생각한 끝에 미라는 정보를 얻을 수 있을 듯한 성으로 향하기로 했다.

미라는 잘 모르는 장소인 탓에 왕족이나 권력자들과는 그다지 얽히고 싶지 않았다. 하지만 플로네가 이곳을 전이 장소로 선택한 것으로 미루어, 성에 있는 자와 모종의 인연이 있을 것으로 추측됐다.

그렇다면, 여차하면 그녀를 방패막이로 쓸 수 있을 거다.

그런 방어책을 세운 후, 미라는 추가로 플로네가 저항하지 못하게 하기 위한 작전도 생각해 냈다.

"그럼 플로네여. 우선 내려가자꾸나. 약속한 대로 가룸을 소환해 주마."

그렇게 말하고서 히포그래프에게 강하해 달라고 부탁했다.

그러자 가룸이라는 단어를 들은 플로네는 환한 미소를 짓더니 "응, 내려갈래!"라면서 순순히 미라를 따라왔다.

"후오오오오오오오오! 귀여워어어어어!"

숲속에 약간 탁 트인 장소에 내려선 미라는 약속한 대로 가룸을 소환했다.

몸길이 3미터도 더 되는 가룸은 실로 용맹하고 씩씩해 보였다.

하지만 플로네에게는 그 또한 귀여운 범주에 드는 모양이다. 가룸의 모습을 보자마자 절규하더니 눈으로 좇기도 어려운 속도로 달려들었다.

또한 아직도 플로네에게 붙들려 있는 멍슨은 그런 둘 사이에서 찌부러지고 있었다. 하지만 불평도 하지 않고 얌전하게 참으며 실로 어른스럽게 대응했다.

"자, 플로네여. 등에 타도 괜찮다고 하는데, 어찌할 테냐?"

최대한 서비스 해주라고 부탁한 후 미라는 가룸의 허락을 받아 그렇게 전했다.

그러자 가룸의 목에 얼굴을 묻고 있던 플로네는 뒤를 확 돌아보더니 "탈래!"라고 곧장 답했다.

가룸은 미라의 눈짓에 고개를 끄덕여 답하더니 플로네의 앞에 살며시 엎드렸다.

"고마워, 가룸 씨!"

자아, 타도록, 이라는 가룸의 말에 플로네는 만면에 미소를 띤 채 답하더니 행복해 죽겠다는 표정으로 그 등에 올라탔다.

가룸이 일어서자 플로네는 더더욱 신이 났다.

품안에는 멍슨, 아래에는 가룸. 플로네에게는 그야말로 꿈만 같은 상태였다.

"자아, 모처럼 이토록 보기 좋은 숲에 와 있으니 말이다. 잠시 산책이나 하자꾸나."

자연스럽게 미라가 말하자 플로네는 전혀 의심하지 않고 "갈래!"라고 답했다.

그렇게 낯선 장소에서의 숲속 산책이 시작되었다. 숲은 얼핏 보면 어수선해 보였지만 어쩐지 질서정연하다는 느낌도 드는 신기한 장소였다.

또한 하늘에서 봤을 때도 느꼈듯이, 어딜 보아도 맛있어 보이는 열매가 달린 나무들이 눈에 들어올 만큼 풍요로웠다.

그래서인지 전체적으로 달콤한 향으로 가득했다.

"아주 맛있을 것 같습니다멍."

도중에 그 향기에 매료된 것인지 멍슨이 참지 못하고 그런 소리를 했다.

그리고 그런 멍슨의 말에 플로네가 반응했다. 과실 하나를 무형술로 휙 따서 웃는 얼굴로 "그래, 먹어 봐, 멍슨 군. 엄청 달고 맛있어"라며 내밀었다.

(……흠, 지금의 행동으로 미루어 플로네는 이 숲을 잘 아는 모양이로군.)

플로네가 멍슨에게 던진 말. 그것은 그 과실의 맛을 아는 자의 말이라는 사실을 미라는 놓치지 않았다.

거기서 그치지 않고 신이 나서 "가룸 씨도 먹을래? 전부 다 맛있어"라고 말하는 플로네의 모습으로 볼 때, 이곳과 깊이 얽혀 있는 듯한 인상마저 느껴졌다.

이곳은 어느 나라의 어떤 장소일까. 플로네는 어떻게 얽혀 있는 걸까. 사정에 따라서는 일이 성가셔질 수도 있겠다고 생각하며 그 비밀을 파헤치기 위해 나아갔다.

"이 근처에 있는 건 전부 벚나무야. 봄이 되면 엄청 예쁘니까 또 같이 와서 보자. 그리고 저쪽은 있지──."

숲속 산책을 시작하고서 십분 남짓 후. 플로네의 기분은 최고조에 달해 있었다.

미라에게 발각되어 도망치려 했던 일은 까맣게 잊은 것처럼 들떠 있다.

플로네는 아주 잘 아는 곳인 양, 의기양양하게 설명을 해나갔다. 듣자하니 이 숲에 있는 나무들은 열매를 맺는 계절별로 구분되어 있다는 듯했다.

요컨대 인공 숲인 것이다. 광대한 면적으로 미루어 이만한 일을 벌이려면 상당한 자금과 노력, 그리고 시간이 필요했을 것이다.

그 상태로 보아 이 곳은 상당히 큰 나라일 것으로 예상되었다.

(흠, 슬슬 시작해 볼까.)

어쨌든 플로네가 멍슨과 가룸에게 정신이 팔려 있는 지금이 기회다. 미라는 이 땅이 어느 나라에 있는 것인지를 밝혀내기 위해 작전을 실행에 옮겼다.

미라의 지시에 따라 가룸이 슬그머니 진로를 조정하기 시작했다. 그리고 멍슨이 플로네의 주의를 끌기 위해 적극적으로 말을 걸었다.

"정말?! 정말로 데려가 줄 거야?!"

"그렇습니다멍. 기회가 있으면 저희 마을로 플로네 님을 초대하겠습니다멍."

쿠 시들이 사는 마을. 그곳에 초대하겠다는 이야기로 멍슨은 완벽하게 플로네의 주의를 끌었다.

플로네에게 그곳은 그야말로 꿈의 마을이라 해도 과언이 아닐 것이다. 때문에 가룸이 서서히 진로를 변경하고 있다는 사실을 알아챈 듯한 낌새는 없었다.

멍슨이 말한 쿠 시의 마을 풍경과 관광 명소 등에 관한 이야기에 플로네가 정신이 팔려 있는 동안, 목적지가 점차 가까워졌다.

그리고 드디어 그때가 되었다.

깊은 숲을 지나 더 많은 정보를 얻을 수 있을 듯한 장소── 가장 눈에 띄었던 성에 도착한 것이다.

"어? 어라? 아, 가룸 씨, 그쪽은 안 돼."

그제야 상황을 파악한 플로네는 허둥지둥 숲으로 돌아가자고 했다.

하지만 그때 멍슨이 미라의 지시와는 무관하게 눈을 반짝거리며 "굉장한 성입니다멍!" "숲속에 성이 있었다니멍!" 하고 말했다.

그러고는 기쁜 듯이 꼬리를 흔들며 "저 성에 관해서도 아십니까멍?!"이라고 묻자, 플로네는 지금 당장 숲으로 돌아가자는 소리를 할 수가 없게 된 듯했다.

저 성에는 뭔가 비밀이 있는 것이리라. 플로네는 기대에 찬 눈빛을 보내오는 멍슨을 안은 채 초조한 기색이 역력한 얼굴을 하고서 눈에 띄게 동요하여 허둥댔다.

그러다 보니 얼마간 그곳에 멈춰 서게 되었고, 자연히 미라 일행은 당연히 성문 파수꾼의 눈에 띌 수밖에 없었다.

"다녀오셨습니까, 플로네 님."

그 자는 그러한 말과 함께 두둥실 하늘에서 내려왔다. 심지어 겉모습으로 미루어 볼 때, 그는 정령이 분명했다.

나아가 그런 파수꾼의 언동으로 인해 플로네가 이 성과도 인연이 있다는 사실이 명백해졌다.

"이것 참 떠들썩하군요. 그런데 거기 계신 분은?"

파수꾼은 플로네에게 고개 숙여 인사하더니 멍슨과 가룸을 보고 미소를 지어보인 후, 이어서 히포그리프의 등에 올라탄 미라의 모습을 보고 플로네에게 물었다.

"……그게, 이 사람은── 나를 협박하는 무서운 인간이야!"

잠시 망설이기는 했지만 플로네는 마지막 저항으로 그런 말을 입밖에 냈다.

얼핏 보면 즐거운 하이킹을 마치고 돌아오는 길로 보이는 상황이라, 보통은 그런 소리를 한들 농담으로 여겨 웃어넘길 것이다.

미라는 그렇게 생각했지만 플로네에 대한 파수꾼의 신뢰는 생각보다 더 두터웠던 모양이다. 그의 얼굴이 긴장감으로 굳어지는 것이 확연히 보였다.

"이런이런, 나 원 이 마당에 와서까지 그런 헛소리를 하다니."

성 앞에서 파수꾼과 싸움을 벌이게 되면 분명 상황이 상당히 귀찮아질 것이다. 하나의 나라를 적으로 돌리는 사태로 이어질 수도 있기 때문이다.

하지만 미라는 그렇게 되어버리기 직전인데도 지극히 냉정하게 현재의 상황을 웃어넘겼다. 그리고 우아하게 히포그리프의 등에서 내렸다.

"이 몸은 미라라는 자다. 이 플로네의 오랜 친구 같은 것이라 말이다. 오랜만에 만난 김에 이렇게 실례하고 있는 게다."

친근한 미소와 함께 미라는 파수꾼에게 그렇게 자기소개했다.

게다가 거기서 끝이 아니었다. 우호의 증표라고 말하기라도 하듯이 살며시 오른손을 내밀어 악수까지 청한 것이다.

"속으면 안 돼!"

플로네는 그렇게 말하며 계속 저항했다.

파수꾼은 고개를 끄덕이더니 당당하게 내민 미라의 손을 지그시 쳐다보았다. 사실 경계 대상의 손을 생각 없이 잡을 사람은 세상에 없을 것이다.

게다가 플로네의 말이 들린 것인지 성에 있던 자들이 무슨 일인가 하고 우르르 나오더니 미라에게 의심 어린 시선을 던졌다.

게다가 그 자들은 모두 정령과 아인(亞人)들이었다. 여러 속성의 정령은 물론이고 용인(龍人)과 엘프, 메오우족에 드워프 등. 다종다양한 종족이 모여 있었지만 어째서인지 인간의 모습은 보이지 않았다.

이곳은 다소 특별한 나라인지도 모른다.

(이렇게까지 환영받지 못하는 건 처음인 것 같군그래.)

그렇기에 미라는 슬그머니 수작을 부렸다.

그것은 얼핏 보면 작은 변화였다. 하지만 정령들의 눈에는 그야말로 기적처럼 보일 정도의 현상이었다.

그것을 알아챈 그는 믿기지 않는다는 듯이 눈이 휘둥그레지더니 제지하는 플로네의 말에도 개의치 않고 미라의 오른손을 마주 잡았다.

그리고 그 직후――.

"어떻게 이런 일이……?!"

파수꾼은 온몸을 움찔 떨며 놀랐다. 그러자 그런 그의 반응에 다른 자들이 무슨 일인가, 무슨 짓을 당한 건가 하고 소란을 피우며 긴장하기 시작했다.

플로네 역시 파수꾼의 반응에 당황해 "뭐, 뭐야? 왜 그래?"라고만 물었다.

경계도가 비약적으로 치솟아 임전태세에 돌입하기 시작한 가운데, 미라와 파수꾼은 태연하게 악수를 계속하고 있었다.

그렇게 그대로 1분 정도가 경과하려던 참에 두 사람의 손이 떨어졌다.

순간, 성에 있던 자들이 앞을 가로막듯이 늘어섰다.

그리고 그 다음 순간.

"어서 오십시오, 미라 님. 환영합니다!"

그 전까지 경계하던 태도는 어디로 가버렸는지. 파수꾼은 자세를 바로 하더니 아주 밝은 목소리로 그렇게 말했다.

"어? 뭐야? 어떻게 된 거야? 설마 세뇌?!"

파수꾼의 급격한 변화에 당황한 플로네는 설마 무슨 짓을 당한 건가 싶어 크게 당황했다.

하지만 그런 그녀에게 파수꾼은 웃으며 "플로네 님도 참 짓궂으시군요"라고 말하더니 "이렇게 멋진 친구분이 계셨다면 평범하게 소개를 해주셨어야죠" 하고 한껏 들떠서 말을 이었다.

그리고 완전한 환영 모드가 된 파수꾼이 조금도 걱정할 필요 없다고 선언하자 성에 있던 자들도 경계를 풀었다.

그 뒤에서 미라는 정령의 신뢰를 쟁취하는 데에는 역시 이게 제일이라 생각하며 씨익 웃었다.

손을 내민 그 순간, 미라는 손에 은은하게 정령왕의 가호 문양을 떠오르게 했다. 그렇다, 미라는 악수와 동시에 정령왕의 목소리를 그에게 들려준 것이다.

정령들의 정점에 있으며 절대적인 숭배의 대상인 정령왕의 위광은 플로네의 저항을 날려 버릴 정도로 강력한 것이었다.

"설마 이렇게 쉽게……. 역시 할바이……."

마지막 저항도 실패로 끝났다. 플로네의 책략은 허무하게 분쇄되었고, 파수꾼에게 이유를 들은 정령들은 반색하며 미라를 환영했을 뿐 아니라 부디 정령왕님의 목소리를 들려 달라며 앞다투어 악수를 청했다.

미라는 그런 정령들에게 둥그렇게 늘어서라고 해서 모두가 손을 잡게 하여 정령왕과 대화할 수 있는 기회를 만들어 주었다.

감격의 눈물을 흘리는 자, 환희하는 자. 여러 가지 반응을 보이는 정령들을 지켜보는 플로네. 거기에 거짓말을 한 벌이라며 미라가 멍슨과 가룸을 송환한 것이 결정타가 되었다.

플로네는 역시 덤블프라며 백기를 들고 저항하기를 포기했다.

〈11〉

성에 있던 정령들뿐 아니라 정령왕도 많은 권속들과 재회하게 되어 기쁜 듯했다.

모두가 지켜보는 가운데 갑자기 개최된 정령들과 정령왕의 대화는 미라가 압도적인 신뢰를 쟁취해 내는 모양새로 끝이 났다.

이제는 거의 귀빈 대접이다.

그렇게 수습이 되자 지켜보고 있던 관중 중 한 명인 남자 용인이 문득 생각이 났다는 듯이 "앗" 하고 플로네에게 달려왔다.

"플로네 님. 조금 전, 구름 발생 장치 점검이 끝났습니다. 두 곳 정도 확인해 주셨으면 하는 부분을 발견했는데, 확인해 주시겠습니까?"

정령왕이니 뭐니 하는 소란에 정신이 팔려있었던 것인지. 용인은 마음을 다잡고 여러 장의 서류를 끌어안은 채로 그렇게 보고했다.

"잠깐……?!"

그 순간, 플로네의 얼굴에 초조한 기색이 번졌다. 마치 이런 데서 그런 얘기는 하지 말라는 듯한 표정이다.

그리고 그녀가 걱정한 대로, 미라의 귀는 그런 용인의 말에 섞여 있던 단어를 놓치지 않았다.

들키지는 않았을까 눈치를 살피는 듯한 눈을 하고 있던 플로네와 미라의 시선이 딱 마주쳤다.

"구름을 발생시키다니…… 뭔가 의미심장하구나."

미라는 오호라, 대체 무슨 이야기일까, 하고 캐묻는 듯한 태도로 플로네에게 다가갔다.

구름 발생 장치. 그러한 것을 사용해 무엇을 하고 있었으며 어떠한 의미가 있는 것일까. 비라도 내리게 하려는 걸까.

그렇게 다가갈수록 플로네의 눈동자가 격렬하게 흔들렸다.

뿐만 아니라 명백하게 변명이라는 걸 알 수 있을 정도로 허둥대며 "저기, 그게…… 그래, 사실은 날씨를 조작하는 방법을 연구 중이야!" 같은 소리를 했다.

(다른 목적이 있는 게 분명하군――.)

플로네와 그럭저럭 오래 알고 지낸 미라는 거짓말이 분명하다는 것을 알아채고 다른 가능성에 관해 생각했다.

그리고 문득 하늘을 올려다보고는 생각지 못했던 가능성을 알아챘다.

굳이 구름을 발생시켜야 하는 이유 중 지극히 로망으로 가득한 것이 하나 있었다.

그리고 그녀는 그러한 로망을 추구하는 걸 매우 좋아했다.

"흠, 이거 설마……."

미라는 플로네를 향해 대담한 미소를 지어 보이며 히포그리프에 훌쩍 올라탔다.

플로네도 그 행동이 무엇을 의미하는지 알아챈 모양인지, 허둥지둥 "할바이, 잠깐만 기다려!"라고 외쳤지만 이미 늦었다.

미라는 그대로 상공으로 단숨에 날아올랐다.

100미터, 200미터…… 그리고 500미터까지 상승한 미라는 그곳에서 주위를 내다보았다.

시야를 가득 메운 숲에는 끝이 있었다. 그렇다, 이 장소는 하나의 섬이었다.

하지만 평범한 섬이 아니다. 숲 끝에는 푸른 바다——가 아니라 하얀 구름이 펼쳐져 있었다.

얼핏 보면 이곳은 섬이 아니라 산 위일지도 모른다는 생각도 든다. 구름보다 높은 곳에 있을 뿐, 구름의 바다에 떠오른 섬처럼 보이는 것뿐이 아닐까, 라는 생각이.

하지만 그 가능성을 부정하는 요소 역시 그곳에 있었다.

조금 전 용인의 보고 내용에 있었던 확인이 필요한 장소가 원인이리라. 그 구름에 작은 틈새가 생겨 있었던 것이다.

그 틈새로 구름 아래에 펼쳐진 바다, 그리고 대륙이 보였다.

보이는 대륙은 니르바나 황국 근처. 그리고 방향으로 미루어 이곳은 분명 플로네의 말대로 니르바나의 북쪽인 듯했다.

"역시 플로네로군. 설마 이렇게까지 했을 줄이야!"

니르바나의 북쪽. 현재의 시점과 일치할 것으로 예측되는 장소에는 바다밖에 없다. 그런 장소에서 보이는 광경 앞에서 미라는 큰 소리로 웃었다.

그렇다, 이곳은 하늘에 떠 있는 섬이었던 것이다.

하늘에 떠 있는 섬 중앙. 그곳에 세워진 로망의 결정체 천공성.

미라는 그런 성의 한 방에서 플로네에게 사정을 꼬치꼬치 캐묻고 있었다.

"맞아요, 천공의 성입니다. 제가 만들었습니다."

플로네는 마치 사정청취를 당하는 용의자처럼 질문에 답했다. 첫 번째 질문인 이 하늘에 떠 있는 섬에 관한 답변이 그것이었다.

그녀의 말에 따르면 놀랍게도 이 섬은 원래 있던 장소를 점거하거나 과거의 과금 아이템이었던 부유도(浮游島)를 찾아낸 게 아니라 직접 개발한 술식과 기술로 기존의 섬을 하늘에 띄운 것이라는 모양이다.

"여전히 엉뚱한 일로 놀라게 만드는군그래."

플로네는 아홉 현자 중에서도 특히 연구에 대한 열정이 대단했다. 가능성은 무한하다고 알려진 무형술의 스페셜리스트인 그녀 때문에 놀란 게 이번으로 몇 백 번째인지 모를 지경이다.

개중에서도 이번 것은 다섯 손가락 안에 들 정도의 사건이다.

"해서, 이 섬은——."

미라는 아직도 놀라서 진정되지 않은 가슴을 억누르며 계속해서 이래저래 질문을 날렸다.

이곳에 있는 정령들은 모두 미라의 지지자가 되어버린 탓에, 플로네는 도주하거나 얼버무리기를 포기하고 그러한 질문들에 순순히 답해 주었다.

우선 이 섬의 토대가 된 것은 본래 존재했던 섬이다.

그리고 섬에 펼쳐진 풍요로운 숲은 대륙 곳곳에서 대지째 슬쩍해 온 것이라는, 터무니없는 문제 발언이 튀어나왔다.

"대지째로 슬쩍하다니……. 그래, 그건 어떻게 한 것이냐?"

상대는 플로네다. 대충 예상은 되지만 구태여 물어보니 그녀는 의기양양하게 말했다.

"그야 당연히 땅을 통째로 띄워서 그대로 두웅~ 하고 붙였지."

듣자하니 아닌 게 아니라 아이스크림을 스푼으로 뜨듯이, 나무들을 이 섬에 이식해서 이상적인 숲을 만들었다고 한다.

"그것 참 단순무식한 방법이로구나……."

너무도 호쾌한 방법 때문에 미라는 어이가 없었지만, 그와 동시에 문득 어떠한 기억이 뇌리를 스쳐서 설마, 하는 시선으로 플로네를 쳐다보았다.

미라가 떠올린 사건은 몇 개월 전에 있었던 일이다.

(그건 분명…… 천상폐도로 향하던 도중이었지——.)

소울하울을 찾기 위한 단서를 좇아 대륙 철도를 타고 아리스파리우스 성국 방면으로 향하던 때였다.

목적지인 천상폐도 근처에서 2인조 모험가와 마주친 적이 있었다.

(사냥꾼과 사무라이 콤비였고 이름은…… 길베르트와 하인리히라 했던가.)

그렇게 미라가 더듬더듬 이전의 기억을 떠올리고 있자, 갑자기 입을 다문 게 신경 쓰였는지 플로네가 불안한 얼굴로 바라보며 "왜 그래, 할바이, 뭐 이상해?"라고 물었다.

"아니, 무얼. 그대가 저지른 악행에 관해 살짝 짚이는 바가 있어서 말이다——."

설마설마 하면서도 거의 확신에 찬 얼굴로 미라는 그 짚이는 바를 입밖에 냈다.

"——해서, 천상폐도 옆에 있는 숲의 일부도 여기 있는 게냐?"

순간, 플로네의 얼굴에 '할바이 굉장해. 완전 정답이야!'라고 답하려는 듯한 표정이 떠올랐다. 하지만 그 직전에 미라의 말에 '저지른 악행'이라는 부분이 들어 있었다는 사실을 알아채고 말을 삼킨 듯했다.

그녀는 그 대신 시선을 우측 아래로 스윽 옮기더니 "으음, 아닌데?"라고 답했다.

"거짓말이지?"

미라가 그 즉시 간파하자 플로네는 화들짝 놀라더니 자신의 버릇이 또 나타났다는 사실을 알아채고는 입술을 삐죽 내밀었다.

"네, 있습니다."

어쩐지 토라진 듯이 답한 플로네는 더는 간파당하지 않겠다는 듯이 계속 우측 아래를 쳐다 보는 방법으로 대응했다.

하지만 그건 경우에 따라서는 계속 거짓말을 하겠다는 뜻과 다를 바 없다.

(역시 그랬군. 그렇다면 다른 것도 플로네의 소행이라고 보아도 될 듯하구먼…….)

플로네가 꼼수를 부리는 동안, 미라는 길베르트에게 들었던 이야기를 되짚어 보았다.

길베르트가 천상폐도로 향하고 있던 이유.

그는 대지포식(어스이터)이라 불리는 괴현상의 수수께끼를 풀기 위해서라고 했다.

대지포식. 그의 말에 따르면 그 현상은 하룻밤 만에 숲의 일부

등이 소멸하는 것이라고 한다.

그리고 그 현상이 일어난 자리에는 커다란 크레이터 같은 구멍이 남아 있었다는 모양이다.

정령의 폭주나 신의 장난, 이세계의 침략 등. 여러 가지 억측이 원인으로 지목되고 있다고 들었다.

하지만 여기서 플로네의 말을 다시 한 번 되짚어보니 수수께끼가 어느 정도 풀렸다.

그녀는 말했다. 풍요로운 숲은 대륙 이곳저곳에서 대지째로 슬쩍한 것이라고. 아이스크림을 스푼으로 뜨듯이, 이 천공도(天空島)에 이식한 것이라고.

그럼 그러한 경우, 당한 쪽은 어떻게 될까. 조금만 상상해 봐도 스푼으로 떠내고 난 듯한 흔적이 남을 수밖에 없다.

그리고 그 모습은, 규모에 따라서는 커다란 크레이터처럼 보이기도 할 것이다.

(이 녀석이구나! 이 녀석이 그 현상을 일으킨 범인이었어!)

미라는 그렇게 확신했다. 대지포식을 일으킨 원흉은 여기 있는 플로네가 분명하다고.

그리고 동시에 생각했다. 분명 일이 성가셔질 테니 이 일은 결코 다른 곳에서 말하지 않는 게 좋겠다고.

"잘 들어라, 플로네. 천상폐도와 그 이외의 것을 비롯해, 앞으로 이 일에 관해서는 절대로 비밀로 하거라. 어디 가서 말하지 말고."

알카이트 왕국의 아홉 현자가 타국의 토지를 멋대로 가져갔다는 사실이 알려지면 엄청난 국제 문제로 발전할 것이 분명하다.

그런 이유로 미라가 그렇게 엄격하게 함구령을 내리자, 플로네는 계속 우측 아래를 바라본 채 순순히 고개를 끄덕이며 "알겠어요"라고 답했다.

"숲은 있지, 꽤 괜찮게 완성됐다고 생각해. 하지만 이 섬은 아직 완벽하지가 않거든."

숲을 조달한 곳에 관해서는 둘 다 입을 다물기로 약속했다. 그 다음으로 왜 도망친 것이냐고 묻자, 플로네는 이상적인 천공도를 완성시키는 게 지금의 목표이기 때문이라고 큰소리를 쳤다.

하지만 그 전에 들켜 버려서 너무 아쉽다고 풀이 죽어서 말하기도 했다.

그녀가 미라를 쫓아내려 한 이유, 도망치려 했던 이유는 바로 그것이었다.

"깜짝 놀라게 해주려고 했는데…… 할바이 나빴어……."

오랜 세월에 걸쳐 준비했던 서프라이즈를 준비 도중에 들켰다.

플로네는 그런 이유로 기분이 상한 듯했다.

"어쩔 수 없지 않으냐. 아무 말도 하지 않았던 그대가 잘못한 게야──."

미라는 그런 그녀에게 알카이트 왕국의 현재 상황과 솔로몬에게 아홉 현자── 플로네를 찾아 달라는 부탁을 받았다는 사실을 이야기했다.

그리고 찾았으니 쫓을 수밖에 없었고, 도망치니 붙잡을 수밖에 없었으며, 뭔가 숨기고 있으니 파헤칠 수밖에 없었다고 당당하게 말했다.

"늘 그랬지만, 순억지 폭론이야……."

여전하다며 눈살을 찌푸리던 플로네는 그런 이유로 지금까지의 노력을 수포로 만든 거냐며 미라를 노려보더니 한 가지 제안을 했다.

"할바이, 거래하자. 나 기한 안에 돌아갈게. 그러니까 그때까지 나랑 이 섬에 관해서는 비밀로 해 줘. 어때?"

플로네는 말했다. 예정대로 이 천공섬이 완성되는 그 날에 이 섬을 이끌고 알카이트 왕국으로 귀환하겠다고. 모든 이의 간을 철렁하게 만드는 아홉 현자 플로네가 바로 여기 있다고 알카이트 왕국에 당당하게 선포해 주겠다고.

그러니 그때까지 이 일은 둘만의 비밀로 해달라는 것이 그녀의 요구였다.

하지만 미라는 알았다. 말은 저렇게 해도 플로네는 단순히 사람들을 놀라게 해주고 싶은 것뿐이라는 것을.

그러기 위해서는 노력을 아끼지 않는다. 그녀는 그런 성격인 것이다.

"――흠, 알았다. 기한까지 돌아오겠다면 그 거래를 받아들여 주마. 게다가 이 몸도 그 녀석들이 이걸 보고 놀라는 모습을 보고 싶으니 말이다!"

이 천공섬에 관해서는 보고하지 않겠다. 미라는 확실히 그것도 재미있겠다고 생각하여 플로네의 제안에 응했다. 이 천공섬을 선보이면 솔로몬조차도 놀라 자빠질 거라 생각하며.

"역시 할바이, 말이 좀 통한다니까!"

분명 이해해 줄 거라고 믿고 있었다는 듯이 플로네는 미소 지어 보였다.

그리고 두 사람은 거래가 성립되었다는 의미로 굳은 악수를 나눴다.

솔로몬과 나머지 아홉 현자들을 아주 놀라 자빠지게 해줄 꿍꿍이를 품은 두 사람의 공범 동맹이 이 자리에서 성립되었다.

그리고 그 순간 『그나저나 나도 한몫 끼게 해주겠나.』『재미있을 것 같아. 나도 끼어도 될까?』라는 정령왕과 마텔의 목소리를, 손을 통해 전달함으로써 플로네를 놀라게 하는 데 성공했다.

미라는 누구의 목소리냐며 당황한 플로네를 바라보며 대성공이라는 생각에 의기양양한 미소를 지어 보였다.

〈12〉

타고 난 성격 때문이라고 해야 할까. 아니면 지위에 비해 지나치게 털털한 정령왕과 마텔 때문일까. 플로네와 그 둘은 금방 친해졌다.

그 덕에 플로네의 입도 가벼워져서 별다른 고생을 하지 않고 다른 정보를 얻어 낼 수 있었다.

우선 상황을 통해서도 알 수 있듯, 그녀는 이 섬의 대표라는 입장이었다.

또한 이 섬에 있는 정령과 아인들은 이상적인 천공도를 완성시키기 위해 질 좋은 대지를 찾아 곳곳을 돌아다닐 때 만났던 자들이라고 한다.

듣자하니 박해를 당했거나 사건에 휘말려들거나 했던 걸 구해준 결과, 돌아갈 곳이 없어진 그들을 보호하는 모양새로 이곳에 살게 하고 있다는 듯했다.

그런 일이 몇 번 계속되자 인원수가 늘었고, 정신을 차려보니 대가족이 되어 있었다고 플로네는 웃으며 말했다.

지금은 이 천공도를 운영하는 데 빼놓을 수 없는 자들이 되었다는 모양이다.

"자아, 비밀로 하는 건 괜찮지만 긴급 사태가 벌어질 수도 있으니 말이다. 연락은 취할 수 있게끔 해두자꾸나."

미라도 이곳의 이런저런 사정에 관해서는 어느 정도 이해했다.

기한 이내에 돌아오겠다면 이곳에서 만나고 발견한 것들을 비밀로 해주겠다고 약속하기는 했지만, 그건 그거 이건 이거다.

진척 상황 확인과 긴급 상황에 대비해 언제든 연락이 가능하게 해두는 편이 좋을 거다.

그렇게 제안한 후, 미라는 "일손이 필요하거든 이 몸도 도와줄 테니 말이다"라는 조건도 입밖에 냈다.

"아하…… 역시 할바이야!"

아무리 아홉 현자라 해도 때와 장소에 따라서는 혼자서는 해결하지 못할 일도 있다.

플로네도 지금까지 그런 상황을 몇 번인가 체험했던 것인지. 그런 미라의 제안을 흔쾌히 받아들였다.

듣자하니 그녀에게도 통상 규격의 통신 장치가 있다고 한다. 따라서 미라와 플로네는 서로의 통신 장치를 등록하고 번호를 교환했다.

"자아, 이제 대충 끝났구나——."

솔로몬에게 받았던 임무에 관한 이야기는 여기까지라며 미라는 매듭을 지었다.

플로네에 관한 일은 일시적으로 숨기고, 솔로몬에게는 보고하지 않기로 하고 연락처도 교환했다.

아홉 현자 중 최후의 한 명이 발견되었다. 이로써 임무는 끝났다. 그렇게 판단한 미라는 다음 순간, 두 눈을 반짝반짝 빛내며 플로네에게 바짝 다가갔다.

"——해서, 이 몸을 이리로 보낸 그 전이 말이다만, 자세히 좀 알려 줄 수 있겠느냐?!"

할 일을 마친 지금, 미라의 관심은 모두 전이라는 인간의 지식을 초월한 영역에 있는 술식으로 옮겨갔다.

전이. 그것을 자유자재로 실행할 수 있다면 운반과 이동뿐 아니라 모든 분야에서 혁명이 일어날 초기술이 될 것이다.

하지만 이전에 미라는 전이 마법진에 관해 정령왕에게 비슷한 질문을 한 적이 있었다.

고대지하도시의 전이를 이용한 출구에 관해서.

그때 들었던 답은 시공을 관장하는 신이 관여한 특별한 물건이라 본래는 금기에 해당되는 사상이라는 것이었다.

하지만 이번에 플로네는 그에 버금가는 힘을 사용해 보였다.

혹시 플로네는 신의 도움을 받은 걸까. 아니면 연구 끝에 그 영역까지 도달한 것일까.

어찌 되었건 위업이라는 사실에는 변함이 없다며 미라는 흥분한 얼굴로 플로네에게 애원했다.

어떻게 하는 것인지, 어떤 술식인지, 어떤 조건이 있는지, 어떻게 이용하는 것인지, 자신도 쓸 수 있는 것인지.

그야말로 거친 파도처럼 질문 공세를 퍼부었다.

미라의 머릿속은 기대로 가득했다. 그게 가능하다면 마음대로 온 대륙을 돌아다닐 수 있을 테고, 밤이 되면 마리아나에게 돌아갈 수도 있게 될 것이기 때문이다.

아무리 일터가 멀어도 단신부임하지 않고 평범하게 출근할 수 있다면 그 가치는 이루 말로 할 수 없을 것이다.

하지만 플로네의 답은 미라가 기대했던 것이 아니었다.
"으~음, 제대로 된 술식이었다면 할바이의 연구 성과랑 교환해도 상관없었겠지만——."
듣자하니 플로네도 전이를 완전히 다룰 수 있게 된 것은 아니라고 한다.
플로네의 말에 따르면 미라를 이곳으로 이동시킨 전이의 정체는 고대 유적에 있던 전이 함정의 일부를 그대로 섬에 이식한 것이라는 듯했다.
여차할 때를 위해. 이번처럼 미행자를 붙잡거나 보호 대상을 급히 안전권으로 격리시키거나 하기 위해 준비한 물건이라는 모양이다.
"——그리고, 할바이가 있던 그 장소가 출구 부분이야. 그리고 입구 쪽은 함정에 사용했던 이 구슬을 적절하게 배치하면 열리게끔 되어 있어."
플로네는 간결하게 요점만 정리해서 설명해 주었다.
술식을 개발한 게 아니라 어디까지나 기존에 있던 것을 유용한 것이라 그 이상 알려 줄 수 있는 게 없다고.
"허나 당연히 연구는 했을 테지?"
플로네는, 전이 쪽은 원래 있던 것을 유용하고 있는 것뿐이라고 했다.
그 이용법은 누구나 생각해 낼 수 있다. 하지만 그것을 실현하는 데 성공했다는 이야기는 전혀 들어본 적이 없다.
플로네는 아무렇지 않게 말했지만 전이 장치를 유용하는 것 또한 터무니없는 고차원 기술이다.

그리고 그것을 해낸 그녀가 그것만으로 만족할 리가 없다고 미라는 확신했다.

전이 술식은 사람이 다루기에는 버거운 물건이다. 유용하는 게 고작이었다고 했지만 그 전이를 가능케 하는 술식 자체는 이곳에 있다. 플로네가 그걸 연구 대상으로 삼지 않을 리가 없는 것이다.

"그거야 당연하지."

예상대로 플로네는 당연하다고 답했다. 하지만 그녀는 연구는 하고 있지만 그 성과는 전혀 완벽하다 할 수 없는 상태라고 말을 이었다.

"——그래서 지금 가르쳐 줄 수 있는 건 하나도 없으니 포기해."

플로네는 조금만이라도 좋으니 알려 달라고 말하고 싶은 눈치인 미라를 쳐다보며 딱 잘라 단언했다.

미완성 연구는 어중간하게 공개하지 않는다. 플로네에게는 그런 고집이 있었다. 그리고 그것은 아홉 현자들 사이에서는 당연한 일이었다.

다만 루미나리아와 소울하울은 예외다.

이 둘은 완벽과는 거리가 먼 상태라도 곧장 공개했다. 그리고 다른 이를 끌어들여 실험대로 삼았다.

하나의 이론이 완성될 때까지 숱한 아비규환을 만들어내는 그 광경은 생각만 해도 골치가 아플 정도였다.

"흐~음, 어쩔 수 없구먼."

그걸 생각하면 플로네는 지극히 올곧은 연구자라 할 수 있었다.

미라는 완벽해지는 그 날에는 반드시 가장 먼저 알려 달라고 부탁했다.

"언젠가는. 언젠가는 알려 줄게. 하지만 그때는 할바이도 알려 주는 거야."

플로네는 언젠가 미라의 연구 성과와 교환하자고 답했다.

하지만 그녀 역시 흔한 술식 연구자와는 차원이 다른 이답게 그렇게 말하면서도 생각 끝에 한 가지 가능성을 제시해 보였다.

"하지만 할바이라면 좀 더 활용할 수 있을지도 몰라. 지금은 이걸로 귀환하면 구슬을 회수할 수 없지만, 할바이라면 누군가를 남겨 뒀다가 송환할 때 구슬을 회수해 달라고 할 수 있잖아."

자신이 전이해 버리면 입구 역할을 하는 구슬이 그 자리에 남게 된다. 하지만 미라라면 소환술을 병용하여 다른 결과를 얻을 수 있지 않겠냐고 플로네는 말했다.

"오오, 듣고 보니 그렇구나!"

플로네의 아이디어에 그거 좋은 방법이라고 답한 후, 미라는 그 방법으로 가능해질 일들을 떠올려 보았다.

출구 쪽은 상당히 규모가 큰 장치가 필요하니 소지하고 다니는 건 불가능하다지만 입구 역할을 하는 것은 손바닥 크기 정도의 구슬 네 개다.

우선 미라가 가장 먼저 떠올린 활용법은 출구를 은의 연탑에 설치해 두는 것이었다.

그렇게 하면 아무리 멀리 외출하더라도 금방 마리아나가 기다리는 탑으로 귀환할 수 있게 된다. 실로 유용한 이용법이라 할 수 있으리라.

또한 페가수스와 단원 1호 등을 팀으로 묶으면 구슬을 들려주어 사람을 데리러 가는 것도 가능하다.

"이 몸이라면 그 밖에도 여러모로── 아, 그렇지!"

소환술을 활용하면 더 많은 가능성이 열릴 거다. 그렇게 확신한 참에 미라는 지금까지 깜박하고 있었던 일이 있다는 사실이 떠올랐다.

"단원 1호와 구구를 그대로 뒀었군."

이 섬으로 전이당하기 전. 함께 플로네를 미행하고 있던 단원 1호와 구구와이즈.

원래 있던 장소에서 상당히 멀리 전이한 탓에 소환시에 기동하는 전달용 술식의 범위에서 벗어나 버린 듯했다.

분명 갑자기 자신이 사라져서 놀랐을 거라 생각한 미라는 곧장 둘을 긴급 송환한 후, 재소환했다.

"단장, 무사했습니다냥~!"

"구구, 깜짝 놀란 거야~!"

마법진에서 나타난 직후, 단원 1호와 구구와이즈는 미라에게 달려들었다.

"미안하다, 미안해. 이쪽도 살짝 정신이 없어서 말이다."

미라는 그렇게 말하며 그 둘을 받아 주었다.

그러던 중, 단원 1호가 그런 미라의 품속에서 고개를 빼꼼 내밀어 창밖을 보았다.

"뭔가, 하늘의 기운이 가까이서 느껴집니다냥. 대체 여기는 어딥니까냥? ——냐냐냥?!"

창밖을 보고 다시 실내를 둘러보던 단원 1호는 그곳에 있는 또 한 사람의 모습을 보고 꼬리를 곤두세웠다.

그 인물은—— 바로 플로네였다.

"냐냥?! 악의 비밀결사, 멍멍단의 어둠 단장입니다냥~!"

다른 이도 아니고 멍슨을 귀여워하며 한없이 편애하는 플로네를 단원 1호는 가장 경계해야 할 인물로 인식하고 있었다.

"아~ 개구쟁이 고양이가 납셨네. 뭐, 귀여운 걸로는 멍슨 군의 발치에도 못 미치지만."

꼬리를 곤두세운 단원 1호 앞에서 플로네는 미소를 띤 채 그렇게 말했다.

라이벌인 멍슨과 비교를 하니 단원 1호는 가만히 있을 수가 없었다.

"소생의 귀여움이 그 멍멍이보다 못하다니, 어둠 단장은 보는 눈이 없습니다냥."

오는 말이 고와야 가는 말이 곱다고 했던가. 고양이가 개를 찍어 누르고 있는 그림이 그려진 팻말을 든 채 단원 1호는 항의했다. 하지만 미라를 방패막이 삼아 숨은 채 앞으로 나가지는 못했다.

"헤에~ 꽤나 자신만만하네. 그러면 여기서 확실하게 결판을 내볼까?"

플로네는 그렇게 답하더니 지극히 온화한 미소를 띤 채 뚜벅뚜벅 미라의 옆으로 다가갔다.

"바…… 바라던 바입니다냥!"

단원 1호는 알았다. 멍멍단 어둠 단장 플로네의 실력을. 하지만 이쪽의 주인도 만만치 않다고 생각하며 주인의 등 뒤에 완전히 몸을 숨긴 채 철저항전 태세를 갖추었다.

그렇게 기어이 미라의 정면에 떡 버티고 선 플로네가 쏘아붙이듯 말했다.

"자아, 할바이. 그 개구쟁이 고양이랑 결판을 내야 하니까 멍슨 군을 내보내 줘!"

"그냥 그대가 부르고 싶은 것뿐이 아니냐."

두 사람의 항쟁. 도발한 플로네와 라이벌 의식을 불태우고 있는 단원 1호. 그것을 냉정한 눈으로 방관하고 있던 미라는 그냥 멍슨 군을 소환하게 만들려는 플로네의 꿍꿍이속을 간단히 간파해냈다. 그리고 실로 알기 쉽다며 냉정하게 웃었다.

"……아니거든? 멍슨 군의 명예를 위한 일이거든?"

역시 정곡을 찌른 모양이다. 플로네는 입술을 삐죽거리며 아니라고 주장했지만 우측 아래를 쳐다 보고 있어서 거짓말이라는 걸 훤히 알 수 있었다.

"그러한 다툼에 멍슨 군을 휘말리게 할 수는 없지."

미라가 그런 지당한 말을 하자 플로네는 토라진 투로 "할바이 나빴어"라고 말하고는 자리에 다시 앉았다.

그에 반해 보기 좋게 이용당한 단원 1호는 [우리의 단장은 희망의 별]이라 적힌 팻말을 든 채 의기양양해 했다.

다행인지 불행인지 단원 1호는 멍멍단 어둠 단장을 물리쳤다는 결과밖에 보이지 않는 모양이다.

그렇게 누가 더 귀여운가 항쟁이 수습된 참에——.

"구구는? 구구도 귀여운데?"

언급해 주지 않은 것이 서운한지 구구와이즈가 그리 주장했다.

"음, 그렇지. 귀엽구나, 구구여."

미라는 어리광을 부리듯 몸을 비벼대는 구구와이즈를 품에 안고서 옳지옳지, 하고 쓰다듬어 주었다.

또한 플로네도 라이벌인 고양이 이외의 상대에게는 상응하는 반응을 해주었다. 아주 풀어질 대로 풀어진 표정으로 "응, 구구짱은 귀여워"라고 하며 마구 쓰다듬었다.

승자는 구구와이즈. 느닷없이 나타난 복병에 단원 1호는 팻말을 떨어뜨리고 말았다.

그 팻말에는 궁서체로 [도둑고양이]라고 적혀 있었다.

생각지 못한 모양새로 플로네와 재회했을 뿐 아니라 소문이 자자한 천공성은 그녀가 만들어 낸 것이었다는 사실도 밝혀졌다.

그리고 무엇보다도 아직 모두에게는 비밀로 하는 대신 귀국에 관한 약속을 받아내는 데도 성공했다.

연락처 교환도 했고 전이 술식의 가능성도 조금이나마 들여다볼 수 있었다.

뜬금없는 사건이기는 했지만 더없이 큰 수확을 거뒀다.

그런 행운을 만난 미라는 현재, 플로네의 안내를 받아 천공성을 견학하는 중이었다.

우연한 만남이기도 했고 어정쩡하게 천공성의 존재를 들킨 게 마음에 걸렸는지. 플로네는 지금이라도 어떻게든 놀라게 해주겠다며 의욕을 내보였다.

"여기가 전망실이야. 경치 좋지?"

성 안에 있는 여러 시설을 돌아다니다가 찾은 곳은 성의 가장 지하에 있는 방. 다시 말해서 하늘을 나는 섬의 하부로, 벽 한 면이 유리로 된 그곳을 통해 일면에 펼쳐진 지상을 내다볼 수가 있었다.

"이건 확실히 절경이로구나!"

섬을 감추는 구름에서 아주 약간 튀어나와 있는 전망실. 그야말로 하늘을 나는 섬이기에 볼 수 있는 경치 앞에서 미라는 탄성을 흘렸다.

"그치? 내가 좋아하는 곳이야."

솔직하게 놀라는 미라의 반응에 플로네도 만족한 모양인지, 그런 반응이 보고 싶었다고 아주 신이 나서 말하기 시작했다.

전망실의 디자인 중 공을 들인 점부터 기술적인 문제를 해결한 방법까지. 아주 자신만만하게 해설했다.

"——그런고로 평범한 유리가 아니야. 사실은 투명한 금속이지. 그 클리어 마테라이즈 합금판과는 달리 제조도 가능해. 굉장하지?!"

"호오~ 그러했던 건가. 이거 놀라 자빠지겠구나."

플로네의 말에 맞장구를 쳐주려는 게 아니라 미라는 순수하게 놀라서 반응한 것이었다.

실제로 그러한 것들은 분명 플로네였기에 가능했다고 할 수 있는 연구의 성과라, 자랑할 만도 했기 때문이다.

투명한 금속으로는 마키나 가디언에게서 입수할 수 있는 클리어 마테라이트 합금판도 유명하다. 하지만 플로네는 그것과는 별개로, 새로 만들어 냈다는 것이다.

터무니없는 개발력이다. 따라서 미라도 이건 어떻게 한 것이냐, 저건 어떻게 한 것이냐고 되물었다.

그렇게 두 사람은 오랜만의 재회를 거쳐 다시 예전처럼 대화를 나누었다.

〈13〉

해상의 상공에서 니르바나성으로 귀환한 것은 천공성을 떠나 한 시간 남짓이 경과했을 즈음이었다.

미라는 서둘러 준 가루다에게 감사인사를 하고서 송환한 후, 그대로 걸음을 재촉해 이리스의 방으로 향했다.

저녁식사 시간에는 아슬아슬하게 늦지 않아 아르마의 싸늘한 눈빛을 받지 않고 다 같이 사이좋게 식탁을 둘러쌀 수 있었다.

기쁜 듯한 이리스의 얼굴, 떠들썩한 발키리 자매들의 목소리와 알피나가 질타하는 소리, 여러 맛있는 요리들.

저녁식사 시간은 아르마가 소중히 여길 만한, 행복한 공기로 가득했다.

그런 가운데, 드디어 다음 주로 다가온 무차별급 결승 토너먼트에 관한 이야기로 분위기가 뜨거워졌다.

"온 대륙에서 모여서 그런지 쟁쟁한 면면들이네!"

아르마는 이리스의 방으로 가지고 온 극비 문서인 결승 토너먼트 출전자 리스트를 손에 든 채 의기양양하게 최고의 대회가 될 거라고 말했다.

가혹한 예선전을 돌파한 총 32명의 강자들. 거기에는 퇴역했음에도 현역 못지않은 전직 군인과 이명을 보유한 모험가, 그리고 무명인데도 파죽지세로 연승을 거둬온 술사 등, 실로 우수한 선수들이 남아있다며 에스메랄다도 기뻐했다.

"하지만 강력 우승후보는 역시…… 사랑의 전사 프리퓨어지."

기대되기는 하지만 우승자는 거의 확정된 거나 다름없다고 아르마는 말했다.

실력자들이 득시글거리는 결승 토너먼트이기는 하지만 거기에 이름을 올린 프리퓨어의 정체는 알카이트 왕국의 최강 전력으로 헤아려지는 아홉 현자의 일원 '장악의 메이린' 본인이다.

그리고 결승 토너먼트의 시합 형식은 일대일 결투. 다시 말해서 개인의 실력으로 상대를 쓰러뜨려야만 우승에 도달할 수 있는 것이다.

과연 이 대륙에 그게 가능한 자가 몇이나 될까.

"그러게, 다른 선수들도 강하긴 하지만, 아무래도……."

에스메랄다도 같은 의견인 모양이다.

결승 진출자들의 실력은 두말없이 지금 당장 국군의 최전선에 세워도 큰 활약을 펼칠 수 있을 정도다.

하지만 역시 메이린에게는 미치지 못할 거라는 게 두 사람의 감상이었다.

"뭐어, 그러할 테지."

아닌 게 아니라 예선전 동안에는 실력을 숨기고 힘을 온존해 두고 있었던 톱클래스의 실력자가 섞여 있지 않다면 프리퓨어가 무조건 우승할 것이라는 게 미라의 생각이다.

"여러분도 그렇게 생각하시나요~. 저도, 프리퓨어 씨가 우승할 것 같아요~!"

아무리 그래도 1대1 상태로 메이린을 이길 수 있는 자는 그리 많지 않다. 미라 일행은 정체를 알기에 그렇게 확신했지만 이리스 역시 예선전을 관전한 끝에 그러한 결과에 도달한 듯했다.

나아가 이리스는 "예선전에서도, 아직 한참 여유가 있다는 게 느껴졌어요~"라느니 "자신에게 제약을 건 것처럼도 보였어요~" 같은 말로 사실을 척척 짚어 냈다.

"호오, 자세히도 보았구나."

미라는 이리스의 관찰안에 감탄했다.

무인이기도 한 메이린은 자신에게 제약을 걸었다고 해도 상대를 봐주며 싸우지 않는다. 제약 안에서 온 힘을 다해 싸우는 것이다.

따라서 곁에서 보면 그렇다는 것을 알아채기가 어렵기 마련이다. 하지만 이리스는 그것을 꿰뚫어 봤으니, 놀라울 따름이었다.

그런 이리스의 새로운 재능 등을 어렴풋이 느끼며 식사를 진행해, 디저트까지 만끽하고 나자 오늘의 저녁 식사가 끝났다.

정리를 마친 후, 각자 저마다 식후 시간을 보냈다.

"――경우에 따라서는 벽을 등지는 것도 선택지 중 하나입니다. 아무리 실력에 자신이 있다 해도 포위당하면 그 절반도 발휘할 수 없게 되니까요."

"아하~."

이리스는 알피나의 특별 강의에 참가하고 있었다. 전투 기술뿐 아니라 지식 등도 이렇게 배우고 있는 것이다.

"듣고 있나요, 크리스티나?"

"네, 듣고 있습니다!"

또한 그 강의에는 크리스티나도 동석 중이다. 아니, 원래는 영배움이 늦된 크리스티나를 위한 강의에 이리스가 참가한 것이지만.

그리고 나머지 자매들은 노력하는 이리스와 희생양이 된 크리스티나에게 감사하며 느긋한 시간을 만끽하는 중이었다.

"아아! 탐정 슈가 레이디 단편집! 환상의 책이라 불렸던 그걸 지금 여기서 만나게 되다니!"

넷째인 샤르위나는 당연히 도서관을 틀어박혀 있었다.

그곳의 존재를 알피나에게 들키는 바람에 수면 부족의 이유도 들통 나 일시적으로 출입 금지 명령을 받았지만, 이를 가엾게 여긴 미라가 도움의 손길을 뻗은 덕에 다시 이용할 수 있게 된 것이다.

지금은 밤샘을 못 하게 된 만큼 조금이라도 많이, 조금이라도 빨리 읽고자 반쯤 도서관 주민이 되어 있었다.

"일본풍 디저트의 모든 것, 단팥편……. 팥을 확보할 방법도 생겼으니, 드디어 이쪽에 손을 댈 때가 됐어요――!"

셋째인 플로디나 역시 최근 들어 도서관을 들락거렸다.

그곳에 망라된 요리책이 목적이었는데 모두 다 습득할 것이라며 넘치는 의욕을 내비추었다.

특히 디저트류를 중점적으로 공부하고 있었는데, 요즘 간식 시간에는 그녀가 만든 디저트가 자주 나오고는 했다.

그것들은 아르마에게도 평가가 좋아서 간식 시간이 되면 훌쩍 나타나서 다 만끽하고 나면 에스메랄다에게 끌려가는 것이 일상적인 광경이 되었다.

"조금 더 머리가 큰 편이 좋을까."

차녀인 엘레티나는 실내 정원에서 풀과 가지를 이용해 인형을 만들고 있었다. 이리스의 부탁으로 다음부터 그녀가 활을 가르치게 되었기 때문이다.

이리스는 근접, 그리고 원거리 중 어떤 것이 가장 잘 맞는지 여러모로 시험해 보고 싶다는 듯했다.

그런 그녀의 열의와 의욕에 영향을 받은 것인지 엘레티나 역시 인형뿐 아니라 여러 가지 마물을 본뜬 표적 제작에 열을 올리고 있었다.

"——으음, 요컨대 공격만 해서는 못 이긴다는 거지?"

"그렇습니다냥. 턴이라는 게 있어서 반드시 공격을 받는 차례가 옵니다냥. 그때에 대비하기 위한 전략도 중요합니다냥. 싸움은 싸우기 전부터 시작되는 겁니다냥!"

여섯째인 셀레스티나는 아무래도 카드 게임에 관심이 생긴 모양이다.

그 방면으로는 약간 선배인 단원 1호에게 규칙 등을 배우고 게임의 흐름을 확인하며 카드 덱을 구축하고 있었다.

또한 단원 1호도 셀레스티나가 배우면서 만든 카드 구성을 호시탐탐 체크하고 있었다.

셀레스티나의 첫 상대는 상황상 그가 될 듯했다. 때문에 단원 1호는 반드시 이겨 카드 게이머 선배로서 우위에 설 꿍꿍이속인 것이리라.

"——음, 그래서 말이다만, 좀 더 멋진 느낌이 되도록——."

"그럼 이러한 모양으로 할까요——."

미라는 다섯째인 엘리비나와 함께 있었다.

현 시점에 미라가지니고 있는 옷은 모두 알카이트성의 시녀들이 특별 제작한 것들이었다.

하지만 그것들은 기본적으로 미라의 귀여움을 최대한 끌어낼 의도로 설계된 것이다.

그리고 그 옷은 실제로 미라의 매력을 끝없이 이끌어 내, 미라 본인도 나쁘지 않다고 납득할 만한 완성도를 갖추고 있었다.

때문에 미라는 불평하지 않고 성실하게 그것들을 입고 있었다.

하지만 그건 어디까지나 선택지가 그것밖에 없을 경우의 이야기이다.

미라의 타오르는 듯한 눈빛이 앞으로는 다를 거라 말하고 있었다. 그 근거는 바로 엘리비나의 존재다.

오로지 자신들의 취향을 추구하는 시녀들과 달리 주인을 위해주는 그녀라면 미라의 의향을 충분히 고려해 디자인해 줄 것이다.

따라서 미라는 때는 지금이라는 듯이 귀여움 노선에서 멋짐 노선으로 갈아탈 심산이었다.

엘리비나에게 멋진 로브를 만들어 달라고 한 것이다.

또한 그러기 위한 소재는 이미 아르마에게 사용 허가를 받아두었다. '이라 무에르테'와의 싸움에서 활약한 보수 대신 소재는 얼마든지 대주겠다고 했다.

그렇기에 엘리비나의 의욕 역시 최고조에 달해 있었다.

다음 날 역시 각자 저마다의 시간을 보내던 중. 저녁 무렵이 되었을 즈음, 미라는 "그럼 잠깐 조합에 다녀오마!"라고 말하고는 의기양양한 발걸음으로 외출했다.

그 목적은 팬이 보내온 선물을 받는 것이다.

그래서인지 미라는 평소보다 기분이 좋았다.

"아~ 거기. 이 몸의 팬이 보내온 선물이 도착했다 들었다만."

술사 조합 라트나트라야 지부에 도착하자마자 미라는 어른스러운 태도로 접수대에 모험가증을 제시하며 그렇게 말했다.

"네, 확인하도록 하겠습니다."

들뜬 미라에 비해 접수원은 평소처럼 대응했다.

그리고 약간 큼직한 상자를 가지고 왔다. 보낸 사람의 이니셜은 M.T. 이전에도 선물을 보냈던 팬이었다.

(음음, 이 몸의 팬이 되다니, 뭘 좀 아는 녀석이로군!)

보는 눈이 제법이라고 속으로 칭찬하며 미라는 익숙한 척 수취 확인용 사인을 하고는 그 상자를 들고 이리스의 방으로 돌아왔다.

"미라 씨, 미라 씨. 그 상자는 뭐예요~?"

이렇게 순진한 아이가 또 있을까. 보란 듯이 들고 오기는 했지만 그것을 본 이리스는 미라가 가장 듣고 싶었던 말을 해주었다.

"어이쿠, 들켜 버렸구나. 그렇다면 어쩔 수 없지."

거실에서 미라는 풀어지려 하는 표정을 애써 다잡고 어느 정도 감정을 억제하며 "사실은 이 몸의 팬이 보내온 선물이다"라는 말과 함께 그 상자를 테이블에 내려놓았다.

"선물인가요~ 굉장해요~! 역시 정령여왕님이에요~!"

이렇게 솔직한 아이가 또 있을까. 누가 봐도 자랑을 하고 있는 미라에게 완벽한 반응을 해주었다. 게다가 "안에는 뭐가 들었나요~?!"라는 이상적인 말을 덧붙여, 더더욱 미라를 의기양양하게 만들어 주기까지 했다.

"글쎄, 무엇일까. 궁금하면 열어 보거라."

계속 이런 일은 익숙하다는 태도를 취하며 미라는 그렇게 제안해 보였다.

그러자 이리스는 눈을 반짝반짝 빛내며 "그래도 돼요~?!"라고 물었다.

유명한 A랭크 모험가인 정령여왕에게 온 팬의 선물. 대체 뭘 선물했을지 너무나도 궁금한 모양이다. 이리스는 기합을 넣고 상자의 덮개에 손을 대더니, 그것을 개봉했다.

상자 안에는 여러 개의 초콜릿이 들어 있었다.

심지어 상자 자체가 일종의 장치라 그대로 열려서 세련된 그릇이 되었다.

명백하게 고급품의 품격이 물씬 풍기는 물건이다.

"후와아…… 맛있을 것 같아요~!"

내용물을 보자마자 이리스는 가장 먼저 떠오른 감상을 입밖에 내었다.

"음, 그렇구나. 아주 안목이 뛰어나군."

미라는 그렇게 칭찬을 하며 "어디 보자……" 하고 하나를 집어 입에 던져 넣었다. 그러자 순식간에 퍼지는 단맛과 풍미에 절로 표정이 풀어졌다.

단것을 선물로 고르다니 뭘 좀 아는군, 이라는 생각에 만족스러운 미소가 지어졌다.

또한 그런 미라의 반응을 보자 어떤 맛일지 궁금했는지, 이리스는 기대로 가득한 눈빛을 미라에게 보내고 있었다.

“음, 뭐어 알겠다. 혼자 먹기도 좀 그러니 말이다. 먹어 보거라.”

미라가 그렇게 허락하자 이리스는 희색이 만면한 얼굴로 초콜릿을 입에 넣었다. 그리고 그 녹아 버릴 듯한 달콤한 맛에 행복한 미소를 지었다.

하지만 그렇게 소란을 피우면 무슨 일인가 하고 냄새를 맡고 찾아올 이들이 지금의 이리스의 방에는 많았다.

크리스티나를 필두로 단원 1호 등등이 ‘뭔가 맛있는 것의 기운이 느껴진다’며 우르르 몰려온 것이다.

그렇게 되고 나자 눈 깜짝할 새 일이 커졌다.

“고양이는 초콜릿 먹으면 안 됐던가?”

“캐트 시인 소생에게 그러한 약점은 없습니다냥!”

순식간에 초콜릿 파티가 벌어졌다.

그것은 발키리 자매들에게 구원의 휴식 시간이 되었고, 훌쩍 얼굴을 비춘 아르마가 땡땡이를 칠 구실이 되었으며, 단원 1호가 다른 고양이들과는 다르다는 것을 보여주는 계기가 되었고 저녁 무렵에 찾아온 평온한 시간이 되었다.

그렇게 시간이 흘러 드디어 결승 토너먼트가 며칠 뒤로 다가왔을 즈음.

정식으로 결승 토너먼트의 실황 중계역을 맡기로 한 미라는 여왕의 방에서 그에 관한 회의를 하고 있었다.

그런 가운데, 아르마의 입에서 충격적인 사실이 튀어나왔다.

"——그런고로 약속했던 대로 완벽하게 조정해 뒀어!"

아르마는 말했다. '이라 무에르테'와의 결전 전에 약속했던 대로 메이린을 위해 특출하게 강한 강자들과 붙도록 대전표를 짰다고.

"첫 상대는 브루스라는 사람이야. 놀랍게도 할배랑 같은 소환술사래! 이리스가 그러는데, 이 브루스라는 사람도 아직 전력을 다하지는 않은 것 같대. 분명 1회전부터 엄청 뜨거운 시합이 될 거야!"

아르마는 투기대회는 이미 대성공한 것이나 다름없다고 큰소리를 쳤다.

그리고 그 밖에도 좋은 카드는 많지만 그 중 가장 관객들의 주목을 받고 있는 프리퓨어와 결승 토너먼트까지 진출할 만큼 강력한 무명 소환술사의 싸움은 특히 주목을 모을 거라고 자신만만하게 말했다.

하지만 미라는 그런 아르마와 정반대의 반응을 보였다.

"뭣……이라고……?"

순간, 미라는 아연실색하여 그 자리에 엎어졌다.

여러모로 잔꾀를 부린 결과. 하필이면 드디어 시작된 결승 토너먼트 첫 번째 시합에서 브루스의 패배가 결정되고 말았기 때문이다.

미라가 그렸던 이상적인 전개는 따로 있었다.

그것은 브루스가 순조롭게 연승을 거두어 메이린과 결승전에서 격전을 펼친 끝에 패배하는 것이다.

가장 뜨거운 최고의 무대가 될 결승전에서 크게 활약하면 설령 패한다 해도 소환술의 주가는 분명 크게 오를 거다.

하지만 첫 시합에서 메이린과 붙게 된다면 상황이 달라진다.

(이럴 수가! 이렇게 될 일도 예측해 두었어야 했거늘~!)

제일 처음인 제1시합에서 패한다면 관객들은 어떻게 생각할까.

어쩌면 실력으로 결승 토너먼트에 올라갔다고 생각하지 않고 우연이나 어부지리로 올라온 것이 아닌가 생각하는 이도 나타날지 모른다.

예선전은 예선전이고 본선은 본선이다. 주목도가 높은 본선에서 주목을 받아야 진가를 인정받을 수 있을 터인데.

"이, 이봐라, 아르마――."

소환술사는 비겁한 수법으로 승리를 거두는 데 능하다. 그렇기에 진짜 강자들이 모인 결승 토너먼트에서 본 실력이 드러난 것이다. 이런 큰 무대에서 그런 이미지가 뿌리내린다면 참사도 그런 참사가 없을 거다.

그런 위기감을 느낀 미라는 지금 대진표를 바꿀 수는 없느냐고 은근슬쩍 물었다.

돌아온 답은…… NO였다.

이 대진표는 오늘 아침에 이미 고지되어서, 이제 와서 변경하는 건 불가능하다는 것이다.

(미…… 미안하다, 브루스…… 미안해!)

메이린을 확실하게 유혹하기 위해서 한 약속 때문에 함께 꿈꾸었던 소환술의 밝은 미래에 먹구름이 끼게 되었다.

설마 이런 식으로 업보가 돌아올 줄이야. 미라는 그 운명에 고개를 푹 숙이기는 했지만, 아직 포기할 수 없다며 대응책을 강구하기 시작했다.

〈14〉

아르마와 회의를 한 후, 미라는 니르바나성에서 뛰쳐나갔다.

소환술의 미래를 위해 이런저런 생각을 한 끝에 도달한 비책. 그것을 현실로 만들기 위해 먼저 향한 곳은 아담스가였다.

"오오, 마침 잘 됐다. 지금 메이메이는 있느냐?"

메이드인 바네사를 발견한 미라는 곧장 달려가 그렇게 물었다.

"아아, 미라 님! 어서 오십시오!"

정원에 관한 일 때문인지 바네사는 미라를 식물 마스터라고 착각하고 있는 눈치였다. 그래서인지 남들보다 더욱 반갑게 맞아주고는 했다.

그런 그녀는 미라의 질문에 "메이메이 님은 외출 중이십니다"라고 답했다. 듣자하니 뭔가를 찾아다니는 듯한 눈치였다고 한다.

"뭔가를 찾고 있었다고?"

"네, 어떠한 것이냐고 여쭈었더니, 아주 희귀한 환상이라고 말씀하셨습니다."

자세히 알려주지는 않았지만 꽤 열심히 찾아다녔다고 바네사는 말했다.

(흐~음, 별 일도 다 있구먼.)

지금까지 메이린은 희귀하거나 레어한 아이템류에는 그다지 관심을 보이지 않았다.

그런 그녀가 찾아다니고 있는 것은 대체 무엇일까. 심지어 바네사의 말에 따르면 이 도시 어딘가에 있다는 모양이다.

"그러하냐. 실례가 많았다. 그럼 이만——."

그럼 이 도시 어딘가에 있을 터.

이곳에서 기다리다 보면 언젠가는 돌아올 거다. 하지만 소환술의 미래가 걸린 일인 탓에 가만히 있을 수가 없어서 미라는 곧장 아담스가를 뒤로 했다.

그 뒤에서는 바네사가 여러모로 의아하다는 얼굴을 한 채 성급한 이별에 당황한 듯 "아아, 미라 님!"이라고 외치고 있었다.

분명 다음에 오면 식물에 관해 이런저런 것들을 물을 테니 각오를 해둬야 하리라.

"우선은 이곳에서 찾아보도록 할까."

메이린이 찾는 물건. 그것이 무엇인지는 짐작도 안 된다.

하지만 그녀가 출몰할 법한 장소는 어느 정도 짐작이 되었다.

그것은 여러 가지 이벤트로 북적거리는 회장 안이다.

뭔가를 찾고 있다지만 상대는 메이린이다. 이곳의 곳곳에서 이루어지고 있는 힘겨루기 계열의 이벤트에 관심을 보이지 않을 리가 없다.

그래서 미라는 회장 안을 뛰어다니며, 때로는 사람들에게 묻기도 하며 그러한 이벤트들을 구경하고 다녔다.

하지만 하나둘, 열, 스무 곳을 확인해 보아도 메이린의 모습은 없었다.

게다가 오늘은 급하게 뛰쳐나온 탓에 미라는 안경과 모자로 어정쩡하게 변장을 한 상태였다. 그 때문에 종종 정령여왕이라는 사실을 들키기도 했다.

하지만 미라도 자신을 떠받들어 주는 게 싫지는 않아서, 들통났으니 어쩔 수 없다는 듯이 새침하게 악수와 사인을 해주어 대응했다.

"——그나저나 요즘 화제인 프리퓨어를 찾고 있다만, 어디서 본 적은 없느냐?"

벌써 몇 번째 묻는 것인지는 모르겠지만, 팬들에게 대응을 해주며 수색 활동을 하는 것도 잊지 않았다. 미라는 몰래 정령여왕을 만나러 왔다는 대회 관계자에게 사인을 해주며 그렇게 물었다.

그러자 그는 어째서인지 흥분해서 "프리퓨어와 정령여왕님!"이라고 소리치더니 귀중한 정보를 제공해 주었다.

관계자의 말에 따르면 일주일 정도 전까지는 곳곳에서 개최되는 작은 격투 시합 등에 자주 모습을 보였다고 한다.

하지만 너무 빈번하게 나타난 데다 승패를 두고 내기조차 성립하지 않을 만큼 이기기만 한 탓에 대책을 마련해 실행했다는 모양이다.

그 내용은 투기대회 예선을 통과한 선수들의 출전을 금지하는 것이었다.

그 결과, 작은 격투 시합에는 승패의 행방을 두고 두근두근 조마조마한 스릴을 즐기는 열기가 돌아왔다. 하지만 프리퓨어의 모습은 그 날 이후로 보지 못했다는 모양이다.

(그것 참, 어쩔 수 없는 조치였다고 할 수밖에 없겠군그래…….)

메이린은 단순히 배틀을 하고 싶었던 것뿐일 테니 조금 불쌍하다는 생각도 들었지만, 그렇게까지 날뛰었으니 할 말이 없을 것이다.

그녀는 이미 본선 진출이 확정된 상황이니 이 회장 안에서 참가할 수 있는 시합은 존재하지 않는다.

그럼 어디에 있을까.

"흠, 정보를 제공해 줘서 고맙다."

미라는 관계자에게 감사인사를 하며 사인을 건넨 후, 그 자리를 뒤로 했다.

"어디 보자, 남은 단서는……."

대회 회장을 나선 미라는 우선 바네사에게 들었던 말을 떠올려 보았다.

메이린은 무언가를 찾아다니는 듯했다고 했다.

혹시 작은 격투 시합에 나가지 못하게 된 대신 길거리 싸움이라도 할 수 있는 장소를 찾고 있는 걸까.

하지만 들은 바에 따르면 희귀한 물건을 찾고 있다고 했다.

그 정체는 알 수 없지만 아담스가에도 없고 시합 참가도 못하게 되었으니, 지금은 분명 그걸 찾아다니고 있을 것이다.

"흐~음, 생각보다 훨씬 일이 성가시게 됐군그래."

조바심 내지 말고 아담스가에서 기다리고 있을까. 그런 생각이 들었지만 가만히 있으면 오히려 불안해지는 성격인 미라는 다음 수단을 생각했다.

"멍슨이 있으면 빠르게 찾을 수 있겠지만……."

멍슨의 코와 마법이 있으면 이 도시 어디에 있어도 찾아낼 수 있을 거다.

하지만 지금, 멍슨은 플로네의 곁에 있다. 그녀의 환심을 사는 임무를 수행하는 중이다. 분명 지금쯤 가차 없는 애정 공세를 받고 있을 것이다.

그런 상황에서 멍슨을 이리로 부르면 어떻게 될까. 갑자기 멍슨을 빼앗긴 플로네가 어떠한 참극을 일으킬까.

섣불리 손대지 않는 게 좋겠다고 생각한 미라는 우선 단원 1호와 구구와이즈를 소환해서 함께 탐색을 개시했다.

(흐~음, 메이린이 관심을 보인 희귀한 것이 대체 무엇일꼬.)

메이린은 다른 아홉 현자들과 달리 희귀 소재나 술구 같은 것에 거의 관심을 보이지 않았다.

그런 그녀가 찾아다니고 있는 물건. 그리고 그런 그녀가 찾아다녀도 좀처럼 찾을 수 없는 물건은 대체 무엇일까.

이전에 튼튼한 갑옷을 보고 목인(木人)에 입히면 훈련용으로 쓸 만하겠다는 소리를 한 적이 있는데, 그것일까.

불면 주변에 있는 마물을 불러들일 수 있는 위험물로 지정된 피리를 보고 눈을 반짝거렸는데, 그것일까.

어느 장소에 흉악한 마수가 봉인되어 있고 그 결계 안으로 들어가기 위한 호부가 어딘가에 있다고 들었는데, 그것일까.

미라는 과거의 기억에서 가능성이 있는 물건들을 떠올리며 이곳저곳을 찾아 다녔다.

그러던 중에——

『단장, 뭔가 그럴싸한 분을 보았다는 증언을 확보했습니다냥!』

단원 1호에게 구두로 전달한 프리퓨어의 특징과 일치하는 인물을 목격했다는 자가 있다는 보고가 들어왔다.

메이린과는 투기대회가 끝날 때까지는 프리퓨어의 모습으로 지내기로 약속했다.

결전 전에는 일단 변장을 풀었었지만 그것도 끝났으니 약속이 우선이다.

예선이 끝나 시간이 비는 지금도 프리퓨어 상태로 지내고 있을 것이다.

『음, 잘했다. 금방 가마!』

그 목격자가 본 것이 메이린일 가능성은 지극히 높다.

미라는 단원 1호에게 자세한 위치를 듣자마자 그곳으로 급행했다.

번화가 한구석. 오픈 카페의 한 자리에 대상이 있었다.

목격 정보로 들은 프리퓨어는 친구인지—— 마법소녀풍 의상을 입은 여성과 함께 느긋하게 커피 타임을 즐기고 있었다.

그 모습은 우아하고도 차분한 분위기를 풍겼다.

그렇다, 목격 정보로 들은 프리퓨어는 메이린이 아니라 완전히 다른 사람이었던 것이다.

"참으로 헷갈립니다냥……."

"그럴 수밖에. 그나저나 유행을 타기 시작했다고 듣기는 했지만, 벌써 이렇게까지 유행일 줄이야……."

투기대회에서 메이린이 변장한 프리퓨어의 활약상은 화제를 일으켜서, 특히 마법소녀풍 애호가들에게 유독 엄청난 주목을 받고 있었다.

대체 누가 평가한 것인지 격투계 마법소녀로 분류된 프리퓨어는 어린 소녀부터 커다란 친구들까지 푹 빠져들 만큼 인기였던 것이다.

그런 프리퓨어의 정체는 메이린이다 보니 한곳에 가만히 있지를 않았고, 격투 시합을 순회하기도 한 탓에 목격자도 많았다.

그러다 보니 손이 빠른 재봉사에게 그 의상의 복제품이나 유사품을 만드는 건 그리 어려운 일이 아니었던 것이리라.

"냐냥, 자세히 보니 저쪽에도 있었습니다냥."

맞은편 가게에서 프리퓨어가 나왔다. 색이 다르지만 안목이 있는 사람이 보면 프리퓨어라는 것을 알 수 있는 의상을 입은 소녀다.

"이것 참 성가시게 됐구먼……."

이래서는 어딘가에서 프리퓨어를 본 적 없느냐고 사람들에게 묻고 다녀도 정보가 뒤엉키고 말 것이다.

하지만 달리 찾을 방도가 없어서 몸집 등의 조건을 따져 정보를 추려가며 차근차근 수색을 계속했다.

그렇게 미라 일행이 계속해서 프리퓨어를 찾아나가던 도중.

"——부모님이 방송국에 항의하지 않을까 싶은 복장이군……."

저절로 시선이 갈 정도로 섹시한 프리퓨어와 마주치는 바람에 미라는 쓴웃음을 지은 채 빤히 쳐다보고 말았다.

노출도도 노출도였지만 무엇보다도 여성의 몸매가 그라비아 모델 빰칠 정도라, 아침이 아니라 심야 방송용 비주얼이었다.

"——대단한 완성도입니다냥……."

공원에서 승리의 대사와 포즈를 완벽하게 취해 보이는 프리큐어 파이브를 본 단원 1호가 감탄해서 말했다.

어지간히 연습을 했는지 다섯 명의 소녀는 그 완성도에 기뻐하며 귀엽게 폴짝폴짝 뛰었다.

참고로 말하자면, 다섯 명 중 두 명은 아담스가의 장녀 신시아와 차녀 로즈마리였다.

나머지 셋은 그녀들의 친구일까. 순조롭게 감염되고 있는 모양이다.

그렇게 목격 증언 등을 토대로 수많은 프리큐어들을 확인하던 중, 하늘에서 보고가 들어왔다.

『구구도 찾은 거야~——.』

그 눈으로 꼼꼼히 조건을 대조하여 엄선한 것인지. 구구와이즈는 미라에게 들은 조건과 일치하는 인물을 발견했다고 했다.

구구와이즈의 보고에 따르면 어쩐지 사람들이 모여 있고, 그 중에 조건과 같아 보이는 인물이 있는 것을 확인했다는 모양이다.

『오오, 잘했다, 구구!』

이건 유력한 단서가 될 것 같다.

이번에야말로 본인일까. 미라는 곧장 단원 1호에게도 전달하고서 구구와이즈의 안내에 따라 '공활보'로 하늘을 내달렸다.

"저것이로군……. 근데 대체 무슨 모임인 게야?"

"수상합니다냥. 음모의 예감이 듭니다냥!"

장소는 상업 지구에서 떨어진 지점. 굳이 말하자면 주택 지구에 가까운 장소다.

주변에는 저만큼 사람이 모일 만한 가게도 없어 조용한 분위기를 풍겼지만, 지금은 매우 떠들썩했다.

무슨 이벤트라도 열린 걸까. 아니면 소동이 일어난 걸까. 아니면 프리퓨어의 인기 때문에 메이린에게 팬들이 쇄도하기라도 한 걸까.

미라는 대체 무슨 집단일까, 하고 눈살을 찌푸린 채 주의 깊게 관찰했다.

단원 1호는 그 의문의 집단을 보고 미스터리의 예감을 느꼈는지. 어느샌가 기자 같은 의상으로 갈아입은 상태로 [사람들을 매료하고 열광케 하는 그 정체에 도전한다——!]라고 적힌 팻말을 들고 있었다.

그렇게 북적거리는 집단에 조금씩 다가가던 도중.

"해냈군." "오늘은 안 늦었어!" "드디어 샀네."

그런 기쁨으로 가득한 말을 내뱉으며 같은 봉투를 든 자들이 우르르 집단 밖으로 나왔다.

"흠…… 뭔가를 파는 겐가?"

허어, 저 봉투는 무엇일까. 그 안에 무엇이 들었을까.

어쨌든 이곳에 모인 이들의 목적은 이곳에서 판매 중인 무언가라는 사실이 판명되었다.

하지만 이렇게 상업 지구에서 떨어져 있어 장사를 하는 데는 맞지 않을 듯한 장소에서 무엇을 팔고 있는 걸까.

그런 의문을 품은 채 미라는 만족스러운 얼굴로 떠나가는 자들이 손에 든 봉투에 주목했다. 그리고 그때, 문득 어떤 기억이 뇌리를 스쳤다.

(……아니, 뭐더라. 뭔가 어디서 본 듯한데…….)

겨우 샀다며 기뻐하는 자들이 손에 든 봉투. 그것과 같은 것을 본 적이 있는 것 같아 고개를 갸웃한 미라는 언제였더라, 하고 생각에 잠겼다.

그리고 계속해서 집단의 숫자는 줄어들어 "죄송합니다, 이제 얼마 안 남았습니다~"라는 말을 듣고서야 미라는 그것을 확실하게 기억해냈다.

"그래, 그때 그 도시락 가게구나!"

언젠가 우연히 마주쳤던 '레스토랑 페리블랑슈'. 신출귀몰하며 게릴라 판매를 하고 있는 투기대회기념 임시 출장 판매점이다.

가장 싼 것도 육천 리프부터 시작하는 니르바나 제일의 레스토랑. 그런 가게가 내놓은 삼천 리프짜리 고급 도시락은 그 신출귀몰함과 판매 수 때문에 입수하기 어려운 희귀품이라고 들었다.

과연, 그래서 이렇게 사람이 모여든 거구나, 하고 납득함과 동시에 미라는 그때 구입했던 도시락이 아직 아이템 박스에 들어있다는 사실도 기억해 냈다.

희소성에 낚여 사기는 했지만 그때는 이미 세 끼 식사를 모두 이리스와 함께 하던 때라 먹을 기회가 없었던 것이다.

하지만 아이템 박스에 넣어 두면 얼마든지 보존할 수 있다.

따라서 미라는 이곳에서 다시 희귀 도시락과 만났으니 무시할 수는 없는 일이라면서 메이린 수색을 제쳐 두고 출장점으로 달려갔다.

하지만 그 직후.

“매번 감사합니다. 오늘 분량은 매진됐습니다~!”

아직 많은 사람들이 남아 있음에도 불구하고 그런 무자비한 점원의 말소리가 들려왔다.

“이런…….”

아무래도 그날 도시락을 구입할 수 있었던 건 상당히 운이 좋았던 덕인 모양이다.

본래는 인파가 생긴 시점에서 조금만 늦어도 살 수 없을 만큼 인기 상품이었던 것이다.

불과 몇 걸음 앞에서 멈춰 선 미라는 하늘을 올려다보거나 투덜대거나 내일은 반드시 사고야 말겠다고 다짐하며 해산하는 손님들을 바라보았다.

“내일 또 어딘가에서 판매할 테니 찾아 주세요~.”

그렇게 인파가 줄어들고 출장점도 철수한 후에야 미라는 그 모습을 발견했다.

출장점이 있었던 지점의 코앞에. 조금만 더 갔으면 살 수 있었을 듯한 위치에 프리퓨어가 있었던 것이다.

“아, 찾았다.”

그 모습을 본 순간, 미라는 그 프리퓨어야말로 메이린이 분명

하다고 확신했다.

낮익은 프리퓨어 의상── 라스트라다가 디자인한 그것은 세세한 부분의 자수부터 벨트의 문양까지 완벽하게 재현되어 있었다.

어정쩡하게 흉내 내어 만든 다른 프리퓨어 의상과는 완성도가 다른 것이다.

하지만 그렇게 겨우 찾아낸 프리퓨어에게서는 마치 지구를 지켜 내지 못한 히어로와도 같은 비장감이 감돌고 있었다.

(아~ 그런 것이었나.)

그 모습을 본 미라는 모든 것을 이해했다.

메이린이 찾아다녔다는 아주 희귀하고 환상과도 같은 물건이란 페리블랑슈의 도시락이었다는 사실을.

싸우는 것 말고 메이린이 관심을 가질 듯한 것. 그것은 맛있는 것이다.

그 사실을 이해한 순간, 미라의 얼굴에 실로 음흉한 미소가 떠올랐다.

"우으, 또 한 발 늦었다이거……."

대체 얼마나 찾아다녔을까. 그리고 몇 번을 사지 못했을까. 메이린은 멍하니 그 자리에 선 채 고개를 푹 숙이고 있었다.

미라는 그런 그녀의 옆으로 다가가서 "유감이로구나" 하고 말을 걸었다.

"할아버님…… 왜 여기 있냐해? 아, 혹시 할아버님도 못 샀냐? 그 도시락, 금방 다 팔려 버린다이거. 근데 엄청 맛있다고 해서 먹어 보고 싶었다해."

미라의 모습을 발견한 메이린은 구입 실패 동료가 있었구나, 하는 생각에 풀이 죽은 채로 미소를 지어 보였다.

지금의 그녀는 페리블랑슈의 도시락이 무척이나 먹고 싶은 모양인지, 잠시 풀이 죽어있더니만 고개를 들더니 "아, 좋은 생각이 났다이거!"라면서 내일 판매 때 힘을 합치자는 제안을 해왔다.

둘로 나뉘어 출장점을 수색하다가 발견하면 서로 알려 주자는 내용의 제안이다.

(메이린 정도의 실력자라면 광역 생체감지로 가게 종업원 자체를 추적할 수 있을 듯한데 말이지…….)

선술사의 기능인 '생체감지'. 그녀의 그것은 미라의 것과는 차원이 다른 정확성과 범위를 자랑한다. 따라서 그 힘을 사용하면 굳이 출장점을 찾아다니지 않아도 점원이 본점에서 출발할 때부터 추적할 수 있을 거다.

미라는 그런 방법이 떠올랐지만 그걸 말해 줄 생각은 전혀 없는 듯했다.

"그보다 더 좋은 방법이 있다만, 들어볼 테냐?"

메이린이 그런 생각을 하지 못하는 것은 그녀의 순진하고 솔직한 성격 때문이다.

다음에 어디서 가게가 열릴지 찾아보라고 하면, 그 말대로 정직하게 찾아다니는 게 바로 메이린이라는 인물이다.

그리고 미라는 그런 메이린의 순진함과 솔직함을 이용해 소소한 제안을 하기로 했다.

15

비밀이야기를 하자는 이유로 미라와 메이린은 둘이서 은밀하게 이야기할 수 있는 장소―― 메이린이 신세를 지고 있는 아담스가의 방으로 돌아와 있었다.

"그래서, 어떤 방법이냐이거?!"

자아, 이곳이라면 문제없을 거다. 그렇게 생각했는지 메이린이 곧장 바짝 다가왔다.

그러더니 어떻게 하면 그 도시락을 확실하게 얻을 수 있느냐고 아주 잡아먹을 듯한 기세로 몸을 앞으로 내민 채 물었다.

"그건 말이다……―― 아, 그러고 보니 투기대회의 대진표가 발표되었다만, 이미 대전 상대는 확인했느냐?"

그 방법……에 관해 답하기 직전. 미라는 뜸을 들인다기보다는 문득 생각이 났다는 듯한 연기를 하며 그런 질문을 던졌다.

"당연하다해. 브루스 씨다이거. 발할라에서 잔뜩 수행했을 테니, 기대된다이거!"

메이린은 실로 솔직한 성격을 지녔다. 얼핏 보면 도시락에 정신이 팔려 있어 다른 이야기는 들을 생각이 없어 보일 정도였다.

하지만 아무래도 투기대회와 관련된 이야기는 별개인 모양이다. 투지가 가득한 얼굴에는 벌써부터 어떤 싸움을 할 수 있을지 기대된다는 표정이 자리해 있었다.

(흠, 그것까지 파악하고 있었나. 설명할 수고를 덜었군.)

메이린의 말을 통해 대략적인 상황을 파악한 미라는 이어서 추가 정보를 입밖에 냈다.

“흠, 그래, 그러냐. 그대 정도의 자가 기대하고 있다니, 이 몸도 덩달아 어깨가 으쓱해지는구나. 사실은 말이다, 다름이 아니라 브루스는 이 몸의 제자 같은 것이거든. 이번에는 실력 테스트를 겸해서 출전시켜 본 게다.”

사실은 그게 아니었지만 브루스에 관해 그렇게 설명한 후, 미라는 슬그머니 메이린의 반응을 살폈다.

“오오, 할아버님의 제자였냐! 아하, 납득했다해! 더더욱 시합이 기대되기 시작했다이거!”

대륙 최강 소환술사의 제자. 브루스는 본인도 모르는 사이에 그런 칭호를 얻게 되었다.

그 효과는 엄청났기에 메이린의 의욕은 하늘을 찌를 듯이 솟구쳤다.

그리고 이런 상태의 메이린과 브루스가 붙게 된다면 어느 정도 지도해서 단련시킨 브루스라도 10초도 못 버틸 것이라고 미라는 확신했다.

“음음, 결승 토너먼트까지 올라갔을 정도니 말이야. 나름대로 강하기는 할 게다.”

미라는 일부러 브루스의 실력은 확실하다고 단언했다. 하지만 그렇게 단언하면서도 “헌데 말이다── 아무리 그래도 이 몸 만하지는 않지”라고 말을 이었다.

자신만큼 강하지는 않으니 시합을 벌이면 분명 브루스에게 승산은 없을 거다. 그게 현실이라고 딱 잘라 말한 후에야 미라는 다음 말을 입밖에 냈다.

"해서 말인데. 대전 상대인 그대에게 살짝 부탁할 게 있어서 말이다."

그 때문에 이렇게 만나러 온 것이라고, 제자인 브루스에 관한 일로 온 것이라고 미라는 아주 노골적으로 말했다.

"음~…… 그거 혹시 봐주라는 거냐해? 하지만 할아버님이라면 내가 뭐라고 할지 알 거다이거. 투기장은 진검승부의 장이다해. 봐줄 수는 없다이거."

메이린도 지금까지의 이야기의 흐름과 미라의 태도를 통해 대략적인 맥락을 이해한 모양이다. 때문에 봐주거나 그에 준하는 짓은 할 수 없다. 정정당당하게 싸워서 쓰러진다면 거기까지인 것이라고 딱 잘라 답했다.

"음, 안다, 알아. 그야 당연히 알지."

미라는 그렇게 예상케 한 후, 딱 잘라 부정해 보였다.

그러자 이번에는 그럼 무슨 부탁이냐는 듯이 메이린이 흥미롭다는 표정을 지었다.

눈 깜짝할 새에 끝나지 않도록 봐주었으면 한다. 브루스는 실력으로 결승전에 진출한 게 분명하다는 사실을 관객들에게 보여줄 때까지는 결판을 내지 말아 주었으면 한다.

그렇게 부탁을 하면 분명 메이린은, 시합과는 상관없는 일이라며 단번에 거절할 거다.

그 사실을 잘 아는 미라는 그렇기에 잔꾀를 부리기로 했다.

메이린이 관심을 보이고 있는 것이 무엇인지 확인도 했겠다,

미라는 "음, 실은 말이다——" 하고 매우 진지한 얼굴로 부탁을 입밖에 내었다.

"그대와의 시합은, 그 녀석에게 분명 좋은 자극이 될 게다. 때문에 단련을 계속해 온 브루스의 모든 것을 받아 내 주었으면 좋겠구나. 지금 가진 모든 것을 쏟아내고서 패한다면 분명 깨달음을 얻을 수 있을 게야. 그리하면 부족한 것이 무엇이고, 필요한 것이 무엇인지 뼈저리게 느끼게 될 것이라고 이 몸은 믿고 있다."

봐주기를 바라는 게 아니다. 시간을 벌려는 것도 아니다. 소중한 제자의 성장을, 수행해 온 성과를, 설령 패한다 해도 후회가 남지 않도록 모조리 쏟아내고 나면 결판을 내주었으면 한다.

지금까지 브루스가 갈고 닦은 기술을 정면에서 온 힘을 다해 깨부수어 세상은 넓다는 것을, 목표로 할 경지가 있다는 것을 알려주었으면 한다.

미라는 그런 말을 줄줄이 늘어놓음으로써 어이없이 시합이 끝나 소환술이 뭐 그렇지, 같은 시선을 받지 않도록 혼신의 힘을 다해 설득했다.

"끄으응…… 그것도 확실히 중요한 일이다이거……."

지금까지 쌓아올려 온 모든 것을 쏟아내는 일전. 그것은 백 번의 훈련에 버금가는 귀중한 경험이 될 거다.

메이린은 그 사실을 잘 알고 있거니와 그렇게 해줄 수 있는 상대가 얼마나 귀중한지도 잘 알았다.

그렇기에 미라의 부탁을 받고 흔들리기 시작한 것이다.

승부로서 최선을 다해 싸울 것인지. 아니면 브루스에게 높은 벽이 되어주는 역할을 맡아 줄 것인지.

전투 마니아인 메이린은 더욱 높은 경지를 목표로 하고 있기에 그 과정에 있는 자들에게도 남들보다 크게 공감하고는 했다.

그리고 미라는 그런 메이린의 심리적인 동요를 결코 놓치지 않았다.

"이게 이 몸의 억지임은 잘 안다. 허나, 허나 말이다…… 제자가 성장하기를 바라지 않는 스승이 어디에 있겠느냐."

속마음을 털어놓듯이 미라는 아주 친근한 태도로 말을 이었다.

하지만 그 목적은 조금이라도 시합을 오래 지속시키는 것. 그리고 소환술이 어떤 것을 할 수 있는 술법인지, 조금이라도 세간에 이해시키는 것이다.

또한 방금 말한 대로 브루스가 성장하기를 바라는 마음도 있기는 했지만, 그건 전체의 10퍼센트 정도밖에 안 됐다.

"그대가 상대라면 분명 그걸 가르칠 수 있을 테지. 그렇기에 부탁하는 게다."

브루스의 실력이라면 소환술의 가능성을 충분히 전파할 수 있을 거다.

하지만 그것도 다 메이린의 협력이 반드시 필요한 일이다.

"으~음, 할아버님의 마음도 이해는 한다이거……."

목적은 둘째 치고 미라의 말을 들은 메이린은 복잡한 얼굴로 신음하기 시작했다.

미라의 부탁은 분명 봐달라는 것과는 좀 다른 것이다. 하지만 격렬한 공방 끝에 결판을 내는 뜨거운 시합을 바라는 메이린에게는 모든 것을 받아 내고서 결판을 낸다는 것이 다소 답답하게 느껴질 거다.

하지만 동시에 제자의 성장을 바라는 미라의 마음에 공감한 것인지, 메이린의 마음은 더욱 크게 흔들리고 있었다.

그야말로 어느 쪽으로 기울어져도 이상할 게 없을 상태다.

다시 말해서 아주 살짝 떠밀어줄 무언가가 있으면 이쪽으로 넘어오게 하는 게 가능한 상태인 것이다.

그리고 이 상태인 지금이 비장의 카드를 꺼낼 때라고 판단한 미라는 드디어 결정타가 될 일격을 날렸다.

"오오, 참 그렇지. 아까 하던 이야기를 계속하자면, 페리블랑슈의 도시락 말이다만——."

일단 투기대회로 이야기를 돌린 후, 본래의 목적이었던 건에 관해 언급한다.

온 도시에 아주 맛있다는 소문이 자자한 도시락.

메이린은 꼭 맛보고 싶은 듯하지만 너무 희귀한 탓에 날쌘 그녀조차도 아직 입수하지 못한 환상의 물건.

어떻게 하면 그런 도시락을 입수할 수 있을지. 그 작전을 세우자는 명목으로 이야기를 시작한 것이 떠올랐는지, 메이린은 또다시 절실한 표정으로 "그러고 보니 그랬다이거!"라고 외쳤다.

미라는 다시 메이린의 관심이 도시락 쪽으로 돌아간 그 순간을 노려 그것을 아이템 박스에서 꺼냈다.

"——그 도시락을…… 실은 이미 손에 넣었다고 하면, 어떨 것 같으냐?"

현지에서 미어터지도록 모여든 사람들과의 경쟁을 이겨낸 승자만이 손에 넣을 수 있는 봉투.

환상의 도시락이라 불리는 것을 쟁취했다는 증표이기도 한 그 봉투를 미라는 실로 과장스러운 몸짓으로 메이린의 눈앞에 슥 내려놓았다.

"이…… 이 봉투 본 적 있다이거! 그 도시락을 산 사람들이 다들 들고 있던 봉투다해!"

그 땅에서 메이린이 씁쓸한 마음으로 바라보던 승자들의 뒷모습. 그 자들이 하나같이 들고 있던 봉투를 그녀는 똑똑히 기억하는 듯했다.

그렇기에 극적인 반응이 나타났다. 그 눈에 동경과 선망의 감정이 깃드는가 싶더니 눈 깜짝할 새에 마음을 빼앗긴 것이다.

이 봉투는 어떻게 된 것인지. 무엇이 들었는지. 이걸 여기 내려놓아 뭘 어쩔 셈인지.

메이린의 얼굴에 희미한 의문과 크나큰 기대감이 번지기 시작했다.

그런 반응을 똑똑히 확인한 후, 미라는 노린 듯한 타이밍에 잽싸게 봉투를 아이템 박스에 다시 넣었다.

"아우으……."

그것을 눈으로 좇던 메이린은 마치 장난감을 빼앗긴 어린애처럼 슬픈 표정을 지어 보였다.

그녀의 마음은 완전히 도시락 쪽으로 기운 듯했다.

"자, 방금 보았듯이 말이다. 사실은 손에 넣었더랬거든. 그게 언제였더라. 이 몸도 이 도시락을 찾아 며칠이나 도전했더랬지. 그리고 터무니없이 많은 노력과 격렬한 쟁탈전 끝에 겨우 쟁취한 노력의 결정체가 방금 보여준 봉투 안에 들었다. 그것도 고기 도시락과 생선 도시락, 둘 다 있지.”

어쩐지 애원이라도 하는 듯한 눈을 한 메이린 앞에서 그걸 입수하는 게 얼마나 어려운 일인지 강조한 후, 미라는 그럼에도 어찌어찌 이 희귀한 물건을 입수하는 데 성공했노라고 이야기했다.

——아니, 그렇게 이야기를 지어냈다.

실제로는 우연히 눈앞에서 출장점이 열린 자리에 있었을 뿐, 희귀품이라는 주변의 반응에 휩쓸려 샀을 뿐인 도시락이다.

하지만 미라는 그런 우연의 산물이라 할 수 있는 도시락을 아주 큰 고생과 노력의 산물인 것처럼 꾸며냈다.

“그 싸움에서 승리하다니 대단하다이거! 게다가 둘 다 사다니, 역시 할아버님이다해!”

신체 능력으로는 평범한 시민들을 가볍게 능가하는 메이린이 진심으로 찾아다녀도 입수할 수 없었던 도시락. 그렇기에 그녀는 같은 조건에서 승리를 거둔 미라에게 올곧은 존경의 눈빛을 보냈다.

그리고 당연하다고 해야 할지, 아니면 계획대로라고 해야 할지. 미라가 고의적으로 입밖에 낸 ‘도시락은 두 개 있다’는 말에 메이린은 어렴풋한 기대가 담긴 눈으로 미라를 쳐다보았다.

“자아, 모처럼 두 개 있으니 말이다. 혼자서 마음껏 즐기는 것도 나쁘지 않겠지만——.”

미라는 그렇게 의미심장한 태도를 취하며 메이린을 흘끔 쳐다보았다.

그러자 그녀가 품고 있던 기대감이 단숨에 흘러넘친 것인지, 얼굴에 미소가 번지기 시작했다.

하지만 그것은 메이린이 더는 돌이킬 수 없는, 이제 와서 포기할 수 없는 수준까지 감정이 고조된 상태라는 뜻이기도 했다.

"——아, 그러고 보니 이야기를 하던 도중이었구나. 해서, 이 몸의 제자인 브루스의 특훈을 도와줄 수 없겠느냐. 만약 도와주겠다면——."

미라는 이 타이밍에 다시 그 이야기를 꺼내며 보란 듯이 봉투를 꺼냈다. 게다가 이번에는 그 안에 든 도시락 두 개를 메이린의 앞에 늘어놓으며 "——그 보수로 둘 중 마음에 드는 쪽을 먹어도 좋다"라고 말했다.

한참을 질질 끌다가 재교섭을 시도한다. 예상치 못한 제안에 메이린은——.

"할아버님의 제자는 나한테 맡겨 둬라해! 반드시 성장에 도움을 주겠다이거!"

아주 속이 시원해질 만큼 속전속결로 결단을 내렸다.

격렬한 공방 끝에 승패를 가리기를 바라면서도 스승인 미라의 마음을 안 뒤로 메이린의 마음은 흔들리고 있었다.

그렇듯 아슬아슬하게 균형을 유지하고 있었기에 도시락이 조건으로 끼어들자 형세가 단숨에 기울어진 것이다.

지금의 메이린이 가장 바라는 것을 보수로 제시해 보인 미라의 작전은 이 상황에서 최선이자 최고의 작전이었던 것이다.

"오오, 그래. 부탁을 들어주겠느냐. 그렇다면 이 도시락을 주마. 자아, 어느 쪽이 좋으냐?"

계획대로. 미라는 잘 구워삶았다며 마음속으로 의기양양한 미소를 지으면서도 결코 내색하지 않고 메이린에게는 감사의 뜻을 표하며 보수인 두 개의 도시락을 내밀었다.

그러면서도 둘 다 가져가라는 소릴 하지 않는 것만 봐도 미라가 얼마나 좀생이인지 알 수 있으리라.

"고기냐 생선이냐…… 중요한 문제다해!"

제자에 관한 일은 맡겨만 두라고 호언장담을 하던 사람은 어디로 갔는지. 어느 도시락을 고를지 고민하는 메이린의 얼굴에는 행복과 꿈으로 가득한 표정이 자리 잡고 있었다.

그렇게 몇 분 동안이나 어느 쪽으로 할지 고민한 끝에. 고기 도시락을 선택한 메이린은 그 뚜껑을 슬쩍 열어 코로 한껏 숨을 들이쉬었다.

"이 냄새다해! 계속계속 먹고 싶었다이거!"

페리블랑슈의 판매점 옆에 감돌고 있던 매혹적인 향. 메이린은 드디어 그 향의 근원을 손에 넣었다며 기뻐하더니 잽싸게, 그리고 조심스럽게 고기 도시락을 아이템 박스에 수납했다.

"지금 먹지 않는 게냐?"

냄새만 맡고 참는 메이린에게 묻자, 그녀는 진지한 얼굴로 답했다.

"먹는 건, 할아버님과의 약속을 지킨 다음이다해. 그때까지는 참을 거다이거!"

메이린은 참겠다고 했지만, 그 얼굴은 이미 먹고 싶다는 생각으로 가득했다.

그럼에도 그 의지는 굳은 모양이다. 약속했으니 이 도시락을 먹는 건 그걸 지키고 난 뒤여야 한다고 메이린은 단언했다.

그것이 그녀 나름의 의지 표명이었다.

"흠, 그러하냐. 참으로 믿음직스럽구나."

메이린이라면 분명 해내 줄 것이다.

다른 일은 둘째 치고 전투, 훈련과 관련된 일에서 메이린만큼 신뢰할 수 있는 이는 없다.

미라는 그녀에게 맞춰주듯이 생선 도시락을 아이템 박스에 다시 넣고 "자아, 그럼 당일 말이다만──" 하고 브루스의 특훈에 관한 회의를 시작했다.

어떤 식으로 그의 성장을 촉진시킬지, 메이린과 함께 상의했다.

그렇게 소환술의 미래를 위해 브루스는 지금까지 살아온 인생 중 최대급의 사투를 펼치게 되었다.

〈16〉

바쁘기도, 그렇지 않기도 한 나날이 지나 투기대회 결승 토너먼트를 하루 앞둔 날에 있었던 일이다.

'이라 무에르테'에 관한 정보 교환과 조사, 향후 방침 회의, 그리고 교류 등을 위해 체류하고 있던 그림다트의 사관들이 귀국하게 되었다.

"아아, 결승 토너먼트 직전에 귀국 명령이 떨어지다니……."

비공선 발착장에서, 그림다트에서 마중을 온 소형 비공선 앞에 선 사관 중 한 명이 투덜댔다.

"특별 토너먼트, 기대하고 있었는데……."

초대 선수들에 의한 특별 토너먼트전. 거기에 등장할 예정인 유명인, 길드 '월광십자'의 엘레오노라를 볼 수 있다며 잔뜩 기대하고 있던 또 한 명의 사관도 실망한 얼굴로 하늘을 올려다보고 있었다.

"저, 저기…… 만나 뵈서 영광이었습니다!"

"이번에 배운 멋진 지식들은 평생 동안 보물로 삼겠습니다. 정말로 감사합니다."

사관 중 술사 두 명은 루미나리아 일행에게 감사인사를 했다.

도중부터 이 두 사람도 미라 일행이 열었던 연구회에 참가했던 것이다.

두 사람은 이전보다 한층 더 성장할 수 있었다고 말하며 아홉 현자의 면면들을 숭배하는 듯한 눈빛으로 바라보았다.

뭐, 두 사람이 배운 것은 미라 일행에게 기초적인 지식에 불과했지만 그럼에도 아홉 현자의 지식이니 충분한 가치는 있었을 것이다.

"우리도 함께 연구해서 즐거웠어."

루미나리아가 여성 술사의 어깨를 슬그머니 안으며 속삭이자 카구라가 "나중에 또 느긋하게 이야기 나눠요"라면서 잽싸게 떼어냈다.

루미나리아의 나쁜 손버릇과 삼신국의 사관이 만나면 보나마나 성가신 일이 일어날 거라 판단했기 때문이리라.

"이것 참, 배웅해 주셔서 감사합니다. 설마 이렇게 영웅 분들의 배웅을 받게 될 줄이야, 꼭 제가 높은 사람이 된 것 같은 착각이 들 것 같군요."

새삼스럽게 그런 인사말을 한 것은 다섯 명의 리더 같은 존재인 리긴즈였다.

그는 어쩐지 들뜬 듯이 보였다.

다름이 아니라 노인을 비롯한 고트프리트 일행과 루미나리아 일행이 마침 시간이 비었다는 이유로 배웅을 나와 주었기 때문이다.

살아있는 전설이라 불리는 아틀란티스의 장군과 십이사도, 거기에 역시나 전설이라 불리는 아홉 현자.

그런 동경의 대상이라 할 영웅들이 시간을 내어 배웅을 하러 와 주었으니 기분이 고양될 수밖에 없었다.

리긴즈는 긴장된 얼굴이기는 했지만 그야말로 높은 사람이라도 된 듯한 기분이라면서 웃었다.

(애초에 정말로 높은 사람이니 말이지…….)

미라는 현재의 상황을 냉정하게 지켜보고 있었다.

사관들은 동경의 대상이라느니 어쩌니 하는 말을 하는 건 물론이고 충실하다 해도 좋을 정도로 노인 일행의 말을 잘 따랐으며 때로는 가르침을 받고 감동하기도 했다.

마치 사관생도처럼 보일 정도였지만 그림다트에서 이 자들은 위에서 세는 게 빠를 정도로 높은 지위에 있는 엘리트들이다.

조금 떨어진 곳에서 그 모습을 바라보던 미라는 갈수록 들뜬 기색이 역력해지고 있는 사관들을 보며 아르마의 부탁을 떠올렸다.

'내일, 사관들이 돌아가는데…… 다 같이 배웅하러 와줄 수 있을까?'

어젯밤, 그런 부탁을 한 이유는 아무래도 눈앞에 있는 이 광경 때문이었나 보다.

손님을 기분 좋게 돌려보내면 그만큼 이쪽에 대한 인상도 좋아지기 마련이다.

그렇게 사관들은 아쉬운 듯한 얼굴로 비공선에 올랐다.

미라는 하늘을 날아 떠나가는 비공선을 배웅하며 아홉 현자에 관해 이야기했을 때의 일을 돌이켜 보았다.

루미나리아를 제외한 모두가 행방불명 취급인 아홉 현자가 이렇게까지 모여 있었던 것에 관해서는 사관들과 약속을 해두었더랬다.

(살짝 나사가 빠져 있는 듯한 느낌은 지울 수 없지만, 아마 분

명 괜찮겠지…….)

사관들은 알카이트 왕국의 건국제에서 아홉 현자의 귀환 사실을 발표할 예정이니 그때까지 그 존재는 비밀로 하기로 약속했다.

하지만 다섯 명의 사관은 십이사도와 만났다느니 '이름 없는 사십팔장군'에게 검술 지도를 받았다느니, 아홉 현자와 술식 연구를 함께 했다느니 하는 자랑을 서로에게 하고 있었다.

과연 그들이 건국제까지 아무에게도 이야기하지 않고 참을 수 있을지, 지금까지 그들의 태도를 생각하면 불안하기까지 했다.

(어쨌든 어떤 반응이 돌아올는지…….)

하지만 루미나리아는 예외적으로 그림다트 국왕에게는 아홉 현자에 관해 밝혀도 괜찮다고 전달했다.

듣자하니 솔로몬의 지시라는 모양이다.

그 이유 중 하나는, 본거지 공략에는 사관들 대신 아홉 현자가 여섯 명 참가했다고 설명하면 그들에게도 변명거리가 생기기 때문이다.

그리고 또 하나는 상대가 상대인 만큼 계속 비밀로 할 수는 없을 거라는 것이다.

사관들은 알지만 임금님은 모르는 상태라는 사실이 알려지면 매우 일이 복잡해지고, 사관들이 질타를 받을지도 모를 일이다.

하지만 전달해 두면 건국제 때 그림다트 측이 모종의 반응을 해올지도 모르고, 그 결과 행사의 격이 높아질 수도 있다는 모양이다.

(흐~음, 정치는 잘 모르겠구먼…….)

어쨌든 미라는 신경 쓰지 않아도 되겠거니, 하고 사관들을 배웅했다.

하지만 이때는 전혀 알지 못했다. 사관들이 전달할 내용에 아홉 현자에 관한 것뿐 아니라 덤블프의 제자가 있었다는 것이 포함되어 있으리라는 것은.

무차별급 결승 토너먼트가 시작되는 날의 아침이 되었다. 오늘은 아침부터 성 전체가 평소보다 매우 떠들썩했다.

평소처럼 아르마, 에스메랄다가 이리스의 방으로 찾아와 아침 식사를 함께 하기는 했지만 다 먹고는 허둥지둥 자리를 떴다.

아르마치고는 희한하게도 뭔가 이유를 대고 눌러 앉으려 하지 않았을 정도다.

식사 중에 나눈 대화에 따르면 개회식 인사말 등의 여러 가지 용무가 있다는 듯했다. 또한 개회식은 오후로 예정되어 있지만 그 전에도 이것저것 이벤트가 준비되어 있다는 모양이다.

"오늘은 바빠질 것 같군그래."

미라는 투기대회에 출전하지는 못했지만 그래도 시합 때에는 할 일이 있었다.

바로 해설자다.

또한 해설에 관한 세세한 사항은 아직 의논하지 않았다. 점심 시간에 식사를 하며 이야기할 예정이다.

직전에, 심지어 비는 시간을 이용할 만큼 나라 전체가 정신없이 바쁜 것이다.

"그럼, 이 몸도 바빠지기 전에……."

결승 토너먼트가 시작되고 나면 해설자로서 맹활약을 펼쳐야만 한다.

그리고 무엇보다도 1회전은 미라에게 가장 중요한 대전이다.

미라는 그게 시작되기 전에 길을 나서기로 했다. 또한 오늘은 오후부터 정령여왕으로서 일을 해야 하는지라 변장은 하지 않고 출발했다.

"그럼 사람이 많으니 조심하거라."

"네~ 괜찮아요~!"

미라는 오늘도 있는 힘껏 즐기겠다며 기합을 넣은 이리스와 함께 투기대회 회장까지 와서 헤어졌다.

이리스에게는 샤르위나와 단원 1호가 호위로 붙었으니 걱정하지 않아도 될 거다. 게다가 이미 이벤트 구경에는 도가 트기도 했더랬다.

그 셋은 오늘도 가보자며 구호를 외치더니 이벤트 부스로 돌격했다. 오전 시간에는 여러 부스를 돌아다니다가 오후부터 투기대회를 관전할 예정이라는 듯했다.

"그럼, 어디쯤에 있을까……."

이리스 일행을 배웅한 후, 미라는 그대로 선수촌 입구 근처까지 가서 주변을 둘러보았다.

아르마의 이야기에 따르면 기본적으로 결승 토너먼트 출전자는 선수촌에서 체류하고 있다고 한다.

그렇다, 미라는 시합 전에 브루스를 만나러 온 것이다.

하지만 선수촌은 말 그대로 마을이 쏙 들어갈 만큼 넓었다.

더불어 결승 토너먼트 직전인 탓인지 상당히 정신이 없었다. 잠깐 둘러본 것만으로 목적한 인물을 찾을 수는 없을 만큼 많은 인원이 모여 있었다.

그 중에서도 취재진으로 보이는 기자들의 모습이 많이 보였다.

“감사합니다, 그란딜 선수. 본선에서도 응원하겠습니다!”

“감사합니다. 열심히 하겠습니다.”

그렇게 많은 인파 속에서 그런 말소리가 들려왔다.

자세히 보니 그곳에는 취재 겸 응원을 하러 온 듯한 여성 기자와 척 보아도 잘생긴 남자의 모습이 있었다.

대화 내용으로 미루어 볼 때, 그도 결승 토너먼트에 출전하는 선수인 걸까. 취재진에게 미소를 흩뿌리며 선수촌으로 들어서고 있었다.

“허어…… 어째 어디서 본 듯한데……?”

그란딜이라 불렸던 선수를 보니 미라는 그 얼굴이 어쩐지 낯익다는 생각이 들었다.

우연인지 필연인지. 그 남자, 그란딜은 이전에 미라가 카드 숍을 찾았을 때 카드 게임 대회 예선에서 레오나라는 여성과 접전을 펼쳤던 자였다.

그리고 미라에게 한눈에 반한 상급 모험가이기도 했다.

그러나 남자의 얼굴이 대상일 경우 기억력이 반감되기도 하거니와, 여성에게 인기 있는 미남이라는 요소까지 더해지는 바람에 미라의 머리는 그를 적극적으로 기억에서 말소하는 방향으로 작동했더랬다.

덤블프 카드를 사용했던 레오나는 기억하지만 대전 상대인 미남에 대한 기억은 망각의 저편으로 가버린 것이다.

그럼에도 약간의 기시감을 느낀 것은 미남 전반에 대한 증오심 덕분이라 할 수 있으리라.

"거기 파란 갑옷을 입은 자여, 말 좀 묻고 싶다만 그래도 되겠느냐~?"

어쨌든 미라는 성큼성큼 안으로 들어가는 그란딜을 '뭐 아무렴 어때'라는 생각으로 가볍게 불러 세웠다.

낯이 익기는 하지만 아마 분명 깊이 얽힌 적은 없을 거다. 그런 식으로 자신의 얄팍한 기억력을 믿고서.

무엇보다도 선수촌에 체류 중이라면 어쩌면 브루스가 묵고 있는 장소도 알지 모른다는 생각이 결정적인 역할을 했다.

"음? 나 말이야?"

누군가가 뒤에서 말을 걸자 그란딜은 꽤나 성의 없는 미라의 부름에도 빙긋 웃으며 돌아보았다.

잘생긴 얼굴만큼 인성도 좋은가 보다. 그런 생각이 절로 들 만큼 소탈하고 자연스러운 미소였다.

하지만 직후, 그런 그의 완벽한 미소에 변화가 발생했다.

"아, 아아…… 너는……!"

놀란 그란딜의 눈이 무의식중에 휘둥그레졌다.

그리고 다음 순간 표정은 기쁨으로 물들었고, 나아가 신께 감사를 표하는가 싶더니 다시 미소를 짓는 데 이르렀다.

"정령여왕 미라…… 이런 곳에서 또 만나게 되다니……!"

그란딜은 그렇게 말하며 거의 조건반사적으로 미라에게 달려갔다.

처음으로 반한 상대를 우연히 다시 만났을 뿐 아니라 자신에게 말까지 걸었다. 하루도 그날의 만남을 잊은 적이 없는 그에게 그것은 그야말로 기적에 가까운 순간이었다.

그 기쁨은 이루 말로 할 수 없을 것이다.

(흐음…….)

그에 반해 미라는 '또'라는 그의 말에 당황했다.

그란딜은 다시 만난 것을 기뻐하는 듯한 눈치다. 하지만 그것은 그의 일방적인 감정인 데다, 기쁜 나머지 무의식중에 튀어나온 그의 본심 그 자체였다.

하지만 그를 전혀 기억하지 못하는 미라에게 그 말은 크나큰 인식 차이를 발생시키고 말았다.

"으, 음, 그렇구나. 오랜만이로구나──."

이 세계에 오고서 아직 반 년 정도밖에 지나지 않았지만 만남의 숫자는 모두 기억하지 못할 정도다.

만나기는 했지만 기억하지 못하는 남자가 있는 것은 어쩔 수 없는 일이다.

그러니 상대는 기억하고 있고 이쪽은 잊은 상황도 충분히 일어날 수 있다.

그렇기에 미라는 그런 예상을 전제로 답했다.

눈에 익은 것은 분명하다. 상대의 태도로 미루어 얼굴을 익힐 만큼은 교류를 했을지도 모른다. 게다가 남자의 미소가 너무도 기뻐 보인다. 그로 인한 압박감 때문에 기억이 안 난다는 소리를 할 수가 없었다.

"——그나저나 하나 묻고 싶다만, 브루스라는 출전자가 어디에 묵고 있는지 아느냐?"

따라서 이런저런 사정을 알아채기 전에 자리를 뜨고자 미라는 인사와 함께 질문을 던졌다.

하지만 그런 미라의 말이 생각지 못한 오해를 낳았다.

어쩐지 친근하게, 게다가 '오랜만'이라는 말까지 해준 것이 그란딜에게 더 큰 기쁨을 안겨 준 것이다.

카드 게임 대회에서 잠깐 만난 것뿐이지만 기억해 주고 있다. 그 때문에 미라의 말을 들은 그란딜은 환희한 것이다.

하지만 그렇게 기뻐한 것도 잠시뿐.

"브루스……라는 건, 그 일찌감치 본선 토너먼트 진출이 결정됐던 소환술사를 말하는 거지?"

천사(미라)가 관심을 보이는 듯한 남자. 대체 무슨 관계일지가 궁금한지 그 미소에 균열이 갔다.

하지만 그것도 잠시뿐이었다.

"지금은 최종 조정 중일 테니 너무 방해하지 않는 게 좋을 것 같은데…… 그와는 어떤 관계니?"

다음 순간에는 평소와 같은 미소를 지었을 뿐 아니라 은근슬쩍 그렇게 캐묻기까지 했다.

"그건——……."

브루스와의 관계성. 그것을 묻는 질문을 받은 미라는 그러고 보니 어떤 관계지, 하고 생각에 잠겼다.

가장 먼저 떠오른 것은 거짓 없는 관계. 현자와 탑에 속한 연구원이다.

하지만 지금은 제자를 자칭하고 있으니 그렇게 말할 수는 없는 일이다.

그럼 상사와 부하는 어떨까 싶었지만, 그게 무슨 소리냐고 따져 물을 게 뻔하다.

"흐~음…… 뭐라고 하면 좋을꼬."

이곳에 온 것은 브루스에게 조언을 하기 위해서다. 스승과 제자라고 해도 문제는 없을 거다.

하지만 가르친 기간은 일주일 정도밖에 안 된다. 스승으로서는 그렇게까지 깊이 관계하지 못한 데다 외견상 나이차도 있다. 이쪽 역시 그게 무슨 소리냐고 쓸데없이 캐물을 것 같다.

그런 식으로 여러모로 생각을 하며 미라는 어떻게 말을 할지 고민했다.

그란딜은 그런 미라를 복잡한 심정으로 바라보고 있었다.

그는 확실하게 대답하지 못하는 미라의 모습을 보고 내심 당황했다. 설마 다른 사람에게 말하기 꺼려지는 관계인 걸까.

(분명 브루스라는 남자는, 오십은 되어 보였는데…….)

그렇게 기억을 더듬던 그란딜은 가장 먼저 부모 자식 관계가 아닐까 생각했다.

하지만 그렇다면 확실하게 답하지 못할 이유가 없다.

그렇다면 만약 두 사람이 심상치 않은 관계라면 어떨까. 나이 차가 있으니 확실히 말하기가 거북할 만도 하다.

게다가 본선 토너먼트 1회전이라는 매우 중요한 시합 직전에 찾아온 걸 보면, 명백하게 친밀한 관계일 것이다.

(아니, 설마 그럴 리가……!)

설마 정말 두 사람이……. 그런 믿고 싶지 않은 관계성에 도달하고 만 그란딜은 엉뚱한 방향으로 상상의 날개를 펼쳐 나갔다.

그리고 그러던 중――.

"――오, 찾았다, 찾았어! 불러 세워서 미안하구나. 그러고 보니 그대도 출전하는 게지? 잘해 보거라~."

문득 선수촌 안쪽으로 시선을 돌렸다가 목적했던 인물을 발견한 것이다. 미라는 빠르게 말을 쏟아내고는 잽싸게 달려갔다.

"아아…… 천사가……!"

과연 진실은. 그것을 알아내지 못한 그란딜은 눈 깜짝할 새 멀어지는 미라의 뒷모습을 눈으로 좇았다.

그리고 도저히 가만히 있을 수가 없어서 슬그머니 그 뒤를 밟으려다가 다시 취재진에게 붙들렸다.

그란딜은 웃는 얼굴로 대응했다. 하지만 인터뷰에 끝까지 응하고 나자 **천사**는 완전히 모습을 감춘 지 오래였다.

〈17〉

“설마 미라 님이 오실 줄은 몰랐습니다. 미리 말씀해 주셨으면 마중을 갔을 텐데요.”

“아니 무얼, 어쩌다 보니 생각이 나서 온 것뿐이야.”

무사히 브루스를 찾아낸 미라는 그런 대화를 나누며 브루스가 묵고 있는 곳으로 향했다.

듣자하니 그는 승부용 점심식사를 사서 돌아오는 도중이었다는 모양이다.

자세히 보니 그의 오른손에는 봉투가 들려 있었다. 심지어 눈에 익은 봉투다.

“그나저나 승부용 식사로 뭘 산 게냐?”

설마 하고 물어보니 미라의 예상했던 답이 돌아왔다.

그렇다, 브루스는 '페리블랑슈'의 특제 도시락이라 답한 것이다.

듣자하니 그 입수하기 어려운 희귀 도시락이 선수촌용으로 몇 개 제공되었다고 한다.

이곳에서의 경쟁률도 상당히 높았지만 본선 출전자에게는 우선적으로 구입할 권리를 주었다는 모양이다.

(이 일은 비밀로 해야겠군…….)

메이린은 그 도시락을 손에 넣기 위해 동분서주했다.

만약 그녀가 체류 중인 곳이 아담스가가 아니라 선수촌이었다면 그렇게 고생할 일은 없었을 것이다.

이 사실을 알았다면, 아닌 게 아니라 매일이라도 먹을 수 있었을 거다.

분명 이 사실은 많은 불행만 낳으리라. 그렇게 직감한 미라는 앞으로도 메이린이 선수촌에 얼씬도 못하게끔 하기 위한 대책을 세워야겠다고 생각했다.

그렇게 도착한 숙박 시설은 제법 번듯했다.

결승 토너먼트 출전자용인 탓인지. 놀랍게도 오두막 하나를 브루스가 통째로 쓰고 있었다.

"이거 대우가 좋구나."

오두막에 들어선 미라는 마치 상경한 자식의 방을 체크하는 부모처럼 둘러보고는 꽤나 대우가 좋다는 생각에 혀를 내둘렀다.

"네, 저도 놀랐습니다."

간이 오두막처럼 생겼지만 만듦새는 탄탄하고 수도와 같은 생활에 필요한 시설도 모두 갖춰져 있다.

이 환경에서 지냈다면 브루스도 완벽한 컨디션으로 시합에 임할 수 있을 것이다.

"자, 만나러 온 것은 다름이 아니라, 그대의 건투를 빌어 주기 위해서다."

대충 구경을 마친 후, 미라는 진지한 투로 그렇게 말했다.

소환술을 부흥시키기 위해서, 그 위광을 널리 알리기 위해서. 투기대회에서 활약하면 분명 세간에 큰 영향을 미칠 것이다.

하지만 미라는 나갈 수 없다. 그 대신 힘을 써주고 있는 것이 여기 있는 브루스다.

그리고 그는 투기대회의 결승 토너먼트까지 진출해냈다. 그것은 실로 근사한 성과라 할 수 있었다.

"용케 여기까지 올라왔다! 허나, 싸움은 앞으로 더욱 격렬해질 것이야——."

미라는 칭찬을 함과 동시에 앞으로 펼쳐질 격렬한 싸움에 관해서도 말했다.

많은 강자들이 결승 토너먼트에 올라왔다. 그런 가운데 1회전 상대는 그 프리퓨어다. 그 실력은 두 사람이 잘 아는 바다. 그런데 공교롭게도 그런 그녀와 1회전에서 맞붙게 생겼다며 미라는 분통을 터뜨렸다.

"뭐, 솔직히 말해서 저도 그렇게 생각했습니다……."

얼마 동안 함께 있었던 덕에 브루스도 프리퓨어의 힘은 잘 알았다. 그리고 무엇보다도 그는 프리퓨어의 정체도 거의 확신하고 있는 상태다.

그렇기에 브루스는, 때때로 먼눈을 한 채 그저 쓴웃음을 짓고는 했다.

"음…… 따라서 한 가지 조언을 해주마——."

여기까지 실력으로 이겨 올라온 강력한 소환술사인 브루스라 해도 그녀가 상대인 이상은 만에 하나라도 이길 수가 없다.

그렇기에—— 1회전 탈락이 확정된 상황이기에 미라는 투기대회에 선명한 발자국을 남길 수 있도록 브루스에게 결전에 임하기 위한 마음가짐을 설파했다.

"잘 들어라, 브루스. 아니, 주드 슈타이너여. 어렴풋이 알아채기는 했겠지만, 상대는 그대도 잘 아는 프리퓨어다. 뭐 그건, 요컨대, 어떤 것이든 시험해 볼 수 있는 최고의 실험 상대라는 뜻이기도 하다!"

시합은 토너먼트 형식이지만 브루스에게는 1회전이 결승전이나 다름없다. 따라서 후회가 남지 않도록 전력을 다해야 한다.

하지만 그는 탑에 속한 술사다. 그렇기에 미라는 그 가능성을 또렷하게 상기시켜 주었다. 이래저래 조건을 따져 보았을 때 위험하거나 상황에 맞지 않는 연구나 실험을 할 대상으로 그녀만큼 좋은 상대는 없다.

"오호라, 듣고 보니! 그분이 상대라면 어떤 것이든 시험해 볼 수 있겠군요!"

이래저래 실험장에서 하기 어렵거나 시험해 볼 상대가 없는 경우가 은의 연탑에 속한 연구자들에게는 흔했다. 때문에 미라의 말은 브루스의 마음에 큰 힘을 주었다.

조금 전만 해도 브루스는 프리퓨어를 상대로 얼마나 싸울 수 있을지를 고민하고 있었다. 하지만 지금은 거기에 새로운 가능성이 추가되었다.

시합이 아니라 지금까지 문제가 있어 확인하지 못했던 연구 성과를 확인할 실험장으로 쓸 수 있을지도 모른다는 가능성이다.

"이전에 생각했던 그거나 최근 구축한 그것도……. 어쩐지 어디까지 할 수 있을지 기대되기 시작했습니다! 최대한 도전해 보도록 하겠습니다!"

모양새는 둘째 치고 브루스는 각오를 다진 모양이다. 시합에

임하는 선수였던 그는 지금, 탑의 연구자 특유의 분위기를 내뿜으며 대담하게 웃기 시작했다.

시합장이 아니라 실험장. 그러한 생각을 가슴에 품고 브루스는 의욕을 끌어올렸다.

"음, 모조리 쏟아내고 와라!"

이로써 브루스는 본래 이상의 실력을 발휘해 줄 것이다. 메이린과 브루스의 일전은 소환술의 가능성을 세상에 증명하는 데 일조하는 대전이 될지도 모른다.

그렇게 실감한 미라는 한껏 브루스를 격려해 주고서 그 자리를 뒤로 했다.

(어떻게 될까 싶었지만, 이제 안심해도 되겠구나!)

돌아오는 길. 미라는 밝은 기분으로 노점을 구경하고 군것질을 즐겼다.

브루스가 1회전에서 메이린과 붙는다는 사태가 발생하고 말았지만, 이로써 소환술의 선전만은 예정대로 할 수 있을 듯하다.

이제 브루스가 하기에 달렸다. 다른 사람도 아닌 그라면 분명 여러 가지 소환술의 가능성을 보여줄 것이다.

미라는 막대 케이크라는 디저트를 가볍게 즐기며 아르마와 회의하기로 한 점심식사 때까지 시간을 보냈다.

"오늘은 투기장까지 와주셔서 감사합니다. 결승 토너먼트에서 사회를 맡게 된 피나슈입니다. 시합 관전시의 주의 사항 등에 관해서──."

결승 토너먼트 개시 한 시간 전. 이리스 일행과의 점심식사를 마치고 겸사겸사 해설에 관한 회의도 마친 미라는 지금 이제나저제나 하고 관객들이 주목하고 있는 투기장의 무대 옆공간에 와 있었다.

현재, 무대 위에서는 사회자── 피나슈가 대회 관전에 따른 주의 사항이며 명물 판매 안내에 시설 안내, 그리고 시합 규칙을 소개하고 있었다.

(드디어 메인이벤트 중 하나인 무차별급 결승 토너먼트 차례가 되었는데…… 어디, 과연 어떻게 될지.)

예선전 때도 매일 이러한 안내와 주의 사항 등의 확인이 이루어지기는 했다.

하지만 오늘은 다르다. 거기에 각 상품 소개 등이 추가된 것이다. 특히 레전드급 무구가 등장했을 때는 관객석의 분위기도 상당히 과열되었더랬다.

또한 무대 옆 공간에 있던 미라 역시 레전드급 무구 앞에서 크게 흥분했다. 저게 있으면 그런 실험을 할 수 있을 텐데. 저게 있으면 이런 걸 시험할 수 있겠고. 그런 식으로 흥미진진하다는 얼굴로 레전드급이 지닌 가능성에 관해 상상했다.

그리고 통 크게 준비한 상품이 모두 공개된 후, 드디어 결승 토너먼트의 주역인 출전자들의 발표가 시작되었다.

시합 순서대로 등장하여 브루스, 프리퓨어를 시작으로 쟁쟁한 강자들이 무대에 올랐다.

피나슈는 그들 모두를 일화와 공적을 곁들여 소개했다.

(호호오…… 저렇게 늘어서 있으니 제법 만만찮은 자들이 드문드문 보이는군그래.)

과연 대륙 전토에서 모였다는 소개말이 사실인지, 미라도 아는 강자들도 거기에 남아 있었다.

어느 대국에서 부장군을 지냈던 은퇴 군인, 레볼드 가이저.

지하투기장에서 절대 패자로서 군림했던 다츠바르드 블러디크림슨 킹스블레이드의 유일한 라이벌이었던 엘히스 게인.

그리고 무엇보다도 그곳에는 플레이어 출신자로 보이는 자들의 모습도 여럿 있었다.

(이거 보아하니 브루스가 결승전까지 남기는 살짝 어려웠을 것 같군그래…….)

브루스에게는 분명 결승 토너먼트까지 올라올 실력이 있다. 하지만 새삼 다른 선수들을 확인해 보니, 역량이 부족하다는 느낌을 지울 수 없는 것도 사실이었다.

오히려 교섭의 여지가 있는 메이린이 1회전 상대라 다행이 아니었을까 싶을 정도로 쟁쟁한 면면들이다.

"그리고 마지막으로, 시합의 해설자로 특별 게스트를 모셨습니다. 요즘 세간을 떠들썩하게 하고 있는 신진기예 모험가, 정령여왕 미라 씨입니다!"

대충 소개가 끝난 참에 사전에 협의한 대로 이름을 호명하자 미라는 곧장 무대로 올라갔다.

"이번에 이 커다란 무대의 해설을 맡게 된 미라라고 한다. 아직 신참이라 이러한 역할을 맡게 된 것이 황송할 따름이지만, 맡게 된 이상 선수분들의 기백에 밀리지 않도록, 그리고 여러분이 투기대회를 즐길 수 있도록 노력하고자 한다!"

어쩐지 공손한 태도와 헌신적인 미소를 띤 채 미라는 그러한 인사말을 입밖에 냈다.

그러자 겉모습만 보면 완벽한 탓인지, 미라의 기특한 행동거지는 관객들의 마음을 순식간에 사로잡아서, 객석이 단숨에 열광의 도가니에 빠졌다.

그리고 관객들의 마음을 사로잡은 그 순간을 미라는 노리고 있었다.

"하지만 모험가 선배분들도 출전하는 이 대무대에서, 이 몸의 힘이 어디까지 통할지 한 수 배우고 싶은 것도 솔직한 마음이다."

미라는 그렇게 때는 지금이라는 듯이 어필하기 시작했다.

"항간에는 정령여왕이라는 이름으로 불리고 있는 탓에 이름값을 못한다는 소문도 돌고 있는 듯하다만——."

"——기회만 주어진다면 반드시 납득시켜 보이겠다."

"——대회 마지막에 우승자와 십이사도의 특별 시합이 있다지. 이왕이면 겸사겸사 이 몸과 한 판 겨루어 보는 것도 재미있지 않겠는가?"

인사 직후의 열광적인 분위기를 틈타, 마치 인사의 연장이라는 듯한 얼굴로 미라는 어떻게든 이 대무대에 모인 관객들에게 소환술의 근사함을 알릴 궁리를 했다.

말의 내용은 상당히 막무가내라 실현되기는 어려우리라는 걸 금방 알 수 있었다.

그렇지만 현재 이곳은, 최근 몇 년을 통틀어 최고의 시합을 코앞에 둔 투기장이라는 장소다.

게다가 그것을 기대하는 관객들의 흥분도는 계속해서 높아지고 있다. 때문에 그 열광적인 분위기는 미라의 말에 힘을 실어주었다.

"그거 재미있겠는걸." "좋아, 해봐라!" "정령여왕님의 멋진 모습을 보고 싶어!"

그런 기대에 찬 목소리가 차례로 들려왔다.

요즈음 정령여왕은 주목의 대상인 데다 현재의 상황을 이용한 덕에 관객들은 미라가 계획한 대로 크게 흥분해 주었다.

하지만 일이 그리 호락호락하게 풀릴 리가 없었다.

"실현된다면 멋진 일전이 펼쳐질 것 같군요. 하지만 결승 토너먼트 다음에는 그에 뒤지지 않을 만큼 뜨거운 싸움이 기다리고 있습니다. 우리의 여왕 아르마 님의 이름 아래 모인, 유명 A랭크 모험가들로 구성된 특별 시합입니다! 그 유명한 셀로 님에 잭그레이브 님, 엘레오노라 님 등, 누구나 아는 영웅들이 격돌하는 궁극의 싸움을 저희는 목격할 수 있는 것입니다!"

아주 훌륭한 유도였다. 피나슈는 미라가 부추긴 흥분과 열광을 그대로 특별 시합 쪽으로 흘려보낸 것이다.

그리고 지금부터 시작될 무차별급에도 그런 영웅들에게 뒤지지 않을 수준의 강자들이 모여 있다고 해서 이야기를 본래의 궤도로 돌려놓더니 "잠시 후 제1시합이 개시됩니다!"라는 말로 오프닝 멘트를 마쳤다.

"끄으응……."

정령여왕이 요즘 화제를 몰고 다니기는 했지만 지금까지 오랫동안 정점에 머물러 이미지가 정착된 지금의 영웅들이 상대이다 보니 현실적인 영향력의 차이가 너무도 컸다.

아홉 현자 덤블프라고 밝혔다면 결과가 달라졌을 수도 있지만, 지금의 미라에게는 이 정도가 한계인 것이다.

한 방 먹고 관객들의 관심에서 멀어진 미라는 함께 퇴장하며 원망스러운 눈으로 피나슈를 노려보았다.

하지만 피나슈는 무대가 정령여왕의 시합을 요구하는 분위기로 완전히 물들기 전에 어떻게든 하라는 상부의 지시를 완수한 것뿐이다.

상사의 명령과 옆에서 느껴지는 무언의 압박감 사이에 낀 그녀는 그럼에도 밝은 표정을 유지한 채 맡은 역할을 충실히 수행해 나갔다.

18

드디어 운명의 투기대회 제1시합, 프리퓨어 대 브루스의 시간이 되었다.

그리고 미라는 피나슈와 함께 실황 해설실로 장소를 옮긴 상태다. 여러 가지 기재들이 설치된 3평 너비 정도의 방이었는데 실황중계실답게 전면이 모두 유리로 되어 있어서, 투기장이 아주 잘 보였다.

그런 장소에 미라와 피나슈는 나란히 앉았다. 현재 두 사람의 관계성은 조금 전에 비해 매우 양호해진 상태였다.

통로 옆에 자리한 매점에서 피나슈가 간식이며 주스 등을 잔뜩 구입했기 때문이다.

지금 그것들은 미라와 피나슈 앞에 늘어서 있다. 간식을 먹으며 사회와 해설을 한다는 참으로 쾌적한 환경이 갖추어진 것이다.

게다가 피나슈가 한 턱 낸 것이라 미라의 기분은 원점으로 돌아와 있었다.

"자아, 기념비적인 결승 토너먼트 제1시합은, 처음부터 최고의 대결이라 해도 과언이 아닐 듯합니다! 귀엽다, 강하다, 하지만 정체는 불명! 예선전에서 노도와 같은 기세로 연승을 거뒀던 프리퓨어 선수의 입장입니다!"

미라가 곧장 메이플 시나몬 오레를 만끽하고 있는 동안에도 피나슈가 대회를 진행해 나갔다.

아주 열정적인 소개 문구에 맞춰 제1게이트가 열리자, 메이린

—— 프리큐어가 모습을 드러냈다.

그 순간. 놀랍게도 프리큐어는 하늘 높이 폴짝 뛰어올라 선술로 일으킨 불꽃으로 궤적을 남기며 무대에 내려서서 포즈를 취해, 아주 화려하게 등장해 보였다.

그것은 실로 사랑의 전사 프리큐어 같은 등장 장면이었다. 원작을 아는 사람이 봤다면 아주 훌륭한 재현도라고 절찬을 했을 거다.

(저건 보나마나 카구라 짓일 테지…….)

보다 프리큐어다워졌다. 카구라가 메이린에게 무언가를 열심히 가르치고 있다는 것은 알았다.

그 무언가의 정체가 이것이었으리라. 카구라의 지도를 받아 프리큐어의 완성도를 끌어올리고 있었던 것이다.

"등장부터 화려하군요, 프리큐어 선수! 예선 단계부터 압도적인 힘을 발휘해 엄청난 주목을 받았던 그녀는 이제 온 도시에서 인기 폭발이라는 듯합니다. 이미 프리큐어 선수의 의상을 흉내 내는 팬도 생기기 시작했다죠."

프리큐어는 현대에서도 여아용 애니메이션임에도 여자 아이뿐 아니라 일부 어른들에게도 매우 인기가 있었다.

카구라의 지도와 연출로 인하여 점점 그 매력이 이쪽 세계로도 전염…… 침투되기 시작한 모양인지, 객석을 보니 커다란 친구들의 모임이 보였다.

"자아, 해설을 맡으신 미라 씨는 그녀의 실력을 어떻게 생각하십니까?"

"흐~음, 글쎄다. 이 자리에 모인 이들 중 접근전으로 그녀를 능가할 자는 없을지도 모르겠구나. 따라서 거리를 유지하는 게 중요할 게다."

평범하게 메이린을 상대할 경우, 근접전으로 맞서는 건 매우 어리석은 짓이라 할 수 있다. 어지간히 자신이 있지 않은 한은 일정 거리를 유지하는 게 좋다.

미라는 그렇게, 어떻게 보면 아주 뻔한 이야기를, 준비해 온 코멘트를 입밖에 냈다.

하지만 프리퓨어의 정체가 메이린이라는 사실을 모르는 자들에게는 너무 과대평가를 하는 것처럼 들린 모양이었다.

결승 토너먼트에는 대륙에서도 유명한 강자가 몇 명이나 진출했다. 그런 실력자가 아직 남아있는 상태에서 한 코멘트였기 때문이다.

"능가할 자는 없다고요……? 정령여왕님의 입에서 터무니없는 발언이 튀어나왔습니다. 자, 그런 프리퓨어 선수의 상대는 결승 토너먼트 진출자 중 유일한 소환술사! 정령여왕인 미라 씨를 필두로 최근 몇 개월 동안 빠르게 세력을 확대하고 있는 소환술의 힘은 진짜배기일까요?! 숨겨진 실력은 미지수. 브루스 선수의 입장입니다!"

프리퓨어 선수는 분명 강하지만 아무리 그래도 그건 지나친 평가라는 것이 피나슈, 그리고 관객들의 생각인 듯했다.

하지만 그럴 수밖에 없었다. 그 정체를 모르는 것은 물론이고 예선에서 메이린은 실력을 조금도 발휘하지 않았기 때문이다.

그리고 그럼에도 이 일전은 프리퓨어가 이길 것이라는 분위기가 감도는 가운데, 브루스가 등장했다.

(승리하는 건 무리겠지만, 할 수 있는 일은 있다. 부탁한다, 브루스!)

소환술의 미래를 위해서. 어쩐지 긴장한 듯하면서도 열의가 넘치는 눈빛으로 입장하는 브루스를, 미라는 진심으로 응원했다.

"토대를 다지듯 신중한 발걸음으로 브루스 선수가 등장했습니다. 예선에서도 저 발걸음처럼 견실하고도 확실하게 승리를 거둬왔다죠. 자아, 같은 소환술사이기도 한 미라 씨가 보시기에 브루스 선수는 어떤 것 같습니까?"

역시 소환술에 관해 그렇게 잘 알지 못해서인지. 그리고 같은 소환술사인 미라가 있어서인지 피나슈는 곧장 의견을 물었다.

"흠, 이 몸에는 못 미치지만 상당한 실력자라 해도 과언이 아닐 게야!"

미라는 기다렸다는 듯이 답했다. 그리고 당연히 그런 간단한 말로 끝낼 리가 없었다.

"동시 소환의 특성을 잘 살리고 있지――. 사람마다 숙련도에 따라 범위가 달라지는데――. 누구를 소환하느냐에 따라 여러 국면에 대응――."

미라는 건투해 온 브루스를 칭찬하며 때는 지금이라는 듯이 소환술의 이점을 늘어놓기 시작했다. 하지만 이런 상황이 되면 방대한 지식량 탓에 미라는 좀처럼 말을 멈추질 못했다.

그렇지만 피나슈 역시 프로다.

"그래, 공격에 보조에 방어까지, 뭐든 해낼 수 있는 것이 바로 소환술인 게다——!"

"——지금까지 그다지 눈에 띄지 않는 입지에 있었던 소환술사로서 정령여왕님도 생각한 바가 많았던 모양입니다. 하지만 그것도 오늘까지입니다! 소환술사가 지닌 진정한 힘이 드러날 운명의 결승 토너먼트 제1시합이, 곧 시작됩니다!"

미라가 곧장 다음 이야기를 꺼내기 전에 다소 억지스럽기는 했지만 그걸 중단시킨 후, 피나슈는 단숨에 이야기를 시합 개시 직전이라는 쪽으로 몰고 갔다.

투기장에는 사회자의 말을 계기로 단숨에 시합에 집중하는 분위기가 퍼져 나갔다. 더는 미라의 소환술 이야기가 끼어들 여지가 없을 정도였다.

"끄으응……."

소환술의 근사함을 아직 다 전하지 못했건만. 하지만 결승 토너먼트는 이제 시작일 뿐이다.

미라는 호시탐탐 다음 기회를 엿보기로 했다.

"시작!"

심판의 호령이 울림과 동시에 투기대회 결승 토너먼트 제1시합, 프리퓨어 대 브루스의 싸움이 시작되었다.

서로 거리를 두고 있는 상태다. 그 거리에서 브루스는 미라의 말대로 처음부터 전력을 다하기로 했다.

홀리나이트와 다크나이트를 여럿 소환. 나아가 하늘에는 고산

지대를 사냥터 삼아 살고 있는 익룡—— 벨라키오르를, 땅에는 장갑차와 같은 표피를 자랑하는 코뿔소—— 홀리 앵커도 소환했다.

"오오, 시작하자마자 브루스 선수가 움직였습니다! 이건 탐색전을 하겠다는 걸까요? 몇 기나 되는 무구정령이 무대에 나타났는데, 미라 씨는 어떻게 보십니까?"

"저건 소환술사의 상투적인 수법이다. 상급 소환을 할 시간을 벌기 위해 저렇게 무구 정령과 중급 정령으로 몸을 보호하며 상대를 견제하는 게지. 이 방법이 가장 확실하니까. 브루스 선수는 처음부터 전력을 다할 속셈 같구나. 자아, 소환술로 어떤 일이 가능한지. 똑똑히 지켜보거라!"

피나슈의 질문에 답하는 모양새로 소환술사의 기본적인 전투 방법을 설명한 후, 미라는 이어서 지금부터가 진짜라며 분위기를 고조시켰다.

참고로, 시합 중 두 사람의 대화는 관객들에게만 들리도록 되어 있다.

그리고 무대 위에서는 미라가 말한 것과 같은 전개가 펼쳐지고 있었다.

프리퓨어는 육박하는 다크나이트를 한 기씩 차례로, 확실하게 때려 눕혔다. 하지만 그렇게 접근하려는 그녀를 홀리나이트가 벽처럼 서서 막아낸다. 그리고 벨라키오르와 홀리 앵커가 맹공을 펼친다.

그 상황은 언뜻 보면 프리퓨어가 상급 소환을 저지하려 하고, 브루스는 그 맹공을 막아 내며 술식을 성공시키려 하는 것으로만 비추었다.

프리퓨어의 손이 닿는 것이 먼저일지, 브루스가 상급 소환의 술식을 구축하는 것이 먼저일지. 시합은 이제 막 시작되었음에도 느닷없이 클라이맥스에 돌입한 듯한 전개에 관객석은 열광의 도가니가 되었다.

"프리퓨어 선수, 상대가 거구인데도 거침이 없습니다! 하지만 브루스 선수도 밀리지 않고 있습니다. 차례로 출현하는 검과 방패로 프리퓨어 선수를 농락하고 있습니다!"

피나슈는 그 광경을 바라본 채 그렇게 해설하더니 흥미진진하다는 투로 "그런데 미라 씨, 저 갑자기 나타났다가 사라지는 것도 소환술인가요?"라고 질문을 던졌다.

"흠, 좋은 질문이다! 그대의 말대로 브루스 선수가 구사하고 있는 저것 역시 어엿한 소환술이다. 부분소환이라 부르는 것으로, 무구 정령 소환의 일부지. 보다시피 출현 시간은 짧지만 그만큼 소비되는 마나도 적다. 따라서 저렇게 견제와 기습에 사용하기 좋은 새로운 소환 기술인 게다!"

미라는 소환술 역시 나날이 진보하고 있다고 의기양양하게 말했다. 그리고 이어서 이 신기술인 부분 소환은 하급 소환이라 보조로 다른 계통의 술식을 사용할 수 있게끔 하는 기능 '내재 센스'를 통한 행사가 가능할지도 모른다는 이야기를 넌지시 꺼내기도 했다.

"지금은 아직 연구 단계에 있지만, 적은 마나로 방어와 견제 등이 가능하게 된다면 전투 방식이 어떻게 바뀔지. 분명 영특한 모험가 분들이라면 알 수 있을 게다."

현 시점에서 부분 소환에 성공한 것은 미라와 크레오스, 그리고 브루스뿐이다. 하급 소환으로 가능하기는 하지만 상급의 기술이 필요한 탓이다.

그 때문에 아직 무조건 가능하다고는 할 수 없다. 그러나 가능성은 충분히 있다고 선전하는 것도 잊지 않았다.

"아하, 소환술에는 그러한 기술이 있었군요. 그 또한 최근 소환술사들이 뜨거운 관심을 받기 시작한 것과 관련이 있을 듯하군요."

일단은 시합 설명의 연장이기도 해서인지 미라의 해설이 제대로 전해진 모양이다. 피나슈는 감탄한 듯이 고개를 끄덕이더니 직후에 "그런 새로운 기술을 구사하는 브루스 선수를 상대하고 있던 프리퓨어 선수가, 갑자기 사라졌습니다!"라면서 변화한 상황을 열띤 목소리로 중계했다.

"이거 대체 무슨 일이 일어난 걸까요?!"

격렬한 공방 도중. 갑자기 프리퓨어의 모습이 사라지자 피나슈는 당황한 눈치였다. 또한 관객들도 뭐가 어떻게 된 건지 모르겠어서인지 술렁거리기 시작했다.

"흠, 프리퓨어 선수도 이대로 가면 위험하다고 생각한 것일 테지. 본 실력을 발휘하기로 한 모양이야."

사실 브루스의 힘을 이끌어 내기 위해 메이린이 힘을 조절하고 있는 것이지만, 미라는 소환술사 브루스가 너무도 강한 탓에 프리퓨어가 좀 더 진지하게 싸우기로 한 것이라는 쪽으로 인식을 유도하며 상황을 해설했다.

이건 선술 기능인 '축지'를 사용한 것이라고.

"——저 출현과 돌입의 간격을 극한까지 줄여서 마치 사라진 것처럼 보이게 하는 게지. 눈에 힘을 주고 잘 보아라. 희미하게나마 잔상 같은 것이 보이지 않느냐?"

미라가 그렇게 말하자 피나슈는 "잔상…… 말씀이신가요?"라고 답하며 눈을 가늘게 뜨고서 무대 위를 응시했다.

그리고 관객들도 어디어디, 하고 주목했다.

그러자 놀랍게도.

"……이건, 확실히 뭔가가 어른거립니다……! 이럴 수가. 프리퓨어 선수는 엄청난 속도로 질주하고 있는 모양입니다!"

작은 위화감을 알아챈 피나슈는 놀라서 그렇게 소리쳤다. 관객석측도 보이느니 안 보이느니 하는 이야기로 소란스러워지기 시작했다.

또한 미라는 본 실력을 발휘하기로 한 것이리라고 말했지만 메이린은 전혀 실력을 발휘하고 있지 않았다. 그렇기에 C랭크 정도의 동체 시력이 있으면 어찌어찌 인식할 수 있는 것이다.

그렇게 소환술에 관한 이야기를 빼면 미라의 실황 해설은 전반적으로 무슨 일이 일어나고 있는지 알 수 없는 상태를 완벽하게 설명하고 있었다.

피나슈는 다루기 귀찮기는 하지만 초빙하길 잘했다는 생각에 감탄한 눈치다.

(좋았어~ 잘한다, 잘해. 계속 그렇게 하거라!)

피나슈가 어떻게 생각하고 있는지는 전혀 모른 채 미라는 두 사람의 시합 전개를 지켜보고 있었다.

약속한 대로 메이린은 티가 나지 않도록 전력을 다하는 브루스의 공격을 훌륭하게 받아 내고 있었다. 이 날을 위해 준비한 것으로 보이는 브루스의 전략과 술식을 정면으로 돌파하고 있다.

사정을 아는 사람의 눈에는 꼭 사범과 제자의 모습처럼 보이는 상황이다. 하지만 모르는 사람의 눈에는 일진일퇴의 격전을 치르고 있는 것처럼 보일 거다.

그리고 그것은 관객뿐 아니라 맞서고 있는 브루스에게도 해당되는 이야기였다. 미라와 메이린이 밀약을 맺었다는 것을 모르는 그는 프리퓨어에게 이기기 위해서——라기보다는 온갖 실험의 실험대로 삼기 위해 사력을 다했다.

브루스는 온 힘을 다해 책략을 실행하며 중간중간 여러 실험을 끼워 넣었다. 그리고 드디어 상급 소환 술식을 완성시켜서 발키리 자매를 소환하는 데 성공해 보였다.

"엄청난 마나가 소용돌이치고 있습니다……! 놀랍게도 브루스 선수가, 이 타이밍에 상급 술식을 완성시켰습니다~!"

무차별급, 그리고 일대일이라는 형식에서 술사는 불리하다고 할 수밖에 없다. 상급 술식의 구성과 영창에는 상당한 집중력과 시간이 필요하기 때문이다.

그리고 일대일 싸움에서 그런 유예시간을 줄 자는 보통 존재하지 않는다.

그렇기에 브루스가 하급 소환으로 그러기 위한 시간을 만들어

내는 데 성공했다는 사실에 피나슈는 눈이 휘둥그레졌고, 관객들 역시 압도될 듯한 기운과 아름다운 모습 앞에서 흥분했다.

강대한 마나가 만들어 낸 문에서 전쟁의 처녀 세 자매가 강림했다. 브루스와 함께 싸우는 헤르쿠네, 에르에네, 라그린네였다.

(호오…… 그날 봤을 때보다 야무진 얼굴을 하고 있군. 이미 몇 번이나 사선을 넘어선 전사 같은 눈빛을 하고 있어——.)

세 사람 모두 발할라에서 봤을 때보다 실력을 키운 모양이다. 아름다운 외모에서 역전의 용사 같은 분위기가 배어나고 있다.

그날부터 지금에 이르기까지, 세 자매는 알피나 일행과 함께 훈련을 했다. 그 결과, 많은 것을 잃은 대가로 이전과 비교도 할 수 없는 힘을 얻은 것이다.

브루스뿐 아니라 세 자매 역시 투기대회에서 승리하기 위해 지금까지 필사적으로 노력을 해온 것이다.

하지만 1회전에서 메이린과 맞붙게 되었으니, 그야말로 운이 없었다고 할 수밖에 없었다.

(참으로 박력 있는 기운이기는 하다만. 미안하게 됐구나……!)

세 자매의 등장으로 무대는 더욱 격렬한 싸움터로 바뀌었다. 또한 브루스의 엄호 덕분에 조금이나마 프리퓨어가 밀리기 시작했다.

기력과 기백, 그리고 무엇보다도 헤르쿠네 일행의 눈에는 각오가 담겨 있었다.

이 시합의 승패에 뭔가 중요한 것이 걸려 있기라도 한 것인지. 분투하는 세 자매의 모습은 마치 죽을 곳을 정한 사무라이와도 같아 보였다.

그러나 상대는 메이린이다. 각오 좀 다졌다고 넘을 수 있는 벽이 아니다.

하지만 다행인지 불행인지, 실력이 향상된 헤르쿠네 일행의 맹공은 메이린의 의욕에 불을 지피고 만 모양이다.

메이린의 얼굴에 명백하게 희색이 번지기 시작했다. 이 정도면 좋은 수행 상대가 될 것 같다고 생각한 것이다.

"브루스 선수에게 접근전은 무리겠지만, 그런 단점을 발키리 자매들이 잘 보완하고 있군. ——아, 이런 식으로 소환하는 동료를 통해 전력을 증강할 뿐 아니라 단점을 보완하는 것도 가능한 것이 소환술의 이점이기도 하다. 그리고 그건 개인에 한정된 이야기가 아니라 그룹에도 이득을——."

결판이 나기 전에 해치워야겠다는 생각에 미라는 시합 전개에 맞춰 소환술의 장점을 틈틈이 홍보했다.

그러는 동안에도 메이린이 서서히 실력을 발휘하기 시작하자 조금씩 다시 형세가 기울어져, 막상막하로 보이는 상황이 펼쳐졌다.

"소환술에서는 정확한 선택을 하는 판단력도 중요하다는 말씀이시군요. 그리고 브루스 선수는 그걸 훌륭히 해내고 있습니다! 하지만 프리퓨어 선수는 그 모든 것을 막아 내고 있습니다! 정말이지 무시무시한 신체 능력입니다!"

미라가 소환술에 관해 말하게 두면 이야기가 길어진다. 그 사실을 파악한 것인지 피나슈는 간결하게 요약하고 본론으로 돌아갔다.

그녀 역시 실로 탁월한 능력을 지닌 모양이라, 첫 시합부터 미라를 다루는 요령을 파악해 가고 있었다.

그런 두 사람이 실황 해설을 해나가는 가운데, 시합이 계속되었다.

헤르쿠네, 에르에네, 라그린네에 이어 브루스는 추가로 소환술을 펼쳐서 프리퓨어를 공격했다.

메이린의 힘 조절은 절묘해서 시합 전개는 얼핏 보면 막상막하인 것처럼 보였다.

하지만 막상막하인 상태에서 우위를 점했다 싶으면 다시 원점으로 돌아간다. 이를 통해 브루스 측도 알아채기 시작한 듯했다. 프리퓨어에게는 아직 여력이 있다는 사실을.

그럼에도 브루스는 물고 늘어졌다. 세 자매의 방호가 뚫려 강제 송환되어도 그의 눈에서는 체념한 듯한 빛을 찾을 수가 없었다.

체념하기는커녕 작은 틈새라도 찾고자 날카로운 눈빛을 날리며 효율적으로 소환술을 펼쳐 보였다. 소환체가 쓰러지고 또 쓰러져도 마나를 쥐어짜 시간을 벌며 영창을 한다. 그의 눈은 아직 시험해 보고 싶은 게 많다며 빛나고 있었다.

메이린은 그런 그가 모든 것을 쏟아낼 때까지, 힘이 완전히 바닥날 때까지 몰아붙였다.

그렇게 격렬한 공방이 반복된 끝에, 결국 최후의 순간이 찾아왔다.

두 번째로 소환된 세 자매가 패한 순간, 브루스의 코앞까지 육박한 프리퓨어의 주먹이 우뚝 멈췄다.

"졌……습니다……."

체력도 마나도 모두 바닥난 것인지. 브루스는 그렇게 선언하고서 무너져 내리듯이 무릎을 꿇었다.

순간, 객석에서 장중이 떠나갈 듯한 환호성이 터져 나왔다. 그것은 프리퓨어의 승리를 축하하는 것은 물론이고 브루스의 건투를 칭찬하는 박수갈채였다.

"역시 생각했던 대로, 엄청 강했다이거. 게다가 모든 소환술이 다 근사했다해. 할아버님이 제자라고 할 만하다이거. 아주 좋은 싸움이었다해!"

끊임없이 쏟아지는 환호성 속에서 프리퓨어는 브루스를 똑바로 바라보며 아주 만족스럽게, 눈이 부실 듯한 미소를 머금은 채로 그를 칭찬했다.

그러자. 프리퓨어── 아니, 메이린에게 칭찬을 받은 탓인지 녹초가 된 상태임에도 브루스의 얼굴에 희색이 감돌았다.

그리고 직후, 브루스는 이어서 "응? 제자?!"라면서 그녀가 입 밖에 낸 말에 강한 반응을 보였다.

하지만 그가 그 말에 관해 상세히 묻기도 전에 프리퓨어는 "도시락, 도시락이다이거~!"라면서 뛰어가고 말았다.

그 후, 브루스는 구호반의 어깨를 빌려 퇴장했다.

무대 위에는 두 사람의 모습이 사라진 뒤로도 그들의 분투를 칭송하는 목소리가 그칠 줄 모르고 울려 퍼지고 있었다.

⟨19⟩

메이린과 브루스의 시합이 끝났다. 결승 토너먼트 제1시합은 그 시작을 장식하기에 걸맞은 대격전 덕분에 대성황을 이루었다.

그리고 열광한 관객들의 환호성은 미라가 있는 해설석에도 전해졌다.

(좋아, 이 반응으로 미루어 대성공이라 해도 과언이 아니겠지!)

환호성에는 프리퓨어뿐 아니라 분투를 펼친 브루스를 칭찬하는 목소리도 많았다.

또한 이리스와 함께 회장에서 관전하고 있던 단원 1호와 발키리 자매들을 통해 관객들의 동향에 대한 보고를 받은 미라는 작전 성공이란 생각에 기쁨의 미소를 지었다.

분명 이번 시합으로 인해 소환술에 대한 인식에 변화가 일어날 것이다. 그리고 그건 향후 소환술사의 입지를 향상시키는 데 큰 도움이 될 거다.

"이야, 1회전부터 실로 멋진 시합이었군요. 프리퓨어 선수의 힘과 속도는 압권이었지요."

"브루스 선수의 소환술 역시 근사했지. 늘 믿음직한 동료가 있다는 것 역시 소환술의 매력이라 할 수 있을 게다."

소환술의 밝은 미래를 확신하며 미라는 피나슈와 해설을 하는 척, 소환술의 이점을 틈틈이 홍보했다. 이 대회에서 최대한 이익을 뽑아낼 작정이다.

아무튼 그렇게 격전이 끝났지만, 아직 1회전이 끝났을 뿐. 진짜 투기대회는 이제 시작이라고 할 수 있을 만큼 앞으로도 쟁쟁한 시합들이 남아 있었다.

투기대회는 한 시합씩 차근차근 진행되었다.

그리고 미라와 피나슈 역시 열띤 실황 중계를 이어갔다.

격전에 이은 격전. 손에 땀을 쥐는 접전에, 저절로 숨을 죽이게 되는 정적 속에 결판이 나는 등, 1회전뿐 아니라 이어진 시합들에서도 결승 토너먼트에 걸맞은 싸움이 계속되었다.

"――우위를 점했다 싶었더니 그란딜 선수가 거리를 벌립니다. 대체 어째서일까요!"

"분명 '천변쇄화(千變碎花)'를 경계한 것일 테지. 조짐이라 할 수 있는 미미한 마나의 흐름이 느껴졌으니 말이다. 그건 지정한 영역에 발을 디딘 순간 발동하는 타입의 술식이다. 아무것도 안 하는 척하며 다른 술식을 사용할 때 설치해 두거나 하면 알아채기가 쉽지 않은데, 용케 간파해 냈구나."

"대체 어느새에! 그 타이밍에 성공했다면 분명 형세가 완전히 역전되었겠지요. 그걸 잽싸게 간파해 내다니, 과연 그란딜 선수입니다. 그리고 불리한 상황임에도 조용히 역전을 노린 샤리온 선수도 대단하군요. 한순간도 눈을 뗄 수가 없습니다!"

오늘 일정은 결승 토너먼트 1회전으로 끝이다.

그리고 얼마간 시합이 진행되는 동안, 미라는 해설자로서의 역할을 훌륭히 해내었다.

특히 아홉 현자이기에 소환술뿐 아니라 다른 계통 술식에 대한 조예도 그럭저럭 깊어서, 무대 위에서 펼쳐지고 있는 여러 가지

지략과 전술 싸움을 정확하게 포착하여 알기 쉽게 해설하고 있었다.

마물과 마수를 상대로 한 전투뿐 아니라 대인전도 적극적으로 치렀던 과거의 경험이 많은 도움이 되고 있는 것이다.

"오호라. 그래서 둘 다 움직이지 않는…… 아니, 움직이지 못하는 건가."

"아까…… 아니, 그때 설치한 건가? 모르겠지만 저 녀석, 얼굴만 반반한 게 아니었군."

얼핏 보면 움직임이 부자연스럽고 소극적으로 구는 것처럼 보이기도 하지만, 미라의 해설이 그 이유를 설명해 주었다. 그 덕분에 투기대회를 관전하는 즐거움도 비약적으로 상승했다.

그렇기에 미라의 해설에 대한 관객들의 평가는 좋았고, 이 강자들이 부딪히고 교차하는 투기대회에서 필수라 할 수 있는 요소가 되어버렸다.

(이제 이대로 메이린이 우승하면 끝이겠군. 우승자와 그만한 싸움을 펼쳤으니 소환술사 브루스의 이름은 온 대륙에 퍼질 게야!)

1회전에서 소환술의 평판을 떨어뜨리지 않고 관객들에게 좋은 인상을 남기는 데 성공했다. 그 사실에 들뜨고 신이 난 덕에 해설에도 자연스럽게 힘이 실렸다. 하지만 계속해서 소환술 선전을 끼워 넣는 것도 잊지 않았다.

"흠, 좋은 판단이구나. 어디에 설치되어 있는지 불확실한 지금은 그걸 감지하는 데 집중해야지. ——하지만 소환술이 있으면 이야기가 달라진다. 무구 정령을 미끼삼으면 어지간한 함정은 무효화할 수 있으니 말이야!"

그렇게 미라는 틈틈이 소환술사가 있으면 쉽게 위기를 극복할 수 있다는 식의 이야기를 꺼냈다. 때문에 피나슈는 방심할 수 없겠다 생각하며 재빨리 대응해 다시 시합 쪽으로 화제를 돌렸다.

그렇게 무대 위뿐 아니라 실황 해설실에서도 보이지 않는 싸움이 펼쳐지고 있었다.

"오늘은 관전해 주셔서 감사합니다. 내일은 2회전, 3회전, 그리고 준준결승전이 예정되어 있습니다. 그럼 이 회장에서 다시 만나 뵙겠습니다!"

저녁을 지나 밤이 된 시간. 열여섯 시합에 걸쳐 펼쳐진 투기대회 결승 토너먼트 1회전이 모두 끝났다.

미라는 피나슈가 폐회 안내를 마치자마자 자리에서 일어났다.

"수고 많았다. 내일도 잘 부탁하마."

잽싸게 돌아갈 준비를 마친 후, 미라는 미소를 띤 채 그렇게 말했다.

성취감으로 가득한 얼굴로 마이크의 스위치를 끈 후, 피나슈는 그런 미라의 말에 "네, 수고 많으셨습니다. 내일도 잘 부탁드립니다!"라고 답했다.

그렇게 미라가 가벼운 발걸음으로 돌아가자, 피나슈는 나직한 목소리로 중얼거렸다.

"며칠이나 더 버틸 수 있을까……."

그런 그녀의 모습에 기재 담당자는 "함께 힘내자고"라면서 기운을 북돋워 주었다.

“잘하였다, 브루스여. 멋진 싸움이었다!”

왕성으로 돌아가기 전. 미라는 선수촌에 있는 브루스의 숙소를 슬그머니 방문했다.

다름이 아니라 소환술의 미래를 위해 강적과 맞서 싸워 준 브루스의 노고를 치하하기 위해서다.

“감사합니다. 미라 님 덕분에 지금까지 탁상공론에 불과했던 이런저런 것들을 모두 시험해 볼 수 있었습니다!”

그렇게 답한 브루스의 손에는 노트가 들려 있었다. 오늘의 실험 결과 등을 정리하고 있었던 모양이다. 실로 생기가 넘치는 그 얼굴은 잔뜩 들떴을 때의 탑에 속한 술사가 보이는 그것이었다.

하지만 그러한 반응을 보인 것도 잠시뿐. 브루스는 갑자기 진지한 얼굴을 하더니 “그런데 미라 님께 묻고 싶은 것이……”라고 말을 꺼냈다.

“……흠, 무엇이냐.”

브루스의 표정이 꽤나 진지해 보인다. 대체 무슨 일일까 싶어 미라도 다소 허리를 똑바로 펴며 되물었다.

“졌을 때 들은 말입니다만, 프리퓨어—— 메이린 님께서 ‘할아버님이 제자라고 할 만하다’고 말씀하시던데.”

그렇게 말하는 브루스는 뭔가를 기대하는 듯한 눈빛으로 미라를 똑바로 쳐다보고 있었다. 그러더니 기쁨이 폭발한 듯이 말을 이었다.

“그렇습니다. 메이린 님이 저에게, 할아버님의 제자라고 말씀하셨다고요! 메이린 님이 할아버님이라 부르는 분은 당연히 덤블프 님. 다시 말해서…… 다시 말해서 말입니다. 메이린 님이, 저를 덤블프 님의 제자라고 공인하신 거란 말씀이겠죠?! 저에게 덤블프 님의 제자를 자칭할 자격이 있다는, 그런 뜻이겠죠?!”

아무래도 브루스는 그 점이 신경 쓰였던 모양이다.

아홉 현자 덤블프의 제자라는 칭호. 또한 무엇보다도 제자로 인정받았다는 사실에 브루스는 환희하고 있었던 것이다.

“뭐…… 뭐어, 그렇지. 발할라에서 이것저것 가르쳤으니, 제자라 해도 과언은 아니지.”

소환술의 미래를 위해 메이린과 뒷거래를 할 때 그러한 표현을 사용했던 것이 떠올라, 미라는 ‘뭐 저렇게까지 좋아하니’라는 생각으로 가볍게 그걸 인정해 주었다. 지금 부정했다가 그럼 왜 메이린이 그런 소리를 한 것이냐고 캐묻기라도 하면 일이 성가셔질 것이라는 생각 때문이기도 했지만.

“……아아── 감사합니다!”

가볍게 인정해 준 것이 정답이었는지. 브루스는 아주 감동한 얼굴로 감개무량하다는 듯이 소리쳤다.

브루스를 정식 제자로 인정한 이 일은 훗날 크나큰 여파를 일으키게 되지만. 그것은 조금 나중의 이야기다.

“할배, 내일은 사사건건 소환술 어쩌고저쩌고 하는 거 금지야.”

브루스의 건투를 치하하고서 귀가한 후, 아르마의 호화 버전

방에서 다 같이 저녁 식사 모임을 가지던 도중. 모두가 생각했던 바를 아르마가 단호한 말로 지적했다.

그러자 그와 동시에 에스메랄다와 카구라, 소울하울 일행도 입을 모아 "좀 심했지"라고 하며 싸늘하기 그지없는 눈으로 미라를 쳐다보았다.

"뭣……이라고……?!"

훌륭한 해설이었다고 칭찬을 받을 줄 알았던 미라는 생각지도 못했던 평가에 깜짝 놀랐다. 그리고 아주 살짝 소환술의 장점을 전파한 것뿐이라고 변명했지만, 어디가 살짝이냐면서 더더욱 혼쭐이 났다.

하지만 혼나기만 한 것은 아니다. 아직 아군이 있었다. 바로 이리스다.

"미라 씨의 해설, 엄청 알기 쉬웠어요~!"

이리스가 그렇게 순수한 미소를 지으며 기뻐하자 다른 이들은 아무 말도 할 수가 없었다.

더불어 실제로 소환술 관련만 빼면 미라의 해설은 완벽에 가까웠다. 그렇기에 미라를 강판시킨다는 선택지는 없었다.

(끄으응…… 다소 억지스러웠던 걸지도 모르겠군. 내일은 좀 더 잘 해야겠어…….)

미라는 혼이 나기는 했지만 그만둘 생각은 없어서, 좀 더 자연스럽게 소환술 이야기로 몰고 가기 위해 해설 전개에 신경을 써야겠다고 생각했다.

그렇게 미라가 시답잖은 노력을 하는 동안, 이리스 역시 노력하고 있었다.

바로 남성공포증을 극복하기 위한 노력이다.

지금, 이 식탁에는 소울하울과 라스트라다, 그리고 노인도 동석하고 있었다.

가장 먼 대각선 자리에 앉기는 했지만, 아직 증상은 나타나지 않았다. 무엇보다도 옆에 든든한 미라가 있다는 사실이 그녀에게 용기를 주고 있는 듯했다.

하지만 종종 노인과 시선이 마주쳐서 다소 쩔쩔매는 모습도 보였다.

20

결승 토너먼트 2일차. 오늘은 2회전과 3회전, 그리고 준준결승전이 예정되어 있다.

"방금 대체 무슨 일이 일어난 걸까요?! 할레나 선수, 역시 강합니다!"

"방금 그건 '비인설화(秘印雪華)'라는 마술이다. 조금 전부터 무대 위가 부옇게 보이는 건, 작은 얼음 입자가 퍼져 있기 때문이지. 그리고 상대의 몸에 부착된 입자는 얼음 꽃봉오리가 된다. 그러고서 시간이 흐르면 저렇게 얼음 꽃에 둘러싸여 꼼짝도 못하게 되는 게다."

결승 2일차에 돌입하고서 여러 시합이 진행되었는데, 이날 역시 미라는 피나슈와 함께 시합 해설자로서 활약하고 있었다.

어제에 이어 얼핏 봐서는 이해하기 어려운 전개에 관해 보충 설명을 해나간다. 게다가 오늘은 억지스러운 소환술 선전도 자제하고 있다.

그래서인지 실황 해설은 어제보다 매끄럽게 진행되었다. 피나슈도 시합 개시 전에는 긴장하고 있었지만 오늘은 매우 진행하기가 수월할 듯했다.

하지만 미라의 눈은 여전히 반짝반짝 빛나고 있었다. 그렇다, 억지스러워 보이지 않도록, 자연스럽게 소환술 선전을 끼워 넣을 타이밍을 살피고 있는 것이다.

그렇게 미라가 흉계를 꾸미는 동안에도 메이린은 순조롭게 연승을 거뒀다.

2회전, 3회전에서 그녀는 미라와 한 약속에 포함되지 않아서인지 가차 없이 시합에 임해 승리를 거머쥐었다.

그 결과, 어제 프리퓨어와 격전을 펼쳤던 브루스의 주가가 상대적으로 올라서 미라의 얼굴에서는 미소가 가시질 않았다.

또한 시합은 그 밖에도 많은 격투와 드라마를 만들어 내며 진행되었다.

"이럴 수가…… 이건 운명의 장난일까요, 아니면 신이 내린 기적일까요. 생이별한 부자(父子)가 재회하는 모습을 보니 눈물이 멎질 않습니다!"

"이런 일도…… 다 있구나."

전쟁통에 헤어진 지 어언 20년.

강한 전사였던 아버지의 뒷모습을 좇아 이 무대에 오를 수 있을 정도로 실력을 갈고닦은 아들.

그리고 아버지는 건재하다는 사실을 온 대륙에 알리기 위해 이 투기대회에 출전한 아버지.

그런 두 사람이 무대에서 마주친 것은 과연 우연일까. 아니면 필연일까. 20년의 시간을 되찾으려는 듯이, 마치 말을 나누듯이 칼을 섞는 부자의 시합은 제한시간이 다 되도록 이어져, 아들의 승리로 막을 내렸다.

두 사람에게 아낌없는 환호성이 쏟아지는 가운데, 미라와 피나슈 역시 말은 필요 없다는 듯이 박수만을 보냈다.

"자아, 어느 쪽이 승리할까요. 그리고 어느 쪽이 새로운 단장이 될까요! 향후의 운명을 좌우할지도 모르는 중대한 일전입니다!"

"가장 강한 자가 단장이라니, 참으로 알기 쉬운 규칙이로구먼."

또 다른 시합. 길드 아이언 월과 헤비 셸. 그 둘의 병합과 새로운 길드의 장의 자리를 건 일대 결전이 시작되었다.

많은 우여곡절 끝에 특기 분야가 같은 두 길드는 합병을 하기로 한 모양이다. 그리고 투기대회에서 더 많이 승리한 자를 합병 후 길드의 단장으로 삼기로 약속을 했다고 한다.

그렇게 오늘 이 결승 토너먼트에서 끝까지 승리해 올라온 아이언 월의 단장 지구라드와 헤비 셸의 단장 루돌프의 정상 결전이 성사된 것이다.

하지만 특기 분야가 같다는 합병 이유만 보아도 알 수 있듯이, 서로가 지닌 카드는 거의 비슷해서 둘 다 방어 중심이었다. 그렇다 보니 그 싸움은 아무래도 심심할 수밖에 없었다.

"양측 모두 노려본 채 꼼짝도 않습니다. 아니, 꼼짝도 할 수 없습니다! 팽팽한 긴장감이 지속되고 있습니다!"

"이거 교착 상태에 빠졌구나. 양측 모두 비장의 카드는 카운터고, 둘 다 그 사실을 알기에 아무것도 할 수가 없는 게지. 이를 타개하기는 어렵겠구나. 그리고 이건 마수와의 싸움 등에서도 자주 발생하는 상태이기도 하지. 녀석들의 지혜는 얕잡아 볼 수 없다. 이쪽의 수를 읽고, 저렇게 카운터를 노리기도 하니 말이다——."

눈싸움이 계속되는 가운데, 교착 상태에 돌입하고 얼마쯤 지났을 때 미라는 무수히 경험했던 마수와의 싸움을 인용하여 이야기를 풀어갔다.

이렇게 교착 상태에 빠졌을 때는 상대가 예상치 못한 행동을 먼저 취하는 것이 돌파구가 되기도 한다고.

그리고 다채로운 효과를 자랑하는 소환술이야말로 그러한 상황에 가장 적합한 술법이라고. 그렇게 진중하게, 하지만 지금이 기회라는 듯이 선전을 끼워 넣었다.

상황이 상황인 데다 시합이 정체된 상태인 탓에, 피나슈에게도 그걸 막으라는 지시는 떨어지지 않았다.

미라가 이러쿵저러쿵 이야기를 풀어내기에 이른 시합은 20분도 더 되는 시간 동안 계속되었다.

두 사람은 짧게 칼을 마주치며 탐색전을 벌였다. 그 동작은 지극히 수수해서, 탱커는 중요한 포지션인데도 불필요한 악평을 사다 못해 2차 피해까지 발생할 듯했다.

게다가 관객들의 야유를 견디다 못해 먼저 움직인 루돌프가 보기 좋게 카운터를 맞고 패배하는 식으로 결판이 나기까지 했다.

시합 내용만 보면 아주 시시하기 그지없는 일전이었다.

(실로 훌륭한 시합이었구나!)

하지만 그 공백을 메우듯이 계속해서 이야기를 풀어나간 미라는 오히려 소환술을 선전할 기회를 준 두 사람에게 감사했다.

“양측 막상막하. 한 치의 양보도 없습니다! 하지만 저는 루트 선수를 응원하고 싶군요! 힘내라, 루트 선수! 닿아라, 그 마음!”

“어허, 이 몸과 그대는 공평한 입장에서 시합을 보아야 하지 않으냐……. 하지만 뭐, 이번 경우에는 그 마음도 이해가 되는구나!"

아주 올곧고 어쩐지 장난기가 많아 보이는 청년 루트. 그 상대는 그의 소꿉친구이자 나라 제일의 실력자로 알려진 여검사 피오.

이번 시합은 그런 두 사람의 관계 진전을 결정하기 위한 일전이기도 했다.

피오는 자신보다 강한 남자가 아니면 결혼 상대가 될 자격이 없고, 가족도 인정해 주지 않을 거라고 할 정도로 뼈대 있는 검사 가문에서 태어났다.

그에 반해 루트는 일반적인 가정에서 태어났다.

그런 두 사람은 도시 근처의 숲에서 만났다. 용돈 벌이를 위해 소재 채취를 하고 있던 루트가 야생 동물의 습격을 받았을 때, 자신의 실력을 시험해 보러 왔던 피오가 구해 주었던 것이다.

그날부터 아는 사이가 된 두 사람은 학교 생활을 하며 친구가 되었다.

그리고 검사로서 십여 년 동안 검사로서 같은 길을 걸었다. 루트는 오늘이야말로 다음 단계로 넘어가기 위해 피오에게 도전했다.

이 대무대에서 피오에게 이겨 결혼 상대가 될 자격이 있음을 모두에게 인정받으려는 것이다.

"여기 있는 자료에 따르면 현 시점에서 253전 253패. 루트 선수에게는 압도적으로 불리한 상황이라고 할 수 있습니다."

"음, 승산은 별로 없을 테지. 허나 루트 선수도 여기까지 승리해 올라온 강자다. 가능성이 없다고는 할 수 없지!"

루트와 피오는 서로 한 걸음도 물러서지 않고 공격을 주고받았다. 그 검극(劍戟)은 폭풍과도 같이 요란한 소리를 내며 끊임없이 무대를 뒤흔들었다.

일반 가정에서 난 루트는 대체 얼마나 많은 수련을 했을까. 얼마나 많은 노력을 거듭했기에 이렇게 피오와 팽팽하게 맞서고 있는 것일까.

칼을 휘두를 때마다 그의 칼에 깃든 한결같은 마음도 함께 번뜩였다. 그리고 아무리 상처를 입어도 벌떡 일어나, 일직선으로 피오에게 덤벼들었다.

그 마음에 공감한 것인지,혹은 그 모습이 심금을 울린 것인지, 관객들에게도 루트가 승리하기를 바라는 분위기가 퍼지기 시작했다.

그리고 결국 결판이 났다. 관객들의 마음에 힘입은 루트가 아주 작은 빈틈을 놓치지 않고 내지른 일격이 결정타가 되었다.

루트는 이 승부처에서 정말로 기회를 잡아 낸 것이다.

박수갈채가 투기장을 가득 메웠다. 그 중심에서 루트가 피오에게 손을 내밀었다. 피오는, 어쩐지 망설였지만 그 손을 잡고 일어섰다.

그러자 루트는, 그 손을 꼭 잡은 채 반지를 꺼냈다.

짧은 문답 후, 박수갈채는 이 자리에서 탄생한 한 쌍의 부부를 축복하는 환호성으로 바뀌었다.

시합은 그 뒤로도 계속되었다. 미라도 아는 레볼드 가이저와 엘히스 게인 일행도 순조롭게 승리하고 있었다.

또한 플레이어 출신자로 추측되는 몇 사람도 토너먼트를 돌파해 나갔다.

(흐음…… 저 동작, 역시 어디선가…….)

그런 플레이어 출신자로 추측되는 이들 중 한 명. 톰독이라는 선수의 시합을 보던 도중, 미라는 그를 어디선가 본 것 같다는 생각이 들어서 기억을 더듬어 보았다.

톰독은 얼핏 보면 평범한 모험가 같은 느낌만 드는 남자였다.

하지만 플레이어 출신인 탓인지 인상과 달리 실력은 출중했다.

1, 2회전 때는 너무도 쉽게 승부가 나서 그의 역량을 알 수가 없었다.

하지만 3회전 마지막 시합, 톰독 대 그란딜의 싸움에서 그는 그 실력의 편린을 드러냈다.

닌자인 사이조처럼 날쌔고 조용히 상대에게 접근한 순간, 그야말로 다채롭고도 가열하며 압도적인 기술을 선보인 것이다.

(저 그란딜이라는 남자, 꽤나 강한 동기라도 있었는지 월등한 실력을 뽐냈었는데 그럼에도 저런 결과가 나왔으니. 톰독…… 대체 정체가 무엇인지.)

본 바에 따르면 대전 상대인 그란딜의 실력은 진짜배기였다. 설령 플레이어 출신자라 해도 어지간히 강하지 않았다면 그 기술에 압도되고 말았을 것이다.

하지만 압도되기는커녕 압도하고 말았다.

어쩌면 톰독이라는 인물은 톱클래스의 플레이어였을지도 모른다.

그렇다면 아직 게임이었던 시절에 어디선가 만났어도 이상할 게 없을 테고, 낯이 익다는 생각이 드는 것도 설명이 될 것이다.

과연 그는 어디의 누구였을까. 당시의 일을 돌이켜보았지만 가진 정보라고는 아주 잠깐 보였던 그의 움직임뿐이다. 또한 마스크 같은 것으로 얼굴을 가리고 있어서 생김새를 통해 판가름하기도 어려웠다.

단서는 그 실력과 전투 스타일뿐이다.

(결승전에서 메이린과 좋은 승부를 펼칠지도 모르겠구먼…….)

순수한 실력으로만 보면 톱클래스 중에서도 한줌밖에 안 되는 실력자── 아홉 현자에 필적할 가능성도 있다고 미라는 예상했다.

또한 그렇게 분석한 미라는 그가 메이린의 대항마가 되지 않을까 싶어 경계하기 시작했다.

우승은 당연히 메이린이 할 것이라고 안심하고 있었건만, 생각지 못한 복병이 등장했다.

만약 결승전에서 메이린이 진다면, 혹은 결승전에 걸맞은 최대급의 격전이 펼쳐진다면 어떻게 될까.

1회전에서 선전을 펼친 브루스의 존재감이 흐릿해져 버릴지도 모른다.

(이거 사태가 심각하구먼…….)

소환술의 미래에 먹구름이 끼려 하고 있다. 미라는 해설자의 특권으로 제공받은 선수 자료를 든 채 어떻게 해야 할까, 생각에 잠겼다.

〈21〉

결승 토너먼트 2일차는 무사히 종료되었다. 호평 속에 오늘의 해설을 마친 미라는 현재, 왕성의 어느 방에 와 있었다.

그 방은 아홉 현자용 연구실로 배정된 장소라 미라 말고도 현재 니르바나성에 체류 중인 아홉 현자들의 모습도 보였다. 긴급 소집이라는 명목으로 미라가 모아들인 결과다.

또한 결승 토너먼트 중인 메이린은 공정을 위해 결석했다.

소집을 건 이유가 대회와 관련된 것이었기 때문이다.

"——그리하여 어째 어딘가에서 싸워 본 듯한 느낌이 든다만, 기억이 나질 않아서 말이다. 어떻게, 짚이는 바는 없느냐?"

소집한 이유는 톰독의 정체에 관해 묻기 위해서였다. 미라는 모든 인원이 모이자마자 시합 중에 느꼈던 바를 말하며 그렇게 운을 띄웠다.

"아~ 확실히 엄청 강해 보이긴 했는데, 잘 모르겠네에."

톰독이라는 선수는 아마도 톱 플레이어 중 한 명일 텐데 과연 누구였을까.

나아가 몇 가지 자료를 내보이며 묻자, 가장 먼저 답한 것은 카구라였다.

하지만 짐작도 안 된다는 내용이었다. 얼마간 생각해 보았지만 톰독의 전투 스타일은 본 적이 없다는 것이다.

"으~음, 미안해. 기억에 없어."

"보아하니 그럭저럭 특징적이었으니까. 만났다면 조금은 기억에 남았을 텐데 전혀 모르겠어."

아르테시아와 루미나리아 역시 그렇게 답했다. 딱히 싸워 본 적은 없는 모양이다.

그렇다면 어디선가 공동 전선을 펼쳤던 자일까.

혹은 전쟁 당시 맞서 싸웠던 플레이어들 사이에 섞여 있었을까. ――그렇게 미라가 다음 가능성을 검토하던 중.

"나도, 어디선가 본 것 같았어. 하지만, 마찬가지로 어디서였는지 묘하게 생각이 안 나."

지금껏 생각에 잠겨 있던 소울하울이 그런 말을 입밖에 낸 것이다.

게다가 거기서 끝이 아니었다.

"저도 저 전투 방식, 어디에서 본 것 같은데요."

발렌틴도 본 적이 있다고 말을 이은 것이다.

"듣고 보니. 분명 저 전투 방식도 그렇고 어디선가 본…… 아니, 싸워본 적이 있는 것 같은데."

이어서 라스트라다가 뭔가 마음에 걸린다는 소리를 하기 시작했다. 전투 스타일이 예전에 만났던 누군가와 비슷하다고.

"그렇지?! 역시 어디선가 만나기는 했던 게야!"

기분 탓이 아니었다. 공감을 얻은 미라는 역시 어디선가 만난 적이 있다는 확신을 가지고 게임 당시에 있었던 이런저런 일들을 되짚어보기 시작했다.

우선 전쟁 당시일 가능성은 낮을 것 같다.

적이 되었건 아군이 되었건 전쟁 당시 마주쳤다면 조금이라도 기억에 남았을 테지만, 루미나리아와 카구라, 아르테시아는 만난 적조차 없는 눈치다.

그에 반해 미라와 소울하울에 발렌틴, 라스트라다는 본 기억이 있다.

넷이서 뭔가를 함께 하고 있었을 때일까. 아니면 다른 접점이 있었을까.

"어디였더라……."

"누구였더라."

"어쨌지, 좋은 일은 아니었던 것 같은데."

"뭐랄까…… 기억해 내려고 하니 뜨거운 감정이 솟구치는데."

넷이서 이러쿵저러쿵 떠들어대며 생각하던 그때. 라스트라다가 정의감이 꿈틀댄다는 소릴 하기 시작했다.

혹시 만났을 때의 감정이 기억에 남아 있는 것이 아닐까. 뭔가 떠올릴 계기가 될지도 모른다는 생각에 미라 일행은 그 가능성을 추구해 보기로 했다.

당시에나 지금이나 불타는 정의감을 지니고 있는 라스트라다는 이 세계에서도 비슷한 행동을 취하고 있었다.

요컨대 정의의 사도로서 순찰을 도는 것 같은 활동을 하고 있었던 것이다.

그에게 있어 정의감이 꿈틀대게 하는 것. 그것은 악과 대치한 순간이다.

"악이라 하면 악마나 마수나 도적인가……."

악이라 해도 그 형태는 여러 가지다. 하지만 그 대상이 플레이어일 경우, 어느 정도 상황을 추려낼 수 있다.

그리고 겨우 되짚어볼 방향성을 정한 참에 네 사람은 결국 그 답에 도달했다.

"그래, 레비아드다!"

"레비아드군."

"레비아드 씨군요."

"그래, 레비아드였어!"

네 사람이 입을 모아 말한 이름. 그것은 플레이어들 중에서도 특히 유명한 인물의 것이었다.

레비아드. 다름이 아니라 그는 최강의 플레이어 킬러로 온 대륙에 이름을 떨쳤던 실력자다.

그 실력은 진짜배기였던 데다 수많은 톱 플레이어들을 중점적으로 표적으로 삼았던 것으로도 유명했다. 십이사도와 '이름 없는 사십팔장군(네임리스 라인)' 중에서도 그에게 패한 적이 있는 자가 있을 정도였다.

기억이 날 만도 하다고 네 사람은 납득했다. 왜냐하면 다른 톱 플레이어와 마찬가지로 습격을 당한 적이 있기 때문이다.

"만났을 때는 삐죽삐죽한 낫을 들고, 훨씬 흉흉한 차림새를 하고 있었으니 말이다."

미라…… 아니, 덤블프였을 적에 만났을 때는 승리에 가까운 무승부로 끝났다. '군세'를 통해 장기전으로 몰고 간 끝에 레비아드가 포기하고 도주했던 것이다.

"조우했을 때의 충격이 너무 강렬했지. 바로 알아채는 게 무리라고."

소울하울 역시 무승부라 할 수 있을 것이다. 거벽에 의한 방어로 파고들 틈을 주지 않았지만, 동시에 밖으로 나갈 수도 없었기 때문이다.

"그러게요, 기억에 있는 이미지와 전혀 달랐으니까요."

발렌틴은 그에게 졌던 적이 있다. 하지만 대인전에 특화된 상대와 맞서기에 퇴마술은 상성이 지나치게 좋지 않다.

"그때랑 비슷한 구석이 하나도 없기도 하고!"

라스트라다는 이 중 유일하게 승리를 거뒀다. 자국, 그리고 동맹국의 플레이어들이 피해를 입는 것을 막기 위해 일어선 그는 자신의 뜻대로 정의를 집행했던 것이다.

하지만 격전에 이은 격전 끝에 거둔 승리였다.

그렇듯 아홉 현자와도 정면 승부를 펼칠 수 있을 정도였던 레비아드는 그야말로 사신이라는 호칭이 걸맞을 차림새를 하고 다녔다.

그때의 이미지가 너무 강했던 탓에 네 사람은 금방 알아채지 못할 만 하다고 입을 모아 말했다. 그만큼 대회에서 보았던 모습과는 달라도 너무 달랐던 것이다.

"레비아드 이야기가 나와서 말인데, 발렌틴 씨 때는 특히 심했었지."

미라 일행이 그래, 맞아, 하고 확인을 하던 참에 문득 소울하울이 그런 말을 입밖에 냈다.

"……그 일에 관해서는 이야기하지 말죠."

직후, 발렌틴이 지체 없이 화제를 바꾸자고 제안했다.

하지만 한 번 물꼬를 튼 추억담은 막을 수 없기 마련이다.

"아~ 그러했지. 대마수 라바릭스와의 레이드전을 앞두고 있던 때였던가."

그러고 보니, 하고 당시의 일을 떠올린 미라는 이제 와서 생각해 보니 우스운 일이라며 빙긋 웃었다.

"아, 분명 그 사람한테 지고 데스 페널티를 받아서 일주일 동안의 예정이 다 파투났었지."

카구라도 기억이 났는지 쓴웃음을 지은 채 말했지만, 이내 그립다는 듯이 웃으며 발렌틴을 흘끔 쳐다보았다.

"그런 일도 있었지이. 그러다 레이븐네가 나중에 와서 전부 털어갔었고."

루미나리아는 그때는 걸작이었다며 신나게 웃더니 "결국 다음 예정을 세우기 전에 끝나 버렸잖아"라고 나직하게 중얼거렸다.

그렇게 미라 일행은 당시의 일을 돌이켜보며, 이제는 웃어넘길 수 있다고 말을 주고받았다.

하지만 유일하게 아르테시아만은 발렌틴의 편을 들어 "어머어머, 너무 놀리면 못 써"라면서 살며시 미소를 지어 주었다.

마물과 마수를 상대할 때의 퇴마술은 무진장 강하다. 하지만 그런 반면, 대인전에는 유용하지 않은 술법이기도 해서 대인전을 전문으로 하는 플레이어 킬러와는 상성이 매우 안 좋았다.

게다가 레비아드는 플레이어 킬러 중에서도 최강이라 불렸던 인물이다. 그렇기에 발렌틴에게는 더더욱 승산이 없었던 것이다.

"설마 대인전의 전문가까지 와 있었을 줄이야."

"이거 결과를 예측할 수 없겠는 걸?"

미라는 무차별급의 결과를 예상할 수 없게 되었다며 신음했지만, 루미나리아는 어쩐지 즐거운 듯이 미소를 지었다.

최강의 플레이어 킬러인 레비아드가 등장한 탓에 이대로 메이린이 순조롭게 우승하고 끝날 일은 없게 되었다. 순조롭게 승리한다면 두 사람은 결승전에서 맞붙게 될 것이다.

사람과 마물을 가리지 않고 강한 상대를 찾아 각지를 떠도는 메이린과 대인전에 특화된 플레이어 킬러, 레비아드.

그런 두 사람의 싸움은 얼마나 격렬할까.

결승전은 매우 격렬해지리라 확신한 미라는 부디 브루스의 존재감이 옅어지지 않기를 기도할 따름이었다.

또한 과거의 실수가 도마에 오른 탓에 발렌틴은 토라져서 방구석에 처박혀 버렸다. 아홉 현자 중 유일한 패배자라는 역사가 오래된 상처를 깊이 후벼 파고만 모양이다.

결승 토너먼트 3일차. 오늘은 무차별급 준결승전과 각 부문 결승전이 예정되어 있다.

그리고 또 하나. 초대 선수로 특별 구성된 고트프리트와 사이조, 엘리미제의 모의전도 예정되어 있었다. '이라 무에르테'와의 결전에서 '이름 없는 사십팔장군'의 전력을 빌리기 위한 방편으로 구성한 모의전이다.

그런 이유이기는 했지만 오늘 투기대회에서 대성황을 이룰 게 분명한 이벤트이기도 했다.

가장 먼저 시작된 것은 무차별급 준결승전이었다.

메이린은 그 유명한 지하투기장의 옛 왕자, 다츠바르드 블러디크림슨 킹스블레이드의 유일한 라이벌이었던 엘히스 게인과의 싸움에서 승리해 결승전에 진출했다.

(……아, 그러고 보니 메이린에게 진 것을 계기로 사제가 되었다고 했지.)

해설 중 엘히스의 라이벌인 다츠바르드에 관한 이야기를 하던 미라는 문득 그 본인을 만났던 언젠가의 일이 떠올랐다.

소울하울과 함께 고대지하도시에서 지상으로 돌아왔을 때, 그 출구였던 교회의 사제가 바로 다츠바르드 블러디크림슨 킹스블레이드였다.

동시에 메이린에게 감사 인사를 전해 주기로 약속했던 것도 기억이 났다.

(뭐, 시합이 끝난 뒤에 해도 상관없으려나.)

이게 끝나면 시간은 얼마든지 있다. 그렇게 생각한 미라는 다시 해설에 집중하기로 하고, 무대 위에 선 천진난만한 메이린을 바라보고는 저것의 무엇에 어떻게 영향을 받은 걸까, 하고 눈살을 찌푸렸다.

이어진 준결승전의 결과 역시 예상했던 바와 같았다.

최강의 플레이어 킬러로 유명한 레비아드. 그 역시 우승 후보로 알려진 레볼드 가이저를 이기고 결승전에 진출한 것이다.

그 결과, 결승전 진출자는 메이린과 레비아드로 결정되었다.

사람과 마수를 가리지 않고 강한 상대와 싸워온 메이린. 그리고 상대는 대인전의 전문가라 해도 과언이 아닌 레비아드.

(그나저나 이거 참, 어떻게 결판이 날는지.)

예측을 불허하는 일전이 될 것 같다.

하지만 소환술의 미래를 위해, 1회전에서 패배한 브루스를 위해서라도 미라는 메이린이 이기기를 기도했다.

무차별급 결승전은 내일이다. 오늘은 이어서 각 부분의 결승전이 치러졌는데, 이쪽 역시 무차별급에 뒤지지 않을 만큼 훌륭한 시합이 전개되었다.

"어이쿠, 어떻게 된 걸까요. 로가인 선수의 속도가 갑자기 떨어졌습니다!"

"산소 결핍 상태로군. 은근슬쩍 전개해 둔 술식을 통해 주변의 산소 농도를 낮춰 둔 게야. 굳이 말하자면 저 둘은 높은 산 위에서 싸우고 있는 것이나 마찬가지지. 그런 곳에서 저토록 움직여 댔으니 저리 되는 것도 무리는 아니야. 그에 반해 귈드 선수는 최소한의 움직임만 취했다. 처음부터 이 상황을 노리고 있었던 게야."

술사 부문 결승전에서 선수 귈드가 무대 위에 펼친 결계. 그것을 간파했을 뿐 아니라 새겨진 술식까지 읽어내어 효과를 파악한 미라는 여기서도 최고의 해설자로 활약했다.

특히 술사의 수법 중 미라가 꿰뚫어 볼 수 없는 것은 거의 없다 해도 과언이 아니었다. 때문에 본래는 잘 알려지지 않은 술식의 비밀까지 분석해서 손쉽게 해명해 나갔다.

시합 후, 이래저래 술법이 해명되었다는 사실에 선수들은 깜짝 놀라게 되지만 그것은 한참 뒤의 일이다.

그렇게 시합은 순조롭게 진행되었다.

15세 이하, 전사, 술사, 페어, 팀 등. 각 부문의 결승전에서는 무차별급과는 또 다른 시합 전개도 여러 번 펼쳐져서 역시나 대성황을 이루었다.

부문별 우승자가 한 사람씩 차례로 결정되었다.

12세라는 어린 나이에 토너먼트를 제패한 검술의 천재. 여러 가지 유파의 강자들을 제친 아류(亞流) 검사. 치밀한 전략과 전술을 구사한 용병 팀 등.

투기장에서는 유명인과 무명인을 불문하고 진정한 실력자가 각광을 받았다.

미라는 그런 그들을, 그곳에서 일어나는 드라마를 지켜보며 그 무대로 뛰어들고 싶은 충동을 억제하고 해설자 역할에 집중했다.

그래서인지, 미라의 해설은 이미 대회에서 없어서는 안 될 것으로 자리매김해 있었다.

⟨22⟩

요란한 환호성 속에서 무차별급을 제외한 각 부문별 승자가 모두 모였다.

어느 덧 해질녘. 태양이 저물기 시작할 시각이었지만 투기장에는 이제부터가 진짜 시작이라는 듯이 조명이 밝혀지기 시작했다.

드디어 그때가 된 것이다.

서둘러 특별히 편성된 이벤트. 대국의 장군이 국경을 넘어 방문할 이유로 준비한 무대. 그렇게 급조된 것임에도 관객들이 혈안이 될 정도의 일대결전.

그렇다, '이름 없는 사십팔장군'과 니르바나 황국의 장교, 그리고 신병 부대의 모의전이 시작되려 하고 있는 것이다.

"고트프리트 님~!"

"사이조 님, 멋져요~!"

"엘·리·미제 님! 엘·리·미제 님!"

사회자의 말에 따라 세 사람이 무대 위로 나서자 무수히 많은 환호성과 뭔가 독특한 성원이 일부에서 들려왔다.

아무래도 관객석에 세 사람의 열성 팬이 있는 모양이다.

(두 사람은 둘째 치고, 저 땀내 나는 고트프리트에게도 팬이 있군그래……. 이 몸도…… 이 몸도 이 모양이 되지만 않았다면, 분명 그 중후한 매력으로 온 세상의 여성들을 포로로 만들었을 터인데. 지금은 이상한 남자놈들만 꼬이고…….)

아니면 릴리나 플리카 같은 여성이거나, 라는 생각을 하며 미라는 좌절했다.

그러는 동안에도 무대에서는 계속해서 이벤트가 진행되었다.

"자아, 고대하셨던 첫 번째 시합은, 아틀란티스 왕국이 자랑하는 최고 전력 '이름 없는 사십팔장군' 중 한 분인 고트프리트 님입니다!"

보통은 구경하기도 어려운 인물인 데다 타국의 대장군이다. 사회를 맡은 피나슈의 말에는 전에 없던 열의가 담겨 있었다.

모의전 1회전은 고트프리트가 맡게 되었다. 특대검을 다루는 그는 자신의 키보다 큰 검을 짊어진 채 무대에 섰다.

얼핏 보면 원근감이 이상해질 것 같은 모습이었지만, 그럼에도 당당한 자세에서는 확고한 강자로서의 풍격이 넘쳐나는 듯했다. 누가 보아도 보통내기가 아니라고 인식하고도 남을, 그런 위압감이 느껴졌다.

게다가 누가 뭐래도, 팬이 있고 말고를 떠나서 그 이름은 대륙 전토에 널리 알려져 있을 만큼 유명했다.

대국 아틀란티스가 자랑하는 '이름 없는 사십팔장군'의 이름은 빛나는 공적과 함께 학교 교과서에까지 실려있을 정도이기 때문이다.

고트프리트가 칼을 휘두른 것뿐이건만 온 보람이 있다며 감격의 눈물을 흘리는 관객까지 있었다.

"그 상대는 니르바나 황국을 위해 그 몸을 바치기로 맹세한 용감한 병사들. 장군에게 가르침을 받기 위해 이 막막한 일전에 자진해서 나선 미래의 장교 후보생들입니다!"

이어서 그런 고트프리트의 상대가 될 자── 아니, 상대가 될 자'들'도 무대에 올랐다.

지금은 아직 신병이지만 언젠가는 니르바나군을 짊어지겠다는 기개와 재능이 넘치는 자들이다.

아틀란티스의 장군과 모의전을 치르는 것은 본래 특별한 사정이 여럿 겹치지 않는 한 실현되지 않을 일이다.

따라서 이를 귀중한 경험으로 삼기 위한 기회로 보고 모인 것이 이곳에 있는 총 30명의 신병이었다.

아르마의 말에 따르면 선발에 선발을 거친 끝에 선발된 유망한 젊은이들이란다.

"자아, 이번 일전을 미라 씨는 어떻게 보시나요?"

"흠. 우선 한 가지 확실한 것은 승부는 둘째 문제라는 것이다. 모두가 알다시피 신병들이 아무리 떼로 덤벼도 저 대장군을 상대로 승리할 일은 없을 테니. 그리고 그 사실은 병사들도 잘 알 터. 그렇다면 지금까지 받아온 훈련의 성과를 얼마나 발휘할 수 있을 것인가 하는 것이 관건이지. 분명 여러 가지 전술과 전법을 시험하려 들 게다. 거대한 적을 상대로 어떠한 술수를 사용할지, 어떠한 싸움을 펼칠지. 얼마나 많은 것을 배울 수 있을지. 이건 니르바나군의 훈련도를 엿볼 수 있는 좋은 기회라고도 할 수 있을 것이야."

피나슈가 의견을 구하자 미라는 그렇게 답했다.

신병들의 훈련도를 통해 니르바나군의 수준이 어느 정도인지 알 수 있다.

요컨대 신병들의 전적에 따라서는 니르바나군에 대한 불만과 불안이 발생할 수도 있다는 뜻이다. 게다가 미라가 그렇게 발언한 탓에 그러한 관점으로 보기로 한 관객이 더욱 늘어났다.

"듣고 보니, 터무니없이 중요한 일전인 것 같군요……. 신병들의 건투를 빌기로 하죠!"

신병들의 두 어깨에 군부에 미래가 달렸다. 미라의 말을 들은 피나슈는 긴장감으로 온몸이 빳빳해져서 그야말로 정말 기도하는 심정으로 답했다.

지금은 사회자를 맡고 있지만 그 소속은 군부이기 때문이다.

축제의 일환으로 생각했던 모의전에 그러한 요소가 숨어 있었다는 사실을 새삼 깨달은 피나슈는 어떤 상황이 펼쳐지든 좋은 방향으로 중계를 해야 하나 고민하기 시작했다.

(자아, 이 정도면 되겠느냐? 뭐, 이제 저 자들 하기에 달렸구나.)

미라로 말하자면 큰일을 한 건 마친 듯한 얼굴로 프로즌 오레를 입에 대고 있었다.

그리고 녹아 버릴 듯한 과일의 단맛과 녹기 시작한 소프트 아이스크림 같은 식감을 즐기며 신병들을 바라보았다.

피나슈는 몰랐지만 미라의 답변은 사실 미리 준비해 두었던 것이었다.

이날을 위해 신병들은 열심히 훈련을 거듭해 왔다. 그 성과를 여기서 마음껏 발휘하는 것이 목표다.

그리고 상대를 맡은 고트프리트 역시 아르마에게 그에 관한 설명을 들었다.

그녀는 니르바나군의 더 큰 성장과 결속을 위해 그 훈련 성과를 모두 쏟아내게 해달라고 했다.

그것은 언젠가 미라가 브루스를 위해 메이린과 했던 약속과 같았다.

그렇기에 미라 역시 그 일에 협력하기로 한 것이다.

우선 애초에 이길 수 없다는 사실을 주지시켜 패배한 신병들에 대한 불만과 불신감을 경감시켰다. 그리고 승패보다 신병들의 훈련도에 주목이 모이도록 하여 군부의 질을 의식하게 만든 것이다.

굳이 말하자면 아르마의 연출에 의한 니르바나군의 시범 경기인 셈이다.

게다가 본래의 고트프리트였다면 난색을 표했겠지만 아르마의 부탁인 탓인지 그는 웃는 얼굴로 흔쾌히 승낙했더랬다.

고트프리트 대 니르바나군 장교 후보 신병들.

그 모의전은 생각했던 것 이상으로 엔터테인먼트성으로 가득했다.

미라가 사전에 승패에 연연하지 말라고 해둔 덕인지, 관객들의 마음이 어느 정도 신병들에게 기울어진 탓이었다.

어쩐지 불리한 쪽을 편들고 싶어지는 요상한 심리가 작용한 결과다.

그야말로 끝판왕처럼 강한 고트프리트는 신병들의 공격에 꿈쩍도 하지 않았다.

아닌 게 아니라 한 번 칼을 휘두를 때마다 그들의 의식을 앗아

가며 압도해 나갔다.

하지만 신병들은 그런 터무니없이 강한 상대 앞에서도 물러서지 않고 임기응변으로 진형과 전술을 바꿔 가며 도전했다.

그 모습은 이야기에 등장하는 세계를 구하는 영웅과는 너무도 동떨어져 있었다. 하지만 가족과 사람을, 아주 사소한 행복을 지켜 주는 것은 이러한 사람들이겠지, 라는 생각이 절로 들게 하는 무언가가 그 모습에는 있었다.

"승자, 고트프리트 님! 그야말로 전설과도 같은 실력이었습니다. 하지만 그런 전설 속 인물을 상대로 분전을 한 니르바나군의 젊은 사자들 역시 훌륭하다고 할 수 있겠지요!"

"음, 그 말이 맞다. 게다가 아직 신병들이 아니냐. 앞으로의 성장이 실로 기대되는구나."

신병들은 여러 가지 작전을 구사해 고트프리트를 상대로 선전을 펼쳤다. 그럼에도 실력차는 역력해서 예상했던 결말로 끝났다.

그러나 신병들이 분투하고 난관에 맞서는 모습은 관객들의 마음을 울리기에 충분했던 모양인지. 생각 외로 고트프리트보다 노력한 신병들을 향한 환호성이 더 많은 것처럼 들렸다.

(보기 좋게 적군 역할을 떠맡은 셈인데…… 뭐어, 본인이 만족스러워 보이니 문제없을 것 같구먼.)

이 모의전으로 니르바나군에 대한 신뢰도는 확실하게 올라갔을 거다.

그에 반해 고트프리트는 그저 전설대로 무진장 강하다는 사실이 확인되었을 뿐이라 할 수 있다.

그에게는 분명 별 이익이 되지 않은 이벤트였을 거다.
하지만 고트프리트는 실로 만족스러운 듯 보였다. 웃는 얼굴로 감사인사를 하는 아르마를 보고 그야말로 어린애처럼 쑥스러워하고 있었던 것이다.
(그나저나 미인계라는 건, 제법 효율적이군그래.)
아르마의 미소 뒤에는 만만치 않은 일면이 숨어 있다. 그 사실을 아는 미라는 고트프리트를 불쌍하다는 눈으로 쳐다보았다.
그런 미라와 대조적으로 신이 난 이가 한 명 있었다.
그렇다, 마텔이다.
『농락당하는 것 역시, 사랑의 한 형태지.』
고트프리트의 반응과 무언가를 확신하고 자신 있게 행동하는 아르마. 요즘 마텔은 그런 두 사람의 모습에서 눈을 떼질 못하고 있었다.

"자아, 이 특별한 시간은 이제 시작일 뿐입니다! 계속해서 이번에도 아틀란티스 왕국이 자랑하는 최고 전력 '이름 없는 사십팔장군' 중 한 분인 사이조 님의 등장입니다!"
고트프리트와 교대하듯이 해서 사이조가 무대에 섰다.
그 움직임은 지극히 평범했다. 아닌 게 아니라 히어로처럼 "타앗!" 하고 뛰어올라 무대 밖으로 퇴장한 고트프리트와 반대로 사이조는 걸어서 담담하게 무대에 오른 것이다.
(공연히 튀는 행동을 하거나 소란을 일으키지 않는다. 모처럼 무대에 올랐는데도 사이조는 평소와 같군그래…….)

자신이라면 분명 소환술 선전을 겸해 성대한 연출로 등장했을 거라 생각하며 미라는 부럽다는 눈으로 사이조를 쳐다보았다.

"그 상대는 니르바나군에서 수많은 공적을 쌓아, 젊은 나이에 제3사단장 자리까지 오른 가이우스 중령입니다~!"

고트프리트 때와 달리 이번 대전 상대는 단독으로 등장했다.

사이조가 담당하기로 한 것은 상응하는 경험을 쌓은 니르바나군의 젊은 장교 5인방으로, 흔히 천재라 불리는 자들이다.

그런 천재들의 콧대를 납작하게── 해준다고 해야 할지, 현실을 깨닫게 해준다고 해야 할지. 벽에 부딪히는 경험을 시켜준다고 해야 할지.

이번에 아르마가 선발한 인원들은 압도적인 재능으로 장교 자리에까지 오른 다섯 명이다.

그 중 첫 번째인 가이우스 중령이 날렵하게 무대에 올랐다. 천재 특유의 자신감이 표출된 것인지, 아니면 니르바나군을 짊어지고 있다는 자긍심 때문인지. 표정은 엄격하고 온몸에서는 투지가 솟아나다 못해 넘쳐흐르고 있었다.

그런 그의 활약상은 상당히 유명한 모양인지, 설마 이런 곳에서 보게 될 줄은 몰랐다며 관객석이 술렁거리기 시작했다.

"고트프리트 님 때와 달리 이번에는 일대일 대결입니다. 그럼 미라 씨는, 이번 모의전을 어떻게 생각하십니까?"

"흠, 기본적인 부분은 좀 전과 같다. 허나 이번에는 일대일. 혼자서 저 대장군과 정면으로 부딪혀야 하니. 그 부담감이 만만치 않을 게야. 하지만 마지막까지 버텨낸다면, 분명 한 계단 정도는 성장할 만큼의 경험을 얻게 될 테지."

이번에도 역시 미라는 그렇게 예방선을 까는 동시에 주목해야 할 점을 제시했다.

이기지 못하는 건 당연하다. 오히려 이 모의전은 강적을 상대로 얼마나 분투할 수 있을 것인가, 그리고 그를 통해 얼마나 성장의 발판을 마련할 수 있을 것인가가 가이우스의 과제라고.

"과연…… 어쩌면 이 대결을 계기로 가이우스 중령은 한층 더 높은 경지에 도달할 수 있을지도 모른다는 거군요!"

성장의 순간을 목격할 수 있을지도 모른다. 그런 기대를 가슴에 품은 채 피나슈는 무대 위를 주목했다.

(그나저나 역시 대국 니르바나로군. 좋은 인재가 모여 있어.)

미라는 수중에 있는 자료에 적힌 가이우스의 경력을 훑어보며 부럽다는 생각을 했다. 알카이트에도 이러한 인재가 흘러들어와 준다면 좀 더 편히 살 수 있을 텐데.

그렇게 미라가 부러워하는 니르바나군의 특징은 열린 운영 방침이다. 군과 관련된 여러 가지 정보가 국민들에게 공개되어 있는 것이다.

우수하고 인기를 끌 장교는 특히 주목을 모으기 마련이다.

개중에서도 가이우스는 인기면에서 상위권에 있었다. 얼굴 괜찮고, 실력 괜찮고, 집안 괜찮고. 거기에 나이에 비해 계급까지 높다.

그렇게 인기가 많은 가이우스는 심각한 표정을 지은 채 사이조와 마주했다.

꽤나 자신이 있는 것인지, 아니면 자신을 고무시키고 있는 것인지.

가이우스는 사이조를 앞에 두고도 당당하기만 했다.

하지만 그 직후——.

"아아, 아르마 님. 이러한 무대를 준비해 주셔서 감사합니다! 다시 인사하겠습니다. 만나 뵙게 되어 영광입니다, 사이조 님. 가이우스라고 합니다. 이번에 저희 후배들에게 기합을 넣어 주시겠다고 해주셔서 진심으로 감사합니다!"

긴장의 실이 풀렸다기보다는 감정을 주체하지 못하게 되었다고 표현해야 하리라. 굳어 있던 얼굴이 풀리더니 가이우스는 아닌 게 아니라 성원을 보내는 관객들과 비슷한 표정을 지어 보였다.

그렇다, 그가 당당한 듯이 보였던 것은 긴장한 것을 감추기 위한 그 나름의 노력 덕분이었다. 천재라고 주변 사람들이 추어올리고는 있지만, 가이우스 역시 일반 사람들과 마찬가지로 사이조 일행이 남겨온 전설을 동경하는 남자였던 것이다.

"아니, 소생도 니르바나의 미래를 짊어지고 선 유망한 자네들의 경험에 일조할 수 있어서 영광이오."

가이우스의 말을 들은 사이조는 조용히, 하지만 기대감을 담아 그렇게 답했다.

"감사합니다!"

자꾸만 들뜨려는 마음을 겨우 억누른 가이우스는 표정을 다잡고 자세를 잡았다.

사이조 역시 그런 그의 마음에 답하듯이 오른발을 반걸음 정도

무르더니 언제든 덤비라고 손짓했다.

갑자기 준비를 마친 두 사람의 모습에 당황한 심판은 곧장 그 자리에서 벗어나며 "시작하십시오!"라고 시합 개시를 선언했다.

사이조와 가이우스. 두 사람이 펼친 모의전은 실로 시합이라기보다는 수행에 가까웠다.

우선 가이우스는 마음껏 공격을 펼쳤고 사이조는 그것을 계속 흘려냈다.

어느 타이밍을 기점으로 공수가 바뀌었다 싶더니, 사이조는 가이우스의 부족한 부분을 정확하게 찔러서 어떻게 대응해야 할지를 지적했다.

다시 공세가 바뀌자 가이우스는 지적받은 점을 염두에 두고 움직였다.

그걸 몇 번 반복하자, 일반인의 눈으로도 가이우스의 움직임이 처음에 비해 훨씬 세련되게 변한 것을 알 수 있을 정도의 변화가 나타났다.

그렇게 해서 시간이 얼마 남지 않았을 즈음, 여러 차례 빈틈을 보여 공격을 받은 가이우스가 이제 한계라는 듯이 땅바닥에 쓰러졌다.

"승자, 사이조 님! 실력도 실력이지만 지도자로서도 멋진 재능을 보여 주셨습니다. 그리고 가이우스 중령은 그런 사이조 님의 엄격한 가르침을 한 몸으로 받아 냈습니다. 미라 씨의 말대로 싸움 중에 무언가를 깨우친 낌새였죠. 제가 느낀 바로는 그토록 격렬한 싸움 속에서 움직임이 보다 날카로워진 듯했습니다!"
주목하고 있었기에 보인 가이우스의 변화를 알아챈 것이 기뻤는지, 피나슈의 목소리가 들떠 있었다.
"이것 참, 무서운 재능이로구먼. 계기를 제공하고자 한 동작에 완벽하게 대응해 내다니. 향후에는 지금보다 더욱 훌륭하게 성장할 테지. 부러울 따름이야."
미라는 그렇게 코멘트를 매듭지었다.
언뜻 들으면 그 재능을 부러워하는 듯 들리는 말이다. 하지만 일부 사람들에게는 완전히 다른 의미로 들렸다. 그러나 그건 또 다른 이야기다.

〈23〉

사이조의 모의전은 그 후로 네 번이나 이어졌다.

모두 다 아틀란티스가 보유한 전력을 널리 알리는 결과로 끝났지만, 동시에 니르바나 황국군에 대한 공헌으로도 이어져 유익한 모의전이 되었다.

"자아, 초특별 게스트도 이로서 마지막입니다. 고트프리트 님, 사이조 님 다음은, 아틀란티스 최고 전력 중 한 분인 엘리미제 님입니다!"

드디어 마지막 한 사람이다. 이번에는 사이조와 교대하듯이 엘리미제가 등장했다.

평소와 같다고 해야 할지. 엘리미제는 어쩐지 나른한 표정을 하고 있었다.

하지만 그런 모습이 남자들의 무언가를 자극한 것인지. 이전의 두 사람과는 다른 감정이 담긴 목소리가 쏟아지는 환호성 속에 섞여 있었다.

"그 상대는 마도공학을 도입한 신설부대인 동시에, 새로 개발한 여러 신장비들을 시험하기 위한 실험부대이기도 합니다. 오늘 드디어, 그 비밀을 공개합니다! 팀 엑스마키나의 등장입니다!"

피나슈의 말과 동시에 척 봐도 실험 중인 것 같은 모습을 한 병사들이 나타났다.

온몸을 감싼 골조와 거기에 장착된 금속제 장갑판. 앞이 안 보일 것 같은 고글과 여러 가닥의 배선이 연결된 헬멧.

등에는 안테나처럼 보이는 것이 튀어나온 장치. 그리고 두 손에는 복잡한 내부 기구가 훤히 보이는 막대.

그 자들은 얼핏 보면 은의 연탑의 연구원들을 능가할 듯한 매드 사이언티스트 같은 분위기를 내뿜고 있었다. 요컨대 진짜배기들인 것이다.

"이거 참 기괴한 자들이 나타났구먼. 허나 마도공학이라는 것은 나날이 진보하고 있는 분야니 말이야. 어느 정도일지 기대되는군그래."

현재, 마도공학의 기술은 대륙 철도며 비공선을 필두로 여러 분야로 퍼져 나가고 있다.

당연히 기술의 군사적 활용도 각국에서 진행되고 있었고, 그러한 것들은 조약에 의한 규정에 따라 주로 대 마물용으로 개발 중이다.

하지만 그러한 것은 표면적인 원칙에 불과하다. 그럼에도 이번에는 그를 표방하는 모양새로 모의전을 치르기로 한 것이다.

"자아, 모의전 최종 시합 개시입니다!"

엘리미제 대 엑스마키나. 그 싸움은 이전과 매우 다른 양상을 띠었다.

차례로 나타나는 골렘을 엑스마키나의 대원들이 격퇴해 나가는, 타워 디펜스 게임을 연상케 하는 형식이었던 것이다.

대원들은 손에 든 막대를 여러 형태로 변화시켜 닥쳐드는 골렘들에게 대응했다.

검이 되었다가 창이 되었다가 도끼가 되었다가. 변형 속도는 아직 부족한 감이 있었지만 그 성능은 어지간한 수준의 대장간 무기는 상대도 안 될 만큼 뛰어났다.

게다가 그뿐만이 아니라, 속도를 중시한 골렘을 상대로 총 형태까지 선보였다.

심지어 고글과 등에 짊어진 장치에 접속하여 발사한 전격은 적을 추격하는 터무니없는 성능을 지녔다.

위력은 정전기를 증폭시킨 정도였지만 견제와 양동, 지원, 제압과 같은 용도로 사용하기에는 충분할 것이다.

게다가 무기 이외의 것도 매우 고성능이었다.

몸에 걸친 아머에는 근력 증가에 견고화, 속도 강화까지 온갖 기능이 갖춰져 있었다.

"이거 굉장하군요! 대형 골렘의 전진을 막아 냈습니다!"

"이제 끝이구나 싶었다만, 설마 저 골렘을 부술 줄이야. 역시 파일 벙커는 로망이 있구나!"

분전하는 엑스마키나 대원들의 모습은 마도공학이 지닌 크나큰 가능성을 대대적으로 알리기에 부족함이 없었다.

하지만 그 이상으로 지금껏 상당히 힘든 훈련을 해왔으리라는 것 또한 짐작할 수 있었다.

마도공학식 장비는 일반적인 무구, 술구 등과는 비교가 되지 않을 만큼 복잡하다. 변형 하나만 보아도 여러 공정이 필요한 데다 무려 합체까지 가능하다.

이를 능숙하게 사용하기 위해 익혀야 할 것, 그리고 필요한 기술 등은 그야말로 상상도 못할 정도라 할 만큼 많았다.

하지만 대원들은 훌륭한 팀워크로 그것들을 조작했다.

개중에서도 합체 병장(兵裝) 파일 벙커는 엄청난 효과를 발휘했는데. 그 위력은 엘리미제의 거대 골렘을 한꺼번에 박살 낼 정도였다.

그러나 너무 복잡한 공정이 화근이 되어 그걸 준비하는 과정에서 엑스마키나측 진지 하나가 함락되었다.

게다가 그를 계기로 흔히 말하는 하드 모드에 돌입했다.

지금까지는 단순 편제였지만 다음으로 엘리미제가 형성한 것은 여러 종류로 편제된 골렘 부대였다.

그에 맞서는 엑스마키나는 방어 전담 대원을 정하고 그 자가 시간을 버는 동안 효과적인 병장을 조합하는 전투 방식으로 전환했다.

"이거 어려운 싸움이 되었습니다. 구축된 방어선이 서서히 밀리고 있어요."

"허나 잘 버티고 있군그래. 저 장비의 성능과 그걸 끌어내는 기술이 아니었다면 아틀란티스의 장군이 이 정도의 전력을 투입하지도 않았을 게다."

신설 부대 엑스마키나는 기대 이상의 활약을 펼치고 있다.

미라가 그렇게 칭찬하자 피나슈 역시 감탄한 투로 "저 전설의 골렘 부대를 상대하고 있으니 말이죠"라고 답했다.

그 후, 엑스마키나측은 용전분투했지만 보스전처럼 나타난 두 기의 대형 골렘 앞에서 무릎을 꿇었다.

"승자, 엘리미제 님! 다종다양한 특징을 지닌 골렘을 만들어 낼

뿐 아니라 그것들을 능숙하게 조종하는 기술은 압도적이라 할 수 밖에 없겠군요. 하지만 그에 뒤지지 않는 팀워크를 보여준 엑스마키나 여러분. 승부에서는 패했지만 저 엘리미제 님을 상대로 충분히 분투했다고 해도 과언이 아닐 겁니다!"

"음, 그 말이 맞다. 숙련된 모험가보다도 골렘들의 연계가 절묘한 것은 혼자서 모든 것을 조작하기 때문이지. 그런 골렘을 상대로 팀워크에서는 밀리지 않았다. 그리고 이번에 선보인 장비는 아직 시험 제작 단계의 물건이 아니냐. 이것이 정식으로 완성되면 어떻게 될지. 그 가능성을 똑똑히 내보인 일전이라 할 수 있을 듯하구나. 특히 마지막에 내보낸 골렘 부대는 사이가드 고지 섬멸전 당시 리갈 팽의 무리를 격멸했을 때의 편제와 같았다. 그걸 상대로 이렇게까지 버텨 냈으니 칭찬해 마땅하지."

지는 것은 당연한 일이다. 하지만 그런 가운데 엑스마키나 역시 신병과 장교들처럼 가능성을 내보였다는 결과를 남기는 데 성공했다.

미라가 조금 보충 설명을 곁들여 칭찬하자 그것 참 굉장하다며 관객석이 열광에 휩싸였다.

패했음에도 군의 주가가 떨어지지 않게는 만들었다. 그렇게 확신한 미라는 일처리를 이만큼 잘 했으니 뭐든 보너스가 나오지 않을까 기대하기 시작했다.

무차별급 준결승전. 그리고 각 부문 결승전에 '이름 없는 사십팔장군'에 의한 모의전까지 끝나자 이날의 일정은 모두 종료되었다.

드디어 내일은 무차별급 결승전이다.

결과가 기대된다는 이야기를 피나슈와 나누고서 헤어진 미라는 그대로 이리스의 방으로 돌아갔다.

그러자 그곳에서는 흥분이 채 식지 않은 듯한 이리스뿐 아니라 실로 흥미로운 시합들이었다며 덩달아 들뜬 듯한 발키리 자매들이 기다리고 있었다.

거기에 아르마와 에스메랄다까지 합류해서 함께 저녁식사를 하며 투기대회에 대한 이야기로 이야기꽃을 피웠다.

아무래도 오늘 미라의 실황 해설은 특히 평가가 좋았던 모양이다. 또한 이번에는 소환술 선전의 비율을 줄인 탓인지 그렇게까지 신경이 쓰이지 않았다고 한다. 아르마도 "뭐, 그 정도는 괜찮아!"라면서 승낙을 해주었다.

그렇게 하루가 지나 다음 날 아침이 되었다.

무차별급 결승전 아침이다.

투기장의 실황 해설실에서 드디어 이 날이 왔다는 생각에 평소보다 더 기합이 들어갔는지, 피나슈는 긴장한 듯 보였다.

미라 역시 긴장된 얼굴을 하고 있었다. 메이린의 우승 여부에 따라 브루스의 지위가 바뀔 테고, 그것이 고스란히 소환술의 이미지에도 영향을 미치지 않을까 하는 걱정 때문이다.

"자아, 드디어 무차별급도 결승전에 돌입했습니다. 여기까지 올라온 프리퓨어 선수와 톰독 선수는 양측 모두 납득이 갈 정도의 실력자입니다. 어떠한 시합이 될지, 벌써부터 매우 기대가 되는군요!"

결승전 준비가 진행되는 가운데 피나슈가 오프닝 멘트를 시작했다. 이러니저러니 해도 그녀는 간이 큰 모양이다. 입을 열자마자 긴장한 듯한 기색은 사라지고 활기찬 목소리가 흘러나왔다.

"——그럼 해설을 맡으신 미라 씨. 이번 시합은 어떻게 예상하십니까?"

"흐~음…… 두 선수 모두 접근전에 특화된 전투 스타일인 데다, 손에 든 카드를 모두 내놓지는 않은 듯하니 말이다. 어떻게 될지 전혀 예상이 안 되는구나. ……허나 이번 시합은 분명 최대, 최고의 시합이 될 것이야."

아홉 현자인 메이린과 최강의 플레이어 킬러 레비아드의 일전.

게임이었던 시절, 이 둘이 싸웠다는 이야기는 들어본 적이 없었다. 또한 현실이 된 후로도 메이린이 대결을 요청하지 않았다면 오늘 이날이 첫 대결일 것이다.

잘 아는 사이인 메이린은 물론이고 레비아드 역시 미라 일행과 동급이라 할 수 있는 실력자다. 이 두 사람의 시합이 어떻게 될지는 미라 역시 전혀 예상이 안 됐다.

그런 시합의 준비가 끝나, 두 사람이 입장했다.

피나슈는 열과 성을 다해 두 사람을 소개해 나갔다. 그 옆에서 미라는 메이린이 이기기를, 온 힘을 다해 기도하고 있었다.

(제발…… 제발 부탁이다, 메이린. 이 몸들의 지위는 그대의 두 어깨에 달렸다!)

할 수 있는 일은 했다. 이제 메이린이 하기에 달렸다. 그렇게 소환술의 미래를 위해 기도하는 동시에, 같은 아홉 현자 동료이기도 한 탓에 미라는 마음속으로 메이린을 응원했다.

그런 메이린을 쳐다보니, 무대에 선 그녀는 전에 없이 환한 미소를 짓고 있었다.

레비아드를 아는지 어떤지는 모르겠지만 다른 사람도 아니고 메이린이다. 그가 미라 일행과 같은 톱 플레이어에 필적하는 실력자라는 사실을 알아챈 것이리라. 그야말로 이 시합이 엄청나게 기대된다고 얼굴에 똑똑히 쓰여 있는 것처럼 보이는 미소였다.

"——자아, 우여곡절이 많았던 무차별급도 이번이 마지막 시합입니다! 과연 누가 승리의 영광을 누리게 될까요?!"

메이린과 레비아드가 준비를 마치고 마주함과 동시에 피나슈의 오프닝 멘트도 끝나, 긴장감이 순식간에 투기장을 뒤덮었다.

그리고 심판의 호령을 계기로, 드디어 결승전이 시작되었다.

"아앗, 이건……?!"

"오오, 엄청나구먼……."

메이린과 레비아드는 서로를 최상위급 실력자라고 인식하고 있었던 것인지.

시합 개시 직후, 두 사람은 모두의 인식에서 벗어났다. 그 모습이 사라진 직후에 충돌음과 함께 무대 중앙에서 마주치더니, 눈으로 좇기도 어려운 속도로 공방을 펼친 것이다.

기술과 기술이, 힘과 힘이 부딪힌다.

술식에는 기술을, 기술에는 술식을. 메이린과 레비아드는 질풍과도 같은 속도로 무대 위를 종횡무진으로 질주했고, 부딪힐 때마다 섬광과 충격, 굉음을 일으켰다.

술식과 기술의 응수가 순식간에 이루어진다. 서로 물러서지도, 방어도 하지 않고 공세를 퍼붓는 모습은 우승보다 상대에게 승리하는 것만 바라보고 있는 것처럼 올곧아 보였다.

불길이 치솟고 소규모 폭발이 단속적으로 이어진다.

시합이 시작되고서 수십 초 정도가 경과했을 뿐임에도 불구하고 무대는 갈라지고 벽은 깨졌으며 두 사람의 주변에 있던 형태 있는 물건들이 차례로 사라지기 시작했다.

언제나 무대 옆에서 시합을 지켜보던 심판도 이건 안 되겠다 싶었는지 그 자리에서 벗어날 정도로 두 사람의 충돌로 인한 여파는 심상치 않았다.

"——시작이구나 싶었지만…… 무슨 일이 일어나고 있는지 모르겠습니다! 미라 씨, 부탁드립니다!"

무대 위에서는 몇 초 사이에 수십의 기술이 난무하고 있다. 애초부터 평범한 사람이 파악할 수 있는 영역이 아니었던 탓에 그저 터무니없는 싸움이 벌어지고 있다는 것밖에 알 수가 없는 상황이다.

그럼에도 피나슈는 이해하고자, 그 박력을 전달하고자 노력했지만 이번에는 정말 무리인 모양이다. 때문에 결승전에 이르러서 미라에게 해설을 완전히 맡기는 속도로는 최단 기록을 세우고 말았다.

"흠, 맡겨 두거라!"

미라는 아주 자신만만하게 답하더니 무대 위에서 무슨 일이 일어났고, 어떠한 싸움이, 어떤 식으로 이루어지고 있는지를 정확하게 해설해 나갔다.

"흠, 프리퓨어 선수는 '축지'와 '공활보'를 합쳐서 3차원적으로 기동하며 작은 빈틈을 정확하게 노려 가격하고 있구나. 허나 동작이 너무 정직해. 톰독 선수가 틈틈이 일부러 빈틈을 보여서 유인하고 있어. 아직까지는 반사 신경…… 아니, 야생의 감 같은 것으로 함정을 피하고 있지만, 톰독 선수가 프리퓨어 선수의 움직임을 예상하게 되는 건 시간문제일 게야——."

그것은 무엇보다도 양쪽 모두와 싸워본 경험이 있기에 알 수 있는 정보였다.

기본적으로 정면 승부를 좋아하는 메이린과 지략과 책략을 구사해 싸우는 것을 좋아하는 레비아드. 기반이 너무도 다른 탓에 두 사람의 싸움은 갈수록 강렬하고 격렬해졌다.

레비아드가 여러 가지 전략을 구사하면 메이린은 그를 정면에서 깨부순다.

깔아둔 함정에 걸려도 그걸 순간적으로, 그리고 정확하게 격파한다. 그것이 메이린의 실력의 비결이라 해도 과언이 아니었고, 그 임기응변 능력이야말로 그녀의 무기였다.

하지만 상대는 그 유명한 레비아드다. 그대로 모든 것을 격파했다고 끝날 리가 없었다.

미라는 두 사람이 사용한 전략과 격파한 방법을 그 자리에서 분석하여 해설해 나갔다.

덕분에 그것이 얼마나 고도의 공방인지 관객들에게도 똑똑히 전달된 듯했다.

그 덕분이라 해야 할지, 그 해설을 염두에 두고 시합을 보니 어느 정도 전개가 이해되기 시작했다.

그리고 관객들은 미라의 해설에 의지해 눈앞에서 펼쳐지고 있는 최상급의 시합에 열광했다.

"어이쿠, 무슨 일일까요. 톰독 선수, 거리를 크게 벌렸습니다! 무언가를 경계하는 듯합니다만……."

"——호오! 방금 그건 조금 느린 권타(拳打) 정도로만 보였지만, 상급 선술의 기점이 되는 일격이었다. 방어하거나 회피하는 식으로 대응했다면 지금쯤 톰독 선수는 폭염에 휩싸였을 게야. 저렇게 거리를 벌린 건 완벽한 판단이었어!"

레비아드는 틈틈이 페이크를 섞어서 메이린의 공격을 피하며, 조금씩이지만 확실하게 농락하고 있었다. 또한 그는 그녀의 움직임까지 거의 파악해 가고 있었다.

일진일퇴의 전황에서 레비아드 쪽으로 저울이 기울어지기 시작한 그 순간.

메이린의 움직임에, 그 전투 스타일에 변화가 생겨났다.

지나치게 올곧은 탓에 페이크며 기습에 대한 반응이 늦어진다는 것이 메이린의 약점이었다. 하지만 이 마당이 되어서 그것들에 대한 반응 속도가 향상되었을 뿐 아니라, 그걸 공격에도 응용하기 시작한 것이다.

아직 불완전하기는 하지만 페인트 같은 것에 능하지 않았던 메이린이 성장한 모습을 보였다. 그녀가 더욱 강해질 조짐을 목격한 미라 역시 놀라운 기색이 역력했다.

하지만 놀라고만 있지는 않았다.

“허나 마나 소비가 많은 기술이기도 하지. 방금 전 것이 발동했다면 프리퓨어 선수의 마나 잔량도 크게 줄었을 게야. 만약 톰독 선수가 홀리나이트 같은 것을 소환할 수 있었다면 미끼로 술식을 발동시켜 의도적으로 상대의 마나를 낭비시킬 수도 있었던 국면이지.”

그렇게 오늘도 서브리미널 효과*를 의식한 소환술 활용법을 끼워 넣었다.

적은 마나로 상대에게 큰 손해를 입힐 수 있다. 그 또한 소환술을 통해서만 가능한 전략이라고.

“과연, 그런 식으로 사용할 수도 있다니……. 소환술은 정말 심오하군요.”

시합 내용과 관련된 정보를 끼워 넣은 덕인지, 이젠 피나슈가 긍정적으로 받아 주기도 했다.

하지만 여기서 ‘암, 그렇고말고!’ 하고 들떠서는 지금까지와 다를 게 없어진다.

“음, 소환술뿐 아니라 술법이란 것은 무한한 가능성을 지니고 있으니 말이다.”

성장한 것은 메이린뿐이 아니라고 자부하며 미라는 그렇게 겸허하게 답했다.

소환술이야말로 최강이라고 부르짖던 이전의 스타일에서 모든 술법은 근사하지만 그 중에서도 소환술은 특히 멋지다, 라고 주장하는 쪽으로 방침을 바꾼 것이다.

---

*인간이 감지하기 못할 정도의 자극을 주어 잠재의식에 호소하는 광고 효과.

그 덕분인지 이제는 피나슈가 마이크 음량을 줄이는 일도 없어졌다.

뭐, 방침이고 뭐고 결국 목표는 여전히 소환술을 부흥시키는 것이었지만, 아무튼 그러는 동안에도 메이린과 레비아드의 시합은 계속해서 열기를 더해 갔다.

두 사람 모두 한 걸음도 양보하지 않고 서로의 움직임을 예상해 계속해서 공격을 내지르고 격돌했다.

무대 위에서 교차할 때마다 충격이 대지를 뒤흔들었고, 그 일반 상식을 초월한 듯한 움직임에 관객석도 뜨겁게 달아올랐다.

(흐~음…… 그나저나 이렇게까지 예측이 불가한 싸움이 될 줄이야.)

두 사람의 실력은 막상막하라고 보아도 될 듯하다. 서로 작은 기술과 큰 기술을 섞어 사용하는 동시에 그것들을 간파하고 있다.

이번에는 결판이 날까, 그 다음에는 정말 결판이 날까. 보고 있는 쪽이 더 조마조마하고 긴장되는 전개가 이어졌다.

거기에 미라의 해설까지 더해지자 모두가 결승전에 걸맞은 싸움이라고 인정할 만큼 뜨거운 시합이 되었다.

〈24〉

시합 개시로부터 30분도 더 이어진 무차별급 결승전도 드디어 종반에 접어들었다.

양측 모두 상대의 움직임을 대략적으로 파악한 탓인지. 폭풍처럼 전개되던 공방 끝에 갑자기 잔잔한 물결처럼 고요한 정적이 찾아들었다.

"이게 대체 어떻게 된 걸까요, 갑자기 두 선수의 움직임이 멈췄습니다! 뭔가를 노리는 걸까요, 아니면 기다리는 걸까요. 팽팽한 긴장감이 무대 위를 뒤덮고 있습니다."

급격한 동(動)에서 정(靜)으로의 전환에 관객들이 무슨 일인가 하고 술렁대기 시작했다. 피나슈는 숨을 돌릴 겨를도 없는 전개 끝에 생겨난 무음(無音)을 떨쳐 내려는 듯이 중계 멘트를 끼워 넣으며 미라를 바라보았다.

"흠, 아무래도 양측 모두 준비가 끝난 모양이로군. 아마 다음 공격으로 시합이 크게 기울어질 게다."

수싸움 끝에 서로의 공격을 무효화한 결과, 시합은 소모전에 돌입하기 직전의 단계까지 와 있었다.

이대로 계속하면 먼저 체력이 바닥나거나 집중력이 끊기는 자가 패하게 될 것이 분명하다.

하지만 대인전을 좋아하는 메이린과 레비아드는 그런 식으로 결판이 나는 걸 납득할 인물들이 아니었다.

확실한 일격으로 확실하게 승패를 갈라 승리를 거두는 것. 두 사람 모두 그러한 방식에 긍지를 느끼고 있는 것이다.

(둘 다 성가신 성격인 것은 매한가지니 말이야.)

양쪽 모두를 아는 미라는 그런 두 사람을 보고 정말 성가시기 그지없다며 미소 지었다. 하지만 무시하는 듯한 낌새는 전혀 없었다. 그저 조금 어이가 없다는 생각이 들 뿐이었다.

마지막에 이기기만 하면 과정은 아무래도 좋다. 그것이 '군세'라는 이명을 지닌 덤블프의── 미라의 스타일이고, 소모전으로 몰고 가면 항상 이겨왔기에 그렇게 정착된 것이었다.

그에 반해 명확하게 승패를 가르기를 바라는 두 사람은 일정 거리를 유지한 채 눈싸움을 벌이고 있다.

양측 모두 일격필살을 노리고 있다. 심지어 이 대회 중에 한 번도 사용하지 않았던 기술을 쓸 것이다.

미라의 해설을 통해 그 사실을 알게 된 관객들은 오늘의 하이라이트를 보는 듯한 집중력으로 무대 위를 바라본 채 마른침을 삼켰다.

순수한 마음으로 프리퓨어를 응원하는 아이들과 커다란 친구들. 그 밖에도 개중에는 이번 승패에 큰 희망을 걸고 있는 자도 있었다.

(부탁한다, 메이린……!)

미라 역시 소환술의 미래를 위해 기도했다.

온갖 감정과 의도들이 뒤섞인 가운데, 심상치 않은 기운이 투기장을 뒤덮기 시작했다.

그 중심에서 대치 중인 두 사람의 눈에서는 타오를 듯 뜨거운 투지와 호적수를 만났다는 기쁨의 빛이 황황한 광채를 내뿜고 있었다.

그리고 그렇기에 질 수 없다는 오기가 두 사람의 사이에서 격렬하게 부딪혔다.

두 사람 정도의 실력이 있으면 마음껏 온 힘을 다할 수 있는 상대를 찾기란 그리 쉬운 일이 아닐 것이다.

따라서 두 사람은 이 시간이 끝나 버리는 것이 아쉽다는 듯한 표정을 짓고 있으면서도 승리에 대한 갈망으로 가득 차 있었다.

그리고 그 일은 한순간에 벌어졌다——.

두 사람의 모습이 사라지더니 하늘을 찢을 듯한 파열음이 울려 퍼진 것이다.

게다가 찰나의 순간 후, 강렬한 진동과 함께 두 개의 충돌음이 무대를 뒤흔들었다.

"이건 대체, 무슨 일이 일어난 걸까요……?!"

피나슈는 이제 몇 번째인지도 알 수 없는 말을 입밖에 내더니, 이번에는 이전보다 더욱 더 영문을 모르겠다는 듯한 눈길로 무대 위를 바라보았다.

피나슈, 그리고 관객들이 정신을 차려보니, 메이린과 레비아드는 무대를 둘러싼 석벽을 뚫고 처박혀 있는 상태였기 때문이다.

어떠한 공방이 오고갔기에 이런 결과가 나타난 걸까. 모두가 그런 의문을 품음과 동시에 기대했다. 그러한 물음에 명확한 답을 줄 미라의 해설을.

하지만 미라는, 이번에는 그런 기대에 응할 수가 없었다.

"흐~음, 정말이지 대단하구나. 방금 그건 이 몸도 끝까지 좇을 수가 없었다. 잔류한 술식의 흔적으로 미루어, 프리퓨어 선수는 강력한 일점돌파형 선술, '요이미츠키(宵滿月)'를 날린 걸로 추측된다. 그리고 톰독 선수도 상응하는 기술로 대항한 듯한데…… 어떻게 부딪혔기에 이렇게 된 겐지……."

현장의 상황과 직전까지의 상태. 그를 통해 어느 정도는 해석할 수 있었다. 하지만 두 사람이 교차한 순간, 온 힘을 다해 부딪힌 그 순간 두 사람이 어떠한 공방을 펼쳤는지까지는 미라조차도 파악할 수가 없었다.

메이린이 날린 술식은 가장 중요한 순간에 날리기에 걸맞은 오의였다. 그것과 맞선 레비아드가 무엇을 어떻게 했기에 둘 다 사이좋게 벽에 격돌한다는 결과가 나온 것일까.

"설마 미라 씨까지, 파악할 수 없을 정도였다니……. 이거 터무니없는 일이 벌어졌습니다! 과연 두 선수는 무사할까요?!"

이 결승전까지 오는 동안, 어느 시합, 어떤 전개에서도 그 자리에서 일어난 모든 일들을 정확하게 해설해 온 미라가 유일하게 모르겠다고 말한 한순간의 공방.

피나슈는 시합뿐 아니라 그런 미라의 말에도 놀라움을 표했다.

게다가 그렇게 놀란 것은 피나슈뿐이 아닌 듯했다. 동시에 객석 쪽에서도 술렁거리는 분위기가 퍼져 나갔다.

"아니, 정령여왕이 파악하지 못했다니. 얼마나 빨랐기에……."

"미라 님조차 알 수 없을 정도라니, 저 둘은 대체 정체가 뭐지?"

"굉장한걸. 나도 방금 전 건 안 보였어. 이거 정말 엄청나네."

무대 위에서 일어난 한순간의 공방. 평범한 사람은 물론이고 회장에 있던 일류 모험가들 중 그 누구도 포착하지 못한 전개. 지금까지 당연하다는 듯이 해설했던 정령여왕조차도 파악할 수 없을 정도의 무언가.

그런 상황이 벌어지자 관객들은 더더욱 흥분했다.

프리퓨어와 톰독. 두 사람의 정체는 대체 무엇일까. 정체를 숨긴 초일류 모험가일까, 아니면 어느 나라의 장군일까, 그도 아니면 전설에 이름을 남긴 격동의 시대의 강자일까.

상상 이상으로 처절한 시합 전개에 억측이 난무하고 회장 전체가 더 큰 열기에 휩싸이기 시작했다.

그리고 여러 기대로 가득한 수많은 눈이 지켜보는 가운데, 두 선수의 상태를 확인하기 위해 심판이 무대로 올라가려던 직후의 일이다.

두 사람에게 움직임이 있었다. 메이린과 레비아드가 박혀 있던 벽에서 힘없이 빠져나온 것이다.

아무래도 좀 전까지의 상태는 서로 치고받은 결과인 모양이다. 게다가 동시에 날린 것이 결판을 내기에 걸맞은 필살기이기도 해서 무대에 다시 서기는 했지만 두 사람은 만신창이가 되어 있었다.

하지만 그럼에도 두 사람의 눈은 반짝반짝 빛나고 있었다. 서로의 실력을 인정하면서도 승리는 양보하지 않겠다는 의지가 활활 타오르고 있었다.

"서 있는 것도 고작인 듯한 모습입니다. 하지만 양측 모두 걸음을 멈추지 않습니다!"

"이제 남은 건 오기뿐일 게다. 그것만으로 움직이고 있는 게야."

메이린과 레비아드는 한 걸음씩 몸을 질질 끌다시피 해서 서로에게 다가갔다.

그리고 양측 모두 다시 무대 중앙에서, 한 걸음에 파고들 수 있는 거리까지 접근했다.

동시에 자세를 취한 순간, 투기장 전체에서 소리가 사라졌다.

분명 이번 공방으로 결판이 날 거다. 그렇게 직감한 모두가 숨쉬는 것도 잊을 만큼 집중한 채 무대 위를 바라보았다.

또한 실황 해설실에서도 피나슈뿐 아니라 미라도 두 사람이 어떻게 움직이는지 이번에야말로 놓치지 않겠다며 모든 신경을 무대에 집중시켰다.

투기장이 무시무시한 긴장감에 휩싸였다.

마치 시간이 멈춘 듯, 모두가 미동도 하지 않는 가운데 얼어붙을 듯 날카로운 기운만이 중앙에서 소용돌이쳤다.

영원히 이대로 멈춰 있는 것은 아닐까. 그런 착각마저 들 만큼 팽팽했던 정적은, 찰나의 순간 후에 요란하게 깨지고 말았다.

정에서 격동으로 흐름이 바뀌어, 레비아드가 순간적으로 먼저 움직였다. 몸이 상처투성이가 되었음에도 불구하고 몸의 중심을 낮추고 두 다리에 힘을 집속시킨다.

그것은 그의 주특기로, 초고속이동을 통해 필살의 일격을 날리기 위한 자세다. 선수(先手)의 선수를 취하기 위한 궁극의 수단이라 할 수 있는 오의다.

그렇기에 메이린은 재빨리 반응했다. 선수를 빼앗기면 불리해진다. 반사적으로 그렇게 판단한 것인지, 오른손에 마나를 집속시켜 활로를 열고자 뛰쳐나갔다.

직후——.

질주하는 메이린 앞에서 레비아드는 그러기를 기다렸다는 듯이 자세를 바꾸어 손에 든 무기를 그 자리에서 힘껏 휘둘렀다.

토오아테*다. 그것은 '투술'의 기초라 알려진 원거리 일격이다.

하지만 기초이기에 그 위력은 사용자의 기량에 따라 크게 좌우된다. 때문에 그 정도의 실력자가 사용하자 거대한 바위조차도 베어 버릴 정도가 되었다.

이 판국에서도 레비아드는 페이크를 섞은 것이다. 비장의 카드인 오의를 사용하는 척해서, 거기에 반응한 상대를 격추시키기 위한 기습이다.

그는 알고 있었다. 너덜너덜해진 몸으로는 오의의 속도를 견딜 수 없다는 사실을. 그렇기에 유인책이라는 도박에 나선 것이다.

그 도박은 보기 좋게 성공했다. 서로 기술을 모두 사용한 상태이기에 그 유인책은 예상보다 큰 효과를 발휘했다.

예상치 못한 토오아테. 그것은 보고 있던 모든 이의 허를 찌른 일격이라 관객석이 술렁대기 시작했다.

미라와 피나슈 역시 이 아슬아슬한 상황에서 내지른 기습에 탄성을 터뜨리고 말았다.

그 순간——.

【선술 · 천 : 연충】

---

*원거리에서 닿지 않고 공격하는 기술. 장풍과 비슷한 개념이다.

그 무엇보다도 미라의 눈을 휘둥그레 만든 광경이 펼쳐졌다.

레비아드가 날린 카운터 일격. 너무도 완벽해서 회피조차 불가능한 타이밍에 그것을 날린 직후, 메이린 역시 선술을 내지른 것이다.

충격파가 무대 위를 가로지른다. 대체 어디까지 예상한 것일까. 메이린 역시 움직인 순간부터 원거리용인 그 선술을 사용할 준비를 마친 상태였던 것이다.

우직하게 맞붙을 속셈인 줄 알았더니, 메이린 역시 이 마당에 와서 꼼수를 준비하고 있었다.

토오아테에 맞서듯이 날린 연충으로, 메이린이 레비아드의 기습을 보기 좋게 상쇄——했다고 생각한 순간, 그 일이 일어났다.

"허어……!"

토오아테와 연충이 서로 스치듯이 교차해 지나간 것이다.

메이린은 이 국면에서도 방어하지 않고 공세에 나섰다.

다음 순간, 반드시 적중할 타이밍에 동시에 날린 그것들이 두 사람에게 직격했다.

여러 겹으로 빚어낸 충격파를 레비아드는 순간적으로 들어 올린 두 팔로 받아 냈다. 하지만 엄청난 충격이 온몸으로 퍼져, 고통에 찬 목소리가 흘러나왔다.

메이린의 상황을 말하자면—— 토오아테를 왼팔로 받아 내고 있었다.

순간, 피보라가 일고 무대가 선혈로 물들었다. 하지만 그럼에도 메이린의 동작에는 망설임이 없어서 거침없이 나아갔다.

그 기세 그대로 레비아드에게 육박한다.

아주 작은 판단 차이. 다음으로 이어가기 위한 한 수. 급격한 동에서 다시금 정으로 돌아간 순간. 메이린의 주먹은 레비아드의 복부에 살며시 닿아 있었다.

레비아드가 충격으로 몸을 움츠린 짧은 틈에 메이린이 주먹을 내지른 것이다.

그리고 메이린은 그 자세 그대로 레비아드를 올려다보며 아주 즐거운 듯이 빙긋 웃었다.

"……항복이야."

그저 가져다 댔을 뿐인 주먹으로 무엇을 할 수 있을지. 레비아드는 전투를 통해 거기에서 여러 가지 가능성이 파생될 수 있음을 알았다.

그렇기에 이 상황이 된 시점에서 패배한 것임을 깨닫고 그 말을 입밖에 낸 것이다.

그 순간, 투기장 전체가 침묵에 휩싸였다. 무슨 일이 일어난 것인지, 무슨 일이 일어나고 있는 것인지 미처 파악하지 못한 탓이다.

짧은 정적이 생겨난 후. 레비아드의 말의 의미를 겨우 이해한 심판이 외쳤다.

"승자, 프리퓨어 선수!"

그 선언과 함께 관객석이 순식간에 들끓더니 전에 없이 요란한 박수갈채가 쏟아졌다. 무차별급의 결승전에 걸맞은 시합이었다는 찬사와 함께.

"후우…… 이것 참, 끊임없이 일어나는 노도와 같은 전개에 중계하는 걸 잊고 바라보고 말았습니다. 자, 미라 씨. 승패를 가른 포인트는 무엇이었다고 생각하시나요?"

피나슈는 숨 쉬는 것도 잊고 있었다면서 중계를 재개했다. 하지만 무슨 일이 일어난 것인지는 파악하지 못한 탓에 미라에게 의견을 구할 수밖에 없었다.

그에 반해 미라는 집중하고 있었던 덕에 승패를 가른 순간의 공방을 똑똑히 포착할 수 있었다.

그렇기에 아주 수다스럽게 떠들기 시작했다.

"흠, 그건 역시 선술의 일종인 '강체강기(剛體剛氣)'일 게다. 이는 온몸을 돌처럼 단단하게 만들어 방어를 강화하는 것이다만, 그 효과를 왼팔에 집중시킴으로써 톰독 선수가 날린 토오아테를 막아낸 게지. 그럼에도 팔 한 짝이 희생될 정도의 부상을 입었지만, 톰독 선수의 실력으로 미루어 볼 때, 본래는 팔 한 짝 정도는 가볍게 날리고도 남았을 게야. 저 정도에서 그친 것은 프리퓨어 선수의 탁월한 실력 덕분이지. 덕분에 팔 한 짝을 못 쓰게 되었지만 그 상황에서 대미지를 최소한으로 억제해 낸 게야. 그 결과, 몸을 보호하는 걸 중시한 톰독 선수와 달리 프리퓨어 선수가 마지막 일격을 먼저 날릴 수 있었던 게다."

그렇게 해설한 후, 미라는 토오아테에 의한 상처가 조금 더 깊었다면 오히려 프리퓨어 선수 쪽이 쓰러졌을 거라는 말로 코멘트를 마쳤다.

그렇게 미라가 신이 나서 해설하는 동안에도 무대 위는 여러모로 분주했다.

왼팔에서 엄청난 양의 피가 흐르고 있음에도 메이린은 어쩐지 익숙해 보였다. 그런 그녀에게 허둥지둥 달려가서 치료를 하기 시작한 것은 에스메랄다였다.

그 옆에서는 스태프들이 준비한 들것을 보고 레비아드가 고개를 가로젓더니 자기 발로 퇴장하고 있었다.

마지막에 맞은 연충으로 온몸이 너덜너덜해졌을 텐데도 그 걸음은 가벼웠으며, 그 얼굴에는 미소까지 떠올라 있었다.

(저 녀석도 여전한 것 같군그래…….)

재미있는 대전 상대를 찾았다고 말하는 듯한 표정의 레비아드를 바라보며 미라는 못 말리겠다는 듯이 어깨를 으쓱했다.

과거 많은 플레이어들을 두려움에 떨게 했던 최강의 플레이어 킬러 레비아드.

플레이어 킬러. 그 단어에는 부정적인 이미지가 따라붙기 마련이다.

강도에 텃세 부리기, 뉴비 사냥에 약자 괴롭히기 등, 실제로 그러한 욕구를 채우기 위해 플레이어를 노리는 자들도 많았다.

따라서 그중 태반은 말 그대로 범죄자처럼 취급되기도 했다.

아크 어스 온라인에서도 이러한 플레이어 킬러들은 대부분 지명수배의 대상이 되거나 현상금이 걸리는 등의 취급을 받았다.

그런 수많은 플레이어 킬러 중에서도 레비아드는 유명인이었는데…… 사실 그는 그러한 일반적인 이미지와는 다소 다른 면이 있었다.

그런 평가를 받는 것은, 분명 그의 플레이 스타일 때문이다.

(처음 만났을 때는 아주 놀라 자빠질 뻔했지.)

그가 타깃으로 삼는 것은 모두 강하기로 소문이 난 자들이다. 게다가 자신이 이긴 상대의 소지품도 일체 강탈하지 않았다.

그런 그의 목적은 바로 대전을 하는 것이었다.

레비아드는 극단적인 대전 마니아인 것이다. 그리고 거기에 집착하는 요소가 하나 더해지자 신출귀몰하는 살인귀라는 이미지가 만들어졌다.

그 집착 요소란, 바로 롤플레이(역할 놀이)다.

그리고 뜨겁게 불타오르는 대전을 추구하던 레비아드가 도달한 것이 플레이어 킬러라는 플레이 스타일이었다.

마음껏 대전을 신청할 수 있을 뿐 아니라 대전 상대가 복수를 위해 무리를 이루어 덤벼들기도 했다.

눈에 띄면 띌수록 보다 강한 자가 나타나, 더욱 긴장감 넘치는 대전을 즐길 수 있었다.

따라서 레비아드는 신출귀몰하는 그와 마주치면 그로써 끝인 살인귀라는 역할을 기꺼이 연기한 것이다.

강한 상대와의 싸움을 추구한다는 점에서는 메이린과도 통하는 면이 있다고 할 수 있으리라.

(흐~음, 그러고 보니 분명 많은 나라에서 지명수배 중이었을 텐데…… 지금은 어찌 되었을는지.)

레비아드에게 당했던 플레이어의 숫자는 많다. 게다가 그는 나라와 입장 등을 가리지 않고 강한 자를 우선적으로 습격했다.

강한 플레이어는 자연스럽게 높은 지위에 앉기 마련이고, 게임이었던 시절에는 그게 당연한 일이었다.

이유는 둘째 치고 플레이어 킬을 하고 다녔으니 필연적으로 원한이 쌓일 수밖에 없었다. 그 결과 레비아드는 많은 플레이어 국가에서 극악한 살인귀로서 지명수배자가 되었다.

(흠, 시간이 나면 슬쩍 상황을 살피러 가보는 것도 나쁘지 않겠구나!)

하지만 그것도 게임이었던 시절의 이야기다. 현실이 된 지금은 어떨까.

그와는 그럭저럭 교류가 있었으니, 미라는 다음에 인사라도 하러 갈까 생각했다.

〈25〉

투기대회의 메인이벤트 중 하나이기도 한 무차별급은 미라가 바란 대로 프리퓨어── 메이린의 우승으로 막을 내렸다.

그리고 그 다음에는 또 하나의 메인이벤트인 특별 토너먼트전이 시작되었다. 고명한 모험가와 역전의 용병, 일화를 남긴 영걸 등 세상 사람들 모두가 알 만한, 굳이 말하자면 히어로만으로 편성한 토너먼트다.

거기에 이름을 올린 자들의 인기는 각별해서, 관객들 중 절반은 이걸 보러 왔다고 해도 과언이 아닐 것이다.

하지만 무차별급 결승전이 너무도 격렬했던 탓에 무대가 심각하게 파손되어, 시합 개시가 다소 지연되었다.

그에 따라 휴식 시간을 갖게 된 미라는 마침 잘됐다 생각하며 구호실을 찾았다. 이런저런 배려로 인해 1인실로 준비된 방이었다.

"흠, 역시 에메코로군. 흉터조차 안 남았어."

메이린의 팔은 피보라가 일 정도로 상처가 깊었지만 에스메랄다가 치료해 준 덕분에 아주 말끔하게 나아 있었다.

덕분에 지금은 어딜 베였는지도 모를 정도였다.

"이제 말짱하다이거! 또 금방 싸울 수 있다해!"

침대에서 안정을 취하고 있던 메이린은 그렇게 답하며 벌떡 일어나더니 아무 문제도 없다고 어필했다.

하지만 그 순간, 바로 옆에서 대기하고 있던 에스메랄다가 조용히, 그러면서도 강한 힘으로 다시 침대로 끌고 갔다.

"안~돼, 당분간은 얌전히 있어, 메이짱. 상처는 나았지만 흘린 피까지 돌아온 건 아니니까. 평소처럼 움직이려 하면 빈혈로 금방 쓰러질 거야. 지금은 이거 마시고 얌전히 있어. 그러면 특별 시합까지는 다 나을 테니까."

"우으…… 알았다해……."

메이린은 건네받은 컵에서 풍기는 냄새에 얼굴을 찌푸리면서도 에스메랄다가 내뿜는 무언의 압박감을 느끼고는 결심을 굳히고, 그 안에 든 것── 특제 증혈제를 단숨에 들이켰다.

그러더니 메이린은 부자연스럽기 그지없는 모양새로 쓰러지고 말았다.

다른 사람도 아니고 에스메랄다가 준 약이니 효과는 확실할 것이다. 하지만 그 반응으로 미루어 볼 때, 맛은 필설로 다하기 어려울 만큼 지독한 모양이다.

"흐음, 그런데 레비…… 톰독 쪽은 어디에 있느냐?"

이왕 온 김에 얼굴이나 보자는 생각에 미라는 에스메랄다를 쳐다보며 그렇게 물었다.

본 바에 따르면 그도 상당히 깊은 부상을 입었었다. 그러니 에스메랄다가 이끄는 구호반에게 신세를 졌을 터인데.

"아, 그 사람도 플레이어 같던데, 혹시 아는 사람이었어?"

에스메랄다는 미라의 반응을 통해 대충 감을 잡은 눈치였다.

"음, 아마도 말이다."

미라가 그렇게 답하자 에스메랄다는 고개를 끄덕이며 "그렇구나"라고 말하면서 미라를 물끄러미 쳐다보았다.

"무…… 무어냐?"

어쩐지 속을 들여다보는 듯한 에스메랄다의 시선에 미라는 뭔가 이상한 소리라도 했던가 싶어서 반사적으로 물었다.

"아냐, 그냥 게임이었던 시절 이후로 만난 적이 없다면, 지금의 모습을 어떻게 설명하려는 걸까 궁금했던 것뿐이야."

"아……."

에스메랄다의 말은 지금의 상황에서 매우 일리가 있는 지적이었다.

에스메랄다 일행을 비롯해서 미라의 정체가 덤블프라는 사실을 아는 자는 꽤 많아졌다.

하지만 그 사실은 본래 국가기밀이다. 같은 국적에 그럭저럭 교류가 있었다고는 해도 선뜻 이야기할 수는 없는 일이다.

게다가 지금의 모습을 보고 어떻게 생각할지도 알 수가 없다. 과거의 위엄 있던 이미지가 박살날 우려도 있다.

"듣고 보니 그렇구나……."

새삼 그 사실을 깨달은 미라는 제 몸을 보호하는 걸 우선시하고자 "흠, 인사는 다음에 하도록 할까" 하고 생각을 바꿨다.

(다음에 아르마나 솔로몬한테라도 물어보도록 할까.)

나라의 장인 두 사람이라면 타국의 정보도 어느 정도는 입수할 수 있을 테니, 그를 통해 레비아드의 지명수배에 관한 정보도 알 수 있을 거다.

어찌 되었건, 친구인 그는 투기대회에서 준우승을 할 정도로 여전히 노력 중인 모양이다.

그것만이라도 알게 되어 다행이라 생각하며, 미라는 아직 만나지 못한 다른 친구들은 어떻게 지내고 있을까 생각했다.

무대 수리가 완료되어 드디어 많은 이들이 애타게 기다렸던 특별 토너먼트 개시 시간이 되었다.

그 토너먼트에 참가하기로 한 것은 모두 누구나 알 법한 유명인들이다.

일전에 미라도 만난 적 있던, 요즘 대세인 모험가 잭그레이브.

남자들에게 인기 넘버원인 엘레오노라.

온 대륙에 이름을 떨치고 있는 길드, 에카르라트 카리용의 단장 셀로.

모르는 자가 없을 만큼 유명한 마수 사냥꾼, 리가드하켄.

백을 넘는 흉악 지명수배범을 잡아들인 현상금사냥꾼, 리그라구 젠킨스.

거기다 나라의 대표로 출장하는 군인들의 모습도 여럿 보였다.

(오, 저 자가 우리 대표인가. 가만, 분명…… 솔로몬이 취미로 키우기 시작했다는 특수부대의 일원이었던 것 같은데…….)

마도공학을 응용하는 부대는 니르바나의 엑스마키나뿐이 아니다. 알카이트 왕국에서도 그 연구는 진행되고 있었다.

군에서도 마도공학을 응용한 병기와 술구의 운용에 능한 자들로 편제되어 비밀리에 제조된 총화기와 비슷한 술구를 메인 무기로 사용하는 부대.

완전무장 했을 때의 모습은 그야말로 판타지 세계와는 거리가 먼 자위대의 그것 같았다.

미라가 선물로 가지고 돌아간 미채 망토와 암시(暗視) 고글 등의 영향으로 그동안 억눌러 왔던 솔로몬의 취미가 폭발해 버린 결과 탄생한, 업보 깊은 부대라 할 수 있을 것이다.

하지만 그럼에도 운용 실적은 놀라울 정도였다.

장갑차량으로 빠르게 달려가 신속하게 마물을 격파. 나아가 흉악 범죄에도 대응하여 많은 국민들을 구해 냈던 것이다.

알카이트 왕국에서 느긋하게 지내던 당시, 미라는 그 훈련을 견학한 것도 모자라 거기에 억지로 어울리게 됐던 적이 있었다. 그렇기에 지금 무대 위에 있는 그가 그 부대의 대장이란 걸 알 수 있었다.

(아~…… 경험을 쌓게 하려고 보낸 게로구먼…….)

솔로몬이 준비한 특수한 장비를 사용하는 것을 전제로 한 부대지만, 상황에 따라서는 맨몸으로 돌파를 해야만 할 때도 있을 것이다.

이 투기대회는 그를 위한 실전 경험을 쌓는 데 아주 제격인 것이다.

그 사실을 알아서인지 대장은 조용히, 뜨거운 투지를 불사르고 있었다.

분명 이름은 '디아스'였던 것 같은데——. 미라는 그런 그에 관한 기억을 떠올리며 상황을 살피다가 운영진에게 건네받은 자료를 훑어보았다. 다른 나라에서 보내온 정예들에 관한 간결한 정보가 실려 있었다.

거기에 기재된 인재는 그야말로 다종다양했다. 젊은이부터 숙련된 장교까지 여러 계층의 사람이 모였다.

이 토너먼트는 단순한 토너먼트가 아니다. 배울 수 있는 것도 많을 것이다. 그렇기에 각국은 여러 가지 의도를 가지고 그들을 보내온 것이리라.

(자아, 어떤 결과가 나올는지…….)

이 중에서는 역시 셀로가 우세할까. 미라는 그런 예상을 하며 피나슈와 함께 이 특별 토너먼트 실황 중계의 분위기를 고조시키고자 노력했다.

특별 토너먼트전. 거기 참가하기로 한 것은 여왕 아르마가 선발한 강자 열여섯 명과 우호 관계에 있는 나라에서 대표로 참전한 열여섯 명이다.

여왕이 아주 제대로 마음을 먹었는지, 선출된 인원은 다들 인기와 실력 면에서 모두 대륙에서 손꼽히는 자들이었다.

(그나저나 참, 인기에 편승해 잘도 뽑았구먼.)

언뜻 본 미라는 그런 인상을 받았는데, 대회 운영면에서 보면 정답이기는 했다. 초대 선수들의 높은 인기 덕분에 각 시합들은 무차별급과 다른 의미에서 뜨겁게 달아올랐다.

또한 무엇보다도 시합이 성황을 이룬 이유는 특별 토너먼트가 특별한 이유와 같았다.

"드디어 나왔습니다, 엘레오노라 님의 애검, 화이트 프림! 그 광채는 밤하늘에 빛나는 보름달과 같습니다!"

놀랍게도 무차별급과 달리 특별 토너먼트는 무구 제한이 일체 없는 것이다.

요컨대 소문이 자자한 영웅들이 정말 일화와 같은 싸움을 펼친다.

하늘을 가르는 성검, 어떤 술식이든 튕겨내는 방패, 바람처럼 달리는 신발, 화염 그 자체를 집속시켜 무기를 생성하는 자루 등. 진심 그 자체의 무장이라 해도 과언이 아닌 그것들을 사용한 전투라 아주 박력이 넘쳐흘렀고, 관객들은 이야기로만 들었던 그러한 광경들 앞에서 매우 열광했다.

하지만 그런 객석측 방어를 담당하는 술사들의 고충은 이루 말로 하지 못할 수준이기는 했다.

(이거 참, 눈을 못 떼겠구먼……!)

하지만 그것은 니르바나 술사들이 할 일이다. 미라는 알 바 아니라 생각하며 싸우는 엘레오노라의 모습에 감탄했다.

그녀에 관한 소문은 요염하고도 아름다운 외모에 대한 것이 대부분이지만 실력 역시 진짜배기이기는 한 것이다.

특히 흘려 넘기는 동작은 그야말로 달인의 영역에 이르렀다 해도 과언이 아니라, 홀리나이트에게 익히게 할 수 없을까, 하는 생각이 절로 들 만큼 매력적이었다.

(호오호오, 가끔씩 소문을 접할 만큼의 실력은 되는군그래.)

요즘 대세라 해도 과언이 아닌 잭그레이브의 시합이 이어졌다. 그가 싸우는 모습을 본 미라는 엉터리처럼 보이지만 세련된 그 검술에 감탄했다.

해설용으로 준비된 자료에 의하면 그의 기술은 모두 아류라는 모양이다. 실제로 파격적이라는 말이 잘 어울리는 모습을 보며 미라는 그 기술 하나하나에 주목했다.

기본적으로는 호쾌한 검술이지만 곳곳에서 유연성이 느껴지고, 그를 기점으로 여러 가지 기술로 파생되어 나간다.

(흠, 이 역시 가르침을 구하고 싶구나!)

다크나이트도 호쾌한 검술을 사용한다. 그의 기술을 습득할 수 있다면 한층 더 파워업할 수 있을지도 모른다.

그런 생각을 하며 미라는 잭그레이브라는 이름을 마음에 똑똑히 새겨 두었다.

(호오, 그 무렵보다 실력이 더욱 늘었구먼!)

에카르라트 카리용의 단장 셀로. 그의 기술은 키메라 클로젠과의 결전에서 함께 싸웠을 때 본 것보다 더욱 날카로워져 있었다.

이제는 잿빛기사도 상대가 안 될 거다.

하지만 조금 전과 달리 그 기술을 가르쳐 줬으면 좋겠다는 생각은 안 들었다.

그 이유는 그의 검술이 그이기에 다룰 수 있는 것이며, 까마득히 먼 경지에 있는 것임을 알기 때문이다.

이걸 습득하는 건 잿빛기사는 물론이고 알피나에게도 불가능할 것이다.

그렇게 그 밖에도 여러 이름난 초대 선수의 시합이 펼쳐졌다.

특별 토너먼트 제1회전 16시합을 끝으로 이날의 일정은 종료되었다.

그리고 다음 날, 아침부터 특별 토너먼트 제2회전이 시작되었다. 미라 역시 약간 졸린 얼굴이기는 했지만 실황석에서 오늘도 분발했다.

강자들이 모인 가운데 1회전에서 승리한 자들답게 2회전 이후의 시합은 더욱 뜨겁게 달아올랐다.

그런 가운데 알카이트의 특수부대 대장인 디아스가 관객들에게 생각지 못한 반향을 불러 일으켰다.

장비에 제한이 없기는 했지만 시합이기도 해서 그는 비살상 계열의 장비를 주로 사용했다.

하지만 그럼에도 디아스가 사용한 것은 '일단 당장 죽을 정도만 아니면 괜찮은 거잖아?'라고 말하는 솔로몬의 미소가 언뜻 보이는 것만 같은 무장들이었다.

그리고 그것들을 구사해서 싸우는 디아스의 모습은 그야말로 작전 수행에 목숨을 건 특수부대원 그 자체처럼 보였다.

무대 위를 난무하는 총탄은 관통은 하지 않아도 작은 폭발을 일으켜서 대미지를 입히는 범위로 치면 악독하기 그지없었다.

수류탄 대신 작열한 섬광탄에는 전격 술식이 걸려 있었는지, 눈과 귀를 멀게 할 뿐 아니라 온몸을 파괴할 생각으로 가득해 보였다.

가장 흉악했던 것은 연막탄이었다.

평범한 연막이 아니라 최루 가스 사양으로 개조를 해둔 것이다. 그리고 디아스는 장비 중 하나인 가스마스크를 장착한 후, 암시 스코프를 병용하여 연기에 숨어서 총격을 가하는 악독한 짓을 저질렀다.

(피도 눈물도 없군그래…….)

어딘지 모를 나라의 기사단장이 정정당당하게 그런 디아즈와 맞서다가 패퇴했다.

정면에서 치고받았다면 디아스에게 승산은 없었을 정도의 실력을 지닌 기사단장이었다.

중계를 하고 싶어도 최루 가스 연기 속에서 무자비한 제압이 이루어진 탓에 아무 말도 할 수 없었고, 때문에 미라는 군인으로서의 임무 수행력은 최고라고 해설하는 게 고작이었다.

(나 원, 이런 부대를 키워서 뭘 어쩌겠다는 게야.)

미라는 아주 어이가 없다는 듯이 웃었지만 솔로몬의 의도는 어느 정도 짐작하고 있었다.

이건, 완전히 그의 취미라는 것을.

다만 그렇게 취미로 만든 부대임에도 대장인 디아스는 꽤나 활약을 했다. 아닌 게 아니라 A랭크 모험가도 있는 토너먼트에서 2회전까지 돌파했을 정도다.

그러나 3회전에서 셀로와 붙는 바람에 그의 진격은 거기서 끝났다.

어쨌든 앞으로 그가 담당하게 될 정규 임무인 흉악 범죄자에 대한 대응에서도 충분히 활약할 수 있는 부대가 되기는 할 것 같다.

그를 위한 경험도 쌓았으니 어떻게 보면 솔로몬 혼자 이득을 본 셈이라 해도 과언이 아닐 것이다.

〈26〉

무차별급과는 다른 시합 전개로 뜨겁게 달아오른 특별 토너먼트전. 그 중에는 신경 쓰이는 선수도 한 명 있었다.

"오오, 방금 전 것은 이 몸도 간파해 낼 자신이 없구나. 과연 그 유명한 워렌베르그 공의 손자로군!"

워렌베르그 비르타넨. 삼신국 중 하나인 오즈슈타인이 자랑하는 삼신장의 이름이다.

그런 대영웅의 손자 헤무도르가 놀랍게도 이 투기대회 특별 토너먼트에 출전했던 것이다.

심지어 자료에 따르면 헤무도르는 올해 오즈슈타인군이 자랑하는 거수기병단의 군단장으로 취임했다고 한다.

후원자를 비롯해서 지위와 집안 모두 갖췄다 해도 과언이 아닌 남자. 말 그대로 궁극의 손자라 할 수 있는 그는 어지간한 왕족도 벌벌 떨 정도의 권력을 지닌 셈이었다.

그런 그가 대체 무슨 이유로 투기대회에 출전한 것일까.

아르마가 보낸 초대장에는 당연히 거물을 보내라는 말 같은 건 적혀 있지 않았다. 군부의 힘을 시험해 볼 장을 준비했는데 어떠하십니까, 정도의 내용이었다.

그런데 설마 이 정도의 거물을 출전시킬 줄은 몰랐다며 아르마도 매우 놀란 눈치였다.

(그나저나 최근 30년 동안 무슨 일이 있었던 겐지. 그 손자가 용케 저만한 전사로 성장했군그래…….)

삼신장은 아틀란티스의 '이름 없는 사십팔장군'이 모두 싸움에서 패배했을 정도의 실력을 자랑하는, 그야말로 신에 가깝다고 여겨지는 실력자다.

그리고 미라는 그런 삼신장 중 한 명인 워렌베르그와 관련된 소동에 휘말려든 적이 있었다.

그것은 오즈슈타인에서 발생한 악마 관련 사건에서 발단한 일련의 소동이다.

특히 악마의 활동도 활발했던 당시, 그 지위와 위광 때문에 삼신장 주변에서는 여러 가지 음모가 소용돌이치고는 했다.

그 중 하나가 그, 워렌베르그의 손자인 헤무도르가 아직 10대 중반이었을 적에 일어난 사건인데, 덤블프를 비롯한 아홉 현자는 그 사건을 해결로 이끄는 큰 공적을 세우기도 했다.

(그때 벌벌 떨고 있던 헤무도르 소년이 이제는 명예로운 거수병단 군단장이라니. 훌륭히도 자랐구나아.)

미라가 아는 과거의 헤무도르는 삼신국의 손자라는 입장 탓에 응석받이 도련님의 극치라 할 수 있는 소년이었다.

그런 그가 이제는 당시의 흉터조차도 어울리는 어엿한 기사로 성장했다.

시간의 흐름에 따른 변화는 참으로 신기해서, 생각지 못한 기적과 놀라움을 가져다준다.

실로 알기 쉬운 변화를 목격한 미라는 감회에 젖어 미소를 띤 채 얼마나 강해졌을까, 생각하며 그의 시합에도 주목했다.

특별 토너먼트도 진행되고 해도 기울어졌을 무렵. 드디어 결승전 차례가 되었다.

(흠, 이렇게 되었는가.)

조명이 밝혀진 무대에 선 두 선수.

그 중 한 명은 미라의 예상대로 셀로였다.

역시 대륙 규모라 할 수 있는 길드, 에카르라트 카리용의 단장답게 실력도 출중하다. 잭그레이브와 엘레오노라처럼 물이 오른 신진기예 모험가를 제치고 그 실력을 뽐내며 연승을 거두었다.

그런 그의 대전 상대로 마주선 자는, 바로 헤무도르였다.

일찍이 그는 손쓸 방도가 없을 정도의 도련님이었지만 역시 가늠하기 어려울 정도의 재능을 타고 났던 데다 상응하는 노력도 해온 것이리라. 훌륭하게 성장한 그는 진정한 실력만으로 그 자리에 서 있었다.

(리그라구 젠킨스라는 현상금 사냥꾼도 상당한 실력자였건만, 설마 그렇게 쉽게 꺾을 줄이야. 대체 당시부터 얼마나 실력을 키운 겐지.)

미라는 그 소년이 이렇게까지 늠름해진 게 용하다며 감탄했다.

하지만 그렇게 얼마간 감회에 젖어 무대를 바라보던 도중, 어째서인지 회장 쪽에서 좀 이상한 분위기가 느껴졌다.

특별 토너먼트 결승전. 가장 뜨거운 시합이 시작되려는 타이밍인데도 말이다.

들려오는 성원과 함성 속에, 장소와 어울리지 않는 음색이 섞여 있었던 것이다.

이거 대체 무슨 일이 일어난 것일까.

『알피나여. 뭔가 투기장이 술렁거리고 있는 듯하다만, 무슨 일이 있었는지 아느냐?』

해설석에서는 자세히 파악할 수가 없어서 미라는 관객석에 있는 알피나에게 상황을 물었다.

『네, 주인님. 여기서 들리는 범위에서 판단하자면, 아무래도 셀로 님의 대전 상대인 헤무도르라는 자가 여기까지 올라온 것을 많은 이들이 이상하다고 여기고 있는 듯합니다.』

처음으로 돌아온 것은 그러한 보고였다.

이어서 미라가 그렇게 이상해 하는 원인이 무엇이냐고 묻자『잠시 기다려 주십시오』라는 대답이 돌아왔다.

처음에 물은 직후부터 자매들이 원인 규명을 위해 움직이기 시작했다는 듯했다.

그리고 1분도 채 지나지 않아 그 원인을 보고해 왔다.

자매들이 모은 정보에 따르면 아무래도 과거 그의 소행이 근본적인 원인이라는 모양이다.

(흐~음…… 허나 어쩔 수 없는 일일지도 모르겠구먼…….)

헤무도르가 삼신장의 손자로서 방약무인하게 행동했던 시절에 생긴 나쁜 인상이 미라가 생각했던 것보다 더 깊이 뿌리를 내린 듯했다.

하지만 그 또한 대륙 전토에 영향을 미치고 있는 삼신교의 이름을 등에 업은 장군의 손자였기 때문이리라.

궁극의 부모의 후광으로 인해 중요한 직위에 오른 도련님. 그것이 알피나 일행이 들은 세상 사람들의 일반적인 인상이었다.

그런 도련님이 이름난 모험가들을 누르고 결승전에 진출한 지금의 상황이 관객들의 동요와 놀라움으로 이어져, 이 뭐라 형용하기 어려운 결승전의 분위기를 자아내고 있는 것이다.

(어디, 30년 동안 얼마나 바뀌었을꼬.)

당시의 그는 분명 칭찬할 수 없는 인물이었다. 하지만 그 시절에서 30년이 흘렀다. 과거를 돌이켜보고 다시 시작하기에는 충분한 시간이었다.

또한 무엇보다도 이 특별 토너먼트에서 연승을 거두는 것은 보통 어려운 일이 아니다. 분명 이번 결승전을 통해 그가 얼마나 노력을 해서 힘을 키웠는지 또렷하게 알 수 있을 것이다.

미라는 어쩐지 손자를 지켜보는 듯한 얼굴로 시합에 주목했다.

특별 토너먼트 결승전이 시작된다.

한 명은 셀로. 온 대륙에 이름을 떨치고 있는 에카르라트 카리용의 단장으로 명실공히 수많은 전공을 세운, 모두가 아는 영웅이다.

그 상대는 헤무도르. 그 유명한 삼신장을 할아버지로 두었으며 어릴 적에는 상당한 문제아로 악명을 날렸던 남자다. 게다가 부모의 후광으로 명예로운 거수기병단의 군단장이 되었다는 소문도 돌았다.

그런 두 사람의 시합이다 보니 대부분의 관객들은 셀로가 압승할 것이라 예상했고, 헤무도르의 콧대를 납작하게 해주기를 바라는 듯한 얼굴을 하고 있었다.

"오오~ 셀로 선수가 거리를 벌렸습니다~!"

"흠. 헤무도르 선수의 저 자세는, 오묘한 분위기를 풍기니 말이다. 섣불리 접근하면 위험할 게야."

관객들의 기대, 그리고 예상과 달리 결승전에서는 치열하기 그지없는 격전이 펼쳐지고 있었다.

할아버지가 삼신장이라 실력에 맞지 않는 지위에 올랐다고 인식되고 있는 헤무도르가 셀로와 막상막하로 겨루고 있는 것이다.

그런 광경을 목격한 관객들이 술렁거리기 시작했다.

(한번 자리 잡은 인상과 소문이라는 것은 참으로 성가시지.)

미라는 셀로뿐 아니라 헤무도르도 응원하며 서서히 관객들의 분위기가 바뀌는 것을 느끼고 있었다.

애초에 헤무도르는 할아버지의 위광이 미치지 않는 이 무대에서 결승까지 올라온 것이다. 더불어 그가 격파해 온 자들은 모두 비겁한 수단이 통할만한 상대가 아니었다.

다시 말해서 지금의 그에게는 그만한 실력이 있는 것이다.

(그나저나 상상했던 것보다 훨씬 많이 성장했구나…….)

상위 플레이어 집단은 전체적으로 이 세계에서도 손에 꼽을 정도의 실력자다.

하지만 그게 전부라 할 만큼 호락호락한 세계가 아니라는 것 또한 사실이다.

삼신장을 필두로 아홉 현자와 같은 플레이어 세력의 정점조차 위협하는 걸물(傑物)이 존재한다. 그 유명한 지하 투기장의 옛 왕자처럼 상위 플레이어들에 필적할 정도의 존재도 분명 있는 것이다.

미라는 이때, 헤무도르에게서 그 편린을 느꼈다.

"또 버텨냈습니다~! 셀로 님……── 셀로 선수가 화려하고도 날카로운 검술을 펼쳤습니다만! 헤무도르 선수, 또다시 그걸 받아냈습니다! 엄청난 반응 속도, 엄청난 체술입니다!"

"저걸 모두 피하는 건 이 몸에게도 무리지. 게다가 서서히 적응하고 있구나. 헤무도르 선수는 이 시합 중에 더욱 강해졌어!"

일진일퇴의 싸움이 펼쳐졌다. 셀로의 실력은 초일류지만 헤무도르도 뒤지지 않았다. 그 재능 덕분인지, 전투 중에 진화의 조짐을 보이기 시작했다.

처음에는 헤무도르가 몇 분이나 버티면 다행일 거라고들 생각했지만, 정신을 차려 보니 시합 시간은 이미 20분이 지나 있었다.

(분명 저 녀석은 눈이 좋은 것일 테지. 저 미세한 움직임을 간파하고 반응하는 건 보통 사람에게 불가능한 일일 터이니.)

제3자의 시점이기에 보이는 움직임이란 것이 있기 마련이고, 그렇기에 예측할 수 있는 상황도 존재한다.

헤무도르는 무대에 서 있음에도 그런 시점에서 상황을 볼 수 있는 모양이다. 몇 번 중 한 번 정도이기는 하지만 셀로의 칼을 날렵하게 피하고 반격까지 날렸다.

셀로와 헤무도르가 그런 시합을 펼치는 것이 관객들에게는 너무도 뜻밖이었는지. 투기장 안에는 이건 말도 안 된다는 듯한 분위기가 퍼지기 시작했다.

"정말 멋진 일격입니다! 헤무도르 선수, 이번에는 버티지 못하고 거리를 벌렸습니다."

"시합 중에 진화하고 있는 헤무도르 선수도 대단하지만, 역시 셀로 선수도 차이를 좁히는 걸 그냥 두고 볼 생각은 없나 보구먼."

헤무도르가 셀로의 검술에 적응하고 대응하기 시작한 것처럼 셀로 역시 헤무도르의 움직임을 파악한 듯했다.

칼을 휘두르는 폭까지 계산한 그의 검술에서는 그야말로 경험과 실적으로 키워온 무게가 느껴졌고, 그것은 헤무도르의 재능과 노력으로는 아직 도달할 수 없는 영역이었다.

그 후로 시합의 흐름은 서서히 셀로 쪽으로 기울어졌고 계속해서 열 합, 수십 합을 겨루었을 즈음, 드디어 셀로의 대명사이기도 한 추인(追刃)이 작렬했다.

한번 그었던 검광을 따라 다시금 참격이 번뜩이자, 그 일격이 헤무도르의 갑옷에 깊이 박혔다.

이로 인해 헤무도르의 자세가 무너졌고, 셀로가 그 목에 칼을 가져다 대었다.

그렇게 특별 토너먼트의 승자가 결정되었다.

셀로의 승리는 관객들이 바랐던 결과이기도 한 탓인지 회장은 흥분에 휩싸였다. 그야말로 떠나갈 듯한 환호성이 투기장에 울려 퍼졌다.

"——모든 것을 간파했다 해도 과언이 아닙니다. 이것이야말로 달인이기에 가능한 한 순간의 번뜩임이겠지요. 셀로 선수, 실로 훌륭한 일격이었습니다."

피나슈 역시 셀로의 팬에 가까운 마음으로 보고 있었는지. 관객에 지지 않을 만큼 흥분한 듯 보였다. 하지만 그럼에도 자신이 할 일은 잊지 않았는지. "헤무도르 선수는 그런 셀로 선수와 수준 높은 싸움을 펼쳤습니다. 두 분 모두 멋진 결승전이었습니다!"라는 말로 코멘트를 마무리했다.

"음, 그러게 말이다. 옛날에는 이런저런 일이 있었던 모양이다만, 이것이 현재 그의 실력인 게다. 대체 얼마나 많은 노력과 수련을 쌓았을지 상상도 안 되는구나."

분전했지만 패배한 헤무도르를 바라보며 미라는 과거의 문제아가 용케 이렇게까지 성장했다고 칭찬했다.

그러자── 그런 미라의 말에 의한 영향인지, 꼴좋다고 외쳐대던 목소리가 객석에서 쏙 들어갔다.

그런 가운데, 셀로가 무대 위에서 헤무도르에게 멋진 시합이었다며 경의를 표했다.

그 말에 헤무도르는 다소 겸연쩍은 얼굴로 "고맙군"이라고 답했다.

그러자. 이번에는 저 셀로와 막상막하의 싸움을 펼쳤다는 것을, 그에 걸맞은 노력을 해왔다는 것을 일부 관객들이 인정한 것인지.

다시 한번 두 사람의 건투를 칭송하는 박수가 터져 나왔다.

〈27〉

"자아, 특별 토너먼트의 결승전을 끝으로 특별 시합을 제외한 시합의 모든 일정이 종료되었습니다. 멋진 선수들에 의한 뜨거운 싸움은 막을 내린 것입니다. 이 투기대회에 출전한 모든 선수께 감사인사를 드리고 싶습니다! 멋진 시합을 펼쳐 주셔서 감사합니다!"

투기대회에서 개최되었던 각 토너먼트의 승자가 결정되었다.

무차별급 패자인 프리퓨어. 특별 토너먼트의 패자인 셀로. 그리고 그 밖에도 여러 부문별 승자가 모여 무대 위에 늘어섰다.

이제 트로피 수여 등이 시작될 예정이다. 대륙 최대의 투기대회이기도 한 데다 아르마 일행이 상당히 분발한 덕분에 그 상품은 어느 것 할 것 없이 호화스러웠다.

"——그리고 우승상금 50억 리프를 증정하겠습니다——!!"

사회를 맡은 피나슈의 목소리에도 힘이 들어가 있었다.

무차별급의 상품은 그 중에서도 특히 파격적이라 해도 좋을 만큼 호화스러웠다.

통 크게도 상금 50억 리프에 니르바나 황국이 소장하고 있던 전설급 무구까지 증정되는 것이다.

(50억…… 아아, 그만큼 있으면 가구정령 탐색도 수월해질 터인데. 이 몸도 출전했더라면……. 게다가 전설급 무구까지! 분명 니르바나에는 새벽의 신관(神冠)이 있었더랬지. 그것과 천제의 주쇄와 위왕의 혈선, 선주의 지장도 여기에 있었고. 이것들은 메이

린과의 상성도 좋으니 말이야. 과연 어떤 걸 고를지. 무엇이 되었건 나중에 빌려 달라고 부탁이나 해봐야겠구먼. 맛있는 도시락이라도 어디서 조달해 두면 다음에도 넘어올 것이야!)

상품을 증정하는 모습을 지켜보는 미라도 잔뜩 기합이 들어가 있었다.

메이린이 손에 넣었으니 그건 이제 알카이트의 것이다. 그리고 아홉 현자의 것이다. 마음껏 연구와 실험에 활용할 수 있겠다는 생각에 미라는 잔뜩 들떠 있었다.

남은 문제는 수많은 전설급 무구 중 메이린이 어느 것을 고를 것인가, 하는 거다.

생각해 보면 메이린이 우승하는 것은 거의 확정 사항이었다. 그렇다면 어느 것을 고를지 의논해둘 걸 그랬다는 생각이 뒤늦게 들었다.

하지만 아무리 동료라 해도 싸워 이긴 것은 메이린이다. 미라는 자기중심적인 생각을 뿌리치고 그녀의 자주성에 맡기기로 했다.

어떤 것을 고르건 소유권이 니르바나에서 이쪽으로 넘어온다는 사실에는 변함이 없다. 다시 말해서 어느 것을 고르건 무조건 알카이트에 보탬이 될 것이다.

귀국 후, 전설급을 주물럭거릴 날이 기대된다는 생각에 의기양양한 미소를 지은 채, 미라는 메이린의 선택을 지켜보았다.

그런데 놀랍게도――.

"음~…… 딱히 아무것도 필요 없다해. 그보다 빨리 강한 사람이랑 싸우고 싶다이거. 특별 시합을 시작해 줬으면 한다해!"

우승 상품 목록을 밀쳐내더니 그런 소리를 해댄 것이다.

그렇다, 메이린은 상금이나 상품 등을 시합의 덤쯤으로 인식하고 있었던 것이다. 그보다 지금은 우승자에게만 주어지는 십이사도와 시합할 권리 쪽이 중요하고, 나머지는 아무래도 좋다는 투였다.

(저 바보 계집이 무슨 소릴 하는 게야! 준다는데 받아 두어야지!)

상금과 상품, 둘 다 필요 없다는 예상치 못한 메이린의 선언에 투기장이 고요해진 가운데, 미라는 머리를 싸쥔 채 마음속으로 소리쳤다.

50억 리프와 전설급 무구. 이러한 투기대회였기에 그것들을 손에 넣을 권리가 주어진 것이건만.

본래 그것들은 요즘 세상에 그저 강하다는 이유만으로 쉽게 손에 넣을 수 없는 것들이기도 하다. 그 권리를 포기하는 것은 메이린답다고도 할 수 있겠지만, 그렇다고 해서 미라는 가만히 있을 수가 없었다.

"역시 프리퓨어 선수로군. 벌써 다음 싸움에 관한 생각으로 머리가 가득 모양이야. 이러한 대회에서 우승하려면 이 정도로 탐욕스럽게 힘을 추구할 필요가 있을지도 모르지. 허나 그것을 추구하는 것은 여러모로 힘든 일이라는 것도 사실이다. 특히 사람은 먹지 않으면 움직일 수가 없다. 허나 그럴 때 50억 리프가 있으면 어떻겠느냐. 맛있는 요리를 마음껏 먹을 수 있을 게야——."

객석으로 한정되어 있던 방송이 들리는 범위를 무대 위로 변경하여 미라는 메이린이 생각을 바꾸도록 달콤한 말을 늘어놓았다.

돈이 얼마나 중요한지를 메이린에게 알려줄 때, 가장 중요한 것은 식사와 연관 짓는 것이다.

그녀는 자급자족으로 충분히 식사를 마련할 수 있지만, 아무리 그래도 프로가 만드는 요리에 비하면 단조로워지기 마련이다.

하지만 돈이 있으면 맛있는 것을 잔뜩 사먹을 수 있다. 아이템 박스를 활용하면 보존도 되고 운반하기도 편하다.

미라는 어쩐지 설득이라도 하듯 우승 상금을 받아 잘 챙겨 두라고 재촉했다.

또한 미라의 의도를 알아챈 것인지 무대 위에 있는 증정자도 받아 달라고 설득하기 시작했다.

상금도 상품도 필요 없다. 그런 전개도 극적이고 좋지만, 그것들을 당당하게 간판에 내걸고 있던 주최자측에게는 복잡한 문제이기도 하기 때문이다.

게다가 분발해서 마련한 상품을 거부당하면 나라의 체면이 깎이게 될지도 모른다.

그러자 그런 두 사람의 말이 먹혀든 것인지 메이린이 상금 수령을 승낙하기로 하여 "맞다이거, 굉장하다해. 맛있는 걸 잔뜩 먹을 수 있다이거!"라고 답했다.

덕분에 미라 일행뿐 아니라 관객들도 안도한 눈치였다. 프리뷰어가 증정자에게서 목록을 건네받자, 우승이 결정되었을 때보다도 성대한 박수갈채가 터져 나왔다.

또한 전설급 무구에 관해서는 미라의 설득……이라는 이름의 유도를 통해 이 자리에서 결정하지 않고 나중에 일람에서 하나를 선택하기로 했다.

그렇게 미라는 알카이트 왕국을 위해, 나아가 자신을 위해 승리를 쟁취해 냈다.

투기대회의 상품 수여가 모두 완료되었다.

하지만 투기장의 열기는 아직 사그라지지 않았다. 아무도 관객석을 떠나려 하지 않고 있다. 남은 이들은 모두 하나같이 그 무대 위를 바라보고 있었다.

그렇다, 이 투기대회 마지막 날을 장식할 최후의 싸움── 특별 시합이 남아 있었기 때문이다.

"자아자, 투기대회의 모든 일정은 끝났습니다만, 싸움은 계속됩니다! 여기서부터는 특별히 기획된, 참가 희망에 따라 실현 여부가 결정되는 꿈의 대결의 시간입니다!"

우승자가 참가할지 말지에 따라 결정되는 특별 시합. 그 개시를 알리는 피나슈의 말에 관객석이 후끈 달아올랐다.

잠시 잠잠해졌던 투기장이 다시 열기를 띠기 시작했다.

"무차별급과 특별 토너먼트의 승자는 둘 다 참가하겠다는 모양이다. 대체 누가 상대가 될지, 기대되는구나!"

"네, 정말로 기대되네요!"

무차별급과 특별 토너먼트의 승자에게는 니르바나가 자랑하는 십이사도와 시합할 권리가 주어진다.

메이린은 둘째 치고 셀로도 참가하겠다는 모양이다. 대륙 최대급 길드의 단장이라는 긍지 때문일까, 아니면 메이린과 비슷한 동기 때문일까.

(흐음, 흠. 셀로 녀석도 저래봬도 제법 호전적인 면이 있었으니 말이지.)

어찌 되었건 분명 절대로 놓칠 수 없는 시합들이 될 거다.

그리고 무엇보다도 관찰하는 보람이 있는 시합들이 될 거라고 생각한 미라는 알피나 일행에게도 똑똑히 봐두라고 전하고서 특별 시합에 집중했다.

특별 시합 첫 번째 시합.

무차별급 승자인 메이린…… 아니, 프리퓨어가 지명한 것은 성기사 노인이었다.

"프리퓨어 선수의 상대는, 십이사도의 노인 님입니다아아아아! 멋져요, 노인 니이이이임!"

니르바나의 영웅이라 중계에도 힘이 들어간 것인지, 아니면 개인적인 이유라도 있는 것인지. 피나슈는 목소리가 갈라질 정도로 소리쳐댔다.

"흠. 토너먼트에서 압도적인 공격력을 보여준 프리퓨어 선수와 방어로는 절대적인 신뢰감을 주는 십이사도 노인…… 님. 어떠한 시합을 보여 줄지 기대되는구나."

어쩐지 이전과 다른 분위기를 풍기는 피나슈의 눈치를 살핀 것인지, 미라는 노인을 경칭으로 불러준 후 재미있는 시합이 될 것 같다며 무대 위를 주목했다.

(흠, 무난하게 노인을 고를 줄 알았지. 아무래도 가장 알기 쉬

우니 말이야!)

메이린은 강자들이 열두 명이나 모여 있는 십이사도 중에서 노인을 선택했다.

십이사도에는 메이린과도 막상막하 이상의 승부를 겨룰 수 있는 무도의 달인인 봉옹(鳳翁)과 같은 선술사인 루보라가 있다.

순수한 싸움을 추구하자면 그러한 선택지도 있었다.

하지만 이번에 선택한 것은 노인이다. 그리고 미라는 그 이유를 누구보다도 잘 알고 있었다.

미라와 메이린뿐 아니라 다른 아홉 현자들이 모두 공유하고 있는 인식. 그것은 바로 새로운 새로운 술식 등의 실험상대로 노인보다 적합한 자는 없다는 것이다.

공작급 흑악마와의 싸움과 이번 투기대회의 결승전을 거치며 그녀 나름대로 새로운 무언가를 발견한 모양이라. 기회가 온 김에 시험해 볼 속셈이리라.

(아아, 이 몸도 이런저런 것들을 시험해 보고 싶구먼!)

노인에게 통하면 거의 어디에나 통할 거란 뜻이다. 노인의 방어 단계를 어디까지 올릴 수 있는가로 새로운 기술, 새로운 술식의 수준을 가늠할 수 있는 것이다.

과연 메이린은 어떠한 기술, 혹은 술식을 시험하려는 것일까. 거기에 자신도 다룰 수 있을 듯한 요소는 없을까 싶어서 미라 역시 시합을 차분하게 관찰할 생각이었다.

관객들뿐 아니라 그러한 시선도 집중된 무대 위에서 노인은 몸을 부르르 떨었다.

“어라……? 공작급과 싸웠을 때보다 압박감이 느껴지는데.”

그것은 역전의 기사로서의 감일까. 의욕이 넘치는 메이린 앞에서 노인은 그녀에게서 소용돌이치고 있는 이상한 압박감을 느끼고 쓴웃음을 지었다.

“잘 부탁한다해!”

어쨌든 시합 개시 호령이 울려 퍼짐과 동시에 메이린 대 노인의 시합이 시작되었다.

메이린은 개시 직후부터 온 힘을 다했다. 강렬한 일격을 내지르는가 싶었더니 속도를 높여서 여러 각도에서 공격을 퍼붓고, 다시 날카로운 일격을 내지른다.

위력과 속도. 이 둘을 공격을 가할 때마다 크게 조정해 가며 난격을 퍼붓고 있는 것이다.

어지간한 수준의 전사는 물론이고 상당히 실력이 있는 자들이라 해도 이걸 버티기란 어려울 것이다.

하지만 노인은 다르다. 방어를 위한 기술과 힘은 타의 추종을 불허하는 영역에 있다. 때문에 그는 메이린의 맹공 앞에서도 조금 강한 바람이 불었을 뿐이라는 듯이 방패를 능숙하게 다루며 모든 공격을 막아 내고 있었다.

하지만 당연히 메이린도 거기서 멈추지 않고, 기술과 술식을 차례차례 내질러 나간다.

게다가 그뿐 아니라 그 중간중간에 본 적 없는 기술과 술식을 섞어 넣기까지 했다.

어떻게 파생되는 것인지, 어떠한 효과를 지닌 것인지 알 수 없는 그것들에 노인은 순간적인 판단만으로 대처해 나갔다.

그 반응에 맞춰 메이린은 다음 공격을 내지른다. 시합 개시로부터 불과 몇 초 만에 평범한 사람은 아무도 포착할 수 없을 정도의 싸움에 돌입하고 말았다.

그리고 그러한 전개 앞에서 가장 바빠진 사람은 다름이 아니라 미라였다.

"――방금 그건 일부러 중간까지 술식을 완성시킴으로써 수비 방향을 유도하려 한 것일 게다. ――아주 작은 빈틈을 내보였군. 순식간에 뛰어들 수 있는 자가 아니면 파고들 수 없지. 허나 상대가 그럴 수 있기에 일부러 보여 준 걸 게다. ――방금 그건 처음부터 맞출 생각이 없었던 것 같구나. 하지만 저만한 술식이 있다는 걸 알게 되었으니 경계할 수 밖에 없을 터."

관객뿐 아니라 피나슈까지 완전히 시합을 따라갈 수 없는 상태가 된 탓에 해설, 중계, 설명을 거의 미라가 도맡아서 할 수밖에 없게 된 것이다.

두 사람에 관해 그럭저럭 아는 데다 움직임과 생각, 그리고 수법을 알기에 정확한 해설이 가능했고 그렇기에 사람들의 요구에 따라 전황을 설명해 나갔다.

그렇게 메이린과 노인의 특별 시합이 계속되었다.

격렬한 공방과 어지럽게 변화하는 상황, 그리고 갈수록 열기를 더해가는 미라의 중계.

그것은 십여분 동안이나 계속되었다. 그리고 십오 분이 지났을 즈음, 회장 전체에 피리 소리가 울려 퍼졌다.

시합 종료 신호다. 결과는 무승부. 이번에는 제한 시간을 두어서 그 시간이 지났을 때 결판이 나지 않으면 모두 무승부라는 것이 특별 시합의 규칙이었던 것이다.

"끄응…… 어쩔 수 없다해. 나중에 또 승부하자이거!"

"그래, 기회가 있으면."

승패는 가려지지 않았지만 메이린은 이런저런 것들을 시험해서 그럭저럭 만족하기는 한 듯 보였다.

그리고 노인 역시 뭔가 얻은 바가 있었는지. 피곤해 보이기는 해도 기분은 좋아 보였다.

〈28〉

메이린과 노인의 특별 시합이 종료되었다.

제한 시간을 꽉 채워 무승부로 끝났지만 그 시간 동안 펼쳐진 격투는 대륙에서도 최고 수준이라 할 수 있었다.

회장에 울려 퍼진 박수갈채는 두 사람이 퇴장하고서 다음 시합 안내 방송이 시작될 때까지 계속되었다.

"특별 시합 첫 번째 경기는 정말이지 화끈했죠? 저는 아마도 오늘 하루 동안은 흥분이 식질 않을 것 같습니다."

준비가 진행되는 동안, 피나슈가 첫 번째 경기를 돌아보며 시간을 벌었다.

그리고 그동안 미라는 메이린과 노인의 전투에서 얻은 정보를 정리하고 메모했다.

그 덕에 다음 특별 시합이 시작될 때까지는 거의 피나슈의 단독 코멘트가 이어졌다.

하지만 메이린과 노인이 싸우는 동안에는 계속 미라가 해설을 도맡아 했으니, 오히려 덕분에 균형이 맞춰졌다고 할 수 있었다.

그로부터 얼마쯤 지나자 특별 시합 두 번째 경기의 준비가 끝났다.

사회자가 선수 소개를 하자 특별 토너먼트의 승자인 셀로가 날렵하게 무대 위에 나타났다.

그러자――.

"셀로 님~! 셀로 님~!"

조금 전 노인 때에 뒤지지 않을 만큼 새된 성원이 순식간에 투기장을 가득 메웠다.

“모르는 사람이 없는 그 유명한 대길드, 에카르라트 카리용의 단장 셀로 님이, 다시 등장하셨습니다!”

또한 좀 전과 마찬가지로 피나슈 역시 잔뜩 들떠 있었다.

실황 중계를 맡고 있어 조금은 억제하고 있는 것일 테지만, 미라의 눈에 그 표정과 분위기는 거의 사랑에 빠진 소녀…… 아니, 사랑에 빠진 망자(亡者)처럼 보였다.

피나슈를 비롯해서 그런 관중들의 성원에 셀로는 미소로 답했다. 그러자 관중석이 더욱 뜨겁게 달아올랐다.

그런 가운데, 드디어 또 한 사람이 무대에 올랐다. 셀로가 지명한 대전 상대가 등장한 것이다.

십이사도의 일원인 그는 방패는커녕 갑옷조차 입지 않은 검사였다. 하지만 간소하면서도 다소 요란한 옷을 입은 그 모습은 도무지 검사 같지가 않고, 마치 휴가를 만끽하고 있는 사장처럼 보였다.

얼핏 보면 그 모습에서는 노인과 달리 위엄 같은 것이 느껴지지 않아, 오히려 길을 잘못 든 사람처럼 보일 지경이다.

“우와아, 알트비드 님이다!”

“이거이거, 이거 어떤 싸움이 벌어질지 짐작도 안 되는 걸?!”

하지만 그것은 아무것도 모르는 자가 보았을 때에나 느낄 인상이었다. 십이사도의 지명도는 온 대륙에서 통할 정도라 눈 깜짝할 새에 환호성이 퍼져 나갔다.

“이야아, 설마 나를 지명할 줄이야. 하나도 준비를 안 했는데. 이런 꼴로 나와서 미안한걸. 하하하.”

무대 위에 선 남자, 알트비드는 복장은 둘째 치고 맨발이었고, 손에 칼 한 자루를 들고 있을 뿐이었다.

상대에 따라서는 자신을 무시하고 있는 것으로 받아들일 수도 있는 모습이다.

하지만 셀로는 그런 알트비드를 보고 화가 난 듯한 낌새가 전혀 없었다. 화를 내기는커녕 미소를 지어 보이며 “아뇨, 당신이라면 그 칼 한 자루면 충분할 텐데요”라고 대꾸했다.

“응, 뭐어, 그 말이 맞긴 해.”

셀로의 눈에 도전적인 빛이 깃들었다. 그것을 포착한 알트비드는 어쩐지 만족스러운 미소로 답하며 칼집에서 칼을 뽑았다.

십이사도 ‘검람(劍嵐)의 알트비드’. 그는 움직이기 힘들어진다는 이유로 방어구를 하나도 걸치지 않고 수많은 전장을 칼 한 자루로 누벼온 순수한 검객이다.

그리고 그 이명대로 칼을 휘두르는 그는 그야말로 전장을 내달리는 폭풍(嵐) 그 자체였다.

(자아, 과연 어디까지 통할까——.)

그런 알트비드와 마주한 셀로는 즐거운 듯 미소 지은 채 칼을 겨누었다.

그는 알트비드에게 이길 수 있을 거라고는 생각지 않았다. 하물며 이 특별 시합에서 이길 생각도 없었다.

승리하고자 했다면 상성이 좋은 상대를 지명했을 거다. 하지만 셀로가 지명한 것은 같은 분야에 있는 상대. 그리고 그 중에서도 한 수 위인 최상위급 실력자였다.

하지만 승부를 포기한 것은 아니다.

(——어디까지 간파할 수 있을까!)

셀로는 자신의 성장을 위해 알트비드를 지명했다. 그는 지금도 충분한 실력을 지녔지만 많은 만남과 많은 경험을 통해 지금보다 더욱 강해지기로 결심한 것이다.

그렇기에 셀로는 자신과 가까우면서도 한참 높은 경지에 있는 알트비드와의 대전을 택한 거다. 그 경지에 이르기 위한 실마리를 잡기 위해.

"이렇게 무시무시할 수가. 숨 쉴 틈도 없다는 건 이럴 때 쓰는 표현이군요!"

"추인이라는 이명대로 셀로 선수의 기술은 한 번 간파한다고 다가 아니라는 것이 강점이지. 칼을 휘두르면 휘두를수록 더 큰 영역을 지배하게 된다. 허나 검람이라는 놈은 잔인하게도 그 지배한 영역을 참격으로 덧칠해 버린단 말이지."

셀로와 알트비드의 특별 시합. 그것은 처음부터 클라이맥스라고 표현해도 과언이 아닐 정도로 노도와 같은 전개로 이어졌다.

"그나저나 이거, 해설자로서는 울고 싶어지는 시합이로구먼. 설명을 하고 싶어도 쉴 새 없이 상황이 바뀌어서 아무것도 할 수가 없어. 이제는 보고 느끼라고 말할 수밖에 없는 수준이니 원."

날카로운 검술과 검술의 응수로 시작된 일전은 시합 개시로부터 십 분이 경과한 지금도, 잠시도 끊기지 않고 계속되고 있었다.

그야말로 해설을 할 틈조차 없을 정도다.

(그나저나…… 저 알트비드와 이렇게나 팽팽히 맞서다니. 역시 터무니없는 실력을 지녔구먼.)

무대 위. 한 순간도 쉬지 않고 칼을 섞는 두 사람은 그야말로 사투(死鬪)라 할 만한 싸움을 벌이는 도중임에도 즐거운 얼굴로 공방을 주고받고 있었다.

칼을 쓰는 자들이라 두 사람 사이에 뭔가 통하는 것이 있었던 걸까.

적당한 핑계를 대고 해설에서 힘을 뺀 미라는 그런 생각을 하며 놓칠 수 없다는 듯이 시합에 집중했다.

최고 수준 검사들의 격렬한 싸움. 그곳에서 번뜩이는 기술들은 말 그대로 하나같이 달인의 영역에 도달한 것들이었다.

그 일부라도 좋으니 무구정령의 기술에 추가할 수는 없을까, 하고 가능성을 모색하고 있는 것이다.

또한 피나슈는 피나슈대로 아주 진지한 눈빛으로 주목하고 있었는데, 그 의도는 미라와 명백하게 달랐다.

그렇게 시합 자체에 흥분한 관객과 그 밖의 여러 감정이 난무하는 셀로와 알트비드의 특별 시합은 검술과 검술이 격렬하게 충돌하는 가운데 계속되었다.

그 결과, 이쪽 역시 제한 시간이 다 되어 무승부로 끝났다.

"——이상으로 주최측을 대표하여 여러분께 감사의 말씀을 드리고자 합니다. 다음 대회에서 또 만납시다!"

특별 시합까지 끝나자 투기대회의 모든 일정이 종료되었다.

마지막으로 아르마가 폐회 인사를 하자, 전에 없이 큰 박수갈채가 터져 나왔다.

너무도 자극적인 시간. 꿈만 같은 한때. 마음이 들썩이는 즐거운 순간. 그 모든 것을 제공한 니르바나 황국과 그를 성공시킨 아르마 여왕. 그리고 참가한 모든 이들에 대한 감사가 담긴 그 박수갈채는 한참동안, 오래도록 계속되었다.

이 시간을 기해 몇 개월에 걸쳐 계속되었던 투기대회가 드디어 종료된 것이다.

"감사합니다. 미라 씨가 없었다면 어떻게 됐을지…… 상상만 해도 무섭네요."

"무얼, 별 일 아니었다. 그대가 화제를 잘 이끌어 주었기에 이 몸도 요점을 잘 짚어서 해설할 수 있었던 것이니 말이야."

투기대회가 끝났다는 것은 해설자를 맡았던 미라의 일도 끝났다는 뜻이다.

미라는 시합이 진행되는 동안 내내 함께였던 피나슈와 서로의 노고를 치하했다. 그리고 서로의 건투를 칭찬하고서 수고했다는 인사를 끝으로 실황 해설실을 뒤로 했다.

(후우, 이로써 드디어 투기대회도 끝인가. 하지만 뭐, 중간에 많은 일이 있었으니 말이야.)

니르바나에 온 뒤로 있었던 이런저런 일들을 돌이켜보며 미라는 왕성으로 돌아가고자 복도를 걸었다.

그러던 도중. 실황 해설실에 면한 복도 한구석, 진행 방향에 자리한 막다른 길에 낯익은 인물 둘이 보였다.

(……흠? 저 자는――? 아, 오오? 저건 헤무도르가 아니냐!)

한 사람은 낯이 익은 자였다. 시합 때와는 달리 은은히 귀족 같은 분위기를 풍기는 평상복 차림이라 알아보는 데 잠깐 시간이 걸렸다. 하지만 시합에서 보았던 그 얼굴은 기억에 있었다.

오즈슈타인의 삼신장, 워렌베르그 비르타넨의 손자, 헤무도르.

과거에는 천방지축 소년이었지만 지금은 매우 근엄하고 댄디한 분위기가 넘쳐나는 모습이 되어 있었다.

어쨌든 상당한 지위에 있는 그가 이런 곳에 멀뚱히 서서 대체 뭘 하고 있는 것일까.

그리고 옆에 있는 여성은, 복장으로 미루어 메이드인 듯했다. 그의 시중을 들기 위해 동행한 것이리라.

순간적으로 미라는 '오랜만이다'라고 말을 걸 뻔했지만, 그와 만난 것은 덤블프였던 시절의 일이다. 지금의 상태로 말을 걸면 부자연스럽기 그지없을 거다.

그리고 무엇보다도 섣불리 말을 걸었다가 만에 하나라도 정체가 들통 나는 사태가 벌어지는 일은 어떻게든 피해야만 한다. 덤블프의 위엄을 지키기 위해서라도.

따라서 미라는 아무것도 하지 않고 그 앞을 지나쳐 갔다. 그때 그 건방지고 세상 물정 모르던 소년이 훌륭하게 자라나서 다행이라고 속으로 생각하며.

그 직후.

"거기, 이야기 좀 할 수 있겠나. 미라 공, 맞지? 그 덤블프 님의 제자라는. 그 일에 관해 이야기하고 싶은데 시간 좀 내어 줄 수 있겠나?"

어째서인지 헤무도르 쪽에서 말을 걸어왔다.

미라는 놀랄 수밖에 없었다.

덤블프의 제자. 그에 관해 할 이야기가 있다는 헤무도르. 대체 어떤 이야기를 하고 싶은 걸까. 단순히 제자인 미라에게 스승에 관한 이야기를 듣고 싶은 것뿐일까.

아니면 아르마 일행과 마찬가지로 미라의 정체가 덤블프라는 것을 알아채기라도 한 걸까.

미라의 머릿속에서는 최악의 경우부터 그나마 나은 경우까지 여러 가지 전개가 떠올랐다가 사라지기를 반복했다.

"흠, 그러하네. 이 몸이 제자인 미라네만…… 어떠한 이야기를 하고 싶은 겐지?"

어찌 되었건 계속 입을 다물고 있으면 수상하게 여길 거란 생각에 미라는 아무렇지도 않은 척 행동했다.

그러자 헤무도르는 약간 놀란 표정을 짓더니 어쩐지 안심한 듯한, 그러면서도 기쁜 듯한 미소를 지어 보였다.

"으음~ 이곳에서는 좀 그러니 내 방에서 이야기해도 되겠나?"

헤무도르는 복도 끝을 가리키며 그렇게 말했다.

그러자──.

"도련님. 처음 보는 여성을 느닷없이 방으로 끌어들이려 하다니, 당신은 야수라도 되십니까?"

일행인 메이드가 더없이 싸늘한 눈빛으로 그런 말을 던졌다.

"욱……! 아니, 이건 그런 뜻이 아니다. 그저 이러한 장소에 서서 이야기할 만한 내용이 아니라고 생각해서 한 말일뿐——."

"——그렇다면 최소한 제자인 미라 님에게 스승인 덤블프 님에 관해 여쭙고 싶은 것이 있다고, 요점만이라도 전달하셨어야지요. 전에도 같은 충고를 드렸던 것 같습니다만, 도련님은 새대가리이십니까?"

"크흐윽……!"

헤무도르가 변명을 하자 신랄하기 그지없는 말이 연달아 날아들었다.

회피도 방어도 용납지 않는 말로 인해 헤무도르는 눈 깜짝할 새에 너덜너덜해졌다.

분위기부터 겉모습까지 모두 바뀌었지만 그가 삼신장의 손자라는 사실은 변하지 않는다. 다시 말해서 상응하는 권위를 지녔을 텐데 메이드의 말에 너덜너덜해진 그의 모습은 그러한 것과 인연이 없어 보였다.

(흠? 이 메이드…… 어쩐지…….)

그런 두 사람의 대화를 지켜보던 미라는 과거에 있었던 일이 떠올랐다.

소년기의 헤무도르는 정말로 최악에 구제불능이었다. 동급생에 귀족 동료, 나아가 친족들에게도 미움을 샀었지만, 유일하게 그런 그를 끝까지 버리지 않았던 독설가 메이드가 한 명 있었다.

하지만 나이를 생각하면 그때 그녀 본인은 아닐 것이다. 이곳에 있는 메이드는 20세 즈음으로만 보였기 때문이다.

하지만 그 말투며 헤무도르를 대하는 태도는 그 독설가 메이드를 쏙 빼닮았다.

"——그런고로, 매우 수고스러우시겠지만 잠시 시간을 내주실 수 있으실까요. 저도 동석할 테니 문제는 일어나지…… 아니, 여차하면 함께 죽어서라도 막아드리겠습니다."

"아니, 글쎄 그럴 생각은 없다는 대도!!"

아주 정중하게 용건을 전달하는 메이드와 쩔쩔 매는 헤무도르. 그 모습에서는 셀로와 싸울 때 보였던 중후한 분위기를 조금도 찾아볼 수 없었다.

대체 30년 동안 무슨 일이 있었던 걸까. 자세히는 모르겠지만 한 가지는 확실하다.

지금, 그의 목줄을 쥐고 있는 것은 그녀인 것 같다.

〈29〉

"——그럼 덤블프 님은 건재한 것으로 알아도 되는 것이지?!"

헤무도르의 대기실에서 가장 먼저 받은 질문은 덤블프의 생사에 관한 것이었다.

30년 전에 모습을 감춘 후로 덤블프는 공공연히 모습을 보이지 않게 되었다. 다른 아홉 현자들과 달리 외모가 외모이다 보니 이미…… 라는 소문도 파다했던 것이다.

하지만 그러한 소문은 결국 소문에 불과하다. 애초에 덤블프는 여기 이렇게 멀쩡하게 살아 있으니 말이다.

"음, 아주 예전보다 더 팔팔해졌지. 허나 이래저래 복잡한 연구며 할 일이 있는 듯해서 말이네. 아차, 이 이상은 국가 기밀에 저촉될 것 같구먼. 이야기해 줄 수 있는 건 여기까지네. 미안하군."

하지만 덤블프…… 아니, 미라는 체면을 지키기 위해 이전에 썼던 변명대로 덤블프의 제자 행세를 할 생각으로 가득했다. 나아가 성가신 질문을 하기 전에 단단히 못을 박아 두는 것도 잊지 않았다.

"그래, 그러했나. 덤블프 님은 무탈하셨나. 아아, 그것만이라도 알게 되어 다행이다. 정말로 다행이야……."

하지만 미라의 옹졸한 속내도 모르고 헤무도르는 진심으로 안심한 듯한 미소를 짓더니 슬쩍 눈물까지 보였다.

그 모습을 통해 덤블프의 안부를 많이 걱정했다는 사실을 알 수 있었다.

하지만 그에 반해 미라는――.

(흐음…… 그나저나 어찌하여 헤무도르는 이 몸을 이토록 걱정하고 있는 겐지…….)

하고 고개를 갸웃하고 있었다.

헤무도르와는 과거 삼신장 관련 퀘스트에서 잠깐 만난 게 전부였다.

당시, 생명의 위협을 받던 그를 구해주기는 했다. 따라서 그에게 덤블프는 은인이지만, 그 일을 해결하는 데 일조한 것은 덤블프뿐이 아니라 솔로몬을 비롯한 아홉 현자 전원이었다.

더불어 최종적으로 일을 매듭지은 것은 그의 할아버지인 워렌베르그라, 덤블프 일행은 그를 보조한 것에 불과했다.

그의 입장에서는 거의 스쳐 지나간 것처럼 느껴졌을 것이다. 그렇기에 덤블프를 걱정하는 헤무도르의 모습에는 미라도 놀란 눈치였다.

"그나저나 그렇게까지 이 몸의 스승을 걱정하다니, 이전에 무슨 일이라도 있었는가?"

그가 왜 덤블프를 걱정하는 것인지. 단순히 궁금해진 미라는 말 그대로 궁금함을 이기지 못하고 그 질문을 입밖에 냈다.

"어이쿠…… 그렇군, 미안하네. 그래, 분명 덤블프 님께는 사소한 일이었을 테니. 나에 관해 이야기하시지는 않았겠지. 게다가 그 무렵의 나는…… 부끄럽게도 구제불능의 어린애였으니까."

다소 씁쓸한 미소를 지은 채 헤무도르는 그렇게 운을 떼더니 당시에 있었던 일을 이야기했다.

하지만 그가 이야기한 내용은 당연히 미라도 파악하고 있었다.

오즈슈타인에 잠입하고 있던 흑악마. 표적이 된 헤무도르. 함께 싸우기로 한 삼신장 워렌베르그와 솔로몬, 그리고 아홉 현자.

특히 흑악마와의 싸움과 그를 위해 사용한 작전 등은 미라가 훨씬 더 자세히 알 정도였다.

하지만 그가 하고 싶었던 이야기는 그 다음 부분이었다.

"——그렇게 악마를 타도하고 저주로 괴로워하던 자들도 해방되었지. 하지만 모두가 행복해지지는 않았어. 그 전까지 수많은 희생자가 나왔었으니까……."

헤무도르는 말했다. 그렇게 되어버린 원인은 모두 어이가 없을 만큼 어리석었던 자기 자신에게 있다고.

암약하고 있던 흑악마는 알려진 바대로 교활했다.

따라서 그는 실컷 이용당한 입장이기도 했다.

소년 시절의 헤무도르는 삼신장인 할아버지를 등에 업고 아주 방약무인하게 굴었더랬다.

흑악마는 그 어리석음과 권력을 이용하기 위해 접근했다.

그 결과, 대소동이 일어났다.

모든 일의 원인은 그 일을 꾸민 흑악마에게 있었지만, 보기 좋게 이용당한 헤무도르에 대한 비난이 적지 않았던 것도 사실이다.

지금의 그의 노력과는 별개로 투기대회에서 관객들의 시선이 차가웠던 것은 그러한 과거 때문이리라.

"그날 보았던 할아버지와 솔로몬왕, 백성들을 위해 진력해 주었던 아홉 현자분들의 용감한 모습은 지금도 이 눈에 아로새겨져 있지——."

워렌베르그와 솔로몬은 흑악마와 격전을 펼쳤고, 아홉 현자는 도시의 방어를 맡았다. 그 모습은 그에게 그야말로 히어로처럼 보였다고 한다.

헤무도르는 쓴웃음을 지은 채 그 대소동을 계기로 자신이 얼마나 어리석은지를 깨달았다고 말했다.

"하지만 그야말로 이미 늦은 뒤였어. 한번 잃은 것은 돌아오지 않으니 말이야."

그 무렵의 자신은 구제불능의 어린애였다. 그렇게 말하는 헤무도르의 눈빛에는 후회가 가득했다.

그는 모두가 흑악마 토벌을 축하하는 가운데, 그런 뼈아픈 현실을 깨닫고는 구석에서 몸을 웅크린 채 우울해하고 있었다고 말을 이었다.

하지만 미라는 알았다. 흑악마가 그를 이용하려 든 이유를.

"——허나 그것도 다 진정한 친구를 얻고 싶었기 때문, 이었지?"

그 말을 미라가 입밖에 낸 순간, 놀란 듯이 헤무도르의 눈이 휘둥그레졌다.

그럴 만도 했다. 그 일에 관해 아는 것은 덤블프뿐이었기 때문이다.

그리고 미라는 참회에 가까운 그의 이야기를 듣는 동안 그것을 기억해 냈다. 잠깐 스쳐 지난 것뿐이 아니었던 소년 헤무도르와의 접점을.

"그걸, 어떻게……."

덤블프에게는 분명 사소한 일 중 하나였을 테고, 굳이 누구에게 이야기할 만한 만남이 아니었을 터다.

그렇게 생각했기에 헤무도르는 어째서 그걸 아는 것이냐고 작은 기대를 품은 채 미라를 바라보았다.

"아니 무얼, 헤무도르 공의 이야기를 듣다 보니 스승님이 해주었던 이야기가 하나 떠올랐거든. 많은 사람들에게 둘러싸인 고독한 소년이 있었다는 이야기가."

미라는 위로하는 듯한 투로 그렇게 말했다.

흑악마를 토벌하여 흥분의 도가니였던 축승회 당시. 보상을 두둑하게 받기도 해서 아주 신이 나 있었다.

현자의 로브용 소재로 사용하고자 계속 찾아다니던 천해포(天骸布)를 손에 넣었다는 사실이 다른 무엇보다도 기뻤다.

그런 가운데, 문득 소년이 눈에 들어왔다.

승리로 들뜬 회장 한구석. 눈에 띄지 않는 그 장소에서 웅크려 앉아 있던 그 소년이 바로 헤무도르였다.

(생각해 보니 그때는 들뜬 기분으로 말을 걸었더랬지…….)

이렇게 해피한 때에 왜 그렇게 우중충하게 있는 거니, 따위의 말을 했더랬다. 본래는 짜증나기 그지없는 태도였을 것이다.

"덤블프 님이 그런 말씀을……. 아아, 나에 관한 이야기를 해주셨다는 말인가……! 기쁘지만 어리석었던 어릴 적 이야기를 하셨다니, 역시 부끄럽기도 하군."

덤블프가 기억하고 있었을 뿐 아니라 제자에게도 이야기했다는 말에 헤무도르는 무척 기뻐했다.

그는 그때 말을 걸어준 것이 얼마나 기뻤는지, 그때 해주었던 말이 얼마나 마음의 위안이 되었는지를 말했다.

자신 때문에 사건이 대재해로 발전하고 말았다며 후회하고 있던 헤무도르. 그는 그 일로 많은 사람들에게 폐를 끼쳤다는 생각에 끙끙 앓고 있었다.

또한 그렇게 생각하는 이들이 많다는 것도 느끼고 있었다.

하지만 덤블프는 그런 그에게 아무 일도 없었다는 듯이 말을 걸어 주었다. 욕지거리를 듣고 있던 그는 그런 덤블프의 행동에 처음에는 당황했다는 모양이다.

그리고 다정하게 말을 걸어 주는 바람에, 그만 감정이 폭발해 버렸다고 한다.

지독한 짓을 해버리고 말았다는 후회와 친구가 갖고 싶었을 뿐이라는 변명. 소년 헤무도르는 그러한 말들을 엉엉 울며 덤블프에게 쏟아내었다.

"덤블프 님은 그런 나의 말을 끝까지 들어 주셨지. 그리고 현재 나의 지표가 된 말을 해주셨어."

그날의 일을 떠올리고 있는 것인지. 헤무도르는 거기서 일단 말을 끊더니, 마치 신에게 기도라도 하는 듯한 평온한 얼굴로 말을 이었다.

"그렇다면 이제는 스스로 어떻게든 할 수 있을 만큼 강해져라. 실패는 미래에 만회하면 된다. 오늘은 끝난 날이 아니라 시작된 날이다. 그렇게 말씀하시더니 웃으셨지. 본래는 내가 저지른 과

오를 두고 욕지거리를 해 마땅한 입장인데도, 덤블프 님은 미래가 있다며 웃어넘기신 거야. 그때 나는 진심으로 생각했네. 아아, 나도 이렇게 되고 싶다고."

거기까지 말한 헤무도르의 눈에는 동경과 숭배의 감정이 떠올라 있었다.

아무래도 그때 나눴던 대화는 그에게 특별한 것인 동시에 덤블프에게 특별한 감정을 품게 된 원점이기도 한 듯했다.

(강해지라고 말하는 건 쉽지만 말이야. 그리 쉽게 강해질 수 있을 리가 없을 터인데……. 이 몸도 참으로 무책임한 소릴 했구나. 허나…… 그때는 들떠 있었더래서 말이지. 롤플레이에 몰두한 나머지 그런 무책임한 소릴 했던 걸지도 모르겠군…….)

울고 있던 그에게 뭐라 말을 건넸던 것은 기억한다. 하지만 미라는 그 내용까지 기억하지는 못했다.

그러나 대충 어느 정도는 예상이 됐다.

마침 그 즈음이었기 때문이다.

오늘은 오늘, 내일은 내일. 아픔을 알게 된 지금이기에 나아갈 수 있는 길도 있다. 당시 푹 빠져 있던 드라마에서 나온 그러한 대사를 마음에 들어 하던 시기가.

또한 덤블프로 지낼 때는 그럴싸한 말을 입밖에 내며 롤플레이를 즐기기도 했다.

다시 말해서 소년 헤무도르를 상대로 아주 제대로 역할 놀이에 심취했을 가능성이 높다.

그런데 현실이 된 지금, 헤무도르는 입에서 나오는 대로 내뱉은 무책임하기까지 한 덤블프의 말을 가슴에 품고 여기까지 와버린 것이다.

(……미안하구나! 분명 그 자리의 분위기에 취해서 그랬던 걸 게야~!)

설마 자신의 말이 남의 인생을 크게 바꾸어 놓았을 줄이야. 미라는 그 사실에 당황했지만 어떻게든 내색하지 않으려고 참았다.

그러나 그런 미라와 대조적으로 어쩐지 도취된 듯한 분위기를 띤 헤무도르의 입은 멈출 줄을 몰랐다.

"그때 나는 마음속으로 덤블프 님께 맹세했지. 할아버지에게도 지지 않을 만큼 강해져서, 다음에는 반드시 지키는 쪽이 되겠노라고."

그렇게 말한 그의 얼굴은 쾌청한 하늘보다도 개운해 보였다.

아닌 게 아니라 덤블프의 말이 그의 인생에 아주 깊이 뿌리를 내리고 있다는 걸 훤히 알 수 있을 정도였다.

"흐…… 흠, 그런가. 역시 스승님이로군. 그대―― 헤무도르 공의 이야기를 들으면 분명 기뻐할 게야."

미라는 마음속에 둥실둥실 떠오르기 시작한 죄책감을 억누르며 별 생각 없이 한 말이었다는 사실을 숨기고, 그가 생각한 대로 헤무도르를 배려해서 한 말이었다는 방향으로 몰고 가기로 했다.

"오오, 고맙군, 미라 공! 그럼 구제불능이었던 나, 헤무도르를 구해 주셨던 일은 아무리 감사를 표해도 부족할 정도라고 꼭 좀 전해 주시게!"

어지간히도 기뻤는지. 미라의 말에 헤무도르는 몸을 불쑥 앞으로 내밀며 그렇게 부탁했다.

그 열의와 정열, 그리고 가슴에 깃든 신념. 무엇보다도 성실한 눈빛을 지닌 지금의 그는 소년 시절의 헤무도르와 딴 사람이라 해도 과언이 아닐 정도다.

들떠서 생각 없이 내뱉은 한 마디가 그를 이렇게까지 바꿔 놓았다는 사실에 책임감을 느낀 미라는 그 책임의 무게 때문에 뺨이 저절로 실룩거렸다.

그 직후.

"도련님, 물러서세요."

그런 차가운 목소리와 함께 헤무도르의 몸이 다시 의자 쪽으로 홱 하고 젖혀졌다.

곰곰이 생각해 보니 조금 전의 상황은 아저씨가 흥분한 얼굴로 미소녀에게 들이대고 있는 것처럼 보였을 거다.

그래서인지 여차하면 함께 죽어서라도 막겠다고 했던 메이드는 자신의 말대로 그런 식의 접근도 허락지 않을 모양이었다. 실로 훌륭한 일처리다.

"어이쿠, 미안하게 됐네, 미라 공. 덤블프 님께 나의 감사한 마음이 전해질 거라 생각하니, 나도 모르게 흥분돼서."

"아…… 아니, 되었네."

메이드와 주인 사이라는 것이 믿기지 않을 정도로 경쾌하게 몸을 젖혔는데도 헤무도르는 불쾌해 하기는커녕 미안하다는 듯이 고개를 숙였다.

분명 그녀는 시중 담당과 경호를 겸하고 있는 것이리라. 거기에 그의 평판이 악화되지 않도록 배려하고 있는 듯도 보였다.

미라는 두 사람의 관계성에 당황하기는 했지만 참으로 헤무도르를 위하는 메이드라는 생각이 들어서 속으로 흐뭇한 미소를 지었다. 소년 시절의 그였다면 분명 호통을 치며 난리를 피웠을 테니 말이다.

"어찌 되었건 잘 알아들었네. 그대의 마음은 이 몸이 책임지고 전하도록 하지."

헤무도르라는 한 남자의 인생을 크게 바꾸고 말았다. 그 일에 관해서는 여러모로 복잡한 생각이 들었지만, 현재 상황을 보아하니 나쁜 쪽으로 나아가지는 않았다. 오히려 헤무도르는 그 시절의 모습에서는 상상도 안 될 만큼 훌륭한 사내로 성장했다 해도 과언이 아닐 거다.

또한 무엇보다도 그가 거수기병단의 군단장이라는 현재의 지위에 오른 것은 그의 노력 덕분이다. 거기에 도움이 되었다면 이건 기뻐할 일일 거다. 미라는 과거의 일을 잊기로 하고 웃는 얼굴로 답했다.

"그러고 보니 조금 전, 국가 기밀이라고 했는데…… 그럼 솔로몬왕도 덤블프 님에 관해서는 이미 알고 계시다는 건가? 아니, 그 이전에 사실은 엘더 소실 사건 자체가 국가 규모의 책략 같은 것이었고, 비밀 임무를 수행하고 계신 건가……."

이야기가 어느 정도 수습된 참에 문득 헤무도르가 그런 소리를 했다.

국가기밀. 체면을 지키기 위해, 정체가 들통 나는 사태를 피하기 위해. 덤블프에 관해 캐묻지 않도록 입밖에 낸 말이었지만, 거꾸로 생각하면 국왕인 솔로몬은 사태를 파악하고 있다는 뜻이 되기도 한다.

하지만 헤무도르는 그 직후에 허둥지둥 "아니, 미안하네! 이건 물어서는 안 되는 것이겠지. 잊어 주게"라고 말을 이었다.

실제로 이렇게 덤블프가 무사하다는 증거인 미라가 있음에도 덤블프의 귀국 사실이 발표되지 않았으니, 모종의 의도가 있는 게 아닐까 하는 의문이 떠오르는 것은 당연한 일이다.

나아가 헤무도르는 애초에 아홉 현자가 사라졌다는 사태의 근본에 음모가 있었던 게 아닐까 생각한 모양이다.

그러나 아무리 그래도 그건 지나친 생각이다.

"아니아니, 솔로몬왕이 알고 있는 것은 사실이지만 그런 것까지 계획하지는 않았네. 오히려 이 몸의 스승에 관해 알게 된 지도 반년밖에 되지 않았으니 말이야——."

섣불리 이야기를 중단시켜서 이대로 억측을 하게 두기보다는 단호하게 말해 두는 편이 낫겠다. 그렇게 판단한 미라는 그와 동시에 소소한 묘안을 생각해 냈다.

다름이 아니라 이번 만남은 솔로몬이 고민하고 있는 문제에 상당히 도움이 될지도 모른다는 생각이 든 것이다.

"——헌데 말이네. 그와 관련된 이런저런 일에 관해, 이 몸의 스승에 대한 그대의 마음을 믿고 의논하고 싶은 것이 있네만……."

미라는 진지한 얼굴로 헤무도르에게 스윽 얼굴을 들이댔다.

그러자 헤무도르 역시 그런 미라의 표정과 이야기의 흐름을 통해 국가기밀과 관련된 내용일지도 모른다고 짐작한 듯했다.

그가 조용히 눈짓을 하자 메이드는 말없이 고개를 끄덕이더니 가방에서 헤드폰 같은 것을 꺼내 장착했다.

이야기는 듣지 않겠다. 하지만 퇴실도 하지 않을 모양이다.

그것은 헤무도르가 바보 같은 짓을 하지 않는지 감시하고 미라의 몸을 지키기 위한 조치다.

하지만 동시에 엉뚱한 소문이 나서 헤무도르가 누명을 쓰지 않도록 하겠다는 의미도 있었다.

미라가 비밀리에 헤무도르에게 한 이야기. 그것은 다음 달에 개최될 알카이트 왕국의 건국제에 관한 것이었다.

게다가 그것만 전한 것이 아니다. 알카이트 왕국에서 최근 수십 년 동안 생겨난 것 중 가장 큰 뉴스…… 그렇다, 건국제에서 일부 아홉 현자들이 귀국했다는 사실을 발표할 예정이라는 것도 그에게 전달한 것이다.

"세, 세상에…… 그, 그분들이……?!"

가장 먼저 헤무도르의 얼굴에 떠오른 감정은 놀라움이었다. 그리고 이어서 환희가 떠오르더니 그대로 광희(狂喜)의 영역에 도달했다.

헤무도르는 존경심이 넘쳐나는 눈빛으로, 그야말로 소년처럼 들떠서 "멋지군! 이럴 수가! 이런 날이 올 줄이야!"하고 떠들어 댔다.

그런 모습에 메이드는 무슨 일인가 하고 의아해했지만, 헤무도르가 더없이 기뻐하고 있는 것뿐이라는 것이 전해졌는지 살며시 미소를 지었다.

"그러면, 설마 덤블프 님도 그때?!"

한참을 기뻐하던 헤무도르는 퍼뜩 정신을 차리고 기대에 찬 눈빛으로 미라를 바라보았다. 하지만 당연히 그건 무리였다.

"아니, 이 몸의 스승은, 아직 올 수 있는 상황이 아니라 말이야. 건국제는 그냥 넘기기로 하셨네."

"그럴 수가……."

미라는 덤블프로서 그 자리에 설 생각이 없었다. 또한 그렇게 하면 다른 나라들도 크게 당황할 거다.

적어도 지금은 아니다. 따라서 덤블프의 귀국은 한참 뒤가 될 거다. 미라는 그런 생각을 하며 답했다.

그러자 들떠 있던 헤무도르가 급격하게 풀이 죽었다. 그러한 의도는 없었지만 상황만 보면 기대하게 했다가 실망시킨 셈이다. 그가 낙담할 만한 것이다.

하지만 건강하다는 미라의 말 덕분인지 빠르게 부활했다.

"헌데 말이네. 이를 전제로 상의하고 싶은 것이 있네만——."

헤무도르가 어느 정도 평정심을 되찾기를 기다렸다가 미라는 드디어 요점을 입밖에 냈다.

건국제에 관해서, 그리고 아홉 현자의 귀환에 관해서 그에게 이야기한 이유. 그것은 그가 건국제 출석을 검토해 주었으면 한다는 것이었다.

"——그런고로 말이네. 현재 솔로몬왕은 식전에 누구를 초대할지를 두고 고민하고 있는 듯 하더군. 그러니 조금 고려해 봐 주지 않겠는가?"

미라는 거기에 담긴 속셈까지 숨기지 않고 말했다. 타국을 견제하기 위해, 전쟁 억지를 위해 삼신국의 위광을 빌려줬으면 한다고.

"오오! 이거 참, 그런 기념할 만한 영광스러운 자리에 참석하게 해준다면야 당연히 기꺼이 달려가야지!"

정치적 이용이니 뭐니 하는 것은 개의치 않는 눈치다. 오히려 자신의 지위를 이용해 알카이트의 건국제에 갈 수 있는 데다 귀환한 아홉 현자의 모습을 볼 수 있으니 횡재했다며 헤무도르는 기뻐했다.

"……그런데 정말 나 같은 것이 가도 되는 건가? 미라 공은 모를지도 모르지만, 솔직히 말해서 나 자신의 평판은 그리 좋지 않네. 이런 내가 출석하면, 오히려 알카이트 왕국에게 폐가 될지도 모를 정도로 말이야."

헤무도르는 일단 기뻐했지만 그가 떠안고 있는 문제는 상당히 무거운 모양이다.

기쁜 반면, 헤무도르는 자신이 짊어진 악평이 어떠한 영향을 미칠지 모른다면서 그렇게 걱정을 토로했다.

아홉 현자의 귀환. 그 지명도와 수많은 일화, 그리고 술사계에 미칠 영향을 감안하면 이 소식은 분명 큰 반향을 일으킬 거다.

또한 뉴스의 무대가 된 건국제에 관한 소문도 같이 퍼질 것이다. 그렇게 되면 이 일대 뉴스의 참관인이 된 건국제 참석자에게도 분명 주목이 모일 거다.

당연히 건국제를 진행하려면 참석자들에게 이 중대한 사항에 관해 설명을 해야 한다. 다시 말해서 그 자리에 모인 자들은 아홉 현자의 귀환을 축하하기 위해 모인 것이라 볼 수도 있는 것이다.

아홉 현자는 이야기 속에나 등장하는 존재로 여기고 있는 이들도 있을 테고, 특히 젊은 세대 중에는 심드렁한 반응을 보일 자도 있을 거다.

그 지표가 될 수 있는 것이 바로 참관인이다. 강대한 힘을 지닌 대국, 모두가 아는 위대한 인물 등이 많이 모일수록 사건의 중대함을 이해하기 쉬워지기 마련이다.

그리고 그렇기에 참관인들이 지닌 이미지도 중요한 것이다.

"흠…… 객석 쪽에서 쑥덕쑥덕 속삭여 대던 그것 말이지? 부모의 후광이니, 특권으로 지금의 지위를 억지로 손에 넣은 것이니 하는."

그 점에 있어서 헤무도르에게 붙은 이미지는 분명 좋다고 할 수 없었다. 미라도 그에 관한 소문은 들었다.

그 지위와 명성은 어지간한 소국의 왕조차도 능가할 만큼 크다. 영향력이라는 면에서 보면 대륙에서도 톱클래스라 할 수 있을 것이다.

하지만 그렇기에 그의 이름과 함께 퍼진 악평도 상당한 영향력을 미칠 거다.

미라가 말한 것은 그 중에서도 극히 일부였다. 진위 여부가 확인되지 않은 것까지 치면 그야말로 셀 수 없을 정도로 많은 소문이 온 대륙에 난무하고 있었다.

"그래, 맞네. 그렇기에 나 같은 것이 나서면 민폐가 될지도 몰라. 알카이트 왕국에는 개인적으로 큰 은혜를 입었으니 그런 사태가 벌어지는 것만은 피하고 싶네."

이 이야기를 제안했을 때, 처음에 보인 헤무도르의 표정. 분명 그것이 그의 본심일 것이다.

아홉 현자의 귀환이라는 서프라이즈가 기다리고 있는 건국제. 그 초대객으로서 출석해 달라는 말을 그는 진심으로 기뻐했다. 하지만 나라의 미래가 걸린 중대한 식전이기에 그는 자신의 감정을 억눌렀다.

솔로몬에게, 그리고 아홉 현자에게 입은 은혜를 원수로 갚게 될지도 모른다는 걱정 때문에.

어리석었던 소년 시절로부터 30년이 지난 지금도 아직 당시의 이미지가 남아 있다. 그렇기에 그는 여태껏 자국의 식전에도 참석하지 않았다고 한다.

헤무도르가 신중하게 행동하는 것도 무리는 아니다. 특히 과거를 후회하고 그 죗값을 갚고자 하고 있기에 더더욱 과거의 일로 자기 자신뿐 아니라 주변에까지 악영향을 미치지는 않을까 걱정할 수밖에 없는 것이다.

분명 그것이 그 나름의 각오이리라.

"흠, 분명 헤무도르 공의 말도 일리는 있군……."

오히려 정치적인 관점에서 보면 헤무도르 쪽이 상황을 냉정하게 보고 있다고 할 수 있었다.

그리고 자신의 이득보다 상대의 입장을 더 존중하는 것은 소년 시절의 그에게 있을 수 없는 일이었다.

"허나 앞으로의 일은 모르는 법. 이번 시합에서는 패했다지만 결승까지는 올라가지 않았는가. 게다가 그 과정에서 숙련된 모험가를 이겼을 뿐 아니라 온 대륙의 범죄자들이 벌벌 떠는 현상금 사냥꾼까지 꺾었네. 그 정도의 활약을 보여 주었으니, 이제는 모두가 헤무도르 공의 실력을 똑똑히 알게 됐을 게야. 언젠가 자연스럽게 부모의 위광을 업었느니 특권을 누리고 있느니 하는 소문은 사라질 거라 보네만."

개구쟁이 시절에 저지른 일도 이유 중 하나였지만, 개중에서 가장 관객들이 많은 야유를 보냈던 것은 집안과 관련된 부분이었다.

상류계급, 특권계급에 강한 반발심을 품게 되는 것은 어느 세계나 마찬가지인 모양이다. 조금이라도 우위에서 서서 비난할 수 있는 대의명분이 있으면 그러지 않을 수가 없다. 그것이 사람의 심리인 것이다.

그러나 이번에 헤무도르는 할아버지의 힘이 아니라 자신의 실력으로 거수기병단의 군단장으로 선발되었음을 증명해 보였다.

그가 시합에서 보인 실력은 그가 그 지위에 오를 자격이 있다는 사실을 뼈저리게 깨닫게 할 만큼 훌륭했던 것이다.

"그……그런, 가? 우승은 놓쳐 버렸네만……."

지금까지 상당한 노력을 거듭해 왔기 때문인지. 헤무도르는 실력면에서는 그럭저럭 자신이 있는 모양이다. 때문에 미라의 말을 들은 그의 눈빛에 기대감 같은 것이 떠오르기 시작했다.

"음, 자신감을 갖게나. 정령여왕이라 불리는 이 몸이 보장하지! 게다가 결승에서는 그 대륙 최대 규모를 자랑하는 길드, 에카르라트 카리용의 단장을 상대로 그만한 싸움을 펼치지 않았는가. 이 몸도 키메라 클로젠과의 결전 때부터 단장인 셀로와 알고 지낸 사이라 말이네. 그 실력도 어느 정도는 파악하고 있네. 그 자의 실력은 어지간한 모험가와는 비교도 안 되지. 그 시합을 보고도 패했으니 약하다고 말할 자는 아무도 없을 게야."

적어도 자신의 눈에는 오즈슈타인을 짊어지고 선 헤무도르의 미래상이 보였다. 미라는 그렇게 말을 끝맺었다.

그러자 헤무도르는 노골적이라 해도 과언이 아닐 만큼 기쁜 표정을 지었다. 그러나 다음 순간에 고민스러운 듯이 "나로서는 부디 참석하게 해달라고 답하고 싶지만……"이라면서 눈을 감았다.

그렇게 모든 일이 잘 풀리리라는 보장은 없다는 걸 알기 때문이다.

실제로 냉정하면서도 현실적인 것은 헤무도르다. 미라는 그가 덤블프파라는 것을 알기도 해서 다소 편향된 반응을 보이고 있기도 했다.

"……그렇다면 이리 하도록 할까──."

헤무도르의 태도를 보고 냉정함을 되찾은 미라는 한 가지 방법을 제안했다.

그 방법이란──.

"──발표 예정인 아홉 현자 중 과반수가 희망하면 참가하는 것으로 한다. 이건 어떻겠는가?"

당일 주역이 될 아홉 현자들의 판단에 맡기자. 그것이 미라가 떠올린 방법이었다.

헤무도르가 동경하는 덤블프와 어깨를 나란히 하는 아홉 현자들. 그들 역시 덤블프만큼이나 헤무도르가 은혜를 입은 사람들이었다.

"아홉 현자분들의 판단……. 알겠네, 만약 나에게 허가를 해주신다면, 그때는 기꺼이 경사의 말석을 장식하도록 하지! 그리고 그렇게 된다면, 반드시 모두가 아홉 현자분들이 돌아오시는 자리를 지킬 자격이 있었다고 여길 수 있도록, 정진해 나가겠노라 맹세하겠어!"

그런 면면들이 출석을 요청해준다면 거절할 이유가 없다. 거절이 아니라 소문도 과거도 불식시킬 만큼 훌륭한 오즈슈타인의 장수가 되어 보이겠노라는 결의를 가슴에 품은 채 헤무도르는 답했다.

그렇게 알카이트 왕국의 건국제에 관한 이야기는 정리가 되었다.

그후로 미라와 헤무도르는 얼마간 잡담을 나누었다. 그리고 얼마쯤 지난 참에 그의 시중을 맡은 메이드가 슬슬 돌아갈 시간이라고 말했다.

"——오오, 그러고 보니 이건 단순히 궁금해서 묻는 것인데. 시합 때는 스승님께 들었던 이야기와는 딴판이다 싶을 만큼 강해서 놀랐더랬네. 헤무도르 공은 어떠한 특훈을 해오셨는가?"

오늘은 해산이라며 자리에서 일어선 참에 미라는 문득 궁금했던 일에 관해 물었다.

내세울 것이라고는 권력밖에 없었던 과거의 헤무도르 소년이 무엇을 어떻게 했기에 셀로와 그만한 전투를 벌일 정도까지 성장한 것일까.

그런 단순한 호기심에 던진 질문이었다.

그에 대한 헤무도르는 다소 겸연쩍은 듯이 쓴웃음을 짓더니 그 비결을 말해 주었다.

"아아, 강해지고 싶다고 했더니 할아버지가 기뻐해 주셨거든. 매일 수련을 시켜 주셨지."

"호오……."

그가 강해진 이유. 그것은 다름이 아니라 삼신장이 직접 수련을 시켜 준 것이었다.

손자에게는 물러 터졌던 워렌베르그의 모습이 생생히 떠올라서 미라는 할 말을 잃었다. 그리고 동시에 그랬다면 강해질 만도 하다며 크게 납득했다.

의도치 않게 특권계급의 특권에 관한 이야기를 듣게 된 미라는, 작별인사 대신 그 일은 함부로 다른 데서 말하고 돌아다니지 않는 게 좋겠다는 조언을 해주었다.

〈30〉

헤무도르와 헤어진 후, 미라는 투기장 내의 관계자용 통로를 따라 걸었다.

멋진 해설이었다고 스태프가 칭찬할 때마다 미라는 기분이 좋아져서 "수고가 많구나"라고 하며 스쳐 지나갔다.

그러던 도중. 낯익은 얼굴이 어느 방으로 우르르 몰려가는 것이 눈에 들어왔다.

그리고 눈에 익은 이유는, 그 자들이 투기대회의 각 부문에서 입상했던 이들이기 때문이다.

"호오, 다른 곳에서 한다는 이야기는 들었지만, 이곳이었군."

방의 문 옆에는 '상품증정식장'이라고 적혀 있었다. 그렇다, 이 방에서 각 상품과 상금 등의 정식 증정이 이루어지는 것이다.

방 안을 흘끔 들여다보니 아르마 말고도 척 보아도 고귀해 보이는 이들이 모여 있었다.

또한 조금 둘러보니 메이린—— 아니, 프리퓨어도 있었다.

다만 메이린은 이런 자리를 불편해 한다. 빠져나가지 못하도록 하기 위해서인지 그 옆에는 에스메랄다도 있었다.

대회 주최자로서 메인이벤트인 무차별급 패자가 빠진 채로 증정식을 하는 사태는 어떻게든 회피하고 싶은 것이리라. 에스메랄다는 미라가 침을 흘리고도 남을 디저트들을 손에 들고 있었다.

(참으로 부조리하구나……!)

주최측의 출전 거부로 인해 나가고 싶어도 나갈 수 없었던 투기대회의 상품증정식에 가벼운 식사와 디저트가 늘어선 매력적인 테이블이 있다. 그리고 출전했다면 손에 넣었을지도 모르는 호화스러운 상품들도.

그것들을 본 미라는, 이런 데서 보고 있어봐야 허무해질 뿐이라는 생각에 눈을 돌리고 도망치듯이 그 자리를 뒤로 했다.

그리고 그 직후——.

"어?!"

당황한 듯한, 동시에 매우 놀란 듯한 목소리가 문득 전방에서 들려왔다.

대체 무슨 일인가 싶어서 미라 역시 거의 반사적으로 그 목소리가 들려온 방향으로 시선을 돌렸다.

그러자 그곳에는 웬 남자가 있었다. 게다가 낯이 익은 남자, 라기보다는 아는 남자가. 무차별급 준우승자인 톰독—— 최강의 플레이어 킬러 레비아드다.

조금 전에 들린 목소리의 주인공은 그인 듯했다. 그리고 그런 그는 어째서인지 눈이 휘둥그레져서 미라를 쳐다보고 있었다.

혹시 이 사랑스럽기 그지없는 소녀에게 반해 버린 것일까.

최근 그러한 시선을 받는 일이 늘었다고 느끼고 있던 미라는 이토록 귀여우니 어쩔 수 없는 일이라며 속으로 웃었다.

(허나 뭐라고 해야 할지, 저건 대체 무슨 표정이지……?)

그와는 취향이 비슷하기도 했다. 따라서 반할 만도 했지만, 자세히 보니 오히려 레비아드는 갑자기 유령과 마주치기라도 한 듯한 얼굴을 하고 있었다.

그리고 그는 그런 얼굴을 한 채 지그시 관찰이라도 하듯, 뭔가를 확인이라도 하듯 미라를 바라보았다.

(무슨 생각을 하고 있는지는 모르겠지만…… 불길한 예감이 드는구먼……!)

그가 소리를 지른 이유. 그리고 지금 이렇게 쳐다보고 있는 데에 어떤 의미가 있는지는 알 수 없다.

그러나 이러니저러니 해도 레비아드와는 안면을 튼 사이다. 섣불리 반응하거나 말을 나누거나 할 경우, 덤블프라는 걸 들킬 우려가 있다.

지금까지 쌓아 올려온 덤블프의 이미지를 무너뜨리지 않기 위해서. 이제는 있으나 마나한 그 명분에 집착하고 있는 미라는 잽싸게 그 자리를 뜨기로 결심했다.

그렇게 아무것도 모른다는 듯한 태도로 타박타박 걸어서 스쳐 지나려던 그때.

"아, 미라 씨…… 였던가? 잠시 하고 싶은 이야기가 있는데, 괜찮을까?"

뜻밖에도 레비아드 쪽에서 말을 걸어오는 것이 아닌가.

그 순간, 미라는 멈춰 섰다. 들리지 않은 척을 할까도 생각했지만, 이 자리에서 그러면 아무래도 부자연스러워 보일 거라 판단한 것이다.

그렇다고 대화를 하는 것도 위험하다.

"미안하지만 조금 급한 용무가 남아 있어서 말이다──."

그 결과, 미라는 최소한의 말만 하고 그 자리를 빠져나가기로 했다. 급한 용무가 있다고 하면 대부분은 그냥 보내주기 마련이다.
그러나 그것은 귀찮은 일을 거절할 때 흔히 사용하는 상투적인 말이기도 했다. 그렇기에 상대에게는 다른 의미로 전해질 때도 있기 마련이다.
그렇다, 귀찮은 일이나 끈질긴 권유, 그리고 헌팅 등에게서 빠져나가려 하고 있다는 식으로.
"아, 잠깐. 그런 거 아니야. 저기, 벌써 잊었을지도 모르지만. 나야, 레비아드. 그리고 미라 씨는…… 덤블프 씨, 맞지——."
당황한 듯이 변명하는가 싶었더니 반갑다는 듯이 자신의 정체를 밝힌 데다 미라의 정체까지 말해버렸다.
직후, 미라는 허겁지겁 레비아드의 입을 틀어막고 "음, 분명 덤블프의 제자는 맞다만, 되도록 비밀로 해다오!"라고 다소 큰 목소리로 말했다.
또한, 잽싸게 주변을 확인해 보니 레비아드의 말을 들은 이는 아무도 없었던 것 같아서 미라는 안도하며 가슴을 쓸어내렸다.
하지만 다음 순간, 미라는 작은 목소리로, 하지만 격한 어조로 말했다.
"멍청한 것! 이런 데서 그 이름을 입에 담지 마라!"
그쪽도 톰독이라는 가명을 쓰고 있으니 그 정도는 알아채라고 말하는 듯한 투로.
그리고 그 역시 같은 입장이라 알아챈 것인지, 아차 싶은 표정을 지어 보였다.
"아, 그랬지. 미안미안. 나도 그렇지만 덤…… 미라 씨도 그렇구나. 누가 들으면 큰일이지. 뭐랄까, 갑자기 만난 게 기뻐서 미처 생각을 못 했어."

레비아드는 반성하는 얼굴로 다시 한 번 주변을 확인하고서 목소리를 낮춰 소곤소곤 그렇게 말했다.

다른 사람도 아니고 레비아드니, 남들보다 더 주의를 하고 있었으리라. 하지만 평소처럼 주의를 기울이는 것을 잊을 만큼 이렇게 재회한 것이 기뻤던 것이다.

분명 오랜 벗과 만난 것은 기쁜 일이다. 미라 역시 그 심정은 이해하기에 그 이상은 아무 말도 하지 않았다.

하지만 한 가지 신경 쓰이는 것이 있었다.

"알아들었으면 되었다. 허나 애초에 어떻게 이 몸이란 걸 알아챈 게냐?"

단순한 질문이다. 플레이어 출신자라면 '조사'하기만 해도 상대가 플레이어 출신자라는 것을 금방 알 수 있다.

하지만 알 수 있는 것은 그것뿐이다. 누구인지까지는 꿰뚫어 볼 수 없다. 미라처럼 모습이 크게 바뀌었을 경우, 보기만 하고 알아채기는 매우 어려울 것이다.

하지만 레비아드는 미라가 덤블프라고 확신한 듯 보였다.

그 근거는 대체 무엇일까. 경우에 따라서는 향후 체면을 지키기 위해 지인과의 접촉을 최대한 피할 필요가 있다.

"아아, 그건 말이야. '특정관측'이라는 기능의 효과야. 주의해서 기억했던 대상이 근처에 오면 반응하게끔 되어 있어. 그리고 예전에 나랑 어울려 준 적이 있었잖아? 그것도 매번 기습을 하면서. 그래서 기억해 두었어. 그랬더니 아까 그때와 같은 기운이 느껴져서 엄청 놀랐다고. 심지어 확인하려고 고개를 돌려보니 여자애가 있어서 다시 한번 놀랐고."

레비아드는 소곤소곤 그렇게 진상을 밝혀 주었다.

그리고 미라는 그 답을 듣고 과연, 하고 쓴웃음을 지었다.

게임이었던 시절, 미라는 플레이어 킬러인 레비아드와 친구 관계였다.

계기는 레비아드가 PK(플레이어 킬)를 위해 습격해온 것이었는데, 그 싸움 도중에 두 사람은 느꼈던 것이다. 서로 게임을 **즐기고 있다**는 것을.

거의 모든 플레이어를 공포에 떨게 했던 것으로 유명한 플레이어 킬러 레비아드. 하지만 현재의 그를 보면 알 수 있듯, 그 실체는 지극히 평범한 청년이다.

그도 그럴 것이, 플레이어 킬러라고 뭉뚱그려서 말하기는 해도 그 타입은 여러 가지이기 때문이다.

돈을 벌기 위한 수단이라고 구분하고 있는 타입. 단순히 대인전을 좋아하는 타입. 또 우월감에 젖고 싶은 타입, 약한 자를 괴롭히거나 텃세 부리는 걸 좋아하는 타입.

그리고 롤플레이(역할 놀이)로 악인 역할에 몰입하는 타입 등이 있다.

레비아드는 그야말로 롤플레이 세력의 필두라 할 수 있는 인물이었다.

플레이어들 사이에 적절한 긴장감을 주고, 동료와의 팀워크의 소중함을 뼈저리게 느끼게 해주었다.

특히 다섯 명의 '이름 없는 사십팔장군'과 그가 펼친 사투는 누가 보아도 정의와 악의 대립이라, 플레이어들 사이에서 전해지는 전설이 되기도 했다.

레비아드는 그런 식으로 롤플레이를 즐겼다. 마찬가지로 롤플레이에 집착하고 있던 덤블프와 죽이 맞지 않을 리가 없었던 것이다.

(참으로 그립군그래……. 중간부터 기습이 통하지 않게 된 건, 그런 기능 때문이었나.)

만남 이후 서로에 관해 알고 친구가 된 뒤로 두 사람은 이런저런 설정을 생각해 내 대전을 즐겼다.

그 중에서도 특히 마음에 들었던 것이 '일찍이 전설의 암살자라 불렸던 남자 레비아드── 아니, 알타이르와 그런 배신의 암살자를 숙청하러 온 조직의 보스, 덤블프── 베가'라는 설정이었다.

어느 도시와 가게, 거리와 광장 등에서 연기를 하는 듯한 대화와 함께 대전을 시작했더랬다.

가만, 그러고 보니 그때 그 까만 복장은 어디에 넣어뒀더라. 그렇게 과거를 추억하던 중에──.

"저기, 톰독 선수. 슬슬 시작하고 싶습니다만, 괜찮을까요?"

대회 관계자가 복도에 서서 이야기를 하고 있던 두 사람의 곁으로 다가와서 말을 건넸다.

주변을 둘러보니 증정식장에는 이미 각 부문의 수상자들이 모여 있었다. 비어 있는 것은 무차별급 준우승자인 톰독의 자리뿐이다.

"아차, 그랬지. 하지만 모처럼 만났으니 나중에 천천히 이야기하자."

이대로 대화하고 싶지만 저 많은 사람을 더 이상 기다리게 할 수는 없는 일이다. 그렇게 판단한 레비아드는 나중에 보자고 말하고서 식장으로 향했다.

"음, 다음에는 여유가 있을 때 보자꾸나."

미라는 레비아드를 배웅하며 답했다.

만나기 전에는 체면 유지를 위해 그럴 생각이 없었지만, 이미 정체를 알고 있다면 문제될 건 없다. 이렇게 된 김에 그에게 자신이 이런 모습이 된 것에 대한 변명을 똑똑히 각인시켜 둬야겠다.

"흠, 뭔가 전에 없이 분주해 보이는군그래."

왕성에서 맞은 아침. 복도를 걷던 미라는 성 안을 관찰하며 혼잣말을 했다.

투기대회의 모든 일정은 어제부로 종료되었다. 몇 개월에 걸쳐 계속된 축제는 끝나고 만 것이다.

그럼에도 성에서 일하는 자들은 실로 분주하게 일하고 있었다. 그것은 작업이 축제 운영에서 뒤처리와 철거로 전환되었기 때문이다.

그러나 그런 속사정은 남의 일이라는 듯이 미라는 아침부터 수고가 많다며 그들을 배웅하며 오늘 일정에 관해 생각했다.

(자아, 우선은 헤무도르의 건을 처리해야겠군.)

——어젯밤. 성의 어느 방에서 투기대회가 무사히 종료된 것을 축하하기 위한 축승회가 끝난 이후, 단숨에 결정된 사안이 있다.

그 자리에는 평소의 멤버들인 아르마와 에스메랄다, 노인. 고트프리트 일행과 아홉 현자에 이리스가 있었다.

중간에 졸립다는 이리스를 에스메랄다가 방으로 데려갔을 즈음, 미라는 그러고 보니 이런 일이 있었다면서 그 이야기를 꺼냈다. 알카이트 왕국의 건국제에 관한 이야기를.

그리고 솔로몬이 초대객 문제로 고민하고 있었다는 이야기를 한 후, 헤무도르를 초대하는 걸 어떻게 생각하느냐고 모두에게 물었다.

헤무도르는 아홉 현자를 동경해 마음을 바꿔먹고 노력한 끝에 지금의 힘을 손에 넣었으며, 강자들이 모인 특별 토너먼트에서 준우승까지 거두었다. 그런 그라면 자격이 있지 않겠느냐고.

"설마 그런 식으로 생각하고 있었다니, 노력한 보람이 있었는걸! 나는 찬성이야!"

"시합 봤다이거. 나도 싸워보고 싶다해!"

그 이야기에 라스트라다는 감동한 눈치였다. 또한 메이린도 기회가 되면 대련해 보고 싶다며 그를 높이 평가했다.

"역시 진짜 본인이었나. 그럼, 문제없겠지. 그나저나, 그만한 대국이니만큼, 내가 모르는 사령술이라도 숨기고 있는 걸까 싶었는데…… 아쉬운걸."

지금의 헤무도르와 소년 시절의 헤무도르는 소울하울의 말대로 완전 딴 사람이라 해도 과언이 아닐 정도로 달랐다.

소울하울은 문제만 일으키는 헤무도르를 숙삭해 버린 후, 특수한 사령술 같은 걸 써서 적절하게 부리고 있는 것은 아닐까 생각했던 모양이다.

"그런 생각을 했다는 것 자체가 무섭구먼……."

다른 사람도 아닌 소울하울이다. 그러한 연구도 정말 하고 있을 것 같아서 더더욱 무서운 것이다.

"나도, 괜찮을 것 같아. 소문은 결국 소문에 불과했고, 오늘 있었던 일이 그 증거잖아."

이스즈 연맹에는 온 대륙의 정보가 모이고 있다. 그렇게 모인 것들 중에는 그에 관한 소문도 몇 가지 있다고 한다.

하나같이 좋은 소문들은 아니었지만 오늘 시합을 통해 헤무도르가 지금의 지위에 걸맞은 노력을 거듭해 왔다는 것을 알 수 있었다. 때문에 소문은 그저 소문에 불과했다고 카구라는 딱 잘라 말했다.

그러니 분명 괜찮을 것이라고.

또한 그렇다면 자신도 동의하겠다고 루미나리아도 말했다.

아르테시아도 그때 그 남자애가── 하고 헤무도르의 노력을 칭찬하더니 당연하다는 듯이 고개를 끄덕였다.

그렇게 만장일치로 헤무도르를 초대하기로 결정이 된 것이다.

그 후, 미라는 니르바나의 통신실을 빌려서 솔로몬에게 이 일을 알렸다.

『진짜……?! 그 손자?! 어, 어쩌다 그런 거물이 튀어나온 거야?!』

가장 먼저 보인 반응은 놀라움이었다.

헤무도르 본인은 과거의 자신을 반성하여 놀랄 만큼 겸손해졌지만, 그럼에도 그가 지닌 권위는 여전히 건재하다.

솔로몬은 이어서 당황한 투로 오히려 머리를 숙여서라도 부탁하고 싶은 상대인 셈인데, 어쩌다 상황이 그렇게 된 것이냐고 물었다.

하지만 헤무도르가 그러고 싶다고 했으니 괜찮을 거다.

미라의 이야기를 들은 솔로몬은 깊이 생각하기를 그만두고『알았어, 고마워』라고 답했다.

소문이 좋지 않기는 하지만 지금은 투기대회에서 진정한 실력을 내보인 뒤라 절호의 타이밍이라 할 수 있었다.

그 시합을 관전한 자들 중에는 대륙 각국의 주빈급도 많다. 그렇기에 화제성이 높을 거라면서 솔로몬은 기뻐했다. 기꺼이 초대장을 보내겠다고 약속도 해주었다.

"오늘도 바빠질 것 같구나!"

헤무도르에게 그 사실을 전달하고 나서 레비아드를 만나러 가야겠다.

그렇게 오늘 일정을 정한 미라는 우선 아침식사를 하고자 식당으로 향했다.

〈31〉

다 같이 아침식사를 한 후, 얼마간 느긋하게 담소를 나누었다.

사소하고도 한가한 아주 짧은 시간은, 동시에 작별의 시간이기도 했다.

"그럼, 또 봐. 후미카 언니……."

"어머어머, 건국제 때 또 볼 수 있잖니."

올케와 시누이 사이이기는 하지만 아르마와 아르테시아는 유일한 진짜 가족이다.

애정을 주체할 수가 없는지, 아르마는 꼭 끌어안은 채 떨어질 줄을 몰랐고 아르테시아는 그걸 다정하게 받아 주었다.

여왕답지 않은 행동인 데다 오늘 할 업무가 산더미처럼 쌓여 있었지만, 이번만큼은 에스메랄다도 중간에 끼어들거나 하지 않았다.

이번에는 아르마가 만족할 때까지 마음대로 하게 둘 생각인 듯했다.

하지만 그러면서 중요한 업무를 처리하는 것도 게을리 하지 않았다.

"——그런 식으로 하면 될까? 아르마는 카구라가 얼마나 대단한지 알고 나서부터, 이전으로는 못 돌아가겠다고 하고 있거든."

"뭐어, 괜찮을 거예요. 앞으로는 알카이트 쪽에서 자리를 잡을 예정이니까, 연락 주시면 피스케를 보낼게요."

"정말 굉장한걸. 고마워, 카구라! 나중에 피스케 전용 입구를 만들어 둘게!"

그것은 카구라의 전매특허인 자백술 출장 서비스에 관한 약속이었다.

대상에게서 정확한 정보를 이끌어 내는 것은 원래 그리 쉬운 일이 아니다.

경우에 따라서는 그야말로 고통을 수반하는 방법까지 동원되었고, 그러한 것들을 집행해야 하는 입장인 아르마는 이로 인해 오랫동안 괴로워해 왔다.

그러던 때에 희망처럼 나타난 것이 바로 카구라다. 정보를 가차 없이 모조리 토해 내게 할뿐 아니라 비인도적인 수단은 전혀 사용하지 않는다.

그 때문에 아홉 현자 출장 계약을 맺은 것이다.

또한, 당연히 이 건은 기밀 사항이다.

"그러면 나중에 보자고. 다음에 볼 때까지 필살기를 얼마나 많이 늘리는가로 승부하자."

"그래, 좋아. 승부해 보자고!"

라스트라다와 고트프리트는 그런 땀내 나는 약속을 나누고 있었다.

하지만 이 두 사람 사이에서만 통할 듯한 그 대화에 관심을 보이는 이가 한 명 있었다.

"그거, 뭔가 재미있을 것 같다이거. 나도 승부하고 싶다해!"

메이린이다. 승부 요소 때문이기도 하겠지만, 그녀 역시 필살기에는 남들보다 관심이 많은 듯했다.

특히 공작급 흑악마 아스타로트와의 싸움에서 두 사람이 사용한 수많은 필살기들을 보고 매우 흥분했었다는 모양이다.

"이거 강적이 나타났는걸?"

라스트라다는 실로 즐거운 듯한 미소를 띤 채 방심할 수 없는 상대가 나타났다고 말했다.

"메이린이라…… 좋아, 우리 상대가 될 자격이 있어!"

고트프리트도 재미있을 것 같다며 웃었다. 하지만 거기서 끝이 아니었다.

"아, 발렌틴도 필살기가 많았잖아! 그럼 같이 승부하자!"

그러고 보니, 하고 기억이 났다는 듯한 얼굴로 돌아보더니 다짜고짜 발렌틴을 억지로 끌어들이려 한 것이다.

"아아, 그러고 보니 그랬지!"

"깜장 씨 필살기, 멋있는 것 잔뜩 있었다해!"

과거의 발렌틴은 그러한 것들도 마음껏 즐기고는 했다.

"아뇨아뇨, 지금은 전혀 없어요. 안 할 거라고요!!"

고트프리트 일행이 당연하다는 듯이 끌어들이려고 하자 발렌틴은 온 힘을 다해 부정했다.

하지만 세 사람은 그의 의견을 들어줄 생각이 없는지, 신이 나서 넷 중에서 누가 최강의 필살기 사용자인지 승부하자고 떠들어댔다.

"——헤에, 이건 연구하는 보람이 있을 것 같은걸. 고마워."

"나도, 고마워. 많은 공부가 될 것 같아."

소울하울과 엘리미제는 서로의 연구 성과를 교환한 모양이다.

광범위한 소울하울의 연구 내용은 지극히 복잡하면서도 무수히 많은 가능성을 지니고 있었다. 습득한다면 한계 너머에 있는 새로운 길을 찾아낼 수 있을지도 모른다.

한 분야에 특화된 엘리미제의 연구 내용은 조예가 깊어서 그에 관한 깊은 지식을 얻을 수 있을 것이다.

소울하울은 실로 유익한 정보였다고 말했고, 엘리미제는 조금 쑥스러워하면서도 기뻐했다.

"자아, 오늘로 마지막이니 이걸 주지."

"뭐……?! 이봐?!"

다른 사람들과 달리 루미나리아와 노인은 어째서인지 은밀한 거래를 하고 있었다.

심지어 지금 이 순간, 루미나리아가 귀한 물건이라며 꺼낸 것은, 역시나 미라의 속옷 차림 사진이었다.

릴리 일행이 의상 제작을 위해 촬영하여 보관해 두었던 희소한 한 장이다.

그것을 본 순간, 노인의 감정 게이지는 단숨에 임계치를 돌파했다.

갖고 싶다. 그의 머릿속에 떠오른 진심 어린 목소리였다.

"바보 같은 소리. 그런 걸 받아 봐야 처분하기 곤란할 뿐이야."

하지만 노인은 강인한 이성으로 본능을 억제했다. 저건 정말로 넘어서는 안 되는 선이라고 자기 자신을 설득하며.

"뭐야, 그래? 갖고 싶어할 줄 알고 준비했는데 유감이네."

여기서 루미나리아가 함정을 팠다.

지금까지는 그래도 좋아하잖아, 라면서 억지로 건넸지만 여기서 물러난다는 수단을 취한 것이다.

그러자 놀랍게도. 상대는 그 술수에 보기 좋게 걸려들었다. 입으로는 단호하게 거부하면서도 노인의 눈은 루미나리아가 집어넣은 사진을, 미련이 뚝뚝 흐르는 눈빛으로 쫓고 있었다.

"——큭!"

그것은 완전히 무의식적으로 취한 행동이었다. 노인의 내면에는 이성에 따르지 않는 근원적 본능이 잠재되어 있었던 것이다.

그 무의식적인 행동을 자각한 노인은 순간적으로 고개를 돌렸지만, 때는 이미 늦었다.

루미나리아는 만면에 미소를 띤 채 "하여간 고집은 세서"라고 하면서 노인의 품속에 사진을 슬그머니 넣어주었다.

노인은 아무 저항도 하지 못한 것은 물론이고, 속으로 '고맙다'라는 말까지 하고 말았다.

"정말 고마웠어요, 미라 씨, 샤르위나 씨, 단원 1호 씨! 너무 즐거웠어요! 친구가 잔뜩 생긴 것 같아서 엄청 즐거웠어요!"

마치 어린애처럼 잔뜩 울상이 된 얼굴로 이리스가 진심 어린 감사인사를 했다.

오늘을 기해 미라도 이리스의 방에서 나가게 되었다. 그리고 이리스 본인의 요청으로 그녀는 이날을 계기로 엄중하게 보호되고 있는 혼자만의 그 방에서 나와 단계적으로 바깥세상에 적응하고 남성 공포증을 극복해 나갈 예정이다.

그에 따라 분명 다른 사람들과의 교류는 늘어나겠지만, 방의 크기는 작아질 거다. 이전과 같이 살 수는 없을 것이다.

그렇기에 오늘은 새로운 시작의 날이기도 했다.

"생긴 것 같은 게 아닙니다냥. 소생들은 이미 친구입니다냥!"

단원 1호는 덩달아 눈물을 흘리는 정도가 아니라 아예 대성통곡을 하고 있다. 어지간히도 정이 들었던 것인지, 와락 부둥켜안은 모습은 청춘 드라마의 한 페이지를 보는 듯했다……. 하지만 아무래도 고양이이다 보니 어쩐지 동화 같은 광경이었다.

"저도 즐거웠어요. 이렇게 취미가 잘 맞고 이야기도 잘 맞는 사람은 처음이었어요. 그러니 우리는 이미 친구──…… 아니, 절친이라고 생각해요!"

샤르위나 역시 이별을 아쉬워하는 동시에 처음으로 절친이 생겼다고 기쁜 듯이 선언했다.

알피나 일행은 투기대회 종료일에 귀환했지만 유일하게 샤르위나만은 기한인 오늘까지 남아 있었다. 그녀에게도 이리스는 특별한 친구가 된 모양이다.

"샤르위나 쒸이~!"

그 말을 들은 이리스는 한층 더 감격하여 눈물을 글썽거리며 샤르위나에게 달려들었다.

그리고 이리스와 샤르위나는 와락 끌어안았다. 그 모습은 그야말로 청춘 그 자체였다. ……하지만 그런 두 사람 사이에 끼어 괴로운 표정을 짓고 있는 단원 1호 때문에 그림이 엉망이 되었다.

"힘겨운 여정이 되겠지만 건강히 지내고 힘내거라."

미라는 마지막까지 여러모로 소란스러운 이리스의 머리를 살며시 쓰다듬으며 그녀의 앞날을 위해 기도했다. 행운이 가득하기를.

그렇게 각자 작별 인사를 나누는 가운데, 어느 집단에도 끼지 않고 있는 자가 한 명 있었다.

사이조다.

"지금은 딱히 은둔을 하고 있지 않은데…… 이것도 인망이란 것인가……."

생각해 보니 사이조는 무구 손질과 닌자도구 시험만 하고 지냈다. 딱히 누군가와 마지막으로 나눌 말도 없어서, 지금도 취미로 모은 개인 제작 술구를 확인하며 저마다의 작별이 끝나기를 기다리고 있었다.

그러던 그에게 다가가는 자가 한 명 있었다.

"여전히 요상한 술구들을 좋아하는 모양이로군."

어이없어 하면서도 흥미롭다는 투로 말을 건 것은 미라였다. 다음에 대회가 개최되면 또 다 같이 코스프레를 하고 싶다는 이야기로 열을 올리기 시작한 이리스 일행에게서 도망쳐 온 것이다.

화덕에 불을 붙이는 것부터 마수조차도 숯덩이로 만드는 것까지. 술구는 실로 다종다양했다.

개중에서도 개인 제작 술구는 특징적인 것이 많다. 그리고 이것들을 제작하고 있는 자들 중에는 역시나 별종이 많다.

그가 지닌 술구들은 하나같이 기존의 개념에서 벗어난 자유로운 발상을 통해 독창적인 효과를 발휘하는, 다른 데서는 볼 수 없는 것들이었다.

와인을 물로 바꾸는 것, 들리는 소리가 모두 개구리 울음소리가 되는 것, 에로틱한 꿈을 꿀 수 있는 것, 어지럽지 않게 되지만 효과가 끊기면 엄청나게 어지러워지는 것 등.

무슨 의미가 있는 건지, 어디에 도움이 되는 건지 알 수 없는 것이 대부분이었다.

하지만 그런 재미있고 괴상한 것에 끌리는 호사가도 존재했다.

그 중 한 명이 사이조다.

"이 요상한 면이 재미있는 것 아니겠소."

말하자마자 사이조는 술구 하나를 발동시켰다.

그리고 물통을 꺼내더니 그 안에 든 것을 술구 위에 따랐다.

그러자 놀랍게도. 물은 술구 위에서 흘러넘치지 않고 물방울을 이루어 떠올랐다.

"호오, 이것 참 굉장하기는 하다만…… 어디에 쓸 수 있을는지."

미라는 실천적이고 실용적인 술구를 좋아하지만 이렇게 장난기 있는 물건도 싫지는 않았다. 그나저나 대체 어디에 써먹을 수 있는 물건일까.

또한 사이조의 설명에 따르면 이것은 그냥 액체를 띄워두기만 하는 술구라고 한다.

잠시 생각해 보니 아쿠아리움처럼 사용할 수 있을지도 모른다는 생각이 들었지만, 이미 사이조가 실험을 해봤다는 모양이다. 물고기가 지체 없이 뛰쳐나가고 말았단다.

"——참고로 지금 소생이 우선적으로 고안 중인 것은 약물을 정제하는 기능이오."

의문의 효과를 지닌 술구를 효과적으로 활용할 방법. 그것을 고안하는 것도 좋아하는 모양이다. 물건에 따라서는 의외로 편리하게 변하는 술구 등도 있다고 아주 신이 나서 떠들어댔다.

"호오, 그렇구먼. 확실히 그건 멋진 가능성이구나!"

사이조가 제안한 사용 방법에서 미라도 가능성을 발견해 냈다. 그러고는 이러쿵저러쿵 즐겁게 이야기를 나눴다.

그렇게 즐겁게 대화하는 사이조와 미라를 바라보는 자가 한 명 있었다.

(저렇게 즐겁게……. 아니, 아니야! 누구와 이야기를 하든 ——……아아악!)

노인이다. 사이좋아 보이는 두 사람의 모습에 질투를 하고는, 왜 이런 기분이 드는 것이냐며 속으로 몸부림을 쳤다.

그 옆에서는 루미나리아가 쓴웃음을 지은 채 너무 세게 부추겼나, 따위의 생각을 하고 있었다.

아틀란티스의 장군 세 명은 비공장에 도착해 있던 자국의 비공선을 타고 돌아갔다.

듣자하니 장군 전용 비공선이라는 듯했는데, 소형인데도 일반적인 형태의 것보다 두 배는 빠르다는 모양이다.

아틀란티스와 니르바나는 아크 대륙의 최북단과 최남단에 위치했지만 오늘 중에는 나라로 돌아갈 수 있을 것이란다.

과연 장군 전용기, 그리고 플레이어 최대 국가의 과학력이다.

또한 미라는 '아이젠파르드를 부르면 이 몸이 더 빨리 도착할 수 있을 터인데'라고 생각하며 속으로 대항심을 불사르고 있었다.

아르테시아와 라스트라다는 당연히 왔을 때와 마찬가지로 고아원 아이들과 함께 귀국할 예정이다.

그렇다면 귀국에는 니르바나의 비공선이 사용될 것이다. 소울하울과 루미나리아 역시 여기에 동승해서 가겠다고 한다.

요주의 인물인 메이린 역시 이 비공선으로 귀국하기로 했다. 아르테시아는 모두 맡겨 두라며 호언장담을 했다.

그 말대로 그녀에게 맡기면 만에 하나라도 메이린이 도망치는 사태는 일어나지 않을 거다.

카구라는 부럽다는 생각이 절로 들 만큼 경쾌한 행동력을 선보였다. 작별 인사가 끝나자마자 그대로 식신과 교대하여 눈 깜짝할 새에 먼 곳으로 돌아가 버린 것이다.

그녀가 천사인 티리엘과 함께 하고 있던 각지의 오니의 관의 조사는 이미 끝났다는 모양이다. 게다가 향후 무슨 일이 일어나지 않도록 감시용 술식도 설치해두었다고 한다.

또한 이제 이스즈 연맹의 인수인계와 자잘한 처리만 남았다는 모양이다. 그것들이 정리되면 비로소 귀국할 수 있을 테고, 건국제까지는 충분히 끝낼 수 있을 것 같단다.

발렌틴도 마찬가지로 인사를 마치자마자 그대로 전이로 조직의 거점에 돌아간 듯했다.

최근에 있었던 일들 중에 흑악마가 연루되어 있던 것이 많았던 탓인지, 조직은 연구와 조사로 상당히 바쁜 모양이었다.

"그럼, 이 몸도 가보도록 할까!"

작별 인사를 마친 미라는 드디어 니르바나성을 뒤로 했다.

미라는 그럭저럭 긴 시간을 보낸 거대한 성을 마지막으로 한껏 올려다본 후 '그럼 잘 있거라' 하고 인사하고서 새로운 걸음을 내디뎠다.

그것은 이리스의 방에서 파자마 파티를 했던 날의 일이다.

그날은 미라뿐 아니라 아르마와 에스메랄다에 카구라와 메이린, 엘리미제, 거기에 루미나리아까지 함께 묵기로 했다.

너무도 좋아하는 사람들과 격동의 시대의 영웅들까지 결집하자 이리스도 내내 들뜬 기색을 감추지 못했다.

당시의 큼지막한 사건들은 대부분이 이야기가 되어 책으로 만들어졌다. 그리고 그러한 책들은 모두 이리스의 도서관에 비치되어 있어, 책을 사랑하는 이리스는 당연히 모두 다 읽은 상태였다.

그렇기에 그녀의 호기심은 늦은 밤까지 사그라들 줄을 몰랐다.

그렇게 늦은 밤. 떠들다 지친 이리스가 잠들고 다른 이들도 내일을 위해 잠을 청하고서 얼마쯤 지났을 즈음.

"음~…… 화장실……."

문득 소변이 마려워져서 잠에서 깬 미라는 그대로 휘청거리며 일어나 화장실로 향해 볼일을 봤다.

그리고 침대로 돌아가려고 복도를 걷던 중, 문득 그것이 눈에 들어왔다.

"음? 불을 끄는 걸 깜박했던가?"

정면에 있는 계단 위에서 희미한 빛이 새어 나오는 게 보였다.

그 계단을 올라가면 이리스의 도서실이 있다. 이런 밤중에 불을 켜 둘 필요가 없는 장소다.

"못 말리겠구나."

가난뱅이 근성이 있는 미라는 제대로 꺼주마 하고 계단을 올라 도서실로 향했다.

"……음?"

조명 스위치가 있는 도서실 입구. 그곳에 도착한 미라는 스위치를 끄려던 참에 알아챘다.

도서실 안에서 뭔가의 기운이 느껴진 것이다. 그리고 기분 탓인가, 하고 '생체감지'로 찾아보니 그곳에는 정말 누군가가 있었다.

(흐~음, 샤르위나는 얌전히 지내고 있는 듯했는데…….)

가장 가능성이 높은 샤르위나는 분명 침실에 있는 걸 보았다.

하지만 이런 시간까지 책을 읽는 것인지, 아직 잠들지는 않은 듯했다.

침실로 돌아가면 어서 자라고 말해두자. 그런 생각을 하며 다시 도서실 쪽으로 의식을 돌렸다.

그렇다면 이런 밤중에 도서실에 있는 이는 누구일까. 궁금해진 미라는 그 기척이 느껴지는 장소까지 슬금슬금 다가갔다.

"——여기에도 없네에."

들여다보고 확인해 보니, 그 정체는 루미나리아였다. 뭔가를 찾고 있었는지, 책장을 지긋이 쳐다보던 그녀는 그렇게 중얼거리더니 한숨을 내쉬었다.

어찌 되었건 이런 시간에 슬금슬금 무얼 찾고 있었던 걸까.

"어이, 이런 시간에 뭘 하는 게냐."

궁금해진 미라는 그대로 몰래 감시하지 않고 당당하게 루미나리아에게 물었다. 늦은 밤이라 되도록 빨리 답을 얻으려 한 것이다.

"우와아악?!"

그러자 루미나리아는 갑자기 말을 걸어서인지, 아니면 뭔가 켕기는 것이라도 있었던 것인지, 펄쩍 뛸 만큼 놀라 비명을 질렀다.

"뭐야, 미라땅이었어? 놀라게 하지 좀 마."

하지만 얼굴에 동요한 기색이 보인 것도 잠시뿐. 루미나리아는 미라의 모습을 보자마자 안도의 한숨을 내쉬었다.

"어허, 무엇이냐. 이 몸이 아니었으면 큰일이라도 났을 거란 반응이로구나."

그 태도를 통해 수상쩍다고 생각한 미라는 더욱 깊이 캐묻기 위해 슬금슬금 다가갔다.

"뭐어, 그냥 좀……."

아무래도 예상이 맞았던 모양인지. 루미나리아는 쓴웃음을 지은 채 답했다.

"해서, 무엇을 하고 있었느냐?"

이렇게 늦은 밤에 도서실에서 루미나리아는 무엇을 하고 있었던 것일까. 자신 이외의 사람이 알면 위험한 무언가. 이래저래 신경전을 하는 건 귀찮다는 생각에 미라는 곧장 핵심을 찔렀다.

"실은…… 이전부터 계속 찾고 있는 책이 있거든."

체념했다기보다는 뭐, 아무렴 어때, 라고 말하는 듯한 얼굴로 루미나리아가 이유를 말했다. 오히려 그 눈빛에는 같이 찾아 줬으면 좋겠다는 바람이 떠올라 있었다.

"책이라. 어지간한 책은 갖춰져 있다고 들었다만, 대체 어떤 책을 찾고 있는 게야? 샤르위나에게 도와 달라고 할까?"

이리스의 도서실의 장서량은 보통이 아니다. 어지간한 희귀본이 아니라면 어딘가에는 있을 것이다.

하지만 양이 양이다 보니 뭔가를 찾으려면 고생이 말도 못할 거다. 따라서 미라는 아무리 그래도 이리스를 깨울 수는 없지만, 그 대신 밤샘 중인 샤르위나에게 부탁해 보는 게 어떠냐고 제안했다.

그녀는 이곳에 있는 책을 샅샅이, 정신없이 읽고 있었다. 이미 어지간한 책의 위치는 파악하고 있다고 했으니 제목을 알면 찾아줄 것이다.

"이야, 샤르위나라. 으~음, 하지만 말이야, 아무래도 좀……."

부탁하면 목적한 책을 찾을 수 있을지도 모른다. 하지만 아무래도 정말 켕기는 것이라도 있는지 루미나리아는 그 제안을 금방은 받아들이려 하지 않았다.

"흐~음, 일단 말이라도 해보거라. 대체 무슨 책을 찾고 있는 게야?"

그렇게까지 주저하는 이유가 무엇인지. 무엇을 찾고 있기에 그렇게까지 비밀로 하려는 것인지. 그 진의를 알기 위해 미라는 원인이라 할 수 있는 책에 관해 물었다.

그러자 루미나리아는 작은 목소리로 속삭이듯이 "……이건 비밀이다"라고 말하더니 상당히 얄팍한 책을 꺼내서 펼쳐 보였다.

"이런…… 이, 이것은!"

펼친 그 책은 만화였다. 하지만 평범한 만화가 아니다. 두 명의 소녀가 엎치락뒤치락하는 모습이 그려진, 상당히 아슬아슬한 백합 만화였던 것이다.

"우연히 찾아서 손에 넣었는데, 이게 뭐라고 해야 할지, 요즘 제일 끌려서——."

루미나리아의 말에 따르면 오랜만에 발견한 개인적인 애정작이라는 듯했다.

"호오, 이것 참……."

일반인들에게 보이기에는 무리가 있는 내용이었다. 밝고 포근한 분위기를 풍기면서도 서로 얽히는 장면에서는 분위기가 반전되어 지극히 농후해졌다. 거의 확실하게 19금으로 분류될 책이다.

그리고 미라도 어쩐지 끌리는 느낌을 받았다. 페이지를 팔랑팔랑 넘기다 보니 무의식중에 음흉한 미소가 지어졌다.

하지만 농후한 장면을 탐닉하고 있던 것도 잠시뿐이었다.

"이런이런, 분명 대부분의 책이 갖춰진 곳이기는 하다만, 이러한 책은 없을 게야."

이곳은 이리스를 위해 준비된 도서실이다. 당연히 그녀에게는 아직 이른 내용의 책이 이곳에 있을 리가 없다고 미라는 단언했다.

"그래, 그야 그렇겠지. 그 정도는 나도 알아."

"그렇다면 찾아봐야 소용없다는 것도 알 터인데."

어른을 위한 책은 없다는 말에 루미나리아는 그 정도는 자신도 안다고 답했다.

그러자 미라는 그걸 알면서 왜 굳이 찾고 있던 것이냐고 질문을 던졌다.

"실은, 여기 말인데——."

어른을 위한 책과는 전혀 인연이 없어 보이는 이리스의 도서실. 하지만 루미나리아는 관련된 책이 이곳에 있을지도 모른다고 말을 잇더니, 손에 든 책의 마지막 페이지를 펼쳐 보였다.

그곳에는 이 만화를 그린 작가의 코멘트가 적혀 있었다.

그 코멘트 속에서 루미나리아가 여기라면서 지적한 부분. 거기에는 이 책이 탄생하게 된 경위가 적혀 있었다.

그에 따르면 작가는 어느 책을 읽고 완전히 포로가 되어버렸다고 한다. 그리고 그걸 토대로 망상을 펼쳐 빚어낸 것이 바로 이 얇은 책이라는 듯했다.

그렇다, 루미나리아의 애정 서적은, 어느 책의 2차 창작이라는 형식으로 세상에 태어난 것—— 요컨대 동인지였던 것이다.

"이 얇은 두께를 보고 대충 예상은 했다만, 역시 이미 이 문화가 존재했었군……."

만화가 이 세계에 뿌리를 내리고서 얼마나 되었는지는 모르겠지만. 미라는 플레이어 출신자들의 행동력이 어이없어서, 이미 이 문화도 침식을 시작한 것인가, 하고 탄식했다.

"2차 창작을 즐기는 녀석들은 이전부터 있었지만 말이야. 그 전파 속도를 폭발적으로 가속시킨 건 뭐, 플레이어 출신자들이 맞아."

오락 관련 문화를 퍼뜨리는 데 망설임이 없다고 루미나리아는 말을 이었다. 그리고 미라 역시 지금까지 그러한 것들을 여럿 보아온 탓에 확실히 그런 것 같다며 쓴웃음을 지었다.

"그래서 말인데. 내가 찾고 있는 책이라는 건, 이 책의 원작 쪽 이거든."

뭐가 어찌 되었건, 루미나리아는 그렇게 본론으로 이야기를 되돌렸다. 아무래도 그 코멘트를 참고해 어느 정도 정보를 모아서 찾고 있었던 모양이다.

현재 판명된 사실은 세 가지다.

작가의 이름은 '아르무스'.

원작의 제목은 '봄빛 정열과 순정'.

5년 전에 엘드 출판이라는 출판사에서 발매된 만화책으로 몇몇 서점에 진열되었다.

참고로 내용은 소녀들에 의한 그러한 묘사가 있기는 하지만 일반 서적이라는 모양이다. 동인지만큼 농후한 백합 씬은 없다고 한다. 친구 이상, 연인 미만 소녀들의 새콤달콤한 관계가 그려진, 하잘 것 없는 일상과 청춘의 이야기라는 듯했다.

"이건 내 생각인데 말이야. 2차 창작을 즐길 거면 역시 원작이 된 작품도 숙지해야 한다고 보거든."

루미나리아는 어쩐지 감회에 젖어서 그런 소리를 했지만, 요컨대 '옷을 벗기 전의 모습도 알고 있어야 더 흥분되잖아'라는 뜻이다. 그 속내는 불순함으로 가득했다.

"흐~음, 거기까지 알고 있다면 금방 찾을 수 있을 법한데."

"그게 그렇지도 않더라고. 꽤 오래 전부터 쓸 수 있는 정보망은 모두 동원해서 찾고 있는데, 무슨 짓을 해도 찾을 수가 없어. 특히 출판사는 금방 특정할 수 있을 것 같았는데, 조사해 보니 엘드 출판에서 낸 다른 책은 하나도 없더라고——."

작가의 이름과 제목에 출판사까지 알고 있으니 간단하게 찾을 수 있을 것이라고 미라는 생각했다.

하지만 아홉 현자가 쓸 수 있는 이런저런 것들을 동원해서 찾아도 원작을 찾을 수가 없었단다. 그 중에서도 놀라운 것은, 그 출판사를 아는 서점의 점원이 아무도 없었던 점이라고 루미나리아는 말했다.

"미스터리가 따로 없구먼. 그런 소릴 들으니 덩달아 신경이 쓰이는구나."

니르바나의 여왕 아르마가 준비한 이리스의 도서실에는 일반적으로 출판되고 있는 책이 모두 갖춰져 있다고 들었다. 하지만 그곳에 없을 뿐 아니라 출판사까지도 환상 속 존재 같다니.

목표는 책 한 권. 그걸 루미나리아가 본격적으로 찾아다녔음에도 찾을 수가 없었다니, 참으로 오묘한 상황이 아닐 수 없었다.

"일단 내 얘기는 일체 하지 않고, 어떻게든 샤르위나한테 물어볼 방법이 없을까?"

동인지의 원작이 어쩌니저쩌니 하는 이야기가 나오면 상담하기 어렵겠지만, 그냥 단순히 책을 찾고 있다고 하면 협력해주지 않을까. 조금이라도 정보가 필요한지, 루미나리아는 한 번 보류했던 제안에 관해 다시금 언급했다.

"흐~음. 뭔가 힌트를 얻어낼 가능성도 있지만, 그런 이유라면 마지막 수단 정도로 남겨두는 게 좋을지도 모르겠구나."

원작 쪽만이라면 샤르위나, 뭣하면 이리스에게 상담한다는 방법도 분명 있다.

하지만 두 사람의 모습을 가까이서 보아온 미라는 부탁을 한다 해도 마지막까지 보류해 두자고, 금지된 선택지 정도로 생각하고 있는 편이 좋겠다고 의견을 말했다.

두 사람은 극도로 책을 좋아한다. 그런 그녀들에게 찾고 있는 책이 있다고 상담하면 흥미를 가질 게 분명하다.

그리고 그대로 정열에 불이 붙어버리면 어떻게 될까. 두 사람의 그 다음 행동은, 감히 예상도 되지 않는다. 어쩌면 진짜 동기를 알아채 버릴 우려도 있다.

"아하, 그러면 좀 성가셔지겠네……."

목적은 순수하게 그 책을 즐기는 것이 아니라, 에로에로한 책을 더욱 깊이 탐닉하는 것이다. 루미나리아는 고민스러운 투로 두 사람에게 그런 진실이 알려지면 여러 의미로 괴로울 것 같다고 말하고는 그 선택지를 머리에서 떨쳐냈다.

어쨌든 이리스와 샤르위나의 도움은 기대하지 않기로 한 후, 미라와 루미나리아는 어쩔 수 없이 둘로 나뉘어 도서실을 뒤지고 다녔다.

하지만 번듯한 도서관이었던 데다 이곳을 아성으로 삼고 있는 이리스가 관리하는 장소다 보니, 어느 곳 할 것 없이 깔끔하게 정리정돈 되어 있었다. 만화는 만화대로 한쪽에 모여 있어서, 제목과 작가를 알면 쉽게 추려 낼 수 있을 듯했다.

하지만 그렇기에 이곳에 없으면 어디에도 없으리라는 것을 빨리 깨달을 수 있었다.

"몇 번을 봐도 없네에."

"그러게 말이다. 있다면 이 책장에 있을 텐데…… 없군그래."

지나친 곳은 없는지 꼼꼼히 조사해 보았지만 '봄빛 정열과 순정'이라는 책뿐 아니라 '아르무스'라는 작가의 책 자체를 이곳에서는 하나도 찾을 수가 없었다.

한 작품만 썼을지, 여러 작품이 있을지는 알 수 없지만 어느 쪽이 되었건 루미나리아가 찾고 있는 책은 이 도서관에 존재하지 않는 듯했다.

출판된 책(일반서적)이라면 모두 갖춰져 있다는 것이 자랑인 도서관인데도 그 책이 없는 이유가 대체 무엇일까.

"가장 가능성이 큰 건, 이 도서실이 만들어졌을 때에는 이미 엘드 출판이라는 곳이 망해서 책을 확보할 수 없었을 경우일 듯한데."

있어야 할 장소에 존재하지 않는 책. 이 사실에 관해 현실적으로 생각해 본 결과, 미라가 내놓은 답은 그것이었다.

이토록 많은 책을 모으려면 직접 출판사와 교섭을 하는 것이 제일이었을 것이다. 그리고 니르바나의 여왕 아르마라면 그런 교섭도 충분히 가능했을 터다.

하지만 그렇기에 출판사 자체가 이미 존재하지 않았을 경우에는 교섭의 여지가 없었을 것이다.

"아~아. 혹시나 싶었는데 말이야."

루미나리아가 아무리 조사를 해도 찾을 수가 없었다는 출판사

자체도 의문덩어리이기는 했지만, 이 도서실에 없다면 아예 존재하지 않을 거다.

그렇게 두 사람이 포기하려던 그때——.

"뭔가 밝다 싶었더니 이런 밤중에 뭐 해?"

도서실의 불빛에 이끌린 것인지, 아르마가 훌쩍 나타났다.

아직 조금 들떠 보이는 것으로 미루어, 취기가 덜 가신 모양이다. 분명 미라와 마찬가지로 화장실을 가려고 일어났다가 위층에 불이 켜져 있는 것을 보고 온 것이리라.

"아, 마침 잘 왔다!"

"그러게, 좋은 타이밍에 찾던 인재가 딱 와버렸네!"

"어? 어? 뭐야뭐야, 갑자기 왜 그래?!"

그녀가 바로 이 도서실을 만든 장본인이다. 그렇다면 장서에 관해서도 어느 정도의 정보는 가지고 있을 터. 그런 생각에 다다른 미라와 루미나리아는 잽싸게 아르마를 붙잡아 가장 궁금했던 것을 그녀에게 물었다.

이곳에 없는 책은 구체적으로 어떤 부류의 책이냐고.

"이제 와서 왜 그런 걸 물어봐? 뭐어, 그 정도라면 대답해줄 수 있지만——."

이런 밤중에 모여서 뭘 하고 있나 싶었건만, 딱히 특별하지도 않은 내용의 질문이나 던지다니.

의아함에 고개를 갸웃하면서도 아르마는 미라 일행의 의문에 자세히 답해 주었다.

우선 개인의 수기와 같은 한 권뿐인 서적. 그리고 희귀본들. 지극히 입수하기 어렵고 숫자도 한정된 책들 중에서도 돈으로 해결할 수 없었던 것들은 장서에 없다고 한다.

“아, 그리고 야한 것도 없어. 찾아봐야 소용없다고.”

이어서 아르마는 두 사람을 물끄러미 쳐다보더니 뭔가 알아챈 듯한 얼굴로 장서에 없는 장르에 그것도 추가시켰다.

“뭐어, 그렇겠지.”

“오히려 있었다면 놀랐을 게다.”

끝내 연상해 낸 것이 못 마땅하기는 했지만, 그런 것쯤은 안다는 태도로 미라와 루미나리아는 답했다. 그리고 그 밖에는 또 무엇이 있느냐고 말을 재촉했다.

“또? 으~음, 또 뭐가 있냐고 한들. 출판사랑 도매상을 닥치는 대로 불러서 사 모았으니, 그런 거 말고는 거의 다 있을 텐데.”

여왕의 힘이 있기에 가능한 일이었겠지만, 상당히 공을 들여서 책을 모아들인 모양이다. 그래서 더더욱 자신이 있는 것인지, 아르마는 조금 전에 답한 책들 이외의 것이라면 이곳에 있을 거라고 호언장담을 했다.

“그럼, 있을 것도 같은데에.”

“어쩌면 누군가가 엉뚱한 곳에 꽂아 놓았을 가능성도…… 있으려나?”

하지만 아무리 찾아도 보이지 않는 것은 사실이다. 미라 일행은 그렇다면 어째서 이곳에 없는 걸까, 하고 얼굴을 마주한 채 그 이유를 생각하기 시작했다.

“저기, 왜 그래? 왜 갑자기 그런 게 궁금한 건데?”

상당히 진지하게 의견을 주고받는 모습이 신경 쓰였는지, 아르마는 흥미롭다는 눈빛을 하고서 두 사람 사이에 끼어들었다.

"……뭐어, 좀 찾고 있는 책이 있거든."

루미나리아는 아르마를 빤히 쳐다보더니 그녀라면 뭐 상관없겠지, 라고 말하는 듯한 얼굴로 이유를 답해 주었다. 아르마는 이리스와 샤르위나만큼 책을 좋아하는 것 같지는 않으니, 그렇게 깊이 미주알고주알 캐묻지는 않을 거라 생각한 것이다.

"헤에, 다시 말해서 일반 서적인 책을 찾고 있다는 거지? 별 일이네. 그거라면 분명 여기 있을 텐데, 잘못 찾은 거 아니야? 그래서, 무슨 책인데?"

루미나리에 관해 잘 알기에 그런 식으로 반응하는 것일 테지만. 아르마는 히죽히죽 웃으며 호기심이 가득한 눈으로 대신 찾아주겠다고 나섰다.

"나도 평범한 책을 읽기도 한다고. ……아무튼 뭐, 찾고 있는 책의 제목은 '봄빛 정열과 순정'이라고 하는데 들어본 적 있어? 참고로 작가는 '아르무스'라고 하는데."

그런 아르마의 눈빛을 보고 반론하기는 했지만, 그 말은 아르마는 물론이고 미라조차 설득시키지 못했다. 그러한 반응을 확인한 루미나리아는 다소 불만스러운 듯이 입술을 삐죽거리고는 찾고 있는 책에 관해 답했다.

"——엑?!"

그 직후. 갑자기 아르마의 얼굴에서 호기심이 자취를 감춰더니 그 대신 놀란 기색이 번지기 시작했다.

"오, 그 반응은 뭔가 아는 거지? 그럼 좀 알려 줘. 그 책은 여기 있는 거야? 없는 거야?"

아르마가 보인 표정은 명백하게 그 책을 알고 있는 자의 그것이었다. 루미나리아가 그렇게 알기 쉬운 반응을 놓칠 리가 없었고, 이건 유력한 단서를 캐낼 기회라 생각하여 단숨에 몰아 붙였다.

"여기에는 없을걸?!"

이만한 장서량을 자랑하는 도서실이다. 그런 곳에 있는 모든 책을 파악하는 것은 그야말로 이리스나 샤르위나, 혹은 그 이상의 열의를 지닌 이가 아니면 불가능할 거다. 그러나 아르마는 그렇게 단호하게 즉답했다.

"오, 이 분위기는. 여기 없는 이유까지 아는 것 같은데!"

즉답할 수 있다는 것은 그만큼 확실하게 파악하고 있다는 뜻이기도 하다. 그렇게 직감한 루미나리아는 계속해서 추궁했다.

하지만 그 이유란 것은 성인 등급이라거나 희귀본이라는 것처럼 곧장 밝힐 수 있는 게 아닌 듯했다.

"어흠. 잘 들어, 이건 여왕으로서 하는 충고야. 그 책을 찾는 것만은 그만두도록 해. 조사하는 것도 안 돼. 알아들었으면 얼른 자도록 해!"

아르마는 진지한 얼굴로 그렇게 말하더니 "지금이라면 아직 안 늦었어"라는 말을 덧붙이고서 미라 일행의 사이로 스륵 하고 빠져나가 도서실에서 나가 버렸다.

"결국 어떤 책이었던 거지?"

"도통 모르겠구나."

여러모로 의문스러운 부분은 있었지만, 찾고 있던 것은 일반적으로 판매되었던 책이다. 딱히 이렇다 할 문제는 없었을 것이다.

하지만 아르마의 반응은 명백하게 이상했다.

마치 지뢰라도 건드린 듯한. 아닌 게 아니라 무언가로부터 멀리 떨어뜨려 놓으려는 듯한, 그런 의도가 느껴졌다.

"설마 사연이 있는…… 물건이었던 것은 아닐까? 발매 후, 작가가 이러쿵저러쿵해서 책에 무언가가 씌여서 그걸 본 사람은…… 같은 이야기 말이다."

오컬트 같은 일도 평범하게 존재할지 모른다. 이곳은 그런 세계니까, 라고 생각한 미라는 그 가능성에 관해 언급했다.

"이것 봐, 하지 말라고……. 정말 그런 거라면 더는 즐길 수가 없잖아."

루미나리아는 동인지의 농후한 백합 묘사를 최대한으로 즐기기 위해 원작을 찾고 있었다. 그렇기에 원작에 그런 터무니없는 사정이 있었다면, 순수하게 그 세계를 맛볼 수 없게 되지 않겠느냐면서 탄식했다.

"그건 알 바 아니지만 뭐어, 그런가요 하고 납득하기에는 흥미가 너무 커져 버렸구먼."

"뭐어, 그건 그렇지."

어떠한 이유가 되었건 이런 비밀과 수수께끼를 앞에 두고 멈출 수 있을 리가 없다. 지금은 공포보다 흥미롭다는 생각이 앞서 있었다.

그럼 다음은 어떻게 할 것인가. 미라와 루미나리아는 진실을 추구하기 위한 방법에 관해 상의하기 시작했다.

그렇게 맞은 다음 날 아침. 다 같이 사이좋게 식탁을 둘러싼 후. 니르바나성의 지하에서 있었던 일이다.

"잠시 하고 싶은 이야기가 있다만."

"시간 좀 있어?"

미라와 루미나리아는 아르마를 집무실에 처넣고 돌아오는 도중인 에스메랄다에게 그렇게 말을 걸었다.

그렇다, 둘이서 상담해 결정한 방법은 실로 단순했다.

아르마의 보호자 같은 입장인 에스메랄다라면 마찬가지로 이리스의 도서실에 관해 많은 것을 알고 있지 않을까. 그러니 물어보자, 라는 것이었다.

"어머, 둘 다 무슨 일이야?"

미라 일행은 어쩐지 진지한 분위기를 띠고 있었지만, 무사히 일을 한 건 마쳤다는 사실이 만족스러운지 에스메랄다는 기분 좋아 보이는 얼굴로 답했다. 게다가 얼핏 보면 진지해 보이지만 실제로는 그렇지도 않다는 것도 꿰뚫어 보고 있는 듯했다.

"사실은, 비밀리에 묻고 싶은 게 있는데 말이야——."

루미나리아가 그렇게 운을 뗀 순간.

"——찾고 있는 책이 있거나, 뭐 그런 거지?"

놀랍게도 에스메랄다가 정확하게 그 내용을 맞춰 버렸다.

그걸 어떻게, 하고 미라와 루미나리아는 놀랐지만 그 이유는 지극히 단순했다. 밤중에 잠에서 깼을 때, 도서실에서 두 사람이 소곤소곤 상의하는 소리를 들었기 때문이다.

어젯밤은 누구 할 것 없이 많이 마셨다. 에스메랄다도 예외가 아니라 같은 행동을 취한 결과, 그 현장을 목격했던 것이다.

"자세한 사정은 모르겠지만, 뭔가 책을 찾다가 아르마가 알려 주지 않아서, 오늘 나한테 물어보기로 한 거지? 그래서, 어떤 책을 찾고 있었는데?"

에스메랄다가 들은 것은 상담의 마지막 부분인 모양이다. 그렇기에 미라 일행이 물어보러 오리라는 것은 알았지만, 그 내용까지는 아직 몰랐던 모양이다.

"뭐어, 설명할 필요가 없어서 좋네. 찾고 있는 책의 제목은 '봄빛 정열과 순정'이라고 하는데. 듣자하니 그 도서관에는 있을 것 같았는데 어째서인지 안 보이더라고."

"음, 그래서 마침 찾아온 아르마에게 물었더니, 어째 안색이 이상해지더구나. 조사하지 말라고 충고까지 하지 뭐냐."

"하지만 그런 소릴 들으면 더 신경 쓰이잖아. 그런고로 이렇게 너한테 물어보러 온 거야."

어젯밤에 있었던 일을 미라와 루미나리아는 간결히 설명했다.

"아~ 그렇게 된 거였구나. 설마 그 책을 핀 포인트로 찾고 있었다니, 놀란 아르마의 얼굴이 눈에 선하네."

직후, 에스메랄다는 납득했다는 듯이 고개를 끄덕임과 동시에 유쾌하다는 듯이 웃음을 터뜨렸다. 그러고는 감탄한 듯이 "이런 우연도 다 있네" 하고 중얼거렸다.

"분위기를 보아하니까 알고 있나 보네. 그럼 좀 알려 주면 안 될까?!"

에스메랄다는 분명 무언가를 알고 있다. 그렇게 확신한 루미나리아는 그 책에 관한 정보를 조금이라도 알려달라고 애원했다.

"딱히 상관없어."

그것이 에스메랄다의 답변이었다. 하지만 역시나 호기심이 생겼는지.

"어째서 그 책을 찾고 있는지 알려 주면."

그런 말이 긍정적인 답변 뒤에 따라붙었다.

"……아~ 으~음…… 그게."

에스메랄다는 '봄빛 정열과 순정'에 관해 분명 많은 것을 알고 있다. 하지만 그 정보를 얻으려면 그녀에게 많은 것들을 털어놓아야만 할 듯하다.

아무리 루미나리아라도 여성 지인 앞에서 '야한 책을 완전히 즐기기 위해서'라는 이유를 솔직하게 밝히려니 다소 저항감이 드는 모양이다. 그 얼굴에는 망설임과 창피함이 떠올라 있었다.

하지만 루미나리아가 저항감을 느끼건 말건 미라에게는 완전히 남의 일이다.

"그것은 그 책이 어느 동인지의 원작이기 때문이다. 이 녀석이 꽤나 푹 빠져서 말이다. 그 동인지가 요즘 애정 서적이라는 모양이더구나. 그걸 완전하게 맛보기 위해서 이렇게 원작 책을 찾고 있었던 게다."

"야인마아아아——!"

지금은 지금까지의 과정보다 흥미가 생긴 원작에 얽힌 사정을 아는 쪽이 우선이다. 따라서 미라는 에스메랄다에게 모든 것을 숨기지 않고 솔직하게 답했다. 또한 상당히 에로한 동인지라는 사실까지 밝히지 않은 것은 미라가 나름대로 양심을 지킨 결과일 것이다.

당연히 루미나리아는 그 말에 당황했다. 하지만 미라는, 자신은 모르는 일이라는 듯이 항의하는 그녀의 목소리를 흘려들으며 에스메랄다에게 상세한 정보를 요구했다.

"뭐라고 해야 할지, 생각했던 것보다 훨씬 좀 그런 이유라 약간 어이가 없지만…… 뭐, 됐어. 약속했으니까."

미라는 명확하게 밝히지 않았지만, 에스메랄다도 루미나리아라는 인물을 그럭저럭 잘 알고 있다 보니 대충 눈치를 챈 것인지 그 이상은 캐묻지 않는 다정함을 베풀며 상세한 정보를 알려 주었다.

"으음, 미리 말해 둘게. 우선 그 책의 작가 '아르무스'는 아르마 본인이야――."

"뭐?!"

"어이구야……."

에스메랄다가 가장 먼저 밝힌 것은 그런 충격적인 사실이었다.

듣자하니 '봄빛 정열과 순정'이라는 책은 여왕으로서의 업무가 유독 바빴던 무렵, 아르마가 현실 도피를 위해 그린 망상집이라는 듯했다.

그리고 어느 날, 회의를 위해 찾아온 히노모토 위원회의 자칭 민완 편집자가 그 원고를 발견해서 여차저차 만화책 형태로 출간하게 되었다고 한다.

또한 엘드 출판이라는 곳은 이 '봄빛 정열과 순정'을 판매하기 위해 일시적으로 만들어 낸 출판사였다.

참고로 만화의 내용은, 특히 감정이 불안정했을 때였던 탓에 아르마에게는 살짝 흑역사에 가까운 것이 되었다는 모양이다.

대국의 여왕이라는 터무니없이 높은 지위에 앉고 말았다는 중압감과 이런저런 것들에서 비롯된 반동이 그 만화에 담겨 있었다.

다시 말해서 만화에 그려진 세계는 그녀가 생각한 이상적인 일상이자 망상덩어리이기도 한 것이다. 그렇기에 그러한 책을 이리스의 도서실에 두는 것에 저항감이 있었던 거다.

이것이 한 권의 책을 둘러싼 수수께끼를 쫓은 끝에 도달한 진실이었다.

"그러니 찾을 수 없을 수밖에 없었던 것이로구먼."

루미나리아가 찾고 있던 책은 발행부수도 적었던 데다 팔린 것 이외의 것은 이미 회수된 상태라고 한다.

에스메랄다에게 마지막으로 들은 이야기에 따르면 아직 백합 문화가 미성숙한 탓에 생각했던 만큼의 반향은 얻을 수 없었다는 것이 자칭 민완 편집자의 변명이었다는 모양이다.

"그러게. 팔려버린 일부를 제외한 물건은 여왕 파워로 전부 회수했다니까. 아무리 찾아도 안 보일 수밖에."

루미나리아는 오히려 납득이 되었다며 웃더니, 눈을 반짝반짝 빛내기 시작했다.

"아르마의 망상집이라는 게 밝혀졌건만…… 보아하니 아직 포기하지 않은 모양이로군."

그 책은 아주 귀중하고 근사한 환상의 걸작이 아니라, 여성 지인의 망상일기 같은 것이었다. 뭐라 말하기 참으로 애매한 수수께끼였다는 생각에 이미 관심이 식어 버린 미라와 달리, 루미나리아의 얼굴에는 이상할 정도의 열의가 감돌고 있었다.

"그야 당연하지. 아르마가 속으로 생각한 백합백합한 망상이 거기 담겨 있다잖아. 그럼 당연히 더더욱 갖고 싶지!"

루미나리아는 그렇게 지금의 생각을 큰 소리로 외쳤다. 그에 반해 미라는 의욕적인 그녀를 보며 어이가 없다는 듯이 웃을 따름이었다.

루미나리아는 그 사생활 자체가 여러모로 복잡하다. 특히 여성 관계는 꼬일 대로 꼬인 상태다.

때문에 그녀는 백합과 관련된 것 전반을 특히 좋아하는 경향이 있었다. 그렇기에 이번에 얻은 정보가 그 의욕을 더욱 뜨겁게 달구고 만 모양이다.

"해서, 어찌 할 셈이냐?"

아무리 의욕이 있어도 찾고 있던 책을 숨겨 버린 건 아르마 여왕이다. 그렇게 간단히 찾을 수 있을 리가 없다. 당연히 교섭에 응해주지도 않을 거다.

"일단은, 아까 말한 자칭 민완 편집자라는 게 누구인지 특정하는 것부터 시작해야지. 어쩌면 회수한 걸 보관하고 있을지도 모르잖아."

아무래도 이미 다음에 어떻게 움직일지 생각해둔 모양이다. 오히려 이번 일로 큰 단서를 얻었으니 수색이 진전된 셈이라며 기뻐하는 듯 보이기도 했다.

"이야아, 극한 상태의 아르마가 어떤 망상을 했을지. 벌써부터 기대되네!"

찾고 있던 책에 관한 상세 정보를 알게 됐을 뿐 아니라 작가의 정체며 제작 당시에 관한 이야기까지 밝혀졌다.

루미나리아는 기합을 넣고는 이거 아주 의욕이 활활 타오르네, 라면서 아주 음흉한 미소를 지어 보였다. 하지만 그 미모 때문인지 그조차도 요염해 보이니 이상한 노릇이다.

(이 건에 관해서는 아무것도 모르는 척해야겠군.)

이렇게 된 루미나리아를 말리는 것은 지극히 귀찮은 일이다. 또한 이 일에 협력하고 있다고 아르마가 오해하는 날에는 자신에게도 불똥이 튈지도 모른다.

따라서 이 일에 관한 것은 모두 잊어버리자고 미라는 속으로 결심했다.

후기

구입해 주셔서, 감사합니다!

드디어 여기까지 왔습니다. 와버렸습니다. 무려 20권입니다!

이것도 다 지금까지 관계해 주신 여러분들과 무엇보다도 구입해 지탱해주신 여러분 덕분입니다!

감사합니다. 정말정말 감사합니다!

이 감사한 마음을 가슴에 품고 더더욱 노력하고자 합니다!

자아, 새해가 되었습니다. 그럼 역시 가장 신경 쓰이는 문제는, 올해는 어떤 게임이 발매될 것인가 하는 거죠!

아직 젊었던 과거에 비하면 게임과 마주할 기력과 체력, 그리고 무엇보다도 기술이 상실되었음을 실감하는 나날입니다.

하지만 그럼에도 아직 게임을 즐기고자 하는 마음은 잃지 않았습니다!

최근 고대의 투쟁심이 깨어나기는 했지만 시대에 뒤쳐진 저의 실력으로는 따라갈 수가 없어서 좌절하는, 그러한 일도 있었습니다만…….

그건 약해진 자신과 똑바로 마주하지 않았기 때문입니다!

중요한 것은 우선 자기 자신을 이해하는 겁니다. 지금의 자신에게 맞는 게임을 잘 선택하면 아직 충분히 즐길 수 있습니다!

막히면 레벨을 올려서 팬다. 이것이 통용되는 타입의 게임이라면 지금도 충분히 할 수 있겠죠.

그리고 순간적인 반사 신경을 필요로 하지 않는, 혹은 어느 정도 유예 시간이 주어지는 타입의 것도 할 수 있을 것 같습니다!

하지만 이제는 실력도 머리도 따라갈 수가 없건만, 그것들을 혹사해야 하는 게임에 끌리고 마는 일이 왕왕 있습니다.

이번에 좌절한 게임도 그랬습니다. 앞으로 발매할 예정인 이런 저런 게임들도 그렇습니다. 무시무시한 세계입니다.

그런 생각을 하다 보면 언제나 떠오르는 망상이 있습니다.

바로 아주 먼 미래에는 어떤 게임이 있을까, 하는 것입니다.

그에 관해서는 이전에도 언급한 것 같지만, 뭐 그건 그거고 이건 이겁니다.

문득 생각한 거지만. 100년이 아니라 500년이나 1000년 정도 미래의 게임은 어떻게 되어 있을까요.

아닌 게 아니라 VR이 어쩌니저쩌니 하는, 그런 수준을 한참 뛰어넘지 않았을까요.

그 밖에도 어쩌면 우주 개발이 크게 진행되었을지도 모릅니다. 그렇게 되면 우주선 안에서 게임을 즐기는 사람도 있을 것 같네요.

심지어는 우주선과 지구가 온라인으로 연결되어 거리의 제한 없이 함께 놀 수도 있을 겁니다.

……온라인 게임은 있을까요? 있겠죠? 오히려 지금과는 비교도 안 될 정도의 규모의 온라인 게임 같은 게 있을 것 같습니다. 우주 네트워크!

플레이어 인구는 수십억 규모고, 현실과 차이가 없을 정도로 재현된 궁극의 리얼리티 전뇌 공간.

전용 AI로 인해 쉼 없이 진화하는 무한의 가능성. 그리고 그곳에서는 원하는 대로 이상을 이룰 수 있는 겁니다.

그야말로 또 하나의 현실! 세컨드 어스!

그렇게 되면 분명 죽어라고 해대겠죠.

그리고 레어 이벤트와의 조우. 그로부터 시작되는 수많은 이야기! 게임이 끝나도 뇌리에 남을 정도의 현실감! 애매해져 가는 경계성!

기분 탓인 줄 알았더니 서서히 현실로 침식을 개시한 게임 세계!

문득 하늘을 올려다보니 자신에게만 보이는 거대한 무언가의 그림자가?!

친했던 게임 동료가 어느 날을 경계로 딴 사람이 될지도?!

……어라? 뭔가 이상한 방향으로 새고 말았군요.

어찌 되었건 분명 상상도 못할 만큼 터무니없는 시대가 기다리고 있으리라고 저는 믿습니다!

그런 머나먼 미래를 망상하거나 할 때가 있는데…….

어디선가 일본에는 일본에서 출판된 책을 모두 보존하고 있는 도서관이 있다는 이야기를 들은 적이 있습니다.

다시 말해서 어쩌면 제 책도 거기에 있거나 할 가능성이?!

만약 그렇다면 천 년 후에 저의 책이 남아있을 수도 있을까요.

또 만약 그렇다면, 그런 미래에 우연히 이 책을 집어든 사람이 있어서, 이 후기를 보거나 할지도 모르겠네요!

그리고 그 사람은 제가 망상만 하고 있는 게임의 현주소를 알고 있겠지요.

어떤가요, 보고 있습니까? 미래의 게임은 역시 굉장한가요? 알려주세요, 미래인(未來人)!

그럼 아직 보지 못한 미래에 대한 메시지도 남겼겠다, 이번에는 이쯤에서 줄이겠습니다.

제가 살아갈 수 있는 건 지금 이 순간, 이 시대뿐이니까요.

다음 권도 모쪼록 잘 부탁드립니다!

현자의 제자를 자칭하는 현자 20

2024년 8월 15일 1판 1쇄 발행

저자 | 류센 히로츠구
일러스트 | 후지 초코
옮긴이 | 정대식
발행인 | 유재옥
이사 | 조병권
출판본부장 | 박광운
담당편집 | 정지원

편집 2 팀 | 정영길 조찬희 박치우 정지원
편집 3 팀 | 오준영 이소의 권진영
디자인랩팀 | 김보라
디지털사업팀 | 박상섭 김지연 윤희진
라이츠사업팀 | 김정미 맹미영 이윤서
영업마케팅팀 | 최원석 박수진 이다은
물류팀 | 허석용 백철기
경영지원팀 | 최정연
발행처 | (주)소미미디어
인쇄제작처 | 코리아피앤피
등록 | 제2015-000008호
주소 | 서울시 마포구 토정로 222, 502호(신수동, 한국출판콘텐츠센터)
판매 | (주)소미미디어
전화 | 편집부 (070)4164-3962, 3963 기획실 (02)567-3388
판매 및 마케팅 (070)8822-2301, Fax (02)322-7665

ISBN 979-11-384-8400-8 04830
ISBN 979-11-5710-460-4 (세트)